Um acordo bastante inglês

OBRAS DA AUTORA JÁ PUBLICADAS PELA HARLEQUIN

TRILOGIA DOS CANALHAS
Como se vingar de um cretino
Como encantar um canalha
Como salvar um herói

RECEBA ESTA ALIANÇA
Para conquistar um libertino
Para casar com o pecado
Para ganhar de um duque

OS INDOMÁVEIS IRMÃOS MACTAGGERT
Um acordo bastante inglês

Suzanne Enoch

Um acordo bastante inglês

OS INDOMÁVEIS IRMÃOS
MacTaggert

TRADUÇÃO
Ana Pinheiro

Rio de Janeiro, 2023

Contatos: Rua da Quitanda, 86, sala 218 — Centro — 20091-005
Rio de Janeiro — RJ
Tel.: (21) 3175-1030

Diretora editorial: *Raquel Cozer*

Editora: *Julia Barreto*

Assistente editorial: *Marcela Sayuri*

Copidesque: *Thaís Lima*

Revisão: *Daniela Georgeto*

Design de capa: *Renata Vidal*

Imagens de capa: © *Ildiko Neer / Trevillion Images; Starostov / Shutterstock; Irina Vaneeva / Shutterstock*

Diagramação: *Abreu's System*

CIP-Brasil. Catalogação na Publicação
Sindicato Nacional dos Editores de Livros, RJ

E51a
    Enoch, Suzanne
       Um acordo bastante inglês / Suzanne Enoch ; [tradução Ana Pinheiro]. – 1. ed. – Rio de Janeiro : Harlequin, 2023.
      352 p. ; 23 cm.   (Os indomáveis irmãos Mactaggert ; 1)

      Tradução de: It's getting scot in here
      Continua com: Scot under the covers
      ISBN 978-65-5970-253-4

      1. Romance americano. I. Pinheiro, Ana. II. Título. III. Série.

23-82847
        CDD: 813
        CDU: 82-31(73)

Gabriela Faray Ferreira Lopes – Bibliotecária – CRB-7/6643

Para a minha mãe, que ainda insiste em comprar exemplares extras de todos os meus livros para garantir que eu continue a ter um trabalho remunerado.
Amo você, *màthair.*

Prólogo

MUITO TEMPO ATRÁS — EM maio de 1785, mais precisamente —, Angus MacTaggert, conde de Aldriss, atravessou as Terras Altas escocesas, as Highlands, até Londres em busca de uma noiva rica para salvar sua amada mas decadente propriedade. Aldriss Park estava na família MacTaggert desde a época de Henrique VIII, quando Domnhall MacTaggert, apesar de ser católico e casado, declarou publicamente que Henry deveria poder se casar com quantas moças quisesse até que uma delas lhe desse um filho. Aldriss Park foi a recompensa dada ao conde recém-empossado por seu apoio e compreensão.

Nos duzentos anos seguintes, Aldriss prosperou, até que o fardo das colheitas ruins, das leis de regulamentação dos sempre intrometidos *sassenachs* (como os escoceses chamavam os ingleses, normalmente com desdém) e do próprio gosto dos MacTaggert por beber, jogar e fazer investimentos extravagantes (incluindo um projeto pioneiro de bicicleta em que o motorista se sentava entre as duas rodas, mas que infelizmente não contava com um mecanismo de freio e que, depois de uma série de acidentes, quase foi responsável pelo começo de uma guerra dentro do clã Ross dos MacTaggert) começou a afundar a propriedade, que entrou em franca decadência.

Quando Angus herdou o título, em 1783, percebeu que o velho castelo precisava de muito mais do que uma nova camada de tinta para impedir seu colapso físico e falência. Ele decidiu, então, se misturar aos inimigos *sassenachs* e conseguir uma noiva rica para si. Os ingleses haviam causado problemas suficientes a ele e à família dele ao longo dos séculos, portanto poderiam muito bem ajudá-lo a resolver as coisas.

No segundo dia em Londres, Angus conheceu a deslumbrante Francesca Oswell, em um baile de máscaras onde ele se fantasiou de touro, e ela, de cisne — Francesca era filha única de James e Mary Oswell, visconde e viscondessa de Hornford, que tinham mais dinheiro que Midas, além de uma fila de excelentes advogados. Apesar do receio de quase todos em Mayfair, Angus e Francesca logo se apaixonaram perdidamente e se casaram com uma licença especial, dez dias mais tarde.

Uma semana depois do casamento, Angus voltou com Francesca para Aldriss Park e para as Terras Altas. Lá, ela encontrou muito pouca civilização, muitas ovelhas e um marido que preferia brigar a dançar; e ele descobriu que os advogados do pai da esposa haviam feito os arranjos necessários para garantir que o dinheiro da família Oswell permanecesse nas mãos de Francesca. Aquilo gerou algumas brigas espetaculares, porque não há combustível melhor para isso no mundo do que um *laird* — lorde — escocês empobrecido entrando em desacordo com uma dama inglesa independentemente rica sobre as terras ancestrais dele.

Durante os treze turbulentos anos seguintes, a propriedade prosperou, e Francesca deu três filhos a Angus — Coll, Aden e Niall. E, a cada filho que tinha, ficava mais preocupada com o fato de que aquilo não era vida para qualquer pessoa civilizada. Ela queria voltar com os meninos para Londres, para que recebessem uma educação adequada e tivessem a vida que mereciam, mas Angus foi contra, afirmando que o que tinha sido bom para ele seria bom o bastante para seus rapazes.

Quando uma quarta criança nasceu em 1798, dessa vez uma menina, Francesca chegou ao seu limite. Nenhuma filha dela seria criada com um sotaque primitivo, em um país rudimentar, onde seria ridicularizada pela sociedade elegante e considerada inadequada para se casar com alguém que não fosse um pastor ou um cortador de turfa. Angus se recusou a deixar os meninos partirem, mas permitiu que

Francesca voltasse para Londres levando a pequena Eloise — com a condição de que a esposa continuasse garantindo financeiramente a manutenção da propriedade.

Francesca concordou com relutância, mas, como era ela quem controlava os cordões da bolsa, apresentou suas próprias condições para tentar manter alguma influência sobre os filhos criados de forma tão selvagem: todos os três deveriam se casar antes da irmã, com mulheres inglesas adequadas, e pelo menos um deles teria que se casar com alguém da escolha da mãe.

Francesca sabia que Angus os criaria de acordo com sua vontade, mas os rapazes também eram filhos dela, e ela, por Deus, pretendia garantir que tivessem um traço mínimo de civilidade em suas vidas — afinal, ela era filha de um visconde, e havia certas expectativas em relação à sua prole. Francesca se recusava a permitir que os filhos fossem vistos como homens primitivos e sem sofisticação pelos vizinhos da família em Londres, e seguiu determinada a estar presente na vida deles de alguma forma.

Para fazer cumprir sua vontade, ela convenceu (ou melhor, coagiu) Angus a assinar o acordo, que continha a seguinte cláusula: se a jovem Eloise MacTaggert se casasse *de fato* antes de qualquer um dos rapazes, Francesca cortaria todos os fundos que designava para a propriedade. Se insistissem em desafiá-la, teriam que pagar um preço alto por isso — um preço com que eles e seus arrendatários não poderiam arcar.

Angus não teve escolha a não ser concordar, e considerando que Coll, o mais velho, tinha apenas 12 anos na época da partida de Francesca, e Eloise era apenas uma bebezinha, ele apostou que teria tempo para renegociar. Angus e Francesca permaneceram casados, mas nenhum deles cedeu o bastante para voltar a visitar o outro. No que dizia respeito aos meninos, a mãe os havia abandonado.

Na primavera de 1816, Angus recebeu uma carta de Francesca anunciando o noivado da filha deles e colapsou na mesma hora. Ele imaginara que, àquela altura, os filhos já teriam encontrado moças escocesas para se casarem e mostrado à mãe que, no fim das contas, ela não poderia controlar a vida deles, mas os rapazes eram rebeldes e não se deixavam apressar. Agora parecia tarde demais.

Angus convocou os filhos para seu suposto leito de morte e confessou tudo: o fato de que era Francesca quem financiava a manutenção da propriedade, o acordo pernicioso e as garras afiadas que a mãe mantinha em relação ao futuro deles — que Angus atribuiu a um sintoma apresentado por todas as mulheres inglesas e seu jeito fraco, grudento e enjoativo. Pelo bem da propriedade e de seus arrendatários, os rapazes precisariam ir a Londres. Todos de uma vez. Não fazia sentido perder tempo ali para enterrá-lo, menos ainda para chorar por ele, porque Francesca não perdoaria a perda de tempo e eles precisavam se casar antes da irmã.

Os rapazes — já homens adultos — não ficaram nem um pouco felizes ao descobrirem de repente as responsabilidades e regras impostas por uma mulher de quem mal se lembravam. Mas, como eram homens astutos, de coração livre e excepcionalmente bonitos, acostumados a fazer as coisas à própria maneira, sem se curvarem de forma alguma às exigências de uma inglesa maluca, os três decidiram ir a Londres não para obedecer, mas para ludibriar a mãe e arruinar qualquer plano que ela tivesse para eles.

E assim, cara leitora, ou caro leitor, começa a nossa história.

Capítulo 1

— Consigo sentir o cheiro da merda daqui. — Niall Mac-Taggert freou seu cavalo baio, Kelpie, no alto do morro. — Por Santo André... — murmurou, enquanto descia do cavalo.

A visão à sua frente — uma vasta extensão de ruas enevoadas e envoltas em fumaça, onde picos de torres de sinos aqui e ali eram os únicos que conseguiam se desvencilhar do cinza para apunhalar o céu nublado — tinha cheiros e sons que ele não tinha nem palavras para descrever.

— Você já viu algo assim?

— Não. — Seu irmão mais velho, Coll, visconde de Glendarril, continuou montado em seu enorme garanhão preto frísio, chamado Nuckelavee, mas se inclinou para a frente a fim de cruzar os pulsos sobre o cabeçote da sela. — Acho que encontramos o inferno.

Enquanto fitavam o lamaçal barulhento e escondido pela névoa, o irmão do meio, Aden, parou atrás deles.

— Encontrar uma noiva aqui não é a primeira ideia que me ocorre — comentou ele, acariciando o dorso de seu puro-sangue castanho, Loki. — Acho que devemos resgatar a nossa irmã dessa desgraça de lugar e voltar para as Terras Altas.

— E mandá-la para um convento — acrescentou Niall. — Se pudermos impedir que ela se case, não teremos motivos para oferecer flores e ler poesia para alguma flor de estufa inglesa, exageradamente frágil.

Aquele tinha sido o plano que ele sugerira, mas Coll o rejeitara, insistindo que os três poderiam convencer Francesca Oswell-MacTaggert a rasgar o acordo. Coll sempre preferira a batalha, o confronto direto, em vez da delicadeza ou dos subterfúgios. E seus métodos geralmente funcionavam — aquela havia sido a principal razão pela qual Niall e Aden tinham concordado em tentar.

Niall se virou para olhar para os quatro batedores e para as duas carroças de bagagem que os acompanhavam. Tudo parecia impressionante, como era o objetivo: todos sabiam que nenhum *sassenach* viajava sem levar consigo metade dos seus bens materiais. Naquele momento, porém, ele não pôde deixar de pensar que reempacotar tudo aquilo retardaria consideravelmente qualquer tentativa de fuga. Por outro lado, eles sempre poderiam empalhar outro veado-vermelho se tivessem que deixar para trás o que haviam trazido com eles.

A maior parte da bagagem era quase tão desnecessária quanto o veado. Mas Francesca havia afirmado que desejava ter os filhos por perto. Ora, ali estavam eles. Os três. E nem um deles com disposição para cooperar. Niall apoiou o pé no estribo e montou novamente em Kelpie, enquanto os irmãos voltavam para a estrada lamacenta e esburacada e as carroças os acompanhavam. *Londres*. Ele preferiria atravessar uma turfeira a passar uma hora em Londres. Mas o pai deles havia assinado um papel e, dezessete anos depois e doente, se recusara a levantar de seu leito — de morte, de acordo com o próprio Angus — para se juntar aos filhos e questionar o documento. Angus MacTaggert, conde de Aldriss, um guerreiro gigante das Terras Altas, claramente tinha tanto medo da esposa distante que não estava disposto a deixar a propriedade para vê-la. Não que fosse admitir aquilo.

Em um dia ensolarado, se é que algo do gênero existia ali, os poucos carvalhos e olmos ao longo da estrada poderiam fornecer uma sombra agradável. Mas, naquele dia, as árvores fizeram Niall sentir falta dos pinheiros e dos picos escarpados e cobertos de neve das Terras Altas. Cristo, só haviam se passado cinco dias desde que ele os vira pela última vez? Estava mais quente ali, ou ao menos a brisa, mesmo com a chuva pairando logo atrás, não carregava aquele frio que penetrava os ossos de um homem.

Niall emparelhou com Aden, enquanto Coll e seu grande cavalo de guerra preto seguiam alguns metros à frente. Os batedores que os acompanhavam estavam ali mais como uma ostentação do que para qualquer outra coisa — Niall duvidava que até mesmo algum maldito ladrão *sassenach* se disporia a enfrentar os irmãos MacTaggert. Ainda assim, alguém precisava ir mais atrás, com as carroças, para proteger o veado empalhado e os estojos de barbear. A chegada em grande estilo dos três irmãos não mudaria o fato de que haviam deixado para trás um pai doente e uma época particularmente atarefada na propriedade, com novos cordeiros nascendo e colheitas a serem administradas, ou que tinham precisado adiar os jogos das Terras Altas, uma tradição do mês de junho nos últimos duzentos anos — além de dezenas de outras coisas que precisavam da atenção dos três irmãos. Isso sem falar em uma boa quantidade de jovens damas que lamentariam sua ausência.

— Você sabe que, se seu rosto congelar assim, uma centena de moças morrerá de tristeza.

Niall olhou de soslaio para Aden.

— Se eu for forçado a me casar com alguma flor do sul de cara franzida, essa centena de moças morrerá de solidão *e* tristeza. Até as que andavam correndo atrás de você talvez guardem um silêncio contrito por um minuto inteiro depois de ler sobre suas núpcias.

— Não subestime a falta de entusiasmo de Coll diante da ideia de Francesca escolher uma noiva para ele.

— *Aye.* Graças ao diabo foi ele quem perdeu quando tiramos a sorte nas cartas. Estou surpreso que o homem ainda tenha algum dente sobrando, depois de rangê-los sem parar por cinco dias.

Aden lançou um rápido olhar para as costas do irmão mais velho, puxou um baralho do bolso do casaco e o embaralhou com uma mão.

— Acho que o fato de ele estar com o laço do carrasco no pescoço vai fazer com que lute com mais determinação por nós.

A expressão de divertimento que passou pelo rosto de Aden enquanto guardava as cartas de volta no bolso talvez fosse apenas pelo prazer pela ideia, ou talvez fosse uma das suas raras admissões de que trapaceara. De qualquer forma, Niall se sentiu subitamente grato por não ser o atual visconde de Glendarril. Já era horrível receber a ordem de encontrar uma noiva *sassenach* — mas ver essa noiva sendo escolhida por uma mulher que ele não via havia dezessete anos teria sido suficiente para fazê-lo pensar em fugir para as colônias, independentemente das consequências para Aldriss Park.

As propriedades rurais esparsas deram lugar a um aglomerado de lojas, comércios, hotéis, pousadas, bordéis, tabernas e casas imponentes, surgindo do nevoeiro como gigantescos desfiladeiros íngremes que se erguiam a meio caminho do céu. Além dos prédios, havia as pessoas, gritando em centenas de sotaques e idiomas diferentes, oferecendo laranjas, peixes, tortas, vislumbres do longínquo Oriente e até de si mesmas. Então aquele era o tal povo civilizado, que naquele momento se virava para olhar o trio de cavaleiros que passava, como se os escoceses fossem os pássaros estranhos.

— É um hospício — murmurou Niall, controlando Kelpie para evitar atingir uma menina quase esquelética que jogava bosta de cavalo dentro de um balde.

— Em nome de Santa Margarida da Escócia, o que é isso? — perguntou Aden, indicando uma esquina com a ponta das rédeas.

Niall acompanhou o gesto com os olhos e viu um homem alto e magro, usando um paletó verde-limão tão justo que não permitiria que ele levantasse os braços acima do cotovelo. As pontas do colarinho da camisa, muito branco e engomado, encostavam na orelha dele, e seu cabelo loiro era mais encaracolado do que lã de ovelha. A calça era azul-pavão, o colete, estampado de amarelo e verde, e as botas pretas que usava brilhavam como água e tinham saltos tão altos quanto os cascos de um cavalo.

— Eu vi um desses em um catálogo de moda que Eppie tinha na mesinha de cabeceira dela — respondeu Niall. — Isso aí, Aden, é um dândi.

— Estou tão atordoado que nem vou perguntar o que você estava fazendo no quarto de Eppie Androw. Um dândi… Você acha que o homem consegue andar?

— Se ele der passos bem pequenos, sim. E você sabe muito bem o que eu estava fazendo no quarto de Eppie. Tenho 24 anos, não 11.

À frente deles, Coll consultou um papel dobrado, então seguiu direto por uma viela mais estreita e silenciosa. As casas ali eram maiores, não geminadas, tinham mais janelas e jardins de aparência singular nos fundos. Uma ou duas ruas além, as construções passavam a ter pequenas entradas, telhados projetados para a frente — para proteger as carruagens da chuva — e estábulos ao longo dos jardins nos fundos.

Embora Coll inicialmente tivesse sido contra, eles acabaram avisando a Francesca que os irmãos MacTaggert estavam a caminho de Londres. Niall entendia os benefícios de surpreender Francesca Oswell-MacTaggert, deixando-a em desvantagem e talvez até mesmo assustando-a a ponto de fazer com que rasgasse o maldito acordo. Por outro lado, ela enviara a carta anunciando o noivado de Eloise, por isso provavelmente deveria imaginar que mais cedo ou mais tarde os filhos chegariam a Londres. E Niall, pessoalmente, não gostava da ideia de ter que dormir no estábulo porque nenhum quarto havia sido preparado para eles.

Os três passaram trotando por um parquezinho cheio de crianças com vestidos de babados ou calças curtas, acompanhadas por mulheres usando toucas na cabeça e vestidos ultrapassados — babás, ele supôs —, até Coll conduzi-los para outra rua. Eles se viram cercados, então, por um labirinto de rosas-trepadeiras e portões de ferro forjado, em um espaço não tão estreito quanto o das ruas vizinhas, mas igualmente sufocante. Quando Coll finalmente parou Nuckelavee, Niall se sentiu um tanto aliviado — dava para imaginar o inferno como um lugar onde alguém cavalgava por ruas cheias de flores procurando incessantemente por uma taberna que nunca apareceria.

— É essa — grunhiu *laird* Glendarril, o olhar fixo na casa cinza e majestosa à direita.

— Anote o endereço para mim antes de sairmos novamente — pediu Aden. — Caso contrário, não vou conseguir encontrá-la de novo.

— Com um pouco de sorte, estaremos de volta em casa antes que você precise decorar o endereço — respondeu o irmão mais velho, e guiou seu enorme cavalo pela entrada em semicírculo. — Ô de casa!

A porta da frente foi aberta. Os criados começaram a sair correndo da casa — arrumadeiras, ajudantes de cozinha e criados de um modo geral, todos ajeitando toucas e paletós indiscriminadamente, enquanto passavam pela porta. Por alguns poucos segundos, Niall achou que a casa estava pegando fogo e aquelas pessoas estavam correndo para se salvarem, até se dar conta de que todos haviam se perfilado de cada lado da porta. Ele fez uma contagem rápida — eram quinze ao todo. Com tantos criados, um homem nem precisaria segurar o próprio lenço para assoar o nariz.

— Fomos brindados com um desfile — observou Aden. — Você acha que eles fazem isso toda vez que alguém se aproxima da casa?

Niall conteve um sorriso.

— Isso não parece muito prático, mas os ingleses são todos malucos mesmo.

O homem magro com o traje mais elegante fez uma reverência enquanto os três irmãos paravam os cavalos um ao lado do outro.

— Bem-vindos à Casa Oswell, lorde Glendarril, sr. Aden, sr. Niall. — Ao longo da fila, os outros criados se curvaram e fizeram reverências em uma sincronia bastante impressionante. — Lady Aldriss os aguarda lá dentro.

Atrás deles, a primeira carroça se aproximou e parou, com a outra logo atrás. Charles e Wallace, os dois homens sentados ao lado dos cocheiros e trazidos com apenas um propósito, se levantaram e sacaram suas gaitas de foles de baixo dos assentos de madeira que ocupavam. Atendendo ao aceno de cabeça de Coll e depois de alguns gemidos desafinados para encher os sacos de ar, eles começaram a tocar "The White Cockade" no volume máximo. Agora, sim, parecia uma saudação apropriada.

Niall desmontou e entregou as rédeas de Kelpie a um rapaz de aparência atordoada que usava o uniforme de cavalariço. As janelas das casas vizinhas começaram a ser abertas, enquanto criados e qualquer outra pessoa ao alcance do som tentavam dar uma espiada em fosse qual fosse a origem daquele barulho. Antes do primeiro refrão, já havia uma multidão reunida na rua atrás deles, batendo palmas ao som da música.

— Acho que estamos arrumados demais — comentou Aden, enquanto entregava Loki a outro cavalariço.

Santo Deus, a Casa Oswell parecia ter um cavalariço para cada cavalo no estábulo.

— Esse era o objetivo, não era?

Niall endireitou seu *sporran*, a bolsa de pele de raposa usada na frente do kilt, e se juntou aos irmãos. Xadrez de fundo vermelho e listras grossas em preto e verde, as cores do clã Ross tinham que ser as mais grandiosas e vibrantes das Terras Altas. E como os três homens tinham bem mais de um metro e oitenta de altura, com certeza não passariam despercebidos — nem seriam confundidos com nada além do que realmente eram.

— Os senhores não... — O mordomo pigarreou. — Não querem entrar? — voltou a convidar, o tom um pouco mais alto dessa vez.

— Eles ainda não tocaram "Killiecrankie" — respondeu Coll. — E você não nos apresentou a todas essas pessoas que se enfileiraram de forma tão ordenada para nos receber.

Como Niall estava de olho na porta, viu Francesca Oswell-MacTaggert, a condessa de Aldriss, assim que ela saiu das sombras. Ele tinha apenas 7 anos na última vez em que vira a mãe, mas a teria reconhecido entre uma multidão de centenas de pessoas. Sim, seu cabelo preto agora estava grisalho, e o rosto do anjo de que ele se lembrava parecia um pouco mais cheio, mas era ela. Na verdade, a única coisa que ele não esperava era que ela fosse tão... pequena. O topo da cabeça de Francesca não chegava nem ao ombro dele.

Ela caminhou devagar até parar na frente da porta. Seu vestido azul-escuro teria cintilado ao sol, mas o dia estava nublado.

— Vejo que não terei necessidade de informar aos vizinhos que os meus filhos chegaram — disse ela, com aquele sotaque frio e sofisticado que ele achava tão exótico quando criança. Agora soava meramente inglês. Ao contrário do sotaque dele. — Obrigada por isso.

— *Aye*, estamos aqui — respondeu Coll, estreitando os olhos. — Graças a suas ameaças, Francesca. Você levou o papai ao leito de morte e me impediu de consertar as valas de irrigação, mas conseguiu nos tirar das Terras Altas.

Francesca levou a mão esquerda rapidamente a um delicado colar de ouro que envolvia seu pescoço, antes de baixá-la mais uma vez.

— Seu pai faleceu?

— A essa altura, é bem possível. Ele nos fez jurar que não atrasaríamos a vinda para o sul, para não arriscarmos a ruína de Aldriss, por isso não temos ideia. Pogan, que é o nosso mordomo, caso não se lembre, deve nos avisar.

— Não me esqueci de Pogan — respondeu ela. — E também me lembro muito bem da antipatia de Angus por Londres. Até que me informem do contrário, vou encarar esse suposto leito de morte apenas como uma... excentricidade. — Ela esfregou as mãos, respirou fundo e deu um passo para a lateral da porta. — Muito bem. Levando em consideração que o futuro de Aldriss depende de vocês concordarem com os meus desejos, devo dizer que o meu *desejo* é que entrem em casa.

Niall lançou um olhar para Coll. Aos 29 anos, o atual visconde de Glendarril e futuro conde de Aldriss era, dos três, o que tinha a lembrança mais clara de Francesca — afinal, já tinha 12 anos quando a mãe partira para Londres. Coll tinha mais de um metro e noventa de altura, e os homens — e menos ainda as mulheres — não costumavam discutir com ele. Quanto mais tentar lhe dar ordens. Aquilo talvez não tivesse sido uma ordem, mas sem dúvida chegara bem perto. Niall se perguntou se Francesca havia se dado conta de que acabara de convidar um touro para entrar em sua loja de cristais. Um touro bravo.

Coll encontrou o olhar da mãe, então deu as costas para a casa.

— Continuem tocando, rapazes — gritou, então assoviou para que as carroças se adiantassem pela entrada da casa. — Temos uma montanha de bagagem para descarregar, e prefiro ouvir as gaitas aos gemidos dos criados.

— Ou dos vizinhos, imagino — murmurou Niall.

Ele não pusera muita fé no plano de Coll de chegar à porta da frente da Casa Oswell, bradar que era melhor Francesca repensar seus planos porque os irmãos MacTaggert não se curvavam a ninguém e cavalgar de volta para as Terras Altas. Ao que parecia, eles ficariam presos ali ao menos por alguns dias.

Niall levantou os olhos para a meia centena de janelas na frente da casa grandiosa. Nada nos últimos seis dias havia transcorrido como ele esperava, embora tivesse gostado da viagem da Escócia até ali. Em vez de um embate direto, Niall teria preferido que encontrassem um advogado situado em Londres que os representasse na contestação do acordo de Francesca. Outro inglês teria mais chance de encontrar uma saída para um acordo inglês do que Coll e sua preferência por confrontos. Mas aquela sugestão também havia sido rejeitada, obviamente, porque todos sabiam que um *highlander* não podia confiar em um *sassenach*. Nem mesmo um contratado por eles.

De qualquer forma, Niall nunca fora avesso a causar confusão. Enquanto Coll e Aden davam ordens aos batedores que os acompanhavam e à criadagem da Casa Oswell, ele subiu os degraus baixos que levavam à porta da frente.

— Soube que a conheci quando tinha 7 anos de idade — falou lentamente, e estendeu a mão, enquanto Francesca o encarava. — Sou Niall.

A mãe continuou a fitá-lo e deu um passo rápido à frente, antes de se deter. Ser um MacTaggert nas Terras Altas significava esbarrar com muitos homens que queriam construir a própria reputação às custas dele, provar sua força, poder ou riqueza tentando derrubá-lo ou mesmo levá-lo ao túmulo. Niall havia se tornado hábil em determinar quem era uma ameaça real e quem, na verdade, estava com raiva, apavorado ou — muito provavelmente — bêbado. E foi assim que soube que acabara de desferir um golpe contra Francesca Oswell-MacTaggert e que a havia magoado. Embora geralmente não atacasse mulheres, fora ela que começara.

Francesca ergueu um pouco o queixo, se adiantou mais uma vez e estendeu a mão para apertar a dele.

— Não precisa se apresentar, Niall, pelo amor de Deus. — Os dedos dela tremiam um pouco, mas, quando Niall tentou se soltar, a mãe o segurou com mais força. — Eu esperava que seu cabelo fosse ruivo.

Ele deu de ombros e passou a mão livre pelos fios desalinhados que caíam em seus olhos.

— Ficou mais escuro. Castanho basicamente, com alguns fios vermelhos aqui e ali, no sol.

— Você era um menino bonito, mas, meu Deus... Logo vai ver metade das jovens de Londres desmaiando aos seus pés. E esses olhos... são muito parecidos com os da sua irmã, sabe. Um céladon tão pálido quanto folhas novas sob o sol.

Ela estendeu a mão para o rosto dele.

Niall se virou de lado e entrou na casa, se desvencilhando da mão da mãe e evitando a carícia dela em um único movimento. Um "oi" não os tornava amigos ou família. No sentido mais literal, fazia deles meros conhecidos. Sim, era aquilo que eles eram — meros conhecidos, com a ressalva de que Francesca tinha o controle da bolsa que poderia determinar o futuro da propriedade da família de Niall e de todos os seus arrendatários. E o futuro dele também.

— Tenho a impressão — comentou Aden, o sotaque arrastado, passando entre Niall e a mãe e entrando no saguão longo e escuro mais além — de que, se estivesse mesmo curiosa sobre a cor do cabelo de Niall ou sobre seus lindos olhos, você teria uma forma simples de satisfazer essa curiosidade. Uma visita, talvez. Ou uma carta. — O irmão MacTaggert do meio carregava uma monstruosa cabeça de javali empalhada pousada em um suporte de carvalho. — Onde fica o meu quarto?

O mordomo magricela se colocou rapidamente atrás de Aden.

— Esse... Talvez um dos criados possa carregar isso para o senhor. John? E...

Aden ignorou o homem e começou a subir a escadaria ampla e elegante, parando no patamar onde a escada se dividia entre uma ala à esquerda e outra à direita.

— Me diga para onde ir, ou vou escolher qualquer quarto que me agrade.

— Smythe, leve Aden ao quarto dele — pediu Francesca.

— Claro, milady.

— *Och*, você se lembrou do meu nome, Francesca — comentou o homem esguio, de 27 anos, com o sotaque bem-marcado. — Mas a verdade é que dizem que sou mesmo inesquecível.

— Depois que guardar seu troféu, junte-se a nós na sala de estar do primeiro andar — orientou a condessa, e se virou para entrar em uma sala ao lado do saguão. — Niall, por favor, junte-se a mim?

Era hora de explorar um pouco o terreno. Niall se preparava para seguir a mãe, mas parou abruptamente quando uma mão firme o segurou pelo ombro.

— Você apertou a mão dela — murmurou Coll.

— E me apresentei, como se nunca tivéssemos sido apresentados. Sou um homem encantador, caso não se recorde. Mas não sou um traidor.

— Não se esqueça disso, *bràthair*. Você ouviu o aviso do nosso pai. Ela pode parecer uma flor, mas muitos homens já se afogaram em lágrimas e na voz suave de uma mulher. Se não tem estômago para isso, é melhor recuar. Aden e eu cuidaremos disso.

Se eles acreditassem na mais recente descrição que Angus Mac-Taggert havia feito da ex-esposa, já no seu autoproclamado leito de morte, Francesca Oswell-MacTaggert era a típica dama aflita, chorosa e frágil que usava suas artimanhas femininas para manipular todos os homens ao seu alcance e fazê-los atender aos seus caprichos. Niall não sabia se acreditava em tudo o que o pai dissera — ao contrário do que havia declarado, tinha algumas lembranças da mãe, que parecia calorosa e agradável na maioria delas. E cheirava a limão. Mas ele era um menininho na época, e agora não mais. Aliás, estava bem longe disso.

— A única boa razão para eu me casar com uma inglesa seria porque a florzinha chorosa faria o que eu dissesse, e eu poderia deixá--la para trás em Londres — respondeu ele em voz baixa. — Afinal, funcionou para o pai.

— Sim. É como você diz. Mas não me casar com ninguém é a minha primeira escolha. Ainda mais com uma mulher que alguma estranha escolheu para mim — respondeu Coll.

Ele soltou o irmão e o seguiu para dentro da sala.

Niall se sentou perto da porta, enquanto Coll andava um pouco ao redor, olhando as prateleiras organizadas, cheias de livros, vasos e bugigangas femininas delicadas. Assim que Aden reapareceu, os dois assumiram o comando do sofá à esquerda de Niall. Aquilo deixou Francesca de frente para a porta do saguão, olhando o caos absurdo que se instalava ali conforme levavam para dentro de casa as coisas que os rapazes haviam trazido da Escócia. Pelo menos aquilo provavelmente seria interessante, pensou Niall, mesmo que ele duvidasse de que tudo correria tão bem quanto Coll esperava.

— Meus meninos — falou Francesca, a voz muito baixa, quase inaudível acima da gaita de foles do lado de fora.

— Você vai ter que falar mais alto — declarou Coll. — Os rapazes estão entusiasmados essa manhã.

— Eu disse que estou mais feliz do que vocês jamais poderiam imaginar por ver os meus meninos novamente — reafirmou a condessa, a voz mais firme agora.

— Não somos seus meninos — retrucou Coll. — Você nos convocou aqui com uma ameaça, e aqui estamos para responder da mesma forma. Se queria afeto, deveria ter pedido com mais gentileza e escrito com mais frequência.

Francesca afundou na cadeira azul disponível, as saias farfalhando ao seu redor enquanto cruzava as mãos no colo. Cada movimento que fazia parecia estudado, como se houvesse um pintor na sala ao lado pronto para se adiantar e esboçar seu retrato.

— Então eu é que devo assumir a culpa por o pai de vocês não ter se dado ao trabalho de informá-los que temos um acordo há dezessete anos. Muito bem. Posso aceitar isso.

Aden inclinou a cabeça.

— Não foi *ele* que nos deixou para trás, Francesca.

Ela abaixou os olhos, abriu a boca, como se fosse dizer alguma coisa, mas logo voltou a fechá-la, enquanto Niall esperava que o choro, os lamentos e os pedidos de compreensão começassem. Em vez disso, Francesca pigarreou e falou, por fim:

— Meu maior medo era que Angus criasse vocês como bárbaros selvagens e rudes, e está claro que eu tinha razão em me preocupar. Dito isso, como todos sabemos que o futuro de vocês depende de fazerem o que eu digo, vamos começar assim: vocês não vão me chamar de Francesca. Eu sou sua mãe, e vocês vão mostrar algum respeito por mim. Vou lhes dar quatro opções: podem se referir a mim como mamãe, mãe, milady ou lady Aldriss.

Aquilo estava longe de parecer um choramingo.

— Então poderia nos dizer onde podemos encontrar a nossa irmã, lady Aldriss? — perguntou Niall, disfarçando a surpresa.

— Sim — concedeu ela —, se me der a sua palavra de que não vai culpá-la pelo acordo ou pelo noivado. Não é culpa dela que vocês estejam aqui.

Niall fez uma careta e afastou a lembrança de que sugerira sequestrá-la. Aquela tinha sido apenas uma das dezenas de ideias que haviam surgido.

— Acha que somos loucos a ponto de fazer mal a Eloise? Ela é uma MacTaggert. E é nossa irmã caçula.

Algo no que ele disse pareceu agradá-la, porque Francesca sorriu.

— Ótimo. Fico feliz em ouvir isso. Ela queria estar aqui, mas já havia combinado de sair para fazer compras com algumas amigas, e eu pedi que cumprisse o compromisso. Como eu disse, não tinha certeza de como ela poderia ser tratada. Eloise estará em casa antes do jantar.

— Acho que talvez você queira rasgar esse acordo — afirmou Coll. — Não tem ideia de quem somos, ou mesmo se já temos alguma moça em mente para nos casarmos. Se nos forçar a casar com uma mocinha assustada qualquer, talvez não veja seus netos, milady.

— Sei que vocês tiveram menos de uma semana para pensar em algum argumento contrário ao meu acordo com o seu pai, mas isso é mesmo o melhor a que conseguiram chegar? — retrucou ela. — Não ver os netos? Lembre-se de que está falando com uma mulher que deixou os próprios filhos para trás.

— Você disse que estava feliz em nos ver — interveio Aden, a expressão carrancuda.

— E estou. Espero que, com o tempo, vocês compreendam como estou satisfeita. Mas o acordo permanece. Vocês três irão cumpri-lo, ou reterei os fundos que o seu pai tem usado nos últimos trinta anos para evitar que Aldriss Park entre em colapso. *Eu* certamente não dou a menor importância àquele lugar. Mas vocês se importam. Posso ver isso.

— Sim, nos importamos, lady Aldriss — grunhiu Coll. — E todos os nossos arrendatários, criados e aldeões.

— Então vocês sabem o que precisam fazer. É muito simp... — Francesca se interrompeu e seu olhar se desviou para algo no saguão atrás deles. — Aquilo é um veado?

— Sim — respondeu Aden. — É o Rory. Nós o deixamos na biblioteca.

— Na *minha* biblioteca vocês não vão deixá-lo.

— Acho que ele ficaria muito bem no patamar da escada, então — sugeriu Coll. — Joseph, Gavin. Deixem o Rory no patamar da escada, para que todos possamos admirá-lo.

Ele voltou os olhos para Francesca, uma sobrancelha arqueada.

— Bem — disse ela, claramente não se dando conta de que tinha acabado de perder aquela discussão, ou sem se importar com isso, já que ganhara a disputa mais importante. — Suponho que podemos decidir mais tarde sobre o lugar onde o veado vai ficar. — Ela se levantou, foi até um cordão dourado que estava pendurado perto da porta e o puxou duas vezes. — Isso não precisa ser um confronto. No momento, entretanto, como vocês são todos meus prisioneiros e evidentemente não estão dispostos a se envolver em conversas educadas, Smythe os levará aos seus quartos. O almoço será servido na sala de jantar menor, entre uma e três horas, e nos sentaremos para jantar às sete. Se não se sentarem à mesa para jantar, não comerão.

O mordomo apareceu na porta.

— Sim, milady?

— Aden já conheceu o quarto dele, mas, por favor, mostre a Coll e Niall seus aposentos. — Ela inclinou a cabeça e começou a sair da sala. Mas, no último instante, voltou a se virar para os filhos. — Como vocês leram o acordo, presumo que estejam cientes de que um de vocês se casará com uma dama de minha escolha. E como é você que receberá o título e a herança, Coll, decidi que será a *sua* noiva que eu escolherei.

Os irmãos já haviam decidido a mesma coisa entre eles, mas Coll não gostara de perder, para início de conversa. A nova confirmação sendo esfregada em sua cara não garantiria nenhum afeto a Francesca. Lorde Glendarril ficou de pé, fazendo valer sua altura de mais de um metro e noventa, e pronto para a batalha. Niall se moveu rapidamente e também ficou de pé.

— Coll já havia dito que deveria ser ele — mentiu Niall —, portanto não nos surpreendeu, lady Aldriss, embora eu duvide que consiga encontrar alguma inglesa para ele.

Coll flexionou os dedos, o maxilar cerrado.

— *Aye*. Encontre-me uma moça frágil e intocada, então. Acho que vamos nos dar tão bem quanto você e Angus MacTaggert.

Francesca empalideceu um ou dois tons.

— A jovem que escolhi para você dará uma ótima viscondessa de Glendarril, e uma lady Aldriss ainda melhor quando seu pai realmente decidir morrer — retrucou ela, ignorando os outros comentários do filho. — Você a conhecerá hoje à noite, no teatro. Pode levar *um* de seus irmãos... não desejo aborrecer a jovem submetendo-a ao olhar carrancudo de vocês três.

— A senhora poderia ter me dado ao menos um maldito dia para recuperar o fôlego antes de baixar o machado no meu pescoço — reclamou Coll, irritado.

A mãe lhe lançou um sorriso que não teria aquecido gelo.

— Não faz sentido perder tempo. E se Eloise e o sr. Harris acabarem fugindo para se casar? Você pode perder tudo por não agir no momento certo.

Ora, aquele encontro não havia se dado da forma como Coll havia descrito. Niall teria rido da forma como Francesca havia passado por cima do irmão mais velho se aquilo não acabasse servindo como encorajamento para esse mesmo irmão mais velho lhe acertar um soco. Ainda assim, graças a Deus, ele ao menos poderia ter alguma opinião sobre a própria noiva, uma moça frágil e assustada como Coll havia descrito, uma mulher com quem poderia se deitar e depois deixar para trás, enquanto voltava para as Terras Altas para viver como desejasse.

— Você pode muito bem dar uma olhada nela, Coll — falou Niall em voz alta.

Coll virou a cabeça.

— Niall gosta de ir ao teatro. Ele se juntará a nós essa noite.

Niall respirou fundo. *Que maravilha.*

— *Och*, vai ser um prazer — mentiu.

Era exatamente o que ele queria, passar uma noite assistindo a Coll tentar fazer com que alguma moça de temperamento débil desmaiasse diante de sua mera presença. Pelo menos, supôs Niall, se qualquer uma das mulheres próximas também sucumbisse, ele teria sua primeira chance de encontrar uma criatura tola e chorosa para si mesmo.

Ao que parecia, Francesca os queria ligados a Londres. A condessa provavelmente não contava que os filhos fossem se dedicar a conquistar um bando de moças com quem nenhum deles queria ter qualquer associação. Uma visita a Londres, e talvez uma segunda de Coll para providenciar um herdeiro, e Aldriss Park estaria permanentemente financiada. Não era o ideal, mas era melhor do que o que Francesca havia imaginado para eles.

Capítulo 2

— NÃO VOU USAR ISSO, Oscar.

Niall se afastou do espelho para examinar o grande alfinete de gravata de esmeralda em um engaste de ouro ornamentado. Ele poderia jurar que as imagens de miniquerubins brincavam ao redor da borda.

— Sua mãe me entregou isso com instruções expressas para que o senhor usasse — disse o valete. — Disse que pertenceu ao pai dela, o antigo *laird* Hornford.

Com certeza, Francesca havia mandado entregar alguma bugiganga para Coll e Aden também, e agora esperava no vestíbulo para ver qual deles usaria o seu presente. Não seria ele.

— Deixe isso pra lá — ordenou Coll. — Vou usar o broche de cardo e nada mais. Não sou nenhum dândi inglês.

— *Aye* — concordou Oscar, e deixou o acessório elegante em cima da mesa. Com um suspiro, recuperou o pequeno alfinete de prata, no formato de cardo, que Niall geralmente usava com seu kilt. — Agradeceria se o senhor pudesse deixar milady ciente de que fiz o que ela pediu.

— Não se preocupe com o que alguma *sassenach* ardilosa pensa de você. Não vamos ficar aqui tempo o bastante para que isso importe.

— E as noivas que o senhor e o sr. Aden precisam encontrar aqui? E a moça com quem *laird* Glendarril vai se casar? Precisam ficar tempo o bastante para isso.

Niall franziu o cenho para o seu reflexo no espelho de corpo inteiro. Coll podia até alegar que nada havia sido resolvido, mas aquela conversa na sala de estar parecera bastante definitiva para ele.

— Apenas tempo suficiente para um casamento. Acho que o pai vem tendo uma vida muito boa nas Terras Altas sem a presença da esposa nos últimos dezessete anos. Não há motivo para não podermos fazer o mesmo.

Quanto mais ele pensava naquilo, mais sentido fazia: se casar com uma inglesa a quem não dava a mínima importância, apenas para salvar Aldriss, e depois lavar as mãos dela. Aquilo mostraria a Francesca que ela não podia controlar tudo, principalmente os filhos.

Mas aquele ainda era o pior cenário, e só seria uma opção caso ele e seus irmãos não conseguissem convencer lady Aldriss de que não eram adequados ao consumo das inglesas. Afinal, ela ainda não os vira em público. Talvez, depois de uma noite acompanhada por camaradas nada cooperativos das Terras Altas, ela voltasse para a Casa Oswell, rasgasse o acordo por iniciativa própria e os mandasse de volta para a Escócia. Niall ouviu uma batida suave à porta.

— *Aye?* — falou.

Então a viu no reflexo do espelho da penteadeira, uma fadinha esguia com longo cabelo escuro preso no alto da cabeça, olhos verdes quase transparentes, a cor realçada pelo vestido de noite de um tom de esmeralda profundo e por um sorriso que parecia esperançoso e nervoso ao mesmo tempo. Niall ficou de pé, o coração disparado.

— Eloise — falou.

Ele encontrou-a no meio do cômodo e puxou-a para um abraço forte.

A jovem era tão miúda quanto Francesca e parecia ainda mais delicada. O sorriso dela ficou mais largo.

— Você não teria como me reconhecer — disse ela, e seu sotaque inglês elegante surpreendeu Niall, mesmo sabendo exatamente onde ela havia passado os últimos dezessete anos. Aquela moça era irmã dele... deveria ser escocesa.

— Tenho uma lembrança muito clara de cutucar você com um pedaço de pau para fazê-la chorar... assim eu sempre conseguia surrupiar mais um biscoito da sra. Ross. Ela é a nossa cozinheira e adorava te dar biscoitos amolecidos com leite.

— Eu não me lembro disso — respondeu Eloise, e franziu brevemente a testa. — Mas adoro biscoitos!

A jovem de 18 anos inclinou a cabeça para trás, para encarar melhor o irmão.

— Tem algum bicho na minha testa? — perguntou Niall depois de um minuto daquele exame atento.

— O quê? Ah, céus, não. Eu... acabei de conhecer Aden e ele disse que eu me pareço com você. — Eloise se aproximou mais meio passo. — Não consigo ver como. Coll disse que eu ainda sou uma criança, e que não deveria nem pensar em me casar com ninguém por pelo menos mais dez anos, mas Aden ficou só olhando para mim, então disse que você e eu poderíamos ser gêmeos e depois perguntou onde poderia encontrar um bom jogo de faro.

Niall sorriu.

— Nenhum de nós consegue entender Aden. Mas ele gosta *mesmo* de jogar cartas. Você vai ao teatro conosco essa noite, certo?

— Não. Eu gostaria, mas tenho um jantar com Matthew e os pais dele. — Eloise pigarreou. — Acho que a mamãe quer dar alguns dias a vocês para se familiarizarem com Londres, antes de conhecerem Matthew e todo mundo.

Ou talvez Francesca ainda estivesse tentando descobrir se Londres estava pronta para os MacTaggert. Quando ele voltou novamente a atenção para Eloise, ela ainda o encarava.

— Não fiquei feliz em vir aqui para Londres — confessou Niall —, mas estou feliz por ter você de volta na minha vida.

Ela sorriu, os olhos marejados.

— Eu tenho irmãos — falou com a voz embargada. — Sempre soube disso, e a mamãe me contava histórias sobre vocês, mas eram sempre as mesmas, de coisas que vocês faziam quando eram muito pequenos. Era como ouvir sobre a família de outra pessoa. — A jovem ficou na ponta dos pés e deu um beijo no rosto do irmão. — Estou feliz por você estar aqui, Niall.

Com isso, Eloise voltou a sair do quarto. Atrás dele, Oscar fungou ruidosamente.

— Isso foi muito comovente, sr. Niall.

Niall voltou para a penteadeira.

— *Aye*, foi. Se o pai tivesse nos contado *por que* passou todo esse tempo ressentido com Francesca, eu poderia ter escrito para Eloise em outros momentos que não só no aniversário dela. Talvez eu tivesse vindo visitá-la.

Sem dúvida Angus ficara envergonhado por ter sido colocado em uma posição tão vulnerável por uma mulher tão pequena quanto Francesca Oswell-MacTaggert, mas o patriarca da família não havia feito nenhum favor aos filhos mantendo em segredo aquele maldito pedaço de papel e seu conteúdo até o momento em que soube do noivado de Eloise.

Se os irmãos soubessem antes, talvez tivessem tido tempo de contratar um advogado inglês para encontrar uma saída para aquela confusão. Poderiam ter criado uma estratégia própria para driblar a ideia de todos eles terem que se casar com mulheres inglesas, e de Coll ser forçado a se casar com uma mulher escolhida pela mãe. Eles poderiam ter se casado com moças escocesas, então desafiado lady Aldriss a fazer o pior.

A porta do quarto voltou a ser aberta.

— Pegue — disse Coll, e atirou uma maçã na direção do irmão. Niall a pegou.

— Presumo, então, que não vamos nos sentar para jantar — falou, enquanto dava uma mordida na fruta.

— Sua suposição está correta. Vou ao maldito teatro porque dei a minha palavra, mas não vou me sentar e comer ao lado daquela mulher e fingir que somos uma família.

Uma maçã talvez bastasse por algumas horas, mas não seria uma solução de longo prazo.

— Se for preciso, então, comeremos seu cavalo primeiro.

Coll andou até a janela e voltou.

— Ela nos colocou entre a cruz e a espada.

— Sim, isso é verdade.

— Suponho, então, que não importa quem seja essa moça, desde que seja alguém sem graça. Se não posso evitar o casamento, quanto mais enfadonho ele for, melhor. Vou ficar sentado vendo seja quem for batendo os cílios e falando sobre o clima e sobre a moda parisiense, e me casarei com ela o mais rápido possível. Você e Aden encontrem logo alguma moça para vocês também, então voltaremos para casa sozinhos. Francesca pode ter vencido, mas não vai gostar do prêmio.

Niall nunca se imaginou buscando uma moça de sorriso afetado para se casar, mas a verdade era que não havia previsto nada daquilo.

— Seguirei o seu comando. Os MacTaggert se mantêm...

— Unidos — concluiu Coll, enquanto se aproximava para dar um tapinha no ombro do irmão. — Sim. Aden já saiu, então que tal um jogo de dardos naquela sala de bilhar elegante até lady Aldriss nos chamar para o teatro? — Ele fechou a cara. — Espero ao menos que seja *Macbeth* ou algo sangrento.

Quando eles encontraram a sala de bilhar, alguém bateu um gongo no andar de baixo. Niall supôs que aquilo significava que o jantar estava servido, mas, como Coll já havia decidido que eles comeriam apenas maçãs naquela noite, ignorou o som reverberante. Um gongo, quando bastaria alguém gritar da base da escada. Mas a verdade era que o pai deles certa vez havia disparado uma pistola na direção do chão para chamar os filhos para a sala de jantar.

Normalmente caberia a Niall amenizar a situação entre Coll e Francesca. Sim, ele gostava de uma boa briga, ainda mais quando havia um equilíbrio de forças para os dois lados, e naquele caso hesitava até em nomear Francesca como família, mas sabia que tanto os irmãos quanto o pai se voltavam para ele em busca de um meio-termo. E não eram só eles. Sempre que aquilo acontecia, Niall se tornava o conciliador do vale. "Meu diplomata", era como o pai o chamava. Se aquilo significava que Niall não gostava de tiranos ou que protegia as pessoas ao seu redor, então ele aceitava de bom grado a alcunha. Como tudo aquilo ajudaria a impedir um casamento, não tinha ideia.

— Aqui estão os senhores — disse uma voz da porta. Niall se virou e viu o mordomo endireitando o colete. — Perderam o jantar, milorde, sr. Niall, sinto muito.

— *Aye* — respondeu Coll, e arremessou outro dardo.

— Devo informá-los que o gongo soa no início do jantar todas as noites e soará apenas uma vez. Também devo avisar que a carruagem está a caminho e que lady Aldriss deseja que se juntem a ela sem demora.

Coll passou os dedos ao redor do último dardo. Niall soltou um suspiro silencioso e cutucou o irmão com o ombro.

— Você não tem um plano alternativo — murmurou, antes que o visconde pudesse começar a arremessar dardos em quem estivesse por perto. — E há uma pequena chance de que a moça que vai conhecer aprecie exatamente o tipo de homem que você é. Sabe como é... uma pessoa enfadonha, estúpida e dócil.

— Você é um idiota — resmungou o irmão em resposta, e arremessou o último dardo no centro do alvo. — Vamos descobrir, *aye*?

—◆—

— Mamãe, devo usar as pérolas da vovó ou o colar de ônix da tia Louise? — perguntou Amelia-Rose Hyacinth Baxter, saindo do quarto com uma joia em cada mão e parando no alto da escada.

A mãe apareceu no andar de baixo vindo da direção da sala de estar.

— Não pode usar pérolas com aquela renda branca no decote... elas vão parecer amareladas. — A mãe franziu o cenho. — Você tem um colar de contas de vidro azuis com brincos combinando, não tem? Elas vão destacar seus olhos.

— Eu já estou usando um vestido azul — respondeu Amelia-Rose, e girou no lugar. — O colar e os brincos seriam demais.

Victoria Baxter balançou a mão para a filha, dispensando-a com um gesto.

— Use o de ônix, então. Mas se apresse. Precisamos que esteja sentada antes que lady Aldriss e o filho cheguem.

Sim, claro. Uma dama sempre parecia bem inclinando o pescoço para olhar para trás, então se levantando e se virando para cumprimentar seus admiradores. Aquilo faria o vestido girar ao redor da

32

cintura e das coxas. Amelia-Rose voltou apressada para o quarto e entregou o colar de ônix a Mary.

— Demoramos tempo demais arrumando o meu cabelo — comentou com a criada, enquanto se sentava para que Mary pudesse prender a corrente de ouro ao redor do seu pescoço. — Mamãe está com medo de nos atrasarmos.

— Mas a senhorita precisa admitir que seu cabelo está muito bonito esta noite — respondeu a criada, enquanto passava o dedo ao longo de um cacho loiro delicado e o firmava. — Parece uma cascata dourada.

Amelia-Rose encarou seu reflexo no espelho. Seu cabelo estava mesmo bonito naquela noite. Talvez até bonito demais. Ela ajeitou a manga esquerda.

— Você acha que o meu pretendente se deu ao trabalho de tomar banho?

Mary riu.

— Imagino que lady Aldriss tenha insistido para que ele fizesse isso. E a senhorita disse que ele é metade inglês.

— Sim, e metade escocês. Um *highlander* escocês. — Ela suspirou. — Você já viu outros como ele por aí. São todos brutos com grandes barbas eriçadas e barris pendurados nos ombros.

— Esses são os que trabalham nas docas, srta. Amy. Estamos falando de um visconde. Que vai ser conde um dia.

— Eu sei. E ser chamada de "milady", além de ter pessoas se curvando e fazendo mesuras para mim, seria muito bom. — Amelia-Rose fez uma careta enquanto voltava a se levantar. Estava começando a imitar o modo de falar da mãe mesmo quando Victoria Baxter não estava lá para perceber. — Não me oponho à posição social dele. Apenas ao lugar onde mora e à qualidade de sua educação. A Escócia fica muito longe de Londres. Se eu desse uma festa lá, quem no mundo saberia a respeito?

Aquela havia sido a principal preocupação de Amelia-Rose desde que a mãe dela e lady Aldriss tinham chegado a um acordo, quinze dias antes. Londres oferecia um sem-número de bailes, recitais, teatros, diversões, passeios no parque, museus e tudo mais que se pudesse imaginar. A Escócia oferecia um sem-número de... ovelhas.

Não se podia dançar ou ter conversas espirituosas com ovelhas. Ou com *highlanders*, pela experiência dela.

A sineta que costumava ficar sobre a mesa do vestíbulo começou a tocar loucamente, um sinal claro de que a mãe dela estava, no mínimo, ficando impaciente. Amelia-Rose abafou um suspiro e desceu para o andar de baixo, ainda calçando as luvas azul-escuras. A mãe a encontrou na base da escada reta.

— Você está apresentável — disse Victoria, examinando a filha.

— Embora eu desejasse que tivesse trançado fitas em seu cabelo.

Fitas azuis, sem dúvida.

— Mamãe, estamos falando do teatro Drury Lane, não de um grande baile — respondeu ela, sorrindo. — E eu certamente não desejo parecer ansiosa demais.

— Por que não deveria parecer ansiosa? — interveio o pai de Amelia-Rose, saindo do escritório dele. — Já está tudo arranjado. Só o que falta é você e lorde Glendarril se conhecerem, então escolherem uma data para o casamento. Eu me atrevo a dizer que já tomamos conta da parte difícil de tudo isso.

— Ah, que tolice, meu caro Charles — interrompeu a esposa, surpreendendo Amelia-Rose. — Nossa filha é a sensação de Londres há dois anos. Ela já teve... — Ela fez uma pausa e se virou para a jovem. — Quantos pedidos de casamento você já recebeu?

— Quatro — respondeu a filha, enquanto pegava o xale prateado das mãos do mordomo Hughes e o passava ao redor dos ombros.

— Está vendo, Charles? Quatro pedidos de casamento em dois anos. Por que Amelia-Rose deveria estar ansiosa para conhecer um homem que tem título e riqueza e que não pode fugir quando ela disser algo inconveniente?

Ah, então não havia sido um elogio... Ela deveria ter imaginado.

— Estou tentando, mamãe. E agradeço por se dar ao trabalho de chegar a um acordo com lady Aldriss.

Victoria levou a mão à testa.

— Gratidão, finalmente. Estou emocionada.

— Vamos, vamos, meu bem — acalmou-a Charles Baxter, passando por Hughes e as conduzindo à carruagem que os esperava.

— Três desses pedidos foram feitos esse ano. Ela está se esforçando.

— Obrigada por dizer isso, papai.

E Amelia-Rose *realmente* estava se esforçando. Não havia feito qualquer comentário realmente afiado desde o final da última temporada social, quando lorde Albert Pruitz, o terceiro filho do marquês de Veyton, a comparou a uma jarra de leite. Ela havia aprendido a lição depois daquela calamidade e segurara a língua. Seus pensamentos não tinham sido tão cooperativos, mas de modo geral Amelia-Rose havia compreendido que ninguém jamais voltaria a pedi-la em casamento se ela não conseguisse se abster de acusar um pretendente de ter a imaginação de um nabo.

Já em sua segunda temporada social, Amelia-Rose havia aprendido a moderar suas expectativas e a aceitar as próprias limitações. Havia esperado encontrar um homem que a admirasse por quem ela era, do modo como era, alguém que apreciasse sua inteligência, mas aquilo não acontecera. Os pais dela haviam se adiantado, então, e encontrado um homem para a filha, alguém que aparentemente não correspondia a nenhuma das exigências de Amelia-Rose. O único benefício real que ela conseguia ver em um casamento com lorde Glendarril seria a oportunidade de finalmente deixar a Casa Baxter. Mas sair da casa dos pais para morar nas Terras Altas escocesas não lhe parecia um grande progresso.

Ninguém chegava cedo ao teatro Drury Lane, porque aquilo significaria não ter ninguém para admirar o vestido ou a gravata da pessoa enquanto ela subia a escada larga e curva. Por outro lado, dois minutos depois de deixarem a carruagem, eles já estavam acomodados no camarote de lady Aldriss, servidos de bebidas.

Ainda havia três assentos vagos no camarote. Lady Aldriss, claro, e lorde Glendarril, mas quem mais? Não seria Eloise MacTaggert, porque Amelia-Rose sabia que a amiga jantaria com os Harris naquela noite. Um dos outros irmãos, então. Ela procurou colocar uma expressão agradável no rosto conforme as pessoas começavam a ocupar lentamente seus assentos. Nada havia sido declarado oficialmente, mas as pessoas sabiam com quem ela se encontraria naquela noite, e Amelia-Rose não estava disposta a ser motivo de fofoca de ninguém, por isso não permitiria qualquer expressão descuidada. Não mais.

Do outro lado do teatro, em um camarote quase oposto àquele em que ela e os pais estavam sentados, lady Caroline Mays e sua irmã mais nova, lady Agnes, junto ao duque e à duquesa de Hildergreen, se acomodaram em seus assentos. Caroline ergueu o binóculo, espiou Amelia-Rose e acenou para ela.

Amelia-Rose sorriu e acenou de volta, mas se encolheu por dentro. Gostava de lady Caroline — eram amigas próximas, na verdade —, mas a filha do duque não era capaz de guardar um segredo nem se a própria vida dependesse disso. Ela veria tudo o que estivesse acontecendo no camarote de lady Aldriss e, pela manhã, todos os amigos em comum das duas já saberiam o que se passara ali. Que maravilha...

Amelia-Rose suspirou. Como não podia de forma alguma evitar tudo aquilo, só lhe restava torcer para que as coisas corressem bem. Talvez Coll MacTaggert fosse bonito e agradável e sempre tivesse desejado morar em Londres. O sotaque dele desapareceria com o tempo, com sorte seus modos não seriam horríveis e poderiam ser corrigidos e, assim, Amelia-Rose conseguiria evitar que toda a sua vida fosse virada de cabeça para baixo.

— Ah, que bom, vocês estão aqui. — A voz de lady Aldriss veio da entrada do camarote.

Amelia-Rose respirou fundo, endireitou os ombros e virou a cabeça apenas o bastante para mostrar a curva do pescoço. Mas o movimento estudado foi em vão, porque apenas lady Aldriss — linda em um vestido de seda lilás e preto — estava junto à cortina da entrada do camarote. Talvez os irmãos MacTaggert não tivessem chegado à cidade, afinal — e ela não teria o menor problema com aquilo. Sua agenda para a temporada social já estava lotada.

Amelia-Rose se levantou e fez uma reverência, enquanto a condessa entrava em seu camarote particular.

— Boa noite, milady.

Como ela e Eloise eram amigas, Amelia-Rose já convivera bastante com lady Aldriss e passara a apreciar a maneira bastante direta da dama, tão diferente do que estava acostumada com a própria mãe e suas "sugestões" ao mesmo tempo elogiosas e ofensivas.

— Victoria, Charles, é um prazer vê-los — cumprimentou lady Aldriss com um sorriso, e estendeu uma das mãos para o pai e a outra para a mãe de Amelia-Rose. — E você, minha cara, está deslumbrante.

— Francesca, obrigada por nos convidar essa noite — respondeu Victoria Baxter. — Seus filhos não chegaram?

A condessa deu um sorrisinho de lado.

— Eles chegaram. — Ela recuou um passo, então, e abriu a cortina.

Um homem alto, de ombros tão largos que mal pareciam caber na porta, entrou meio que tropeçando no camarote, como se tivesse sido empurrado. Ele murmurou alguma coisa em voz baixa, que pareceu um xingamento, mas logo se endireitou e, de repente, Amelia-Rose se viu diante de olhos verdes tão claros que pareciam quase transparentes, um nariz reto e bem proporcionado, uma boca que se curvava nos cantos em uma expressão ligeiramente carrancuda, cabelo castanho rebelde e longo demais, aqueles ombros, uma cintura esguia e — ah, Deus do céu — um kilt em xadrez preto, verde e vermelho intenso. E aqueles sapatos escoceses com cadarços compridos enrolados nas pernas quase até os joelhos.

Graças a Deus o homem estava usando aquele kilt, porque, caso contrário, o primeiro pensamento de Amelia-Rose poderia ter sido que ele era extraordinariamente belo, de uma forma selvagem e não civilizada, como um deus pagão da virilidade. Diante do kilt, porém, não lhe restava escolha a não ser lembrar que o homem era um *highlander*, e que ela realmente não queria nada com um. O olhar do homem encontrou o dela, e algo que Amelia-Rose não conseguiu decifrar, mas que pareceu… ardente, iluminou sua expressão para logo desaparecer. *Ah.* De repente, ela se sentiu ofegante.

— Ah, pelo amor de Deus — murmurou lady Aldriss. — Esse é Niall, meu filho mais novo. — Ela desapareceu por um instante, então atravessou novamente as cortinas de braço dado com um homem ainda maior. — E esse é o meu filho mais velho, Coll MacTaggert, visconde de Glendarril. Coll, sr. e sra. Baxter e srta. Amelia-Rose Baxter.

Lorde Glendarril se parecia muito com o irmão mais novo, embora seus olhos fossem de um verde muito mais escuro, a boca mais dura. As sobrancelhas retas sombreavam seus olhos, mas não escondiam a expressão direta, fitando-a de forma desconcertante. *Aquele* era o homem com quem os pais queriam que ela se casasse? Aquele brutamontes enorme, de arestas rígidas que se permitia encarar abertamente uma dama?

Ao sentir o cutucão da mãe em suas costas, Amelia-Rose fez uma reverência atrasada.

— Milorde. É um prazer conhecê-lo.

— É mesmo? — retrucou ele em um forte sotaque escocês. — Sentirá prazer em usar meu anel e se chamar lady Glendarril?

— Eu... — Céus, ele era aterrorizante. — Acho que devemos nos conhecer primeiro, milorde. Não acha? — perguntou Amelia-Rose, esforçando-se para se lembrar de que deveria ser educada.

Ah, aquilo *não* iria acontecer. Aquele brutamontes a levaria para as Terras Altas para ordenhar suas vacas e lhe dar bebês robustos das Terras Altas enquanto ele pisava firme em suas grandes botas. *Não, não, não.*

— Bem, foi isso que viemos fazer aqui essa noite, não é? — Ele ocupou o assento vazio ao lado dela sem cerimônia, enquanto a mãe e o irmão mais novo silencioso se sentavam ao lado dos pais de Amelia-Rose. Lorde Glendarril cruzou os braços diante do peito. — Conte-me algo a seu respeito, então.

Antes de mais nada, ele a fazia se sentir como se estivesse sendo interrogada na prisão Old Bailey e, em segundo lugar, como uma espécie de harpia que sacrificara uma cabra para conseguir um marido. Amelia-Rose abriu a boca e logo voltou a fechá-la. Como diabo deveria responder àquilo? Claramente aquele homem não aprovaria ou apreciaria o que quer que ela dissesse. Atrás dela, a mãe estendeu a mão para endireitar uma das mangas do vestido de Amelia-Rose.

— Minha filha já recebeu quatro pedidos de casamento, milorde — anunciou Victoria, a voz alta o bastante para que os que estavam nos camarotes de ambos os lados pudessem ouvir. — Ouso dizer que

Amelia-Rose garantiu seu lugar como um diamante de primeira classe ao longo das suas duas temporadas sociais.

— Que diabo é um diamante de primeira classe? — retrucou o visconde, com uma risadinha zombeteira.

— É uma expressão — respondeu Amelia-Rose. — Minha mãe está exagerando, é claro.

O visconde ergueu uma das sobrancelhas retas.

— Então a senhorita não é um diamante?

— Eu... raramente fiquei sem um parceiro de dança — balbuciou ela. Como explicar algo de que estava se gabando sem soar humilde ou arrogante demais?

— A senhorita gosta de dançar, então.

— Ah, sim, gosto! — exclamou Amelia-Rose. Talvez o visconde também estivesse apenas nervoso e tivesse menos prática em conversas polidas. Ora, ela era excelente no que dizia respeito a conversar e vinha trabalhando na parte de ser polida. — Especialmente a valsa. Essa temporada social teve muitos bailes, e a soirée de lady Jenkins teve três valsas. Foi escandaloso, mas agora todos querem fazer o mesmo. O senhor dança, então, milorde?

— Não se eu puder evitar.

Amelia-Rose se controlou antes que sua expressão demonstrasse decepção. Pelo amor de Deus, o homem não estava nem tentando ser agradável.

— Do que gosta então, milorde?

— Está perguntando a respeito do que eu faço sem um propósito específico? Quer saber o que mais me dá prazer quando não estou supervisionando a tosquia das ovelhas ou o plantio nos terrenos, ou me certificando de que os arrendatários estão bem alimentados, ou que os telhados foram consertados? Acho que bebo, xingo e me meto em brigas. E o que a senhorita faz que *não é* para o seu próprio prazer?

Amelia-Rose manteve os lábios cerrados. Que homem rude e insuportável. Se os pais dela estavam achando, mesmo que por um segundo, que ela iria querer aquele... *highlander* como marido, em sua cama, bem, eles estavam muito, muito enganados. E poderiam muito bem já saber logo disso.

— Eu não...

— Amelia-Rose — interrompeu a mãe dela —, conte a lorde Glendarril sobre os domingos que você passou ajudando os pobres. — Victoria se inclinou para a frente, evidentemente assumindo para si a explicação. — No terceiro domingo de cada mês, nossa igreja doa roupas, sapatos e chapéus aos pobres. Amelia-Rose está sempre presente, ajudando as mulheres a encontrar os trajes mais encantadores. Eu lhe garanto que ela é muito amada.

Aquilo soou muito mal. Era mesmo daquela forma que a mãe via a situação — que a filha ajudava mulheres carentes a brincar de se vestir?

— Não é tão frívolo assim — comentou Amelia-Rose em voz baixa, forçando um sorriso.

As luzes a gás na frente do palco ganharam vida, e a multidão abaixo deles soltou burburinhos e ficou em silêncio. Naquele momento, Amelia-Rose se deu conta de que nem sabia que peça iriam ver. Com sorte seria uma comédia, algo para aliviar o ambiente e divertir o brutamontes ao lado dela. Porque, embora tivesse decidido não se casar com aquele homem, não queria ficar sentada ao lado de um escocês gigantesco e zangado por horas a fio.

As cortinas se abriram e um único homem de meias longas e gibão ocupou o centro do palco e começou a falar.

Duas casas de fortuna, iguais em dignidade,
Lá na bela Verona, o palco desta ação,
Por um rancor antigo, em nova hostilidade
Irrompem, derramando, irmãs, o sangue irmão.

Ah, que maravilha. Shakespeare. E não era *Muito barulho por nada* ou *Sonho de uma noite de verão.* Não, lady Aldriss os convidara para assistir a *Romeu e Julieta.* Agora ela teria que ficar sentada ali, assistindo a uma história de mal-entendidos, de famílias em guerra, de um amor que acabou em mais mal-entendidos, tragédia e morte. E durante o intervalo, sem dúvida, esperava-se que fosse educada e encantadora, enquanto o *highlander* continuaria carrancudo e tratando-a como se ela fosse uma pessoa frívola.

— Não desmaie ainda, moça — bradou a montanha ao lado dela. — Converse comigo sobre o clima ou alguma coisa parecida. Ou pelo que se passa por clima aqui no sul.

O clima. Era aquilo que aquele homem pensava dela, que não passava de uma mocinha afetada e de cabeça vazia. Muito bem. Amelia-Rose decidiu que seu cavalo acabara de abandonar aquela corrida.

— Eu poderia fazer isso, milorde, se acreditasse que o senhor entenderia o que significam palavras como "cumulus" e "precipitação". Talvez eu devesse apenas dizer "chuva molhada" ou "sol quente". Ou isso é mais do que espera de mim? Também poderia apenas assentir silenciosamente, é claro, mas então o senhor não teria um diálogo com o qual me intimidar. "Diálogo." Significa "troca de palavras".

Lorde Glendarril cerrou o maxilar e se levantou. Ele murmurou algo em gaélico para o irmão, que estava sentado atrás deles, então saiu pelas cortinas na parte de trás do camarote.

— O que foi que ele disse? — perguntou lady Aldriss baixinho enquanto a peça continuava a se desenrolar abaixo deles. — Lamento, mas nunca aprendi muito mais do que "olá" e "adeus" em gaélico.

— Coll foi procurar algo para molhar o bico — respondeu Niall, o outro irmão MacTaggert, depois de um instante. — Logo estará de volta.

— Ele tem um fraco por cerveja inglesa — comentou lady Aldriss em uma voz que soou um pouco irreverente demais, como se ela tivesse percebido o desastre que Amelia-Rose acabara de precipitar.

A peça continuou no palco, com os homens na plateia rugindo em aprovação quando a famosa atriz Persephone Jones subiu ao palco como Julieta. Mas nem todos tinham os olhos fixos na tragédia que se desenrolava no palco — Amelia-Rose podia ver o brilho dos binóculos virados em sua direção... ou, mais especificamente, na direção do assento ao lado dela.

A ausência do quase noivo naquele momento era quase pior do que tê-lo carrancudo ali, ao lado dela. Todos sabiam que eles estavam destinados a formar um casal. Ao menos, todos os amigos de Amelia-Rose, o que significava que todos os outros provavelmente também sabiam. E o que estavam vendo era ela, sentada ali ao lado de uma cadeira vazia. *Ah, céus.*

Ela tinha feito de novo. Talvez todos devessem partir, e mais tarde poderiam alegar que alguma emergência havia surgido e precisado de sua atenção. Aquilo seria melhor do que ela ter que explicar no dia seguinte por que lorde Glendarril havia desaparecido cinco minutos depois do início da peça, e ainda não havia retornado após vinte minutos. Ele fora embora? Voltaria?

Amelia-Rose se virou para sugerir ao pai que fossem embora, mas se deteve ao ouvir o barulho de tecido farfalhando. De repente, o assento ao lado dela não estava mais vazio. Amelia-Rose conteve um suspiro, irritada consigo mesma pelo alívio que a percorreu por ele ter voltado, mesmo já tendo decidido que não gostava do homem, e lhe lançou um olhar de soslaio, já abrindo a boca para se desculpar.

— Eu não estava conseguindo ver direito lá de trás — comentou o irmão do visconde, Niall MacTaggert, ao lado dela. — Coll pode me expulsar quando voltar. Se a senhorita decidir que não se importa de eu me sentar aqui.

Levando em consideração que ele era apenas um ou dois centímetros mais baixo que o irmão, Amelia-Rose "decidiu" que ele podia enxergar muito bem de qualquer ponto do teatro. Mas o rapaz havia se preocupado em mudar de lugar e, no escuro, sem dúvida um *highlander* pareceria igual ao outro para os espectadores abaixo.

— Ele não vai voltar, não é? — perguntou ela em um sussurro.

Conseguiu sentir aqueles olhos verdes quase transparentes fitando-a.

— Não. A senhorita insultou Coll insinuando que ele não sabia sobre o clima... isso é algo que não se deve fazer com um *highlander*. Conhecemos *todas* as palavras para neve e chuva. Precipitação, melhor dizendo.

Por aquilo Amelia-Rose não esperava. De forma alguma. Seus lábios se curvaram antes que ela conseguisse se conter.

— O senhor ouviu essa parte?

— *Aye.* Fui levado a acreditar que todas as moças inglesas são suaves, gentis, frágeis e chorosas e nem um pouco obstinadas. Não é assim?

— Eu... — Ela se interrompeu e engoliu em seco. — Eu me expressei de forma muito dura — confessou, sem saber muito bem por que estava fazendo aquilo.

— A senhorita costuma ser mais suave, então?

Amelia-Rose hesitou novamente.

— Tento ser — disse ela, embora admitir aquilo não fosse lhe trazer qualquer benefício. — Vou pedir desculpas a ele. Isso... ele... me pegou um tanto de surpresa.

Não, ela não queria Glendarril, mas também não deveria ter escolhido o método menos diplomático para lhe informar aquilo. Havia colocado a própria reputação em risco... mais uma vez.

— Não há necessidade. Sinceramente, a partida de Coll não teve nada a ver com a senhorita. Até seis dias atrás, nenhum de nós sabia que ele seria obrigado a se casar com uma moça escolhida por lady Aldriss.

— Teria sido bom se alguém tivesse mencionado isso a mim antes — comentou Amelia-Rose. — Também não fui informada com muita antecedência, e ninguém me vê sair pisando duro ou tentando encorajar as pessoas a desmaiar ou chorar.

Ah, ela provavelmente também não deveria ter dito aquilo.

— A senhorita controla o seu temperamento um pouco melhor que Coll.

— Um dragão parece ter um temperamento mais fácil do que seu irmão — deixou escapar Amelia-Rose, então levou a mão à boca.

O que havia de errado com ela naquela noite?

Ele deu uma risadinha.

— Não tenho como argumentar com isso. — Niall MacTaggert se inclinou um pouco mais para perto. — Agora. A maior parte de vocês, ingleses, não fala como aqueles Montéquios e Capuletos no palco, não é? Porque soa como um monte de absurdos cheios de frufrus. Mal consigo entender uma palavra do que está sendo dito.

Aquilo fez Amelia-Rose sorrir de novo, e ela abaixou a mão. Os pais não podiam vê-la, então não poderiam repreendê-la mais tarde por se comportar de forma frívola depois de expulsar o quase pretendente. Afinal, eles já teriam vários outros motivos para repreendê-la.

— Não. Levaria tempo demais para dizer um mero "oi", e estamos todos muito ocupados discutindo o clima, como sabe.

Por um segundo, Amelia-Rose ficou com medo de ter ido longe demais de novo, mas a expressão de Niall se tornou ainda mais bem--humorada.

— *Aye* — respondeu ele. — Paramos em uma colina acima de Londres, e todos vocês *sassenachs* pareciam uma colônia de formigas correndo de um lado para o outro. Foi o que bastou para fazer estremecer até mesmo um coração grande e forte como o meu.

A ideia daquele homem grande e musculoso com medo de Londres a fez rir. Amelia-Rose esperara um brutamontes e encontrara um em Coll MacTaggert. O irmão dele, porém, era capaz ao menos de manter uma conversa. E, pelo menos naquele momento, ele também não parecia considerá-la "livre demais em suas opiniões" ou achar que ela estava "tentando fingir que era mais do que uma moça tola", como a mãe frequentemente reclamava.

O humor de Niall MacTaggert a fez reavaliar a atitude agressiva do irmão. Afinal, os dois não poderiam ser tão diferentes, não é mesmo? Talvez lorde Glendarril ainda estivesse apenas chocado com todo aquele lamaçal e, se tivesse mais um ou dois dias para se acostumar com tudo aquilo, se tornaria uma pessoa mais razoável. A ideia lhe deu uma certa esperança de que eles pudessem acabar se descobrindo do mesmo lado — e graças a Deus por um pouco de esperança. E por Niall MacTaggert.

Capítulo 3

— Seu irmão está ciente das consequências das ações dele, não está? — perguntou Francesca, furiosa, enquanto descalçava as luvas e as entregava ao mordomo que abrira a porta da Casa Oswell.

— Sim, ele está ciente.

Niall não tinha nada para entregar ao mordomo, mas parou no grande saguão de entrada de qualquer forma. Por mais que quisesse confrontar Coll, ponderar com o irmão teria que esperar até que a mulher que financiava o sustento deles parasse de bradar de raiva. De qualquer forma, maldito fosse o irmão. O homem nunca se esforçara para ter um pingo de paciência.

— Então, o que ele espera que eu…

— Eu disse que ele está ciente — interrompeu Niall. — Estou aqui. Não precisa berrar comigo. Quando eu encontrar Coll, então pode gritar com *ele*.

— Eu… — Francesca soltou o ar com força pelo nariz. — Sim. Faça isso. E avise ao seu irmão que ele vai levar Amelia-Rose para tomar o desjejum amanhã. Isso está decidido. Caso contrário, terei que…

— Ele fará isso — interrompeu Niall novamente. — Não chegamos até aqui para perder Aldriss.

Ela fitou-o por um momento, os olhos verdes atentos. Mulheres. Bem quando ele achava que já as havia decifrado totalmente, uma delas enfrentava Coll de forma admirável.

— Sim, vocês vieram salvar Aldriss das minhas garras implacáveis, não é? — falou Francesca, agora entregando o xale ao mordomo. — Então é melhor que mantenham isso em mente. Smythe, por favor, peça para que levem chá de hortelã ao meu quarto. Eloise já está em casa?

— Sim, milady. Ela voltou há uma hora.

— Mande-a ao meu quarto também, por favor.

— Sim, milady.

Niall ficou olhando a condessa subir a escada até ela desaparecer pelo corredor voltado para oeste.

— Meu irmão voltou? — perguntou, então, voltando-se para o mordomo.

— Nenhum dos seus irmãos está aqui no momento, sr. Niall — informou Smythe.

Óbvio que eles não estavam. Só o diabo saberia aonde Aden havia ido e, embora nas Terras Altas Coll geralmente pudesse ser encontrado no Moça Formosa ou na cama de uma da meia dúzia de moças formosas, ali em Londres Niall não tinha ideia de onde começar a procurar. Em algum lugar onde houvesse comida, ele esperava, assim ao menos um deles não morreria de fome.

Ele entrou rapidamente na sala de estar, pegou uma garrafa de uísque e seguiu na direção da escada.

— Boa noite, Smythe.

— Devo enviar Oscar para atendê-lo?

— Para quê? Acho que sou capaz de colocar a mim mesmo na cama. Não tenho uma mãe para me dar um beijo de boa-noite desde que eu era bem pequeno.

— Boa noite, então, sr. Niall.

Niall parou na escada e olhou para o mordomo.

— Apenas Niall, pelo amor de São Miguel. Você vai me deixar com dor de cabeça.

Entre "senhor" daqui e "aceitas uma xícara de chá?" dali, até o fim da semana ele já estaria usando uma coroa. Os ingleses pareciam pensar muito bem de si mesmos e de seus modos civilizados. Ou ao menos a maioria deles era assim. Era verdade que a conversa com

Amelia-Rose não havia sido nem remotamente o que ele esperava. A jovem fizera Coll fugir e, mesmo depois disso, não conseguira controlar a língua. Não totalmente. Nem as moças escocesas falavam daquele jeito com Niall ou com os irmãos dele, porque, por mais agradáveis que pudessem ser na cama, os MacTaggert eram, afinal, seus *lairds* — e *laird* Aldriss era o líder da comunidade. Não era de admirar que Coll tivesse fugido: o irmão mais velho pressionara Amelia-Rose, esperando complacência e submissão, e ela reagira a ele como uma raposa em uma armadilha. A menos que estivesse muito enganado, Amelia-Rose estava tão insatisfeita com aquela merda de casamento arranjado quanto Coll. O irmão deveria ter percebido e levado aquilo em consideração.

Niall percebera, assim como reparara em como a jovem era espetacular. Apesar da língua afiada, Amelia-Rose era bonita, viçosa e loira. Nenhum homem MacTaggert jamais se queixara daquela combinação. Depois de uma noite inteira colocando a cabeça no lugar, Coll provavelmente cairia em si. Manter o dinheiro que financiava Aldriss era importante para todos eles, mas especialmente para o herdeiro da propriedade. E Coll ainda poderia deixar a moça para trás, em Londres, concordasse ela com aquilo ou não. Se bem que, antes de mais nada, Amelia-Rose parecia uma moça capaz de arrumar uma briga e tanto por ser abandonada e, além disso, deixá-la sozinha em uma enorme cama de casal provavelmente seria um pecado.

No patamar da escada, Niall deu um tapinha na cabeça de Rory, o veado, e percebeu que alguém, provavelmente Aden, havia passado uma gravata ao redor do pescoço do animal empalhado e colocara uma cartola azul sobre um dos chifres de nove pontas. Ele terminou de subir os degraus, então abriu a porta do quarto emprestado e, antes mesmo de ver, sentiu o aroma do grande sanduíche de presunto que o aguardava na penteadeira. *Graças a Deus.* Niall despiu o paletó preto elegante e foi até onde estavam a comida e o bilhete curto deixado ao lado do prato. Quando desdobrou o papel, viu que dizia apenas: *Idiota. Eloise,* pensou, e sorriu enquanto dava uma grande mordida. Claramente, ter uma irmã por perto poderia ser mais útil do que ele havia imaginado.

As noites de Niall geralmente não terminavam até muito mais perto do amanhecer, por isso, enquanto comia — acompanhando o sanduíche com uma dose generosa do uísque de que havia se apropriado —, ele foi andando lentamente até a estante de livros que havia sido instalada perpendicularmente ao trio de janelas. Viu uma compilação de poemas de Byron, alguns livros de Shelley e Wordsworth, três volumes de Shakespeare e uma história sobre o gado Hereford. Tudo muito inglês e nada atraente para aquela noite.

No entanto, Niall encontrou um tesouro inesperado em uma prateleira mais baixa, servindo de base para uma vaca de porcelana preta e branca — *O senhor das ilhas*, de sir Walter Scott. Ora, ora, então Francesca tinha outras coisas escocesas na casa, além dos três filhos... apenas preferia mantê-las escondidas. Ele descalçou as botas e jogou-as perto da porta, então pegou o livro, o sanduíche e a garrafa de uísque e se acomodou na cama macia demais e com travesseiros em excesso para ler. E para beber.

Niall acordou confuso, ainda meio sonhando que Amelia-Rose Baxter lhe pedia para dançar com ela e saía rodopiando com ele sem lhe dar tempo de responder, e semiconsciente de Oscar abrindo as malditas cortinas — até estar plenamente consciente da luz do sol se cravando em seus olhos.

— Que diabo você pensa que está fazendo? — grunhiu, colocando um travesseiro em cima do rosto.

— Acordando o senhor. São quase oito horas — respondeu o valete.

Oito horas?

— Me arrume uma pistola.

— Uma pistola? Para que quer uma pistola?

— Porque eu vou atirar em você por me acordar quando não pedi que fizesse isso, seu palerma maldito. Vá embora e me deixe em paz.

— Não posso. A sua mãe... milady, quero dizer... está perguntando onde está o seu irmão e por que ele não está a caminho de acompanhar a moça *sassenach* até um café.

Niall deixou o travesseiro de lado e se sentou.

— Coll não voltou?

O valete balançou a cabeça, negando.

— Chequei o quarto dele. Nem um lençol amassado ou uma bota lamacenta à vista. E a janela está trancada, portanto ele não entrou e voltou a sair escondido.

Aquilo não era um bom presságio. Sim, Coll estava irritado, mas mero aborrecimento não o teria mantido fora a noite toda quando era o futuro de Aldriss que estava em jogo.

— Francesca sabe disso?

— Não. Ela pediu à criada que me dissesse para chamá-lo. Hannah, esse é o nome da criada da condessa, disse que a patroa não estava nada satisfeita.

Niall praguejou, ignorou a dor de cabeça e se levantou.

— Diga a Hannah que Coll já saiu para encontrar a moça *sassenach*. Diga que ele parou para comprar algumas flores para se desculpar com ela pela noite passada.

Oscar começou a assentir.

— Sim. Eu posso fazer isso. Mas o que o senhor vai fazer? Não vou conseguir enganar a todos.

— Vou me vestir. Diga a Gavin para selar Kelpie e eu mesmo vou me encontrar com a maldita moça. Fique de olho para caso Coll apareça, você vai precisar dizer a ele o que decidimos que ele esteve fazendo antes que a condessa o aviste e ele deixe escapar a verdade.

— Cuidarei disso. Santo André sabe que não será a primeira vez que distorcerei um pouco a verdade para um de vocês. — O valete deu uma fungadinha presunçosa. — Separei roupas limpas para o senhor — continuou ele, e apontou para a cadeira ao lado da penteadeira.

— *Tapadh leat* — agradeceu Niall com um aceno gentil de cabeça. — E onde está Aden? Aposto que não tentou acordá-lo.

— Aquele camarada Smythe disse que Aden chegou em casa perto do amanhecer. Pode me demitir, mas não vou arriscar meu pescoço para acordá-lo, a menos que a cama dele esteja pegando fogo.

Niall terminou de vestir a calça de camurça marrom-escura.

— Antes de mais nada, *essa* não é a nossa casa. A Escócia sim. Aldriss é a nossa casa. Esse lugar é a nossa prisão, onde devemos ficar por algum tempo porque aquela mulher ordenou que viéssemos para cá. Em segundo lugar, sim, deixe Aden dormir. Daria mais problema tentar acordá-lo. Vá contar a história que combinamos antes que alguém diga alguma coisa diferente à condessa. Se Aden acordar, diga a mesma coisa a ele.

— *Aye*.

Com uma careta resignada, Oscar saiu apressado e fechou a porta com firmeza ao sair.

Niall se controlou para não praguejar até terminar de se barbear. Maldito Coll, ele sabia como aquele casamento era importante. Mesmo que o visconde não quisesse a moça, precisava ao menos dar a impressão de que se esforçara para cortejá-la e fazer com que o fracasso parecesse culpa dela. E ele não podia continuar a dizer coisas como as que dissera na noite passada. Eles não eram os únicos escoceses em Londres.

Se Francesca falasse um pouco que fosse de gaélico, os três irmãos poderiam ter acordado naquela manhã se vendo destituídos dos fundos da mãe. Porque Coll não dissera que estava saindo para tomar uma cerveja inglesa, durante a apresentação de *Romeu e Julieta*. Não, o visconde Glendarril havia declarado que preferia enfiar uma faca nos olhos a se casar com uma vagabunda de língua ferina que provavelmente tentaria transformá-lo em um almofadinha inglês. E aquilo era um problema e tanto. A única coisa positiva que Coll fizera tinha sido dizer aquilo em um idioma que nem a dama em questão, nem a mãe dele entendiam.

Oscar deixara um colete marrom e uma gravata, além de uma calça de camurça e um paletó azul de cauda longa — estava claro que eles deveriam se vestir como *sassenachs* ali. Ora, os três se vestiam assim de vez em quando, para saírem com alguma moça ou para comparecerem à festa de apresentação à sociedade de alguém, portanto Niall supunha que era capaz de suportar a roupa mais uma vez. Afinal, não tinha tempo de revirar as gavetas para descobrir onde o valete havia escondido todas as roupas dele.

Enquanto fazia a barba e passava um pente pelo cabelo indisciplinado, ocorreu a Niall que ele fazia aquilo com bastante frequência. Não sair para acompanhar damas inglesas prometidas ao irmão mais velho, mas limpar alguma sujeira que Coll deixara para trás. Um homem grande como o irmão, com uma teimosia maior ainda, além de um título e um pavio muito curto, muitas vezes não levava em consideração que uma palavra ríspida da sua parte poderia ser interpretada como uma explosão de um canhão pela maioria dos mortais.

Aden havia dominado a técnica da dissimulação, o que o deixava livre das consequências da maior parte das loucuras dos irmãos MacTaggert, incluindo as dele mesmo, mas, Niall não conseguia. Ele gostava de confusão de um modo geral, mas, quando aquilo afetava pessoas que não tinham os recursos ou a posição deles, sempre se sentia... responsável por deixar tudo no lugar certo de novo. E ali estava ele, fazendo aquilo mais uma vez. Naquele caso, o resultado era vital não apenas para o futuro dos irmãos, mas também para os quase trezentos arrendatários e moradores das terras de Aldriss, e parecia ao mesmo tempo essencial que ele interviesse e quase imperdoável que Coll seguisse desaparecido.

Niall deu um nó simples na maldita gravata e foi até a porta, quase recebendo uma pancada na cabeça quando ela foi aberta subitamente.

— Oscar, quantas vezes já pedimos para você bater antes de entrar, pelo amor de Deus?

— Eu sabia que o senhor não estava com uma moça aqui — falou o valete, já de volta, olhando por cima do ombro enquanto entrava rapidamente no quarto e voltava a fechar a porta. — Eu disse à sua majestade que seu irmão já saiu, e agora ela está subindo até aqui para, nas palavras dela: "Ver se Niall pode me dar uma noção melhor a respeito de Coll".

Niall inclinou a cabeça.

— Você faz um belo sotaque *sassenach* — observou. — Por um minuto, quase pensei que fosse um homem civilizado. Já pediu a Gavin para selar Kelpie?

— *Aye.*

Niall foi até a janela e a abriu.

— Então diga a ela que saí de manhã cedo para andar pelo parque e dar uma olhada em todas as moças inglesas elegíveis por lá — falou.

Ele colocou o corpo para fora da janela e agarrou a treliça de rosas-trepadeiras. Os espinhos fizeram um estrago em uma das mangas da camisa, mas ele escondeu-a dentro da manga do paletó quando chegou ao chão.

Enquanto caminhava na direção do estábulo, Niall limpou as pétalas de rosa que haviam se colado à sua calça e ao paletó. Diante das portas duplas amplas, Gavin, o cavalariço que os acompanhara desde Aldriss, estava empurrando um camarada inglês para longe das rédeas de Kelpie, enquanto o baio batia com os cascos, inquieto.

— Gavin, está cedo demais para uma briga — alertou Niall.

— Esse *amadan* aqui está dizendo que todos os cavalos do estábulo estão a cargo dele. Estou prestes a derrubá-lo no chão.

O homem mais velho ajeitou o paletó.

— Sou Farthing, o chefe dos cavalariços de lady Aldriss — disse o homem, tenso. — Esse... bufão só tem permissão para entrar no *meu* estábulo quando eu der a ordem.

— Gavin, seu bufão, não empurre Farthing, a menos que você ache que Nuckelavee está prestes a comê-lo — ordenou Niall, se referindo ao garanhão de Coll, que tinha um temperamento notoriamente ruim. Havia uma razão para Coll o ter batizado em homenagem aos demônios das Ilhas do Norte.

Gavin deu uma risadinha.

— Sim. Acho que poderia ser convencido a salvar a vida desse *sassenach*.

— Ótimo. — Niall pegou as rédeas e se virou para Kelpie. — Bem. Como faço para ir da Upper Brook Street para a Wigmore Place, Farthing?

O homem franziu a testa.

— Weymur?

Niall suspirou.

— Wig-mo-re — repetiu, pronunciando a palavra agora como a sra. Baxter fizera na noite da véspera, quando a mãe de Amelia-Rose insistira no passeio.

— Ah. Wigmore Place. Vá por aqui — ele apontou para o leste —, pela Upper Brook Street, então suba a Duke Street. Vire à direita na Wigmore Street e encontrará a Wigmore Place à sua esquerda. Fica a menos de um quilômetro daqui.

Niall assentiu, enquanto repetia os nomes das ruas para si mesmo, e saiu trotando com Kelpie. Estivera em Inverness meia dúzia de vezes, então as ruas lotadas de uma cidade grande não lhe eram totalmente estranhas. Londres, porém, mais parecia um labirinto barulhento e fedido do que um lugar onde alguém escolheria viver. Kelpie também não gostou — o baio se agitava toda vez que uma moça de aparência duvidosa passava apressada pela rua, ou um carrinho de leite chacoalhava na frente deles. Niall deu uma palmadinha no lombo do cavalo.

— Calma, rapaz — tranquilizou-o. — Não vamos ficar aqui por muito tempo.

Aquilo não tranquilizou nenhum dos dois, mas, como as instruções de Farthing eram precisas, ao menos eles não se perderam naquele lamaçal do demônio. Ele fez Kelpie subir até a Wigmore Place, torcendo para se lembrar do número da casa que ouvira da sra. Baxter. Não queria passar a manhã subindo e descendo a estrada para encontrar a moça *sassenach* prometida ao irmão.

A porta do número 129 foi aberta quando ele já se aproximava, e um homem de ombros curvados, usando um uniforme preto, apareceu.

— Lorde Glendarril, presumo?

— Não. Sou o irmão dele. Lorde Glendarril me enviou para buscar a moça.

O mordomo abriu a boca e voltou a fechá-la.

— Seu cartão de visita, então — disse, por fim, estendendo a mão —, e informarei à srta. Baxter da sua chegada.

— Não tenho cartão. Diga a ela que Niall está aqui e que a levarei ao maldito café para se encontrar com Coll.

— Hum. Espere aqui… Niall.

A porta voltou a ser fechada. Ora, muito bem, então. Ele estava vestido de maneira muito respeitável, se sua própria opinião valia alguma coisa. Se os moradores da Casa Baxter o considerassem deselegante, que fossem para o inferno. Coll não teria ficado parado ali, no maldito degrau da frente.

A porta foi aberta mais uma vez. Amelia-Rose saiu, usando um chapéu azul extremamente elegante, que escondia seu cabelo e a maior parte do rosto, e um lindo vestido de musselina cor de pêssego que revelava uma bela porção do seu colo. Um xale azul, combinando com o chapéu, lhe cobria os ombros. De repente, Niall se viu muito grato a Oscar por ter lhe encontrado algumas roupas elegantes no estilo inglês. Era uma bela moça, aquela Amelia-Rose Baxter. Bela como o diabo...

— Bom dia — disse ele, lembrando-se de suas boas maneiras o bastante para inclinar a cabeça.

A moça se inclinou em uma mesura.

— Senhor MacTaggert.

— Niall, por favor. Meu outro irmão também é um sr. MacTaggert, o que torna tudo confuso.

Os lábios dela se curvaram em um breve sorriso.

— Niall, então. Vamos encontrar seu irmão, certo?

— *Aye*. O...

Niall chegou um passo para o lado quando uma segunda mulher emergiu da porta. Aquela era gigante, com mais de um metro e oitenta de altura, o cabelo preto como carvão preso em um coque apertado que parecia rígido como ferro. Ela usava um belo vestido de musselina verde e marrom, embora fosse mais simples do que o de Amelia-Rose, mas a roupa não favorecia nem um pouco seu corpo sem curvas.

— E quem é a senhorita? — perguntou Niall.

— Sou a srta. Bansil. Acompanhante da srta. Baxter.

— Nós a convidamos também?

— Não posso ir a lugar nenhum com você a menos que a srta. Bansil esteja presente — explicou Amelia-Rose. — Caso contrário, seria um comportamento escandaloso.

— Ora, não queremos nada escandaloso — retrucou Niall, o tom irônico.

A quase prometida de Coll deu um passo na direção da rua e depois parou.

— Onde está a sua carruagem?

Niall franziu o cenho.

— Carruagem? Vim no meu cavalo. Kelpie.

A jovem o encarou.

— Então você pensa em levar a nós três no Kelpie?

Ele inclinou a cabeça para fitá-la. Amelia-Rose estava brincando com ele ou estava realmente irritada?

— Não levei isso em consideração quando saí — admitiu.

— Ah. — Amelia-Rose se virou para trás. — Hughes, peça para John selar Mirabel e Daisy — avisou ao mordomo. — E para preparar uma montaria para ele também.

— Agora mesmo, srta. Baxter. — O abutre deu as costas e mandou um criado para as profundezas da casa.

— Se eu soubesse que faríamos um desfile, teria trazido tambores e um flautista — observou Niall, entregando mais uma vez as rédeas de Kelpie ao cavalariço que esperava.

— Isso seria… — Amelia-Rose se deteve e lançou um rápido olhar na direção da srta. Bansil. — Voltaremos em breve — preferiu dizer.

Então, deu as costas e voltou para dentro de casa com a mulher muito alta.

Niall tinha certeza de que a jovem estivera prestes a dizer algo espirituoso. Era uma pena que tivesse se contido.

— Está pretendendo reunir mais pessoas para desfilar conosco? — perguntou, antes que ela se afastasse.

Niall manteve a expressão amena, enquanto internamente continuava a xingar Coll. Nenhum deles havia tido qualquer experiência real de acompanhar mulheres elegantes a lugares elegantes e, naquela manhã, ele claramente dera um passo maior que a perna.

— Não estou vestida para montar a cavalo — retrucou a jovem, o tom bem-humorado, como se nunca tivesse conhecido alguém que não soubesse que um traje de montar era diferente de um vestido para andar de carruagem. — Aguarde no estábulo se não quiser entrar.

Ora, ninguém o convidara para entrar, mas Niall preferia o estábulo de qualquer forma. De cavalos, ele entendia.

— *Aye*.

O cavalariço com quem ele recuperara Kelpie havia desaparecido, assim, Niall deu a volta ao redor da casa, com o baio atrás dele, e seguiu em direção ao cheiro forte de feno, lama e esterco. Kelpie cutucou seu ombro, e ele se afastou para que o cavalo se colocasse ao seu lado.

— Não resmungue — falou Niall, dando uma palmadinha no pescoço do animal. — Ao menos você já tomou café da manhã. Coll provavelmente está em alguma taberna devorando metade de um porco nesse momento. Eu ficaria feliz com uma mísera tigela de mingau frio e um punhado de frutas silvestres.

Ele precisaria pedir ao cavalariço que os acompanharia que lhe indicasse como encontrar a St. Alban's Street, então, teria que encaixar aquela informação no mapa quase em branco que estava tentando montar em sua cabeça. Não seria bom guiar a moça a uma parte perigosa da cidade, por mais que a ideia de brigar com um ou dois *sassenachs* o atraísse no momento. Sozinho, Niall se achava capaz de se virar praticamente com qualquer lugar, mas pelo visto ele lideraria uma brigada inteira naquele dia.

Havia uma dúzia de maçãs machucadas em um balde ao lado da porta do estábulo, e Niall pegou uma quando ninguém estava olhando. Estava madura demais e farinhenta, por isso, depois de apenas uma mordida, ele deu o resto para Kelpie. O baio não era tão exigente. Se não fosse pelo sanduíche que Eloise deixara em seu quarto na noite da véspera, ele provavelmente já teria perecido de fome àquela altura. Era melhor que o maldito café para onde estavam indo — caso algum dia conseguissem chegar lá — servisse uma vaca assada inteira. E grande.

Mirabel acabou se revelando uma égua cinzenta cheia de personalidade, o que o surpreendeu, levando em consideração a delicadeza da jovem que iria montá-la. Amelia-Rose parecia muito... frágil, mesmo que sua língua tivesse se mostrado um pouco afiada na noite da véspera. Por outro lado, Daisy, a montaria da acompanhante, dormiu enquanto era selada. A srta. Baxter gostava de montar, mesmo que sua acompanhante não. Aquilo era um bom presságio — Coll andava a cavalo quase todos os dias, assim como o próprio Niall. Uma coisa em comum era pelo menos um começo, mesmo que lorde Glendarril pretendesse ter o mínimo de contato possível a ver com a esposa indesejada — se é que algum dia ele reapareceria para se casar com a moça.

A porta lateral da Casa Baxter foi aberta e as duas mulheres apareceram mais uma vez. A mulher alta usava um traje de montaria marrom simples, mas, quando ela deu um passo para o lado, algo no fundo do peito de Niall — e em um lugar um pouco mais abaixo — se sobressaltou. Amelia-Rose agora usava um traje de montaria vermelho, enfeitado com pequenos botões pretos que iam da cintura até o queixo. No entanto, em vez de tornar o vestido recatado, o tecido pesado destacava todas as curvas da jovem acima da cintura, enquanto a saia vermelha se agitava em movimentos fluidos ao redor dos quadris e das pernas quando ela caminhava.

E Amelia-Rose estava caminhando naquele momento. *Santo Deus.* Niall sentiu o coração acelerar nos poucos segundos em que se pegou imaginando aquele cabelo loiro caindo pelos ombros dela, seus olhos arregalados, a respiração ofegante, e todos aqueles botões arrebentados e espalhados pelo chão. Ele sentiu o membro pular de novo na calça elegante que usava.

Niall procurou se recompor. Toda vez que punha os olhos em Amelia-Rose, sentia-se atraído. Sim, não havia nada de mais em admirar uma bela moça — afinal, ele não estava morto. Mas não deveria estar admirando *aquela* moça em particular. E com certeza não deveria estar a desejando. Amelia-Rose era a quase-noiva de Coll. Niall estava ali apenas para manter o acordo em andamento até o irmão mais velho recuperar o bom senso. Nada mais.

É claro que, se Coll desse uma olhada em Amelia-Rose naquela manhã, talvez a pedisse em casamento na mesma hora. Era como uma deusa sensual e ágil. O que mais incomodava Niall era a ideia de que o irmão poderia se casar com a jovem e depois decidir deixá-la para trás, em Londres. Não, não era aquilo o que mais o incomodava. Mas ele se recusava a reconhecer o outro problema. Não serviria para nada além de causar confusão.

— Vamos, então? — perguntou Amelia-Rose, o tom animado, aparentemente sem se dar conta de que quase o fizera arrebentar as costuras da calça. — Não devemos manter lorde Glendarril esperando.

Lorde Glendarril provavelmente estava dormindo em algum lugar, depois de um farto jantar e de uma mulher, mas Amelia-Rose não podia saber daquilo.

— *Aye.*

Ele deixou o cavalariço ajudá-la a montar na sela lateral — enquanto continuasse a pensar com o pau, não se arriscaria a encostar na moça. Se não estivesse cansado, com fome e com uma dor de cabeça tão forte que até seu cabelo doía, não estaria imaginando fazer coisas com Amelia-Rose Baxter, ambos nus e suados.

Em algum lugar no fundo da mente, Niall sabia que aquilo também era uma mentira.

Quando todos os outros já estavam montados, Niall se acomodou na sela de Kelpie e liderou a parada em direção ao sudeste. Fileiras de casas geminadas, separadas aqui e ali por parques pequenos, cheios de mais babás, carrinhos de bebê e crianças, deram lugar a lojas de aparência extravagante, hotéis e clubes de cavalheiros.

A égua cinzenta emparelhou com ele.

— Você sabe para onde estamos indo? — perguntou Amelia-Rose.

— Mais ou menos. Mas acho que você me avisaria se eu tomasse o rumo errado.

— Com certeza. Estamos um pouco ao sul demais no momento, mas esse é o caminho menos complicado.

— Pedi instruções ao seu cavalariço — confessou Niall, indicando com a cabeça o homem que fechava o desfile. — Ele olhou para mim como se eu fosse um idiota, por isso faz sentido que tenha me ensinado a rota mais simples.

Amelia-Rose pigarreou, fazendo um som que mais pareceu uma risada.

— Essa é mesmo a sua primeira vez em Londres?

— *Aye.* — Niall mais sentiu do que viu a jovem olhando de soslaio para ele. Em seguida, Amelia-Rose perguntaria se ele já havia beijado alguma moça, afinal, pelo que ele sempre ouvira falar dos *sassenachs*, eles achavam que todo homem que nunca havia estado em Londres não era homem. — Esse clube é o White's? — perguntou, indicando o prédio simples que se parecia com todos os outros ao redor, com exceção da proeminente janela em arco. Niall se lembrava de já ter visto uma ou duas imagens do lugar.

— Sim. Seu pai é membro?

Niall deu uma risadinha zombeteira. Mais esnobismo inglês.

— Não. Meu pai é um líder do clã Ross. O único clube de que já lhe interessou fazer parte. Um bando de *sassenachs* sentados, debatendo a própria importância, é uma perda de tempo maior do que ordenhar um gato.

O sorriso dela diminuiu um pouco.

— Essa foi uma avaliação um pouco severa, não? *Fora mesmo?*

— Não vi nada que me fizesse mudar de opinião.

— Isso porque você ainda não viu nada da cidade, a não ser por uma noite no teatro Drury Lane e uma manhã andando pela rua. — Amelia-Rose estreitou um dos olhos.

— Ou você tem um tique nervoso, ou está querendo dizer mais alguma coisa, moça. Não seja tímida comigo. Não me ofendo facilmente. — Além disso, ele apreciara muito o modo como ela explodira com Coll na noite anterior.

Amelia-Rose deixou escapar um suspiro quase inaudível e assentiu.

— Nós dois deveríamos ser amigos, não é? Afinal, seremos cunhados, se nossos pais conseguirem concretizar o que desejam. Diga-me, então, se seu pai não gosta de Londres e dos ingleses, por que ele se casou com a sua mãe?

— Essa é uma pergunta que nos fazemos há duas décadas — respondeu Niall com sinceridade. — Ele alega que foi por causa do dinheiro do pai dela. Eu acho que o Cupido o acertou com força na cabeça, e ele não admite isso agora por orgulho.

Os lábios de Amelia-Rose, que o haviam fascinado a manhã toda, voltaram a se curvar. Ela seria terrível no carteado, porque toda emoção que sentia se espelhava em seu lindo rosto. Pelo amor de Deus, Niall esperava que o mesmo não acontecesse com ele, ou estaria com sérios problemas.

— O Cupido o acertou com força na cabeça — repetiu Amelia--Rose, rindo. — Não é tão poético quanto ser atingido pela flecha do querubim, mas imagino que se apaixonar possa ser um pouco... caótico. — Ela lhe lançou outro olhar de lado. — Concorda com isso? Já esteve apaixonado, sr. MacTaggert? Niall, quero dizer?

— Estive perto disso meia dúzia de vezes, srta. Baxter — respondeu ele, observando a placa da próxima rua e guiando o grupo para o norte de acordo com as orientações que recebera. — Mas não tão perto a ponto de cair do penhasco.

Naquele momento, Niall desejou que uma daquelas moças *tivesse* capturado seu coração — se ele já estivesse casado, ainda mais sem saber sobre o maldito acordo que os pais haviam assinado, provavelmente teria sido dispensado de fazer parte daquela confusão e, com sorte, ainda estaria nas Terras Altas.

Mas, depois da noite anterior, aquilo também não era verdade. A peça tinha sido melhor do que ele esperava, assim como a conversa. Principalmente quando ele achou que se sentaria na fila de trás para assistir a Coll tentar conversar com uma florzinha de cabeça-oca sobre alguma tolice. Sim, os dois tinham mesmo conversado daquela forma, até Coll pressioná-la demais. Será que o irmão desconfiara que estava sendo ludibriado? Provavelmente só havia ficado irritado demais com a coisa toda, mas Amelia-Rose sem dúvida aproveitara o momento para dizer o que pensava.

— E o seu irmão? — perguntou ela.

Niall fitou-a sem compreender.

— O que tem ele?

— Ele já esteve... apaixonado?

Ah, aquilo.

— Não que tenha admitido. — Niall olhou-a de lado mais uma vez, reparando nos olhos azuis voltados em sua direção, antes de a moça voltar a olhar para a frente. — A senhorita com certeza chamou a atenção dele ontem à noite.

— Se tentar me dizer que ele ficou intrigado, em vez de profundamente irritado, vou chamá-lo de mentiroso, senhor.

Niall sentiu uma risada gostosa subindo por seu peito. Ele tentou disfarçá-la como tosse, mas duvidava ter sido bem-sucedido.

— Ele não ficou indiferente. Isso preciso admitir.

— Bem, saiba que vou segurar a língua esta manhã. Exagerei ontem à noite... provoquei-o. Sei que não deveria.

Aquilo era uma pena, mas como Coll sumira e Niall tinha mentido para levá-la ao café, estava quase disposto a apostar que ela voltaria a exagerar nas palavras naquela manhã. E estava ansioso para testemunhar aquilo.

Assim que dobrou a esquina, à esquerda diante deles, uma placa de madeira com o desenho de uma cafeteira turca e o nome escrito em letras elegantes avisou que eles tinham chegado a Constantinopla. O café abaixo da placa ostentava grandes janelas e um perfume rico e exótico que abafava o cheiro de carvão e de esterco ao redor deles. A barriga de Niall roncou. Por mais que já tivesse tomado café, nunca estivera em um lugar dedicado à bebida.

Aquela manhã poderia ter sido pior, supôs — a sra. Baxter poderia tê-los enviado a um recital ou a um museu de utensílios de mesa. O que ele sabia sobre música sofisticada e louça fina não encheria um dedal.

Niall desmontou. A srta. Baxter, ainda montada em Mirabel, estendeu a mão enluvada e sorriu. Ele suspirou e deu um passo à frente. Seus ancestrais haviam combatido os ingleses por décadas. Sem dúvida ele seria capaz de manter distância de uma moça por uma manhã enquanto contava histórias encantadoras e elogiosas sobre o irmão mais velho. Então, com alguma sorte, poderia entregá-la a Coll e dar uma olhada em outras moças — que ainda não estivessem praticamente noivas. Moças que ele conseguisse se imaginar deixando para trás ao voltar para as Terras Altas.

Capítulo 4

Se soubesse que o primeiro MacTaggert com quem teria que interagir naquela manhã seria Niall em vez de lorde Glendarril, Amelia-Rose talvez tivesse tido uma noite de sono menos agitada. Ou talvez ainda mais...

O irmão de Niall, o visconde, tinha uma beleza quase agressiva, como um leão de juba escura que ainda não havia decidido se ela era uma amiga ou uma refeição. Niall, por sua vez, não apenas tinha um rosto que faria metade das amigas dela simplesmente desmaiar, como seu senso de humor quase a desafiava a se comportar mal. E aquilo não era uma coisa boa. O que quer que decidisse fazer sobre aquele casamento absurdo, Amelia-Rose queria que fosse decisão dela, não algo que ela tivesse destruído acidentalmente ou onde se visse presa por causa da sua língua nada confiável.

Talvez o mais jovem dos irmãos MacTaggert estivesse tentando compensar a selvageria do irmão na véspera, mas ainda assim causara uma boa impressão nela. Aqueles olhos verdes tão claros, complementados pelos cílios longos e escuros, e um nariz e um maxilar aos quais nem Michelangelo conseguiria fazer justiça, além do cabelo castanho rebelde que praticamente implorava para que ela o afastasse da testa com os dedos... se não fosse escocês, teria sido quase perfeito. Ou melhor, ele seria perfeito para outra jovem dama. O nome no acordo que os pais dela haviam assinado era Coll MacTaggert.

Enquanto John ajudava Jane Bansil a desmontar, Niall se aproximou de Amelia-Rose e de Mirabel. Ela estendeu a mão para que ele a ajudasse a alcançar o bloco de apoio para os pés, mas, antes que pudesse fazer mais do que pousar a mão no ombro dele, Niall passou as mãos ao redor da sua cintura e a tirou da sela sem nenhum esforço aparente. A sensação de ser mais leve que o ar, de estar voando, deixou-a sem fôlego.

Um cavalheiro devia pedir permissão antes de segurar uma dama de forma tão íntima. Todos sabiam daquilo. Mas a verdade era que Niall *era* um *highlander* bárbaro, mal poderia ser considerado um cavalheiro, mesmo que parecesse saber se vestir como um.

— Isso foi impróprio — repreendeu Amelia-Rose um pouco sem fôlego, levando a mão ao chapéu, para ajeitá-lo, enquanto ele a pousava no chão.

Niall manteve as mãos ao redor da cintura dela.

— Devo colocá-la de volta na sela, então?

— Não, agora está feito. Solte-me. — Não era aquilo que ela queria dizer, mas parecia a resposta adequada. — Não queremos que seu irmão o veja colocando as mãos em mim.

Os olhos dele se estreitaram por uma fração de segundo.

— Não. Nós não queremos isso. Então, ser prestativo é pecado?

— Claro que não. Mas… Ah, não importa. — Como se ela fosse qualificada para dar lições de decoro. — Só peça permissão antes de erguer uma mulher no ar.

Aquilo provocou outro sorriso devastador no rosto fino de Niall.

— *Aye*. Mas chequei o vento antes, e achei que não era forte o suficiente para levá-la voando, mesmo com esse chapéu grande que está usando.

Ela abriu a boca para responder que, por alguns padrões, o chapéu dela era bastante discreto, mas aquilo esbarraria no conselho que a mãe lhe dera de nunca se desculpar por estar bem-vestida. Além disso, Amelia-Rose viu o brilho travesso nos olhos dele.

— Encrenqueiro — murmurou, dando um passo para trás.

Quando Jane lhe deu o braço, Amelia-Rose literalmente pulou de susto.

— Você disse que ele era bonito — murmurou a acompanhante —, mas pelo amor de Deus... estou ansiosa para compará-lo com o que tem o título. — Ela deu uma risadinha. — Talvez você possa mandar esse para uma das suas amigas menos exigentes. Rebecca Sharpe não faz questão de um cavalheiro com título, não é?

Não, o pai de Rebecca já era um visconde e bastante rico. Tudo o que Rebecca pedia era um rosto bonito. E talvez alguém para equilibrar sua personalidade um tanto... egocêntrica. Mas, por algum motivo, Amelia-Rose não conseguia imaginar Niall MacTaggert buscando doces e taças de vinho Madeira de bom grado toda vez que Rebecca estalasse os dedos com unhas bem-cuidadas.

— Acho que ele devoraria Rebecca no café da manhã — sussurrou Amelia-Rose de volta, ignorando o olhar surpreso de Jane quando elas chegaram à porta do café.

De qualquer modo, aquilo não importava. Ela estava ali para dar outra oportunidade a lorde Glendarril e, de acordo com a mãe, dar a *si mesma* outra chance de conquistar sua melhor esperança de ter um título desde o barão Oglivy, que tinha quase 60 anos. Aquilo, é claro, a fizera se perguntar se, caso agisse intencionalmente como uma víbora, conseguiria acabar com aquele acordo terrivelmente injusto. Era provável que saísse arruinada dessa história, mas ainda não estava pronta para descartar a ideia por completo.

Ao mesmo tempo, não conseguia evitar buscar algum motivo para ter esperança. O pouco que Niall contara sobre a antipatia do pai em relação aos ingleses com certeza não a encorajara, mas se o irmão dele, o visconde, simplesmente estivesse se sentindo forçado a fazer algo que não desejava, ela conseguiria se solidarizar com ele, pelo menos em parte. Um *highlander* disposto a permanecer em Londres talvez a atendesse, embora sua falta de educação e de civilidade certamente não ajudariam a conter o temperamento dela, ou a encorajariam a melhorar. Mas ela não poderia dizer nada com certeza até falar com ele novamente. Diante de uma xícara de café, por assim dizer.

John esperou do lado de fora com os cavalos, e Amelia-Rose seguiu as costas largas de Niall, passando pela aglomeração de mesas e pela confusão de conversas até um lugar próximo às janelas da frente. Ele puxou uma cadeira para ela, que se sentou, impressionada por ver suas boas maneiras.

Depois de ajudar Jane a se sentar também, Niall se misturou novamente à aglomeração de clientes. Amelia-Rose sabia que os cafés já não eram tão populares quanto haviam sido, mas o Constantinopla estava bem cheio, com um burburinho alto de conversas. A clientela era principalmente de homens, mas a mãe sempre argumentava que ela não encontraria um marido em uma loja de roupas.

É claro que Amelia-Rose tinha um homem agora, pelo menos no papel, mesmo que não estivesse particularmente interessada — e mesmo que ele parecesse não estar presente. Niall acomodou-se na cadeira diante dela e colocou um prato de biscoitos em cima da mesa. Jane pegou uma das guloseimas e, por um segundo, Amelia-Rose achou que Niall puxaria o prato para si.

— Você parece estar com fome — observou ela.

— *Aye*. Não consigo compreender uma loja que serve uma bebida, mas nenhuma comida. Um homem poderia morrer de fome aqui. — Ele devorou um biscoito, então outro.

As xícaras de café foram servidas e Amelia-Rose tomou um gole da bebida quente e aromática antes de acrescentar três cubos de açúcar. Como Niall se alternava entre os biscoitos e goles de café, ela ficou observando-o. Era um homem com apetite, sem dúvida. Amelia-Rose se perguntou se aquele apetite seria apenas para comida e logo enrubesceu com o pensamento.

Aquilo não tinha nada a ver com a manhã que ela havia imaginado para si mesma, mas no momento não poderia dizer que estava sendo decepcionante. Mesmo assim, a mãe perguntaria se ela havia se dado bem com lorde Glendarril, se os dois haviam se entendido melhor naquele dia do que na noite anterior.

— Não posso deixar de reparar — falou Amelia-Rose em voz alta — que seu irmão não parece estar aqui.

Niall levantou os olhos para fitá-la.

— Sim, ele parece mesmo estar um pouco atrasado, não é? — falou, enquanto dava uma mordida em um biscoito de mel. — Talvez tenha esbarrado com uma carruagem quebrada e parado para erguê-la enquanto trocavam a roda.

— Ele é um tipo heroico, então?

— Ah, sim. Coll resgatou sozinho um trio de ovelhas de um brejo há menos de duas semanas. Ele teve que mergulhar no *loch* an Daimh só para se limpar da primeira camada de lodo. Fico surpreso que ele não tenha sido confundido com um *cirein cròin* e tomado um tiro.

— O que é um… um desses? — perguntou Amelia-Rose. Nem tentaria acertar a pronúncia das palavras.

— Um *cirein cròin*? É um grande monstro marinho. Capaz de comer meia dúzia de baleias de uma só vez.

Ela riu pelo nariz, e logo cobriu a boca com a mão, em um esforço tardio para esconder o som.

— Seu irmão é mesmo muito grande — concordou Amelia-Rose, enquanto Jane a acotovelava por baixo da mesa.

— Ah, isso ele é. Uma vez, estávamos consertando a palha do telhado da viúva MacDougal, e Coll caiu através do telhado bem na cama dela quebrando-a toda. Acho que a velha senhora desejou estar na cama quando ele caiu, mas ela teria sido esmagada. De qualquer modo, acabou conseguindo palha fresca no telhado e uma cama nova como recompensa. Coll cuidou disso.

— A viúva MacDougal é uma das suas arrendatárias?

— Sim, uma das nossas *cotters*, como chamamos.

Então, Niall pretendia passar a manhã até a chegada de lorde Glendarril contando histórias sobre como o irmão era um bom homem. E tudo bem, mas Amelia-Rose preferiria julgar por si mesma. De qualquer forma, histórias cuidadosamente escolhidas não pintavam um retrato inteiro.

— Seu irmão presume que todas as mulheres são vasos d'água de cabeça-oca?

Aquilo o fez franzir a testa.

— Ele não pensa assim.

— É só comigo, então?

— Moça, eu…

— Proponho um jogo de perguntas e respostas — interrompeu ela. — Não é permitido mentir.

Niall inclinou a cabeça e comeu outro biscoito.

— Não. Acho que a senhorita quer tentar me ludibriar para que eu diga que o Coll não sabe conviver com pessoas elegantes, e isso não é verdade. Sei que ouviu histórias de bárbaros das Terras Altas. Ora, também ouvimos histórias sobre *sassenachs* delicadas e frágeis demais. Você não era o que o Coll esperava, só isso.

— É justo — admitiu ela. — No entanto, não posso deixar de notar que ele ainda não está aqui.

Deveria aplacá-la saber que Coll MacTaggert também não havia planejado um casamento nem desejava particularmente se casar?, se perguntou Amelia-Rose. Não. Ao menos ela estava tentando desempenhar o seu papel. Ao menos ela não o culpara por todos os seus problemas.

— Coll é teimoso. Ele vai acabar fazendo a coisa certa… mas talvez leve um ou dois dias. Enquanto isso, coma um biscoito. — Ele ergueu o prato na direção dela.

Niall, e os biscoitos, obviamente tinham a intenção de ser uma distração, mas ambos pareciam saborosos. E, se ela demorasse muito, pelo menos os biscoitos já teriam desaparecido antes que tivesse a chance de provar um que fosse. Quanto a Niall… Amelia-Rose supunha que pensar naquele assunto de aparência deliciosa não faria mal algum. Sem conseguir conter um certo bom humor, ela escolheu uma das delícias açucaradas.

Quer Coll MacTaggert estivesse sendo covarde ou heroico, permanecia o fato de que ele não estava lá. E talvez aquilo pudesse funcionar a favor dela. Dizer aos pais que lorde Glendarril não se dera ao trabalho de aparecer poderia provocar o cancelamento do acordo deles com lady Aldriss. Aquilo a colocaria de volta no rodamoinho de ser examinada e julgada, então enviada atrás de outro homem com um título impressionante que conseguisse a aprovação dos Baxter, mas ao menos daquela vez não seria culpa dela.

Mas se não comentasse nada, ou melhor ainda, se permitisse que os pais acreditassem que ela e Coll MacTaggert estavam se conhecendo aos poucos, ela teria algo que nunca tivera a oportunidade de experimentar antes: uma certa liberdade. Mesmo que todos soubessem que Coll estava ostensivamente lhe fazendo a corte, ela poderia ver os amigos, sair e dançar ao longo de toda a temporada social londrina, como adorava fazer.

Tudo funcionaria melhor sem que Coll estivesse presente, é claro. Céus, como uma mulher quase noiva, ela poderia dançar com quase qualquer um. Talvez, ao tirar todo aquele peso dos ombros, conseguisse encontrar um homem de cuja companhia realmente gostasse, alguém que não a insultasse, que não a tratasse com desdém ou indiferença, e alguém que os pais fossem até aprovar. Só precisava de um acompanhante convincente.

— Vejo uma expressão astuta em seu rosto, moça — observou Niall, trazendo os pensamentos de Amelia-Rose de volta ao momento.

— Vou conseguir um mapa decente de Londres para você — disse ela.

— Isso é muito atencioso da sua parte.

Amelia-Rose assentiu.

— Sim. E esta tarde seu irmão vai me acompanhar ao almoço ao ar livre de lady Margaret Hathaway. Eu estava querendo ir, mas a minha mãe não me deixou aceitar sem saber que planos lorde Glendarril poderia ter para nós.

Niall franziu o cenho.

— Eu...

— Seu irmão não está aqui. Isso faz de você a próxima opção, não é?

— Ele está um pouco atrasado, como eu...

— Então um ou outro chegará à minha casa às duas da tarde, em uma carruagem adequada. E um ou outro levará Jane e eu até o almoço, eu o orientarei em relação ao caminho, e ele ou você passará a tarde sendo encantador, para que eu não faça papel de tola por estar envolvida nesse casamento de conveniência que todos se esforçam para fingir que não é nada disso.

Niall MacTaggert pousou um biscoito já mordido na mesa de madeira.

— Então você acha que sou seu cachorrinho agora? — perguntou, e o tom ligeiramente mais frio em sua voz quase a fez estremecer.

Amelia-Rose se deu conta subitamente de que, por mais bem-humorado que Niall pudesse parecer, aquilo poderia muito bem ser apenas a faceta que ele havia escolhido lhe mostrar. Ora, ela também tinha outras facetas.

— De forma alguma — respondeu, com mais confiança do que sentia. — Se você não quiser participar, simplesmente voltarei para casa e contarei a verdade aos meus pais... que lorde Glendarril não está interessado em mim. Porque... como posso presumir o contrário?

Niall respirou fundo. Amelia-Rose não conseguia ler os pensamentos dele, é claro, mas imaginou que o homem provavelmente estava avaliando se valia a pena passar mais algumas horas com ela para não ter que encarar a mãe e informar que Coll MacTaggert, até aquele momento, havia sido um pretendente totalmente medíocre e ausente. Nada daquilo era culpa dele, mas Niall tinha sido o único a tomar alguma atitude a respeito, tanto na noite anterior quanto naquela manhã. Se ele havia feito aquilo para salvá-la ou para poupar o irmão do constrangimento, Amelia-Rose não sabia, mas parecia ser do interesse de Niall continuar a agir da mesma forma. Ou assim ela esperava, porque, depois que contasse aos pais que lorde Glendarril não queria nada com ela, todo aquele absurdo *recomeçaria* — e ela estava ficando sem opções de homens que já não houvesse dispensado ou insultado ou que fossem inaceitáveis por algum outro motivo.

— Parece que você me tem na palma de sua mão — comentou ele, em um tom mais suave do que Amelia-Rose esperava.

— Tenho. Ao menos por esta tarde. Talvez você possa me contar sobre mais feitos heroicos de seu irmão, e eu me apaixonarei por ele antes mesmo de nos encontrarmos de novo.

Ela viu um músculo do maxilar dele saltar.

— *Aye*. Isso pode acontecer. Muito bem. Coll ou eu a acompanharemos em uma carruagem adequada ao seu piquenique. — Ele se sentou mais perto dela. — O que eu realmente gostaria de saber sobre esse almoço é se vão servir comida de verdade. Ou serão apenas petiscos elegantes que só conseguiriam encher a barriga de uma abelha?

Amelia-Rose riu, e o imenso alívio que sentiu lhe mostrou como tudo aquilo a estava deixando tensa. *Ah, graças a Deus.* Não precisaria discutir com os pais, não seria mandada para ficar ao lado de amigas que por acaso estariam conversando com condes e marqueses. Ao menos não naquele dia.

— Assim que voltar para casa, enviarei um bilhete a lady Margaret para esclarecer que você não é uma abelha e que deseja ser bem-alimentado. Se não me satisfizer com a resposta dela, eu mesma prepararei um almoço para você.

— Vou cobrar.

— Muito bem. Para sua informação, um trole ou um faetonte seria um transporte aceitável, mas prefiro uma caleche.

Niall ergueu uma sobrancelha.

— Uma caleche. Sim. Mais alguma coisa, srta. Baxter?

— Não, isso deve ser suficiente. Mas, como você está ocupando o lugar do meu quase noivo, pode me chamar de Amelia-Rose — decidiu ela, apesar do olhar penetrante que Jane lhe lançou.

A prima de segundo grau, muito tímida, havia se tornado excessivamente decorosa conforme envelhecia e, por mais que Jane estivesse ali para lembrar Amelia-Rose de se comportar, ao mesmo tempo era o retrato vivo do que acontecia quando se era reservada demais. Amelia-Rose tinha 19 anos e não pretendia se tornar uma solteirona de 33.

Niall comeu outro biscoito.

— Não — disse ele, o tom bem-humorado. — Amelia-Rose é um nome difícil demais para um bárbaro das Terras Altas. Acho que vou chamá-la de *adae*.

— Por quê? O que significa? — retrucou ela, profundamente desconfiada, por mais que a palavra soasse muito bonita no sotaque profundo dele. — Não vou concordar em ser chamada assim até que você jure que não está me chamando de nabo ou de algum nome embaraçoso.

Quando ele sorriu, o coração dela se agitou no peito. Nenhum homem deveria ser tão belo. Ainda mais o irmão do homem que supostamente a estava cortejando.

— Eu não a chamaria de nabo, moça. Significa "rosa", como seu nome, Rose. Só preciso enrolar um pouco menos a língua para falar.

Rosa. Bem, era metade do nome dela, que as pessoas geralmente tentavam encurtar de qualquer forma, mas em gaélico parecia... mais bonito do que o "Amy" que a mãe dela tanto detestava. *Adae.* Era quase poético.

— Muito bem — concordou Amelia-Rose, com um suspiro exagerado. — Mas, se eu descobrir que isso significa outra coisa, vou te dar um beliscão.

Niall riu, o som profundo, musical e sedutor. As duas mulheres sentadas atrás dele viraram a cabeça para olhar. Uma delas se abanou com o leque, e as duas inclinaram o corpo para a frente, sussurraram alguma coisa uma para a outra e enrubesceram. Amelia-Rose tomou outro gole do café doce e fingiu não notar, mas é claro que havia reparado. Conhecia as duas. E mesmo que Niall fosse apenas o irmão do prometido dela, a reação de outras damas à presença dele foi agradável. Amelia-Rose havia passado os dois últimos anos tentando ser como todo mundo e falhando. Que ao menos uma vez alguém *a* invejasse.

Especialmente levando em consideração a noite anterior, quando o visconde desaparecera cinco minutos depois de *Romeu e Julieta* ter começado, ser alvo de um pouco de inveja era bom. Mas, se não quisesse se tornar motivo de riso, teria que incentivar as exibições de virilidade e encanto de qualquer MacTaggert que aparecesse para acompanhá-la, e precisaria desencorajar o comportamento bárbaro.

Que confusão tudo aquilo estava se tornando, e só havia se passado um dia. Jane parecia ter sido forçada a engolir um inseto, Niall continuava devorando os biscoitos como se estivesse passando fome havia um mês, e ela estava lidando com um quase-noivo ausente. Amelia-Rose imaginou que deveria estar se sentindo constrangida e ainda mais perturbada, como faria uma dama decente quando o homem por quem deveria fingir estar se apaixonando por ela não se dava ao trabalho de aparecer. Mas não se sentia nem um pouco perturbada naquele momento. Na verdade, estava se divertindo muito.

Na mesa diretamente abaixo da janela lateral, um trio de homens debatia se um faisão era uma criatura mais nobre do que um cisne. Um deles até levara desenhos para basear sua defesa do cisne e mencionou aos brados a lei que permitia que apenas a aristocracia os comesse — um sinal inequívoco de sua posição de destaque.

— Desejam mais café? — perguntou Niall, deixando a xícara de lado. — Ou devo levar vocês para casa para que eu possa buscar Coll e uma carruagem e estar de volta antes das duas horas?

— É melhor irmos — respondeu Amelia-Rose.

Ela ainda precisava escrever a lady Margaret e pedir para que seu nome voltasse a ser incluído na lista de convidados do almoço, embora tivesse cancelado a presença na véspera. E tinha que garantir que haveria comida suficiente para satisfazer o homem alto e esguio sentado diante dela. Amelia-Rose não tinha dúvidas de que Coll MacTaggert não seria seu acompanhante naquele almoço, e para ela estava tudo bem. Mais do que bem.

— *Aye.*

Ele se levantou e deu a volta na mesa para ajudá-la a se levantar.

— Você não pode estar falando sério, Francis — exclamou um dos homens que ainda conversavam sobre aves. — O mundo inteiro reconhece a nobreza do cisne. Um faisão precisa ficar pendurado por três dias antes de ser comestível.

— Ei, o senhor! — chamou um dos homens, e pousou a mão no ombro de Niall. — Que ave prefere?

Niall encarou diretamente o amigo repentino, a expressão agora sem qualquer traço de bom humor. O homem ergueu abruptamente a mão e deu um passo para trás sem que o sr. MacTaggert tivesse que dizer uma única palavra. Na verdade, todos pareciam estar olhando para ele, e só o que Niall fizera fora se colocar de pé e ser mais alto e mais musculoso do que todos os outros homens no café.

Ele estendeu a mão para Amelia-Rose, que aceitou. Por uma fração de segundo, ela se sentiu... régia. Protegida. Qualquer um seria tolo de irritar um espécime de homem em tão boa forma — e ainda assim fora exatamente o que ela fizera. Ora, não o irritara exatamente, apenas usara o próprio desejo de Niall de esconder qualquer problema com o irmão para ganhar um acompanhante para um almoço a que desejava comparecer, mas aquilo só parecera diverti-lo.

— Já que perguntou — falou Niall, olhando por cima dela para os admiradores de pássaros —, prefiro um cisne com molho de pêssegos e açafrão.

E, dito isso, Niall saiu do café com Amelia-Rose e Jane.

— Você não deveria ter dito aquilo — comentou Amelia-Rose, enquanto eles caminhavam até onde estavam John e os cavalos. — Os cafés são o lar dos debates filosóficos sem sentido, especialmente dos professores… que é o que eles pareciam ser. E apenas a nobreza tem permissão para comer cisnes.

— Então você acha que eles ficaram com inveja?

— O quê? Não. A questão é… — Ela se virou para fitá-lo e o pegou disfarçando um sorriso discreto. — Você estava implicando com eles.

— Eu não teria como chamar a mim mesmo de *highlander* se já tivesse comido cisne ao molho de açafrão. Não fica ruim se for recheado de cogumelos e ostras, mas prefiro pato.

— Você sabe que pode ser jogado na prisão por comer cisne?

Niall inclinou a cabeça.

— Você se esquece de que sou filho de um conde e irmão de um visconde?

Amelia-Rose *havia* esquecido, o que era muito estúpido da parte dela. Afinal, estava praticamente noiva do visconde.

— É que você não… age como um aristocrata.

Ela se arrependeu na mesma hora daquelas palavras. *Pare de falar*, ordenou a si mesma.

— Vou encarar isso como um elogio, *adae*. Você não me ofendeu, se é por isso que não está me olhando nos olhos agora.

Antes que John pudesse ajudá-la a montar, Niall se adiantou e parou tão perto de Amelia-Rose que ela precisou levantar o queixo para encontrar seu olhar. Ele ficou encarando-a, enquanto o coração dela voltava a dar uma cambalhota estranha.

— Sim? — perguntou, com medo de acabar envolvendo o pescoço dele para beijá-lo.

— Peço permissão para colocar as mãos em você, moça.

— Ah. É claro. Se o vento não estiver forte demais.

Niall sustentou o olhar de Amelia-Rose, enquanto passava as mãos ao redor da cintura dela e a erguia no ar. Por uma fração de segundo, ela esqueceu o que eles estavam fazendo, até que seu traseiro encostou em Mirabel e na sela lateral.

Preste atenção, Amelia-Rose, ordenou a si mesma, enquanto acomodava o joelho ao redor da sela. Recusou-se a prender a respiração quando Niall segurou seu tornozelo para colocar o pé dela no estribo. Pelo amor de Deus, desde que debutara, na última temporada social, nada menos que cinco homens a haviam ajudado a montar em Mirabel. Nenhum deles, no entanto, lhe provocou aqueles arrepios de prazer. Nas ocasiões anteriores, ela tentara impressioná-los com suas boas maneiras e seu decoro, enquanto com Niall ela não precisava se dar a esse trabalho.

— Você tem um tornozelo delicado — comentou ele, a mão ainda no pé dela. — É espantoso que consiga se sustentar nele.

Amelia-Rose sentiu o rosto quente.

— Eu lhe garanto que, embora não seja feita de ferro e troncos de árvores como você, consigo me sustentar bem sobre os pés — respondeu. — Achou que eu andava cambaleando por aí?

Niall deu um risinho pelo nariz, soltou o tornozelo dela e deu um passo para trás.

— Com todas essas saias longas e esses chapéus imensos, achei que *todas* as moças inglesas flutuassem acima do chão, levadas pela brisa da manhã.

Amelia-Rose riu. Pensando bem, a imagem de meia centena de jovens damas sendo levadas pelo ar por uma rajada de vento realmente não parecia tão absurda.

— Você não é o que eu esperava, Niall MacTaggert — confessou ela, fazendo Mirabel andar em círculo ao redor dele.

— Nem você.

Ela ficou ligeiramente tensa.

— Isso é ruim?

— *Nae*. — Ele continuou a olhar para ela, girando o corpo para mantê-la à vista enquanto o cavalo o cercava. — Não.

—ɯ—

Niall não gostava da ideia de levar um beliscão, mesmo que fosse de uma moça inglesa pequena e delicada. Por isso, esperava que ela jamais descobrisse que *adae* não queria dizer "rosa". Significava "problema". E naquele momento ela estava lhe causando muito daquilo. Para ser sincero, não era totalmente culpa de Amelia-Rose, porque, se Coll tivesse feito o que deveria, como prometera fazer depois de todos terem mostrado as cartas, seria o visconde que teria levado Amelia-Rose ao café e ao maldito piquenique.

Mas Niall supunha que o... aborrecimento que sentia não era por causa de uma inconveniência imaginária, por ter que levá-la a um almoço quando tinha algo melhor para fazer — até porque sair para tentar encontrar uma esposa pouco inteligente não era uma perspectiva particularmente atraente no momento.

Ele gostava da forma como Amelia-Rose ria. Sim, estava acostumado a ser encantador com as pessoas o tempo todo, a deixá-las à vontade, a ouvi-las rir das suas brincadeiras. Ela dava risadas como se fossem um prêmio, como se alguém tivesse lhe dito que damas não riam alto e, por isso, estivesse determinada a não fazer aquilo, mas não conseguisse se conter. Amelia-Rose havia prometido agir de forma mais adequada naquele dia, como se não tivesse achado justo insultar Coll merecidamente na noite da véspera. Nas histórias que o pai de Niall contava, as mulheres inglesas eram todas tímidas e envergonhadas, não eram páreo para nenhum *highlander*. Mas aquela inglesa, quase noiva de Coll, não se encaixava no modelo. De forma alguma.

Niall se obrigou a voltar à realidade quando se viu novamente diante da Casa Oswell, depois de apenas uma curva errada. Aquele lugar não se parecia em nada com o castelo enorme nas Terras Altas. Pogan, o mordomo de Aldriss, reclamara por anos que nunca tinha ideia de onde qualquer um dos irmãos MacTaggert poderia estar, porque eles entravam e saíam a qualquer hora do dia e da noite, e com muita frequência nem sequer usavam as portas. Certa vez, Niall literalmente batera a cabeça na de Aden quando o irmão deixava a casa através de uma das janelas da biblioteca enquanto ele subia pela mesma janela, depois de uma noite passada na cama de uma moça.

Mas toda a frente da Casa Oswell dava para a rua. Uma porta traseira levava ao jardim murado nos fundos e depois a um pequeno parque atrás dele, que oferecia mais possibilidades de se agir em segredo, ao menos no meio da noite — desde que nenhum dos vizinhos estivesse olhando das próprias janelas. A porta lateral se abria para uma garagem coberta, com o estábulo diretamente atrás dela.

Niall desmontou de Kelpie e o entregou a um dos rapazes no estábulo. Antes que alcançasse a porta simples dos fundos, ela foi aberta e o mordomo muito magro o encarou.

— A condessa está procurando por lorde Glendarril — declarou o homem, afastando-se para permitir que Niall entrasse. — Passou a manhã toda procurando por ele.

— Um bom dia para você também, Smythe — retrucou Niall, e seguiu para a parte principal da casa.

— Ela diz que, caso não fale com ele até o pôr do sol, haverá consequências.

Niall continuou andando, seu bom humor colapsando a cada passo, e seguiu para a escada que o levaria ao segundo andar.

— Oscar! — chamou, já despindo o paletó pesado no caminho. Jogou-o sobre o chifre livre de Rory.

Sem esperar por uma resposta, Niall contou as portas até chegar ao quarto temporário de Aden, abriu a porta com força e entrou. As cortinas pesadas ainda estavam fechadas, e o irmão estava afundado em uma enorme pilha de cobertas e travesseiros, atravessado na cama grande. A posição não era nada fora do comum — o irmão sempre fora tão inquieto durante o sono quanto era acordado.

— Aden — chamou Niall, enquanto ia até a janela e abria o primeiro conjunto de cortinas.

— Malditos sejam você e o cavalo que montou — veio um rosnado abafado da cama. — Feche essas malditas cortinas ou vai ganhar uma surra.

Niall abriu o conjunto seguinte de cortinas.

— Não vejo Coll desde o espetáculo da noite de ontem, e acabei de levar a quase-noiva dele a um café no lugar dele.

As cobertas se espalharam por toda parte quando Aden se sentou.

— A moça é muito horrível? Parece uma porca? Uma vaca? Uma galinha cacarejante?

— Ela é bem bonita — informou Niall, o cabelo de Amelia-Rose, loiro e penteado com elegância, e aqueles olhos cor de céu ainda vívidos em sua mente. — Só que menos mansa do que Coll esperava, suponho. Em vez de se dar ao trabalho de conversar com ela, ele se levantou e saiu do teatro. O resto não importa nem um pouco.

Amelia-Rose não gostaria que ele mencionasse sua língua afiada. Sob os níveis oscilantes de decoro, a jovem deixava entrever uma delicadeza, algo que fazia um homem desejar protegê-la, se colocar entre ela a qualquer perigo.

O irmão MacTaggert do meio assentiu, afastou o cabelo escuro dos olhos e ficou de pé.

— Ele levou Nuckelavee?

— Coll deixou o teatro a pé. E ainda deve estar a pé, a menos que tenha roubado uma forma de transporte.

Oscar chegou derrapando na porta do quarto.

— *Och!* Não foi ideia minha acordá-lo, sr. Aden. Eu o avisei para não…

— Vá buscar um café forte para mim e alguma comida — interrompeu Aden. — E mande selar Loki.

— Claro. Agora mesmo — garantiu o valete, e desapareceu novamente.

Niall o observou partir.

— Sabia que o pobre Oscar morre de medo de você, não é?

Aden despiu a camisa de dormir e mergulhou no imenso guarda-roupa que dominava o quarto.

— Só avisei a ele para me deixar em paz. Se realmente quisesse lhe fazer algum mal, teria jogado algo mais pesado que uma bota em cima dele.

— Por mais que eu tenha certeza de que ele se sente grato por isso, ainda assim a bota o nocauteou.

— A...

— Aí está você, Niall — disse Eloise da porta, atrás dos dois. — A mamãe perguntou... ah!

Niall olhou do rosto assustado da irmã para o traseiro nu de Aden, enquanto o irmão procurava por alguma roupa para usar. Aden endireitou o corpo, sorriu para ela e voltou à sua tarefa. Com um suspiro, Niall se colocou entre os dois e foi até a porta.

— Vocês acabaram de permitir que vários traseiros se mudassem para a sua casa, Eloise. Acho que vai acabar vendo um ou mais deles de vez em quando.

Ele guiou-a de volta para o corredor e fechou a porta do quarto.

O rosto de Eloise ficou ainda mais vermelho.

— Aqui em Londres fechamos nossas portas enquanto nos vestimos — retrucou ela, irritada. — E se eu estivesse com uma amiga?

— Duvido que Aden tivesse se importado. O que sua mãe quer comigo?

A jovem lançou outro olhar para a porta do quarto e estremeceu visivelmente.

— Ela é sua mãe também, você sabe.

— Foi o que ouvi dizer.

— Sério, Niall? Você vai me colocar no meio disso?

Ao perceber que magoara a irmã, Niall pegou a mão dela. Se havia uma coisa com a qual os três irmãos MacTaggert concordavam era que nada daquela confusão era culpa de Eloise. Ela havia crescido e se apaixonado. Nenhum deles poderia culpá-la por isso.

— Obrigado pelo sanduíche ontem à noite. Você salvou a minha vida.

Aquilo pelo menos lhe rendeu um sorriso.

— Deixei um para Coll também, mas o sanduíche continuava no mesmo lugar esta manhã... ao menos até eu pegar aquele valete limpando as migalhas da camisa dele. Coll não voltou. Portanto, ele não acompanhou Amy... Amelia-Rose... ao café. E como a sra. Baxter não enviou nenhum bilhete reclamando disso, estou inclinada a supor que *alguém* acompanhou a filha dela.

— Moça inteligente, você. Coll ainda está se adaptando — falou Niall, sem saber se estava mentindo ou não. — Ele vai acabar aceitando a situação.

— Amelia-Rose poderia ser uma boa esposa para ele. Ela é muito espirituosa, embora eu ache que tenta não ser.

— Por que diz isso? — perguntou ele, o interesse despertando de imediato.

— Bem, eu não participei da última temporada social, mas ouvi dizer que Amelia-Rose... Na verdade, não foi nada escandaloso, mas que ela se expressou de forma um tanto audaciosa. Para uma dama. Não perguntei a ela a respeito, é claro. Mas reparei que Amelia--Rose é muito cautelosa com as palavras, especialmente na frente de homens. Ela só fala mais livremente com alguns poucos de nós, e é uma pessoa encantadora.

Amelia-Rose realmente parecia um par perfeito para Coll — caso ele estivesse procurando uma moça capaz de contrapor seu jeito precipitado, e que não tolerasse seus modos brutos. Era interessante que o irmão provavelmente diria que a mulher certa para ele era quem Amelia-Rose tentara ser, mas falhara, na noite anterior.

Como a irmã continuava a fitá-lo, Niall assentiu.

— Eles só precisam conversar em um lugar onde metade de Londres não esteja de olho nos dois.

— Espero que sim, pelo bem de Coll. E pelo bem de Aldriss Park. Sempre quis voltar lá. Pelo que soube, eu tinha apenas 9 meses de idade quando mamãe e eu fomos embora. — Ela desvencilhou a mão de Niall e levou-a ao peito. — Eu não sabia sobre esse acordo entre a mamãe e o papai. Só ouvi falar a respeito depois do jantar para comemorar o noivado. Peguei a mamãe escrevendo uma carta... Ela sorriu ao me ver, com lágrimas nos olhos. E falou: "Agora, aquele velho teimoso vai ter que vir para cá. E seus irmãos também. Finalmente vamos ter nossos meninos de volta, Eloise".

Aquilo era interessante, e Niall guardou a informação no fundo da mente, para analisá-la melhor mais tarde. Com certeza não tinha tempo para pensar em nada daquilo no momento.

— Não recebemos aquela carta com alegria — retrucou ele. — O pai jura que ela o matou e... — Niall se deteve ao ver o olhar alarmado no rosto da irmã.

— Você não estava brincando quando falou isso? Achei que estava tentando ilustrar como vocês foram arrastados contra sua vontade até aqui.

— Eu não apostaria que o pai fosse bater as botas, *piuthar* — continuou ele. — Eu mesmo já o matei duas vezes, e entre Coll e Aden nosso pai já deu seu último suspiro pelo menos uma dúzia de vezes.

A expressão de Eloise se tranquilizou um pouco.

— Como você o matou?

Niall sorriu, aliviado por não ter feito a irmã desgostar dele. Eram família, mas ao mesmo tempo mal se conheciam.

— Eu pulei do telhado de Aldriss em um banco de neve quando tinha 16 anos — admitiu. — E não vou lhe contar sobre a segunda vez porque você é uma moça suscetível.

E porque lorde Marmont jurou cortar as bolas de Niall caso alguém sussurrasse uma palavra que fosse sobre a escapada de Niall com Delilah MacDougal, a filha mais nova do marquês. Niall continuava muito apegado às próprias bolas, e preferia mantê-las exatamente onde estavam.

Eloise suspirou.

— Eu gostaria de ter estado lá para ver — comentou, claramente não lendo a mente dele, graças a Santo André. — O pai me escrevia de vez em quando, mas nunca contou nada escandaloso. Ele falava basicamente sobre ovelhas e cordeiros, e às vezes comentava como estava orgulhoso de um de vocês ou dos três. — Ela se inclinou um pouco para a frente. — Por favor, jamais conte ao papai que eu deixava a mamãe ler as cartas dele. Acho que a primeira carta que ela enviou diretamente a ele em dezessete anos foi a que trouxe vocês aqui.

— Não vou contar. O pai jurou que jamais voltaria a se comunicar com ela, fosse por escrito, pessoalmente ou em espírito. — Coll e Aden jamais acreditariam que o pai havia escrito nem para Eloise, dada a aversão de lorde Aldriss a "extravagâncias civilizadas", como ler e escrever. — Você disse que lady Aldriss queria algo de mim?

— Ah, sim. Eu esqueci. Ela quer saber onde está Coll, como foi o encontro dele e se você conheceu alguma jovem adequada no parque.

E lá estava ele de novo, no meio da confusão, tentando aparar as arestas pontiagudas. Quer gostasse daquela posição ou não, ao menos por ora precisava permanecer onde estava — no âmago da confusão. Niall não poderia se afastar enquanto houvesse tanta coisa em jogo.

— Agradeceria se você dissesse à condessa que Coll ainda não voltou depois de ver Amelia-Rose, e que Aden e eu vamos sair para nos familiarizarmos com Mayfair, e também que conheci um rebanho de moças, mas não seria capaz de dizer o nome de nenhuma delas a você nem que a minha vida dependesse disso.

Eloise assentiu.

— Dessa vez. — Ela ergueu um dedo. — Só dessa vez. Não tenho o hábito de mentir.

Niall se inclinou para dar um beijo no rosto da irmã.

— Eu também não. Agora, me diga. O que é uma caleche? Vocês têm uma aqui? E onde um homem iria se quisesse dar um soco em alguém?

— Eu… Deus do Céu. Uma caleche é um veículo grande e aberto em cima. Sim, temos uma aqui. E não sei como responder sua última pergunta. O único estabelecimento onde acontecem lutas de boxe de que tenho notícia é o Gentleman Jackson's. Estou certa de que Smythe pode lhe dar o endereço.

— Bem, isso já é um começo. Obrigado.

Niall se virou para abrir a porta do quarto de Aden no momento em que Oscar chegava com uma bandeja de comida.

— Mas você não vai poder usar a caleche hoje, se é isso que quer saber — continuou Eloise. — Matthew e eu vamos sair com ela para ir a um piquenique essa tarde.

Niall se voltou novamente para ela.

— O almoço ao ar livre de lady Margaret? — perguntou.

— Sim! Como você…

— Acho que preciso de outro favor, então.

Ele explicou sobre o pedido de Amelia-Rose por um acompanhante e uma caleche, mas deixou de fora a parte em que ela mais ou menos ameaçara derrubar a pilha já cambaleante de meias-verdades que ele contara caso seu pedido não fosse atendido. A moça o havia manipulado, e ele respeitava aquilo. Coll provavelmente não respeitaria, mas Coll não estava ali.

— É claro que vocês podem se juntar a nós — falou Eloise, sorrindo. — Por isso eu queria os meus irmãos por perto.

— Para ir com você a piqueniques?

— Para estarem aqui. Perturbando meus planos e franzindo o cenho para os homens inadequados que conheço.

Niall franziu o cenho.

— Você conhece homens inadequados?

Ela riu.

— Ah, isso! Era exatamente esta testa franzida que eu imaginava.

Se Eloise esperava que ele fosse todos os dias a piqueniques, estava louca, mas Niall não disse aquela parte em voz alta. Em vez disso, voltou a entrar no quarto de Aden para dar mais detalhes ao irmão sobre o que acontecera no teatro e no café, sobre as ameaças da mãe deles e sobre o piquenique. Mais uma vez, ele deixou as partes mais tortuosas de fora, dizendo a si mesmo que não havia tempo para tudo aquilo no momento. Niall também deixou de fora a cor exata dos olhos de Amelia-Rose, e o modo como o cabelo dela ficava dourado sob a luz do sol, porque tinha certeza de que não deveria notar aquele tipo de coisa.

— Amelia-Rose Baxter? — repetiu Aden, enquanto se dividia entre calçar as botas e devorar o que parecia um frango inteiro. — Que nome grande.

— *Aye*. Assim como esse frango. Não vi muita comida desde que cheguei a Londres.

O irmão empurrou o prato.

— Eu irei até esse tal de Gentleman Jackson's, então, e verei se consigo arrastar Coll para esse seu piquenique. Enquanto isso, você vai ter que conhecer o prometido de Eloise e decidir se devemos permitir que ele se case com a nossa irmã ou se devemos lhe dar uma surra e mandá-lo para a Índia ou coisa parecida.

— E se Coll não estiver no boxe?

— Acho que, se eu consigo rastrear um cervo pelas montanhas na chuva, também sou capaz de encontrar um *highlander* de quase dois metros andando por Londres.

— *Aye.* — Aden provavelmente conseguiria mesmo. O irmão MacTaggert do meio era um pouco mais chegado a atividades cerebrais, como as apostas, mas também era bom em descobrir coisas nas pessoas que a maioria preferia que permanecessem ocultas. — Antes de levá-lo ao piquenique, certifique-se de que Coll vai se comportar. A atitude dele na noite passada foi injusta para um diabo. Foram os pais da moça que fecharam o acordo com lady Aldriss. Não Amelia-Rose. Acho que Coll queria ver se a moça começaria a chorar, mas ele não precisava fazer isso com metade de Londres assistindo.

Coll precisava ser mais agradável. Amelia-Rose não concordaria em se casar se não gostasse dele. Portanto, ela precisava gostar dele. Ao menos para conversar com Coll pelo tempo necessário para perceber que ele tinha um lado agradável e engraçado — quando não estava sendo arrastado para o altar contra a sua vontade. Mesmo que a moça não fosse tão maleável quanto Coll esperava, era ela que Francesca tinha escolhido. Aquele casamento precisava acontecer.

Enquanto isso, Niall continuaria a fazer o papel de representante de Coll. O fato de não se importar com aquilo, de na verdade estar ansioso para vê-la novamente, teria que ser mantido de lado, para que ele pensasse a respeito depois. Uma coisa era certa: se houvesse outra moça inglesa em Londres com a mesma inteligência e charme, ele a encontraria. E, se aquilo acontecesse, ele *não* a deixaria para trás quando voltasse para as Terras Altas.

Uma coisa que não poderia deixar para considerar mais tarde era o fato de já estar usando Amelia-Rose como referência para qualquer outra moça. Ou do desejo que sentia de levá-la consigo. *Adae.* Um problema, de fato.

Capítulo 5

— E? — perguntou Victoria Baxter subitamente.

Amelia-Rose se sobressaltou.

— Meu Deus, mãe, não a ouvi entrar — falou.

Virou o corpo, diante da penteadeira, e viu a mãe de pé na frente da porta fechada do quarto.

— Ah, deixei escapar a trança, srta. Amy — disse a criada, Mary, fazendo uma careta. — Por favor, fique parada, ou nunca a deixaremos pronta a tempo.

— É Amelia-Rose, Mary. Por favor, não me faça corrigi-la de novo — repreendeu Victoria, e se adiantou para dentro do quarto.

A criada fez uma cortesia, o rosto enrubescido se refletindo no espelho da penteadeira, o que fez Amelia-Rose cerrar o maxilar.

— Desculpe, sra. Baxter. Vou me lembrar — falou a moça.

— Perdão, Mary — interrompeu Amelia-Rose, e voltou a olhar para a frente. — Você já está fazendo milagres.

A mãe se juntou a elas no reflexo do espelho, enquanto se sentava no pé da cama de Amelia-Rose.

— Por que você está vestida para sair? Está me evitando?

— Não, mamãe. É claro que não. Coll, lorde Glendarril, vai me acompanhar no almoço ao ar livre de lady Margaret.

Aquilo não era exatamente uma mentira, já que Niall havia prometido que ele ou Coll passariam para buscá-la. Deveria ser Coll, é claro, ainda mais se ela quisesse julgar seu caráter com sinceridade. Depois daquela manhã, a opinião de Amelia-Rose sobre os *highlanders* havia abrandado um pouco, o que a deixara disposta a dar outra chance a ele.

— Eu lhe disse que lady Margaret é ousada demais. Você não quer ser vista com ela e correr o risco de que pensem a mesma coisa a seu respeito. — Victoria torceu o nariz. — Nós sabemos que você já tem o bastante a superar.

Aquilo de novo.

— Margaret não é ousada. Ela é simpática. E, de qualquer forma, não irei sozinha. A senhora disse que queria que esse acordo parecesse um casamento por amor. O visconde e eu devemos, portanto, ser vistos juntos.

— É verdade. — A mãe cruzou as mãos no colo, em um gesto afetado. — Mas estou um pouco confusa. Ao longo das últimas duas semanas você praticamente só reclamou, dizendo que preferia ir para um convento a se casar com um brutamontes das Terras Altas, mesmo se ele fosse o duque da Escócia.

— Isso foi antes de eu conhecê-lo.

— É verdade. O que, considerando o fato de o visconde ter deixado o teatro ontem à noite antes mesmo de Julieta aparecer no palco, me deixa perguntando por que você está tão ansiosa em ser vista com ele em público. Devo presumir que essa manhã ele lhe garantiu que suas intenções são realmente sérias? Porque, caso contrário, posso acabar achando que você simplesmente quer ir a um piquenique.

Amelia-Rose relaxou um pouco. Obviamente a mãe não se importava com os detalhes de qualquer conversa que a filha tivesse tido com Coll MacTaggert ou com os sentimentos de Amelia-Rose por ele no momento. Victoria Baxter só queria saber se as aparências haviam sido mantidas depois do triste papel que o visconde fizera na noite anterior. E se a filha ainda estava disposta a se tornar uma viscondessa, e uma futura condessa.

— Sim, estou muito mais segura — disse Amelia-Rose em voz alta.

Afinal, agora ela sabia que seu quase-noivo consertava os telhados dos arrendatários da propriedade e salvava ovelhas dos pântanos. Não tinha nada a ver com o fato de o irmão dele ter se dado ao trabalho de se desculpar em nome do visconde, ou de Niall tê-la entretido e feito com que se sentisse valorizada. Também não tinha nada a ver com o fato de que, pela primeira vez, ela não precisou se desculpar por ser franca ou impertinente. Ou como fora revigorante que, para variar, outra pessoa, em particular um homem excepcionalmente belo, com olhos indescritíveis, tivesse se esforçado para compensá-la por um aborrecimento. Assim como não tinha nada a ver com a vontade de vê-lo novamente...

— Fico feliz que o caráter de lorde Glendarril seja melhor do que minha primeira impressão — comentou a mãe de Amelia-Rose secamente. — O baile dos Spenfield é na quinta-feira. Ele pode acompanhá-la e provar seu valor pessoalmente. Eu gostaria de ver por mim mesma.

Inferno.

— Não sei se ele foi convidado — retrucou Amelia-Rose. — Afinal, o visconde chegou ontem à cidade, e a senhora sabe que o baile dos Spenfield é bastante exclusivo.

Victoria afastou a ideia com um gesto de mão enquanto se levantava.

— Não dê desculpas antecipadamente, minha cara. Isso me faz questionar sua sinceridade. Lady Aldriss foi convidada, então é claro que seus filhos solteiros serão bem-vindos. Não esqueci, mesmo que você tenha esquecido, que Penelope Spenfield tem quatro filhas em idade de se casar.

Não, Amelia-Rose não havia esquecido. Por isso, antes que os pais a amarrassem em um noivado, estivera ansiosa por aquele baile: os rapazes superariam em muito as moças, o que era um fenômeno raramente visto em outros lugares. Nunca faltava parceiro de dança para uma moça em um baile dos Spenfield, era o que todos diziam. Algumas amigas de Amelia-Rose faziam questão de agradar uma das irmãs Spenfield só para aumentar suas chances de conseguir um convite.

A mãe dela havia parado na porta, então Amelia-Rose assentiu com cuidado, tentando não atrapalhar a criada e desfazer novamente a trança.

— Vou informar a ele, é claro. Sobre o baile dos Spenfield, na quinta-feira.

— Fantástico. Assim que todos tiverem visto como vocês dois se dão bem, poderemos anunciar oficialmente o noivado e chamá-lo de uma união amorosa. Isso soa muito mais agradável hoje em dia, com todos tão apaixonados por Byron e por seus versos românticos tolos.

Amelia-Rose deixou escapar um suspiro silencioso. Tinha apenas alguns dias, então, para fazer uma avaliação sincera de Coll MacTaggert, em vez da versão bastante colorida que o irmão dele lhe dera, ou da versão antipática que ela mesma vira. Maldito lorde Byron e seus versos românticos, de qualquer forma. Eles provocavam... sonhos impossíveis de amor e paixão nas pessoas. Ninguém conseguia estar à altura daquilo — e certamente não um brutamontes das Terras Altas.

Mas nada daquilo resolvia o problema do homem em si. Se ele se mostrasse atencioso, decente e capaz de ceder, se pudesse garantir que Amelia-Rose passaria a temporada social em Londres todos os anos, que não viveria presa nas Terras Altas, então lorde Glendarril ainda representaria a melhor oportunidade de ela escapar daquela casa. Quando Amelia-Rose pensava em situações mais íntimas — a sensação das mãos dele em volta da cintura dela, os cílios longos se erguendo para revelar uma centelha de humor nas profundezas dos olhos verde-claros —, não era seu suposto prometido que surgia em sua mente. Quão parecido com Niall era o visconde? Parecia muito importante descobrir aquilo.

Assim que Mary terminou de trançar seu cabelo e o enrolou em um coque atrevido e cheio de voltas, Amelia-Rose pediu que a jovem chamasse Jane e pedisse que um almoço leve lhe fosse servido na sala de jantar informal. Nunca era bom parecer faminta em um piquenique. Enquanto ela comia, Hughes, o mordomo, lhe entregou uma carta, e ela franziu o cenho enquanto a pegava na bandeja de prata.

— Espero que o sr. MacTaggert tenha conseguido localizar lorde Glendarril — comentou Jane, tomando um gole de seu vinho Madeira. — Se eles desistirem de ir ao piquenique agora, sua mãe não ficará satisfeita.

— A minha mãe está muito satisfeita por lorde Glendarril ter me acompanhado ao café esta manhã — retrucou Amelia-Rose com firmeza, enquanto rompia o selo de cera e desdobrava a carta. — E por ele ter insistido em ir comigo ao piquenique. E permanecerá satisfeita.

— Sim, é claro. Você sabe que sempre pode confiar em mim, Amelia-Rose.

Ah, Amelia-Rose torcia para que aquilo fosse verdade.

— É claro, prima. — Ao ler a carta, ela relaxou. — É apenas uma carta de lorde Phillip — falou, aliviada.

Lorde Phillip West escrevia cartas bastante prosaicas e, pessoalmente, ceceava um pouco e não tinha título. Mas seus olhos castanhos eram cheios de sentimento… Ah, uma jovem poderia perecer nas profundezas daqueles olhos. Além disso, ele valsava de forma magnífica. Por outro lado, só falava sobre o clima, sobre o que estava na última moda e sobre cavalos, o que tornava as conversas educadas absurdamente simplórias. Amelia-Rose havia praticado bastante com ele no início da temporada social. Se ao menos Philip estivesse no lugar do seu irmão mais velho, Lionel, o marquês de Durst, teria sido o par perfeito.

Aquilo era tudo o que ela realmente queria: um homem bonito, que falasse bem, gostasse de festas e de conviver em sociedade, que tivesse uma propriedade a menos de vinte quilômetros de Londres e — pelo bem da mãe dela — que pudesse torná-la uma dama da aristocracia. Como a mãe dizia, o fato de o pai de Amelia-Rose ser primo em segundo grau de um conde permitia que eles frequentassem a alta sociedade, mas aquilo não fazia ninguém se curvar ou fazer uma reverência a eles.

Amelia-Rose imaginou que uma vida inteira conversando sobre cavalos e sobre o clima seria extremamente tediosa, mas ela teria acesso imediato a Londres para compensar aquilo. Porém nunca havia conversado realmente com o irmão mais velho de Phillip, e estava apenas imaginando que os dois fossem parecidos. Ah, e se ele gostasse de ler? E se apreciasse debater francamente sobre livros e política?

Só que ela não estava noiva do marquês de Durst. O homem que lhe cabia era um escocês mal-humorado, muito alto e de ombros largos como uma montanha. A menos que ela conseguisse convencê-lo a permanecer em Londres, aquele acordo simplesmente não funcionaria. Como poderia tolerar uma vida inteira de isolamento da vida cultural, dos amigos e das reuniões sociais que finalmente poderia aproveitar sem ter que se preocupar em chamar a atenção do homem certo?

Depois do almoço, Amelia-Rose e Jane se instalaram na sala de estar para que ela redigisse uma ou duas cartas para suas próprias amigas e para que Jane terminasse alguns bordados. Qualquer resposta a lorde Phillip teria que esperar pelo menos dois dias, mas não mais de quatro — era importante não parecer nem muito ansiosa nem muito desinteressada, por mais inadequado que o destinatário fosse como potencial marido.

Antes que o relógio do corredor terminasse de anunciar as horas, Amelia-Rose ouviu Hughes abrir a porta da frente.

— Espero que seja o visconde — sussurrou Jane. — Esse subterfúgio está começando a me deixar nervosa.

— É apenas um pequeno subterfúgio — retrucou Amelia-Rose no mesmo volume. — Devemos mostrar alguma compaixão por um homem desacostumado a Londres.

— Você quer dizer desacostumado à civilização, acredito — retrucou a prima.

— Shhh.

— Senhorita Amelia-Rose, aquele tal de Niall MacTaggert está aqui para vê-la de novo — anunciou o mordomo da porta da sala de estar. — Deseja que eu o mande embora?

— Isso não é necessário.

Um sorrisinho curvou os lábios de Amelia-Rose antes que ela pudesse disfarçar. *Niall estava ali*. Aquela satisfação era só porque a presença dele significaria menos peso em seus ombros, disse a si mesma, deixando de lado a correspondência e pegando o chapéu de palha que a aguardava. Era o seu favorito, decorado com pequenas flores de seda amarela que combinavam perfeitamente com as flores amarelas que estampavam o vestido verde-claro que usava.

— Aí está você — falou Niall, quando ela entrou no saguão.

Amelia-Rose se inclinou em uma mesura.

— Presumo que seu irmão esteja esperando por nós, certo? — perguntou, lançando um olhar penetrante na direção do mordomo.

— *Aye*. Ele foi a cavalo na frente e nos encontrará lá — respondeu o escocês em um tom tranquilo, os olhos verdes quase transparentes praticamente dançando.

— E você conseguiu uma caleche?

— Veja por si mesma, *adae* — falou Niall lentamente, e lhe ofereceu o braço.

Amelia-Rose se esforçou para não reparar nos músculos rígidos e tensos do braço do homem, sob o tecido do paletó preto, enquanto saía de casa ao lado dele. Niall não havia trocado de roupa desde aquela manhã, mas, sendo homem — e especialmente um estrangeiro —, aquilo não importava tanto quanto teria importado se *ela* não tivesse trocado seu traje de montaria. No caso dela, jamais deixariam aquilo passar.

Ele realmente conseguira uma caleche, junto com a irmã dele e o noivo.

— Eloise! — exclamou, soltando o braço de Niall para se adiantar e abraçar a amiga. — Eu não tinha ideia de que você viria.

— Eu me recusei a abrir mão da caleche — respondeu Eloise Oswell MacTaggert com um sorriso, e puxou Amelia-Rose para o assento diante dela. — Mas Niall explicou que o veículo era vital para o dia, por isso concordei em compartilhá-lo.

Jane ainda estava parada no degrau da frente da casa, mas sua expressão solene não enganou Amelia-Rose nem por um segundo.

— Eloise e eu seremos a acompanhante uma da outra — falou, e se afastou para que Niall pudesse se sentar ao seu lado. — Portanto, você está livre para ir atrás daquela bala dura que papai trouxe para casa ontem.

A acompanhante assentiu, lançou um último olhar especulativo na direção de Niall e voltou a entrar em casa com o mordomo. *Hum.* Tanto ela quanto Niall tinham deixado claro que se encontrariam com Coll, mas Jane já sabia que os dois haviam mentido sobre o mesmo assunto naquela manhã. Amelia-Rose e a prima de segundo grau teriam que ter uma conversinha quando ela voltasse.

— Algum problema? — perguntou Niall, seguindo o olhar dela.

Amelia-Rose endireitou o corpo.

— Não. Ainda não. Lorde Glendarril realmente se juntará a nós?

— Com alguma sorte, sim. Aden, nosso outro irmão, está indo buscá-lo.

— Estava começando a achar que os três irmãos MacTaggert eram um mito — comentou Matthew Harris, sentado diante de Niall. — Estou aliviado ao ver que pelo menos um de vocês é real.

Niall sorriu, a expressão um pouco mais fria do que antes, o que fez Amelia-Rose lembrar que ele era capaz de ser bem mais temível se desejasse.

— Só tenha em mente que eu sou o irmão gentil.

Matthew sorriu de volta.

— Então continuo aliviado por ter conhecido você primeiro.

— Não ligue para ele, Matthew — disse Eloise, e segurou o braço do noivo com uma afeição óbvia que deixou Amelia-Rose com uma certa inveja. — Eles são todos gentis. Só um pouco… gigantescos.

— Você cresceu um pouco desde a última vez que a vi — brincou Niall com a irmã, a expressão mais uma vez genuinamente bem-humorada.

Deus do céu, como ele era bonito quando sorria daquele jeito…

— Você realmente se lembra de mim? Mal tinha 7 anos quando a mamãe e eu nos mudamos para Londres.

Niall inclinou a cabeça.

— É claro que me lembro de você. Você era pequena e gorducha, como devem ser os bebês, mas ainda tem os mesmos olhos. E o mesmo sorriso.

A afeição entre os dois irmãos, por mais tempo que tivessem passado separados, era palpável.

— Vocês dois me fazem desejar ter um irmão — comentou Amelia-
-Rose em voz alta. Ela suspirou e voltou ao momento. — Falando
nisso, Matthew, onde está a sua irmã?

— Minha tia Beatrice escreveu para avisar que ela e os três filhos
pequenos ficaram doentes, então Miranda e minha mãe voltaram para
Devon esta manhã para ajudar a cuidar deles. Com alguma sorte,
estarão em casa em uma semana mais ou menos.

— Todo mundo conhece todo mundo em Mayfair, então? — perguntou Niall.

— É praticamente assim — respondeu Eloise. — Amelia-Rose
debutou na sociedade um ano antes de mim, mas vamos todos às
mesmas festas. A essa altura, somos praticamente irmãs.

Aquilo fez Amelia-Rose sorrir. Eloise MacTaggert provara ser
muito menos crítica do que os outros, talvez porque soubesse que
tinha três irmãos indomáveis mais ao norte.

— É verdade, e obrigada por dizer isso. Outras pessoas não são
tão simpáticas…

— E por que não? — quis saber Niall, franzindo o cenho. — Vocês
me confundem.

— Depois que uma dama faz 18 anos, há certas expectativas —
explicou Matthew. — Ela deve, antes de tudo, honrar sua família,
o que para a maioria das jovens significa que precisa atrair a atenção
de um homem que peça a sua mão em casamento.

— Ela deve se comportar com dignidade e graça, pois cada palavra
que profere e cada movimento que faz refletem sua cultura, sua criação
e sua família — completou Eloise. — Um pedido de casamento é,
portanto, um elogio a ela e à família.

— Mas não pode ser qualquer homem — foi a vez de Amelia-
-Rose explicar, animada agora com a conversa e bastante aliviada por
Eloise ter abordado a parte do comportamento adequado. — A jovem
pode ter vários pretendentes, mas deve escolher e se casar apenas com
o melhor deles. Aquele com a origem mais nobre, é claro. Ele também
deve ter os meios para sustentá-la e possivelmente ao resto da família
dela. Se o homem puder elevar a posição da jovem e da família dela
na sociedade, isso é o ideal.

— Estou começando a me sentir inadequado — falou Matthew lentamente, rindo. — Sou apenas o décimo sétimo na linha de sucessão do ducado da minha família, e meu pai é conhecido por se envolver com o comércio em um esforço para manter nossos cofres cheios.

— Sim, mas você é muito belo — retrucou Eloise, e deu um tapinha no ombro dele.

— Bonito, querida. Eu sou bonito — corrigiu Matthew com um sorriso, e pegou a mão da noiva para beijar seus dedos.

Amelia-Rose achou tudo aquilo um pouco meloso demais para o seu gosto, mas pela expressão de Niall viu que ele permanecia perplexo com a troca. Por mais bonito que fosse, ela acreditava que nenhuma mulher ousaria reduzir seu valor a sua aparência agradável.

— E aqui você vê — disse Amelia-Rose em voz alta, o olhar fixo no dele — a rara e muito invejada união por amor. Açucarados, cheios de apelidinhos e completamente alheios à sorte que têm.

Niall virou-se para Amelia-Rose e encontrou seu olhar. Ao longo de um dia de convivência, ele a achara divertida, inteligente, muito consciente das regras de decoro e disposta a usar as circunstâncias a seu favor — ao menos até onde aquilo permitisse que ela participasse de um piquenique. A moça podia ter uma língua afiada, mas ele não esperava que fosse cínica. No entanto, sua descrição de um casamento por amor não poderia ser vista como nada além de cínica.

Será que Amelia-Rose havia esperado um casamento por amor para si? Será que havia um homem de quem ela gostasse, um homem que pedira sua mão e ela se vira obrigada a recusar por causa do acordo dos pais com lady Aldriss? Aquilo não lhe ocorrera antes, mas era possível. E Niall não gostou nem um pouco da ideia. De forma alguma.

— Moça, você…

— Meu Deus, Amy — interrompeu-o Eloise, enrubescida. — Espero que não se ressinta de mim por essa sorte que mencionou.

— Não, é claro que não — garantiu Amelia-Rose logo depois, enrubescendo também. — Peço desculpas. O que eu falei… acabou não soando como eu pretendia.

— Desculpas aceitas — falou Eloise prontamente, voltando a sorrir. — Não vamos mais falar sobre isso.

Niall queria falar mais sobre aquilo, mas aparentemente não era uma conversa que eles teriam na frente dos outros.

— Acho que a moça não precisa se desculpar por declarar que você e o sr. Harris aqui são melosos a ponto de fazer meus dentes doerem — disse ele em voz alta, estreitando um olho para a irmã mais nova.

— Ah, pare com isso, Niall — retrucou a irmã. — Sei que você, Coll e Aden adorariam ter aprovado Matthew antes que ele pedisse a minha mão, e tenho certeza de que isso implicaria beber muito uísque e entrar em algumas brigas, mas não aconteceu dessa forma. Ele pediu a minha mão à mamãe e ela deu permissão.

Niall olhou para o noivo da irmã e teve a satisfação de ver Matthew Harris se remexer um pouco e, de repente, pareceu ter encontrado algo interessante para ver fora da carruagem.

— Sim, chegamos atrasados para ajudar na escolha de um rapaz para você, *piuthar*, mas não acredito que seja tarde demais para o uísque ou para as brigas. Somos alguns dos melhores brigões das Terras Altas, sem querer me gabar.

— Niall, sem socos — declarou Eloise mais uma vez.

Ele se recostou no assento e cruzou os braços.

— Sem promessas.

Eles podiam estar brincando, mas a verdade era que Niall ainda não tinha uma opinião formada em relação ao sr. Harris. Sim, ele era capaz de avaliar o caráter de um homem rapidamente, mas aquele camarada em particular pretendia se casar com a única irmã dos MacTaggert. Saber se ele estava à altura daquela pretensão demoraria um pouco mais. Não ajudava que Matthew Harris provavelmente conhecia Eloise melhor do que os próprios irmãos. Eles deveriam ter visitado a jovem, independentemente de como se sentissem em relação a Francesca. Deveriam ao menos ter escrito para ela — afinal, todos compartilhavam o mesmo sangue e a mesma origem, quer Eloise tivesse conhecido bem aquela última ou não.

— Estou disposto a tomar um ou dois copos de uísque, se isso for do seu agrado — comentou Matthew.

— Rá. Ou você tem um pouco de fibra, ou nunca conheceu um *highlander*. Vou ver o que posso fazer. — Niall lançou um olhar a Eloise. — Sem interferência.

— Amy, agora é minha vez de ter uma certa inveja de você por ser filha única — afirmou a irmã, mas, como ela continuava parecendo bem-humorada, Niall achou que não causara nenhum dano.

Finalmente a caleche entrou em um parque grande, cheio de árvores, lagoas e flores. Niall respirou fundo. Era tudo organizado e civilizado demais para ser confundido com as Terras Altas, mas ao menos não eram mais prédios e barulho. Pelo amor de Santo André, ele conseguia até ouvir o canto dos pássaros.

— Assim é melhor — murmurou, e relaxou um pouco os ombros. O simples fato de estar em Londres era um peso para ele, por mais que não tivesse percebido isso antes.

Meia dúzia de moças saltitantes e agitadas se aproximou da caleche quando ela parou ao lado de vários outros veículos. Para além das carruagens havia um toldo, com várias mantas abertas no chão, e um trio de criados aguardava ao lado da mesa cheia de pratos, cestas, tigelas e copos, com a mesa com as comidas bem ao lado. *Ah, comida.*

—… deve ser lorde Glendarril — falou entre risadinhas uma das jovens damas, uma ruiva de seios fartos, o olhar pousado em Niall. — Ah, Amelia-Rose, ele é divino.

Amelia-Rose passou por ele e desceu da caleche.

— Não, não, não. Esse… esse é o irmão dele… um dos outros irmãos de Eloise, quero dizer… Ah, pelo amor de Deus. Esse é Niall MacTaggert.

Niall desceu também.

— Moças — falou, inclinando a cabeça em cumprimento.

Todas fizeram mesuras como um bando de pombas agitadas. Inferno. Talvez ele devesse ser mais grato a Coll por ter se esquivado de suas responsabilidades até então — com Amelia-Rose ao seu lado, Niall ao menos tinha uma certa proteção contra a horda de musselina. Por outro lado, se desejasse companhia, seria fácil encontrá-la.

A irmã pegou-o pelo braço e o puxou. Eloise não conseguiria tê-lo feito sair do lugar mesmo que se esforçasse, mas Niall cedeu e se afastou alguns passos com ela.

— Se estiver preocupada, garanto que não vou arrumar briga com ninguém aqui — disse ele baixinho. — A menos que haja uma bebida mais forte do que as que estou vendo.

— Todas essas damas são minhas amigas… ou ao menos a maior parte delas. Não arruíne a reputação de nenhuma delas.

Niall ergueu uma sobrancelha.

— Eu só disse olá — respondeu ele com um sorrisinho.

Eloise apertou seu braço.

— A mamãe disse que você deve encontrar uma esposa inglesa. Mesmo que não queira, sei que ao menos está pensando nisso. Não deixe que a atitude dos nossos pais faça com que você se comporte mal com essas jovens simpáticas.

— *Piuthar*, tenho 24 anos. Não sou um cachorrinho farejando a primeira raposa. E se achasse que essas moças são as culpadas por minha situação, você não estaria me vendo acompanhar a prometida de Coll só para deixar todos felizes.

Aquilo não pareceu muito exato, porque, até onde ele sabia, a única pessoa feliz com todo aquele subterfúgio era Francesca Oswell-MacTaggert. E talvez os pais de Amelia-Rose. O que não significava que Niall estivesse *infeliz*, porque a jovem parecia um dia cálido de primavera naquele vestido amarelo, e o sorriso em seus lábios o fazia pensar em beijos.

— Meu bem, todo mundo quer conhecer o seu irmão — falou Matthew Harris, e se adiantou para segurar o braço livre de Eloise. — E estão me enchendo de perguntas para as quais não tenho respostas.

Niall se desvencilhou da mão da irmã.

— Não se preocupe, moça — disse ele. — Sou encantador como o diabo.

— E sem dúvida tão perverso quanto. Comporte-se, Niall.

Apesar das tentativas de Niall de ignorar as palavras da irmã e de tentar lembrar pelo menos metade dos nomes das moças presentes, o que Eloise havia dito começou a agitar suas entranhas. Ele havia sido mandado para lá. Arrastado para lá. Tinha sido instruído a se comportar. Orientado a encontrar uma esposa. Não houve espaço para questionamentos. Mas, de repente, Niall se questionou sobre uma ou duas coisas, e lhe ocorreu que não havia se questionado muito sobre nada ultimamente.

Os dias em Aldriss Park eram ocupados: cuidando da propriedade, ajudando os arrendatários, tosquiando ovelhas, participando das colheitas, pescando, caçando — todas as atividades a que se dedicara praticamente desde que havia aprendido a andar, com as notáveis exceções de bebida e das relações com as mulheres. Aquilo viera mais tarde, e valera a pena esperar. Mas tudo aquilo eram coisas que ele fazia. Maneiras de se ocupar e de ajudar aqueles pelos quais sua família era responsável.

O momento presente não poderia ser mais um daqueles em que Niall simplesmente fazia o que lhe pediam porque, antes de mais nada, era mais simples, e em segundo lugar porque ele era um homem encantador que gostava quando as pessoas ao seu redor estavam felizes. Agora precisava se fazer uma maldita pergunta, e precisava encontrar a maldita resposta para ela. Que diabo *ele* desejava?

— Niall — chamou Amelia-Rose, caminhando em sua direção de braço dado com outra daquelas moças bonitas —, essa é lady Margaret, filha do marquês de Hampfer. Peggy, esse é Niall MacTaggert, irmão de Eloise e filho mais novo do conde Aldriss.

— É um grande prazer conhecê-lo, sr. MacTaggert — arrulhou a filha do marquês, e fez uma mesura.

— O prazer é meu, lady Margaret. Obrigado por me incluir em seu evento.

A mulher deu uma risadinha.

— Mandei preparar um faisão extra quando a Amy me avisou que o senhor provavelmente estaria com fome.

Niall lançou um sorriso de agradecimento a Amelia-Rose.

— Agradeço às duas, então.

— Então me diga, sr. MacTaggert, esperávamos conhecer lorde Glendarril. Será que Amelia-Rose está nos pregando uma peça e, na verdade, essa pessoa nem existe?

— Ah, o meu irmão é bastante real, moça. Mas não viajamos para Londres com frequência, e quando estamos aqui ele sempre tem algumas coisas para resolver. Coll talvez apareça mais tarde.

— Espero que sim. — Ela avistou outra carruagem cheia de convidados chegando e se adiantou para cumprimentá-los.

— E eu espero que você consiga se lembrar de todas as suas histórias — comentou Amelia-Rose em voz baixa.

Niall fitou-a, tentando prestar atenção em suas palavras e não na forma como seus olhos combinavam com o azul-profundo do céu da tarde.

— O quê?

— Você me disse que seu irmão está se adaptando a Londres e assimilando as exigências da sua mãe. Agora disse que ele está cuidando dos negócios. Como pelo menos os rumores dizem que eu e ele estamos quase noivos, eu agradeceria se você se mantivesse fiel às histórias que cria. Não quero me ver constrangida com o mau comportamento do seu irmão ou com a sua falta de capacidade de tergiversar a respeito.

— Nossa, "tergiversar"? — repetiu ele, e aproximou mais a cabeça da dela, enquanto os dois seguiam na direção do riacho à direita do toldo e das mantas. — Vocês, ingleses, dominam a arte de usar palavras longas para coisas simples.

— Posso dizer "mentira" se isso o convencer a fazer o que eu peço.

— Manterei minhas histórias em ordem, *adae*, se você responder a uma pergunta.

Amelia-Rose passou a andar mais devagar.

— E que pergunta seria essa?

— O que você tinha em mente para o seu futuro, antes de seus pais fazerem um acordo com lady Aldriss?

— Isso não é… — Ela parou. — Todos temos nossos sonhos de conto de fadas, Niall. Ainda não desisti dos meus, por mais tolos que sejam, e seu irmão terá algum trabalho pela frente se quiser torná-los realidade. Ou me convencer a desistir deles.

Niall a admirou por dizer aquilo, mesmo que não fosse um bom presságio. Aquela donzela não ficaria sentada esperando enquanto

Coll andava por Londres para gastar a raiva. Eles tinham uma propriedade e muitos arrendatários que confiavam no irmão dele para fazer a coisa certa. E agora Niall torcia para que Coll não aparecesse naquela tarde. Eles precisavam ter uma conversa séria primeiro.

— Eu lhe disse que fomos levados a acreditar que não encontraríamos nada além de moças delicadas, suaves e sem-graça aqui no sul. Dê ao homem um dia para pensar, *adae*.

Ela estreitou os olhos.

— Eu não sou suave, então?

Niall abriu a boca, mas logo voltou a fechá-la.

— Sinceramente, não tenho a menor ideia de como responder a essa pergunta sem levar um tapa na cabeça — respondeu finalmente.

Amelia-Rose lhe lançou um olhar firme, então balançou a cabeça.

— Você me faz esquecer.

— Esquecer o quê? — perguntou Niall, muito mais interessado na resposta do que provavelmente deveria estar.

— De prestar atenção na minha língua. — Ela deu um sorriso triste. — Responda-me honestamente, por favor.

Niall gostava bastante da língua dela e de todas as outras partes também.

— Honestamente?

— Honestamente.

— Então não, eu não escolheria "suave" para descrevê-la. Perspicaz, talvez. Alguém que sabe usar as palavras.

A careta no rosto dela não parecia totalmente descontente, embora Niall achasse que era essa a intenção.

— Seu irmão quer alguém suave, então, não é? Uma mulher mansa e discreta, que possa ser facilmente intimidada e manipulada?

— Se eu respondesse que sim, você se sentiria inclinada a ser a moça que ele quer ou a que ele não quer?

O olhar de Amelia-Rose se fixou em algum lugar além dele, na fileira de árvores e no pequeno riacho diante delas.

— Ano passado eu decidi que seria eu mesma. Recebi um pedido de casamento, fiz o filho de um barão chorar e tive que convencer os meus pais de que não estava tentando arruinar as minhas chances de casamento. Seu irmão não é o único homem em Londres que prefere as mansas e suaves, Niall.

— Você disse que isso foi no ano passado — atiçou ele, subitamente furioso. Não com ela. Mas com os pais de Amelia-Rose, e com quase todo o resto das pessoas que, ao que parecia, tinham a intenção de reprimi-la. Eles haviam tentado dobrá-la. E agora a jovem não conseguia se decidir se era extravagante ou mansa. — E este ano?

— Este ano estou tentando… e falhando, de acordo com o que você está dizendo… ser mais… refinada. Recebi três pedidos de casamento, sem contar o que a sua mãe fez em nome do seu irmão, e ninguém derramou uma lágrima. Ao menos não em público.

Niall sorriu, embora o que realmente desejasse fazer era perguntar se *ela* se sentia mais feliz naquela temporada social.

— Acho que Coll e eu somos mais prejudiciais a sua calma do que a maioria dos homens seria. Afinal, somos bárbaros e tudo mais.

Quando Amelia-Rose voltou a olhar para ele, havia novamente um traço de humor em sua expressão, graças a Santo André.

— Lorde Glendarril realmente impressionou.

— *Aye*, como uma grande bota na lama. — Niall guiou-os na direção do toldo e do crescente grupo de convidados para o piquenique.

— Cá entre nós, *adae* — continuou, baixando a voz —, eu lhe contei o que Coll diz que quer, e acredito que você poderia ser essa moça se tentasse. Mas não sei se isso é o melhor para você. Acho que vou levar uma surra por estar dizendo isso, mas no momento não estou convencido de que você e Coll sejam compatíveis. E não virão a ser, a menos que você decida deixar de lado a moça de olhos intensos que vejo diante de mim. A… — Ele se interrompeu, achando que já havia causado problemas o bastante.

Os olhos azuis de Amelia-Rose se fixaram nos dele, atraindo-o ainda mais.

— Por favor, continue — pediu ela, em um sussurro.

Niall queria continuar. Queria muito.

— Gosto de você do jeito que é, moça — resolveu confessar. — O lado doce e o azedo. Com certeza não sou o único.

Por um instante, ele pensou que a fizera chorar, mas Amelia-Rose passou a mão pelo rosto e assentiu.

— Você me deu algumas coisas em que pensar, Niall. Agradeço muito a sua honestidade.

Ele se sentou no chão entre Eloise e Amelia-Rose, sem saber ao certo se havia melhorado ou piorado as coisas, e manteve um sorriso no rosto enquanto decorava mais nomes — embora metade deles fosse Mary ou Elizabeth — e fingia estar apreciando a conversa sobre quem dançou mais divinamente no último baile.

— Aposto que vocês têm bailes magníficos em Aberdeen — falou entusiasmada uma das jovens… Tulipa ou Petúnia, achava Niall. — Todos aqueles kilts e damas ruivas.

— Sim — disse ele, ansioso para que os criados continuassem a distribuir comida.

— Ah, o senhor precisa contar mais do que isso — pediu a flor, encorajada pelas outras moças. Assim como ele, os homens não pareciam se importar muito com bailes escoceses.

— *Aye*, imagino que sim — falou Niall lentamente. — Mas não sei ao certo, porque Aberdeen fica nas Terras Baixas e nunca estive lá. Já estive em um ou dois grandes bailes em Inverness, e sim, os rapazes usam os tartans de seus clãs, e há mesmo muitas moças ruivas. A maioria delas tem sangue irlandês, mas não posso culpá-las, já que não têm nenhuma responsabilidade por isso.

— Eu… Ah. — A moça com nome de flor pigarreou. — Qual é o seu clã, sr. MacTaggert?

— Clã Ross.

Finalmente o trio de criados começou a servir tigelinhas com fatias de laranja, amoras e cerejas. De todas as coisas que o haviam preocupado antes de partir para aquela viagem para Londres, fome não havia sido uma delas. Até então. Niall pegou uma pilha de amoras e começou a devorá-las.

— Um clã é como um clube de cavalheiros, não é? — perguntou um dos rapazes, um Turner, achava Niall. — O senhor pertence ao clã Ross da mesma forma que eu pertenço ao White's?

— Talvez. Quando vocês fazem um juramento, é para Deus, o White's e a Inglaterra?

— O quê? Não, é claro que não.

— Então não é a mesma coisa. Meus juramentos são para Deus, o clã Ross e a Escócia. — De vez em quando eles também juravam a Roberto de Bruce, a Santo André ou a Wallace, mas ao que parecia ele estava defendendo um ponto de vista.

Eloise cutucou seu cotovelo.

— Seja gentil — sussurrou.

— Estou sendo gentil — respondeu Niall no mesmo tom. — Não posso ignorar as perguntas e ainda ser educado, sabe.

— Você não precisa responder de forma tão incisiva — insistiu ela.

Niall lhe lançou um olhar de soslaio.

— Você não me conhece muito bem, não é, *piuthar*? Isso é o mais suave que consigo ser.

— Quais são as cores do clã Ross? — perguntou Amelia-Rose, rompendo o que estava começando a se tornar um silêncio tenso.

Ela sabia quais eram, pois tinha visto Coll e Niall usando o kilt com o tartan deles no teatro… Por Santo André, aquilo tinha sido na noite passada? Mas ele tinha motivos para ser mais circunspecto com Amelia-Rose, por causa da importância dela para a manutenção de Aldriss Park e porque tanto as arestas afiadas quanto as mais suaves dela quase o hipnotizavam. As afiadas, em particular.

— Vermelho intenso de fundo, com um xadrez preto e verde. Nosso líder nos últimos dois anos é o tenente-general sir Charles Lockhart-Ross, de Balnagown.

— Mas o senhor mesmo não é um Ross — interveio alguém, um dos outros homens.

— Eu sou, por parte da minha avó. O sangue dos Ross e dos MacTaggert vem se misturando ao longo dos últimos três ou quatro séculos, eu acho.

— E você não é membro do White's — intrometeu-se novamente o sujeito chamado Turner.

— Não.

Niall terminou de comer as amoras e se inclinou um pouco para a frente. Aquele homem tinha más intenções em relação a ele, tinha certeza. Niall podia praticamente sentir o cheiro disso no vento. Não, não seria com um golpe na cabeça ou uma facada nas costas, mas Turner havia guiado a conversa à filiação do White's duas vezes, como se quisesse ressaltar que era algo que ele tinha e Niall não.

— Tenho um clã — voltou a falar Niall. — Não preciso de um clube de cavalheiros. Nas Terras Altas, se eu cair do cavalo enquanto caço veados, ou escorregar de um penhasco porque me desequilibrei, meu clã irá me encontrar. Não apenas os meus irmãos. O meu clã. Centenas que fazem parte dele. Assim como eu iria ao auxílio deles. Não valorizo uma cadeira porque sou o único que tem permissão para se sentar nela. Valorizo aqueles que cuidarão de mim, que sangrarão por mim se necessário, como eu sangraria por eles. — Ele pegou metade de uma laranja e voltou a se endireitar. — Tem mais alguma pergunta que me escapou?

Turner examinou a fila de carruagens por um momento.

— Não. Nenhuma. Estava só curioso.

— Então é seu irmão, lorde Glendarril, que vai se casar com Amelia-Rose? — perguntou outra moça, uma morena bonita e pequena, de olhos verdes.

— Se nos dermos bem — interveio rapidamente Amelia-Rose, com um sorriso que pareceu forçado aos olhos de Niall, ainda mais porque ele mesmo tinha um daqueles no rosto pelos últimos trinta minutos. — Lorde Glendarril tem estado muito ocupado... estou ansiosa para passar mais tempo com ele.

Niall se lembrou do nome da moça morena.

— Sim. É exatamente como está dizendo a srta. Baxter, srta. LeMere.

— E vocês têm outro irmão? — voltou a perguntar Patricia Le-Mere.

— Sim. Aden.

— Também solteiro?

Ah, então aquela era a intenção da pergunta.

— Sim. Nenhum de nós é casado ainda. — Niall assumiu uma expressão pensativa. — E ouvi dizer que vocês organizam bailes adoráveis em Londres.

— Sim, é verdade.

Depois de Niall ouvir sobre todos os bailes, jantares e reuniões que já haviam sido realizados até ali, naquela temporada social em Londres, o faisão finalmente apareceu. Ele não perdeu tempo em terminar o prato a sua frente, apesar das sobrancelhas erguidas ao seu redor. Que fossem delicados se quisessem... ele estava com fome!

— O cavalheiro aceitaria mais? — perguntou um dos criados, e Niall entregou seu prato.

— Sim, o cavalheiro aceitaria.

— Você não estava brincando quando comentou sobre estar com fome, não é? — perguntou Amelia-Rose ao seu lado.

— Desde que cheguei a Londres, comi um sanduíche, alguns biscoitos, um punhado de frutas, uma coxa magricela de frango e esse faisão.

— E você realmente caça seu próprio veado e caminha pelos penhascos?

Niall roubou um pedaço de batata assada do prato dela e a enfiou na boca, enquanto esperava pela sua segunda porção.

— Todos nós caçamos. Há um açougue na aldeia, a um quilômetro e meio do lago, e uma padaria, mas tentamos abastecer nossa própria mesa. Aldriss é uma propriedade grande. O que sobra vai para as viúvas e para os filhos dos arrendatários.

— Mas cervos geralmente não pastam em penhascos.

Niall soltou uma risada.

— Não. Mas pássaros fazem ninhos lá. Um homem se cansa de ovos de galinha de vez em quando. E de comer frango.

— O que mais você faz?

— Você realmente quer uma lista das minhas tarefas? A maioria delas envolve lama.

Amelia-Rose sorriu.

— Na verdade, estou tentando encontrar uma forma de informar a você que a minha mãe está determinada a ver lorde Glendarril me acompanhar ao baile dos Spenfield na quinta-feira. Devemos aparecer juntos lá e, depois disso, meus pais e a sua mãe poderão fazer o anúncio oficial do nosso noivado.

Quinta-feira. Aquilo lhes daria mais três dias para encontrar Coll, caso Aden ainda não o tivesse localizado. E três dias para lembrar ao irmão que ele havia perdido de forma mais ou menos justa quando eles tiraram a sorte nas cartas, e que todos tinham o dever de cuidar do futuro de Aldriss Park. E para o próprio Niall se convencer de que Amelia-Rose era apenas um problema para ele, e um problema do qual não precisava.

Ela talvez não fosse o fiapo tímido de gente que Coll planejara encontrar, mas era uma mulher bastante racional. Ela talvez não fosse contra a ideia de ser deixada em Londres, caso Coll não se apaixonasse por ela e resolvesse levá-la para a Escócia. Mas, quanto mais cedo Coll percebesse que Amelia-Rose era uma boa opção para ser sua viscondessa, melhor para todos eles. Ao menos era o que Niall continuaria a dizer a si mesmo até acreditar.

— Eu cuidarei disso — falou ele em voz alta, quando se deu conta de que Amelia-Rose provavelmente esperava algum tipo de resposta.

— Amy, você já tem o seu. Deixe os outros para nós — brincou lady Margaret, o tom alto.

Claramente aquilo foi divertido, porque metade do grupo deu risadinhas.

Amelia-Rose enrubesceu.

— O sr. MacTaggert me acompanhou até aqui em nome do irmão. Mas não tenho nenhum desejo de monopolizá-lo. Fique à vontade para roubá-lo.

Niall não gostou muito daquilo e fez uma careta.

— Está tentando se livrar de mim, moça?

— Estou tentando não encorajar fofocas — retrucou ela em um murmúrio quase silencioso.

— Ah, o lado manso. Não posso dizer que estou impressionado com ele — comentou Niall. Ele ficou de joelhos para se levantar e deu a volta ao redor de Amelia-Rose. — Sou todo de vocês, moças. Podem atacar.

Uma tarde de conversa com as outras moças serviu a um propósito: deixou muito claro que ele preferia acompanhar Amelia-Rose aonde quer que fosse a conversar com qualquer uma daquelas criaturas volúveis que haviam percebido que ele estava no mercado para casar. E Niall dissera a verdade a Amelia-Rose: o lado manso dela, o que Coll queria, não o interessava muito. Já o outro lado, aquele que ela tanto tentava sufocar, quase o enlouquecia. Até que ela decidisse que moça queria ser, seria muito mais sábio manter uma boa distância.

Capítulo 6

ENQUANTO A CALECHE SUBIA PELA entrada da Casa Oswell, um urro abafado soou em algum lugar nas profundezas dos corredores. Quando viu Loki sendo levado para o estábulo, Niall teve a confirmação do que os gritos já haviam lhe sugerido: Aden havia encontrado Coll... e Coll não estava feliz com aquilo.

Ele desceu da carruagem assim que ela parou.

— Gavin — declarou, ao ver o cavalariço que viera de Aldriss com eles —, agora você é o acompanhante de Eloise.

— Eu... *aye*, sr. Niall — gritou o criado de volta, enquanto Niall corria para a porta.

Ele abriu-a apressado, então parou e se virou para olhar para a irmã.

— Não suba ao segundo andar da casa — ordenou, e apontou um dedo para Matthew Harris. — Principalmente com ele.

A casa estava um caos, com metade dos criados tentando se aglomerar no corredor e a outra metade carregando baldes de água escada acima. Niall não sabia se Francesca estava em casa ou não, mas torceu para que estivesse em qualquer outro lugar. Sim, eles pretendiam abalar Londres quando chegassem, mas ele não queria que ela decidisse que Coll não era adequado para se casar e arrancasse Aldriss deles antes que tivessem a chance de garantir o futuro da propriedade.

No topo da escada, Niall se virou para o corredor onde os três estavam alojados. Os criados levavam água para o quarto de Aden e voltavam a sair, enquanto a porta do quarto de Coll do outro lado do corredor permanecia fechada — com Aden encostado nela.

— Aí está você — grunhiu o irmão MacTaggert do meio.

A porta balançou e Aden ricocheteou alguns centímetros para longe dela, então voltou a se recostar contra o carvalho rígido.

— Ele estava no Gentleman Jackson's?

— Não. Eles me indicaram vários estabelecimentos duvidosos, um deles se chamava O Pugilista. — A porta voltou a ser golpeada, e Aden encostou nela novamente. — Eles têm uma arena de luta em um fosso no porão onde colocam qualquer camarada que esteja disposto, e esse homem enfrenta todos os desafiantes até que um deles o nocauteie, então esse último camarada toma o lugar do primeiro.

Niall fez uma careta.

— E Coll estava no fosso?

— Sim. E deixou um rastro de olhos roxos e costelas machucadas e quebradas.

— Eles tiveram sorte de ele não ter matado ninguém. — *Malditos soldados ingleses, idiotas carniceiros.*

Aden fez o possível para dar de ombros enquanto ele e a tranca de aparência frágil mantinham a porta fechada.

— Acho que eles pensaram que havia um *laird* cabeça-dura com mais dinheiro do que bom senso ali, colocaram alguma coisa na bebida dele para conseguirem empurrá-lo para dentro do fosso e não calcularam que Coll não gostaria nada da ideia. Os camaradas do lugar ficaram muito felizes em me ajudar a tirar ele de lá, assim que o fiz jurar que não quebraria nenhum deles ao meio.

— E agora? — perguntou Niall, indicando a porta que estava sendo surrada.

— Agora, Coll está me culpando por não deixar que ele batesse em ninguém, e acho que a poção que lhe deram está fazendo com que ele sinta que a cabeça vai explodir.

— Ele tinha bebido?

— Ah, sim. Está fedendo como um barril de uísque.

Um dos criados parou na frente deles.

— Senhor Aden, o… hum, o banho está pronto. Devemos…

— Vão embora — interrompeu Aden. — Nós cuidaremos disso.

O último criado desceu correndo a escada antes mesmo que pudesse terminar de falar. Niall ficou olhando enquanto se afastavam.

— A ajuda teria sido bem-vinda.

— Sim, e nosso urso enorme talvez ficasse feliz em descontar sua frustração com Londres em qualquer *sassenach* ao seu alcance.

Aden tinha razão. Por sorte, a porta do quarto dele e a de Coll ficavam em frente uma da outra, assim, seria um caminho reto até a banheira de cobre que os criados haviam levado para o quarto. Niall girou os ombros.

— Está pronto?

— Não, mas vamos lá.

— Um, doi...

— Que diabo está acontecendo aqui? — perguntou Francesca, irritada, aparecendo no corredor.

Niall praguejou baixinho e encontrou-a no meio do caminho, detendo-a e colocando a mão sobre a sua boca.

— Vamos resolver isso — falou, mantendo a voz baixa.

— Mas...

— Eu a encontrarei lá embaixo em meia hora — interrompeu-a Niall. — Então conversaremos.

Ele abaixou a mão.

Os olhos verde-samambaia de Francesca encontraram os do filho, e ela finalmente assentiu.

— Meu filho mais velho é louco? — perguntou em um sussurro.

Ela realmente parecia... preocupada. Não com a própria reputação, mas com Coll. Niall balançou a cabeça.

— Não. Me dê trinta minutos.

Francesca não disse mais nada, deu meia-volta e seguiu em direção à escada. *Hum*. Aquilo foi mais tranquilo do que ele esperava. Niall balançou a cabeça e voltou para onde estava Aden.

— Onde nós estávamos?

— Três!

Aden abriu a porta no momento em que Coll se lançava contra ela. O visconde saiu tropeçando para o corredor, e Niall e Aden o seguraram cada um por um braço e o fizeram continuar avançando até conseguirem girar seu corpo e empurrá-lo para a banheira.

Eles se afastaram da explosão de água. Coll levantou-se, espalhando água e xingamentos para todos os lados.

— Essa merda está congelante, seus desgraçados!

— Não tínhamos um lago por perto para jogar você nele — disse Aden com toda a calma. — Sente-se.

— Ainda estou vestido, porra!

Bem, era verdade que ele ainda estava com o kilt e de botas. Mas a camisa, o colete e o casaco haviam desaparecido em algum lugar nas últimas dezoito horas, e provavelmente nunca mais seriam vistos. O próprio Coll estava em péssimo estado, com um olho roxo, dois arranhões ensanguentados no peito, os nós dos dedos machucados e o cabelo parecendo um ninho de rato.

— Então tire a roupa — respondeu Niall, e fechou a porta com um chute. Tudo de que eles não precisavam era que Eloise visse o traseiro de outro irmão naquele dia. Ou pior, suas partes íntimas. — Achei que tinha sido só uma desculpa quando eu disse que você tinha saído para procurar uma cerveja.

Coll despiu o kilt, jogou em cima de Aden e afundou na água fria para tirar as botas. Aden se esquivou com habilidade do tecido molhado e reivindicou para si a cadeira da penteadeira.

— Fui procurar alguma coisa para socar — resmungou Coll, jogando longe as duas botas e mergulhando a cabeça. — Mas só encontrei civilização, então fiquei um pouco bravo.

— E você com certeza não deveria beber neste estado de espírito — comentou Niall, cruzando os braços diante do peito. Coll sabia daquilo, diabo, todos eles sabiam. Mas também sabiam como ele estava frustrado com toda aquela situação. — Eu deveria ter seguido você.

— Não preciso de uma babá, Niall, mas sim de um maldito café e de alguma coisa para comer.

Niall encarou o irmão mais velho.

— E você não vai pular para fora daí e afogar Aden no momento em que eu me afastar?

Coll estreitou os olhos, e lançou um olhar de lado para o irmão do meio.

— Não. Eu fui burro como uma porta, vagando até um covil *sassenach*, deixando que me convencessem a tomar uma bebida qualquer, então engolindo tudo o que colocavam na minha frente. Eu sabia que queriam briga, mas eu também queria. Não imaginei que colocariam láudano no meu uísque e depois me jogariam naquele fosso sem nenhuma escada à vista.

Ele estremeceu ligeiramente.

Santo André. Bebida, espaços pequenos e láudano somados certamente haviam deixado Coll ainda mais fora de controle do que apenas a bebida ou o espaço pequeno já o teriam deixado. Aqueles tolos haviam tido mais sorte do que mereciam. Mas o irmão já parecia quase sóbrio, assim, com um aceno de cabeça para Aden, Niall saiu do quarto e seguiu em direção à escada.

Lady Aldriss estava esperando no meio do saguão, e Eloise espreitava da porta da sala logo à esquerda. Niall acenou com a cabeça para as duas, mas passou por elas e foi até a cozinha para pedir que levassem pão, caldo de galinha e um pouco de café forte para Coll.

— Bata na porta do quarto de Aden, deixe a bandeja no chão do lado de fora e vá embora — ordenou, e o criado que estava ali engoliu em seco e assentiu.

Que maravilha… Agora os irmãos MacTaggert eram vistos como bárbaros e monstros, e não havia muito que pudesse dizer ou fazer para convencer ninguém do contrário, ainda mais porque a parte bárbara tinha sido intencional. Niall despiu o paletó molhado e dobrou-o sobre o braço, enquanto voltava para a parte principal da casa.

— Vamos lá para dentro — falou quando alcançou Francesca, e indicou a sala de estar da família. — Contarei a vocês duas o que aconteceu.

Já dentro da sala, Niall fechou a porta e se sentou na beira do sofá macio de veludo. Eloise se sentou ao lado dele, mas a condessa manteve as mãos cruzadas à frente do corpo, foi até a janela e voltou.

— Coll não levou Amelia-Rose Baxter ao café esta manhã — declarou Francesca depois de um instante. — Foi você, não foi?

— Sim. É sobre isso que a senhora quer falar, então?

— Não. É claro que não. Mas obviamente todos — ela lançou um olhar para a filha — têm mentido para mim, e estou tentando decifrar um pouco da verdade.

— Coll está bem? — perguntou Eloise, passando a mão ao redor do braço do irmão.

— Sim. Ele... Cerca de três anos atrás, achamos que Coll precisava parar de beber. Bebidas alcóolicas. Parar de vez. E ele praticamente não bebe mais, mas então, no espaço de uma semana, achamos que o pai estava em seu leito de morte, descobrimos que nós três havíamos sido obrigados a nos casar com esposas inglesas, e Coll perdeu... ou ganhou... quando tiramos a sorte nas cartas, e terá que se casar com a moça que Fran... que lady Aldriss escolheu para ele. Então, sem ter dormido sequer uma noite em Londres, Coll se viu arrastado para o teatro para conhecer a moça, e ele...

Niall se deteve. Como poderia descrever aquela parte? Coll havia chamado Amelia-Rose de vagabunda de língua ferina, mas aquilo não era justo. O visconde mal passara cinco minutos conversando com a moça, e precisaria de muito mais tempo para decifrar Amelia-Rose Baxter. Ela não tinha a língua ferina. Era uma mulher interessante, com opiniões, e também era determinada o bastante a ponto de conseguir convencer Niall a levá-la ao piquenique daquela tarde.

— Ele o quê? — perguntou Francesca.

— Ela tem 19 anos. Coll tem quase 30. À primeira vista, ele achou que os dois não seriam compatíveis. — Pronto. Aquilo não insultava nenhum deles. — Então saiu para procurar uma briga e acabou em um estabelecimento chamado O Pugilista.

A condessa empalideceu.

— Ele não fez isso.

— *Aye*. Aden e eu achamos que aqueles palhaços do Pugilista tinham a ideia de emboscá-lo e roubá-lo, e acabaram... convencendo-o a tomar um uísque. Algumas doses de uísque. E, pelo que sabemos, um deles foi batizado com láudano. Em seguida, eles o jogaram no fosso onde fica a arena de luta, provavelmente com a ideia de apostar em quem poderia derrotá-lo. Coll não gosta de espaços pequenos.

A condessa levou a mão ao peito.

— Eu me lembro. Antes mesmo de você nascer, Niall, ele e Aden estavam brincando e Coll ficou trancado em um guarda-roupa. Levamos quatro horas para encontrá-lo. Depois disso, ele passou a evitar lugares pequenos.

Niall assentiu.

— Ele ainda evita. Então não, ele não é louco. Coll está furioso e talvez um pouco abalado, morrendo de dor de cabeça e ainda com muita bebida no organismo. — Ele estreitou os olhos e desejou que as duas mulheres à sua frente levassem a sério o que ele estava prestes a dizer, pelo bem de todos. — Eu não recomendaria mimá-lo ou ter pena dele, porque é provável que ele se mostre agressivo com vocês. Se Coll quiser que vocês saibam de alguma coisa, ele mesmo vai contar. Caso contrário, eu fingiria ignorância.

— Amelia-Rose disse que ele deve acompanhá-la ao baile dos Spenfield na quinta-feira — falou Eloise.

A expressão dela estava ao mesmo tempo aliviada e preocupada. E por causa de um irmão que só havia conhecido na véspera. Eloise era uma irmã melhor do que todos eles mereciam, e ele precisava fazer com que Coll e Aden soubessem daquilo.

— Sim. Acho que posso convencê-lo a dar mais uma olhada nela.

Quando lady Aldriss abriu a boca, ele se desvencilhou das mãos da irmã e se levantou.

— Não estou aqui para bajulá-la, *màthair*, e não sou seu aliado. Estou aqui para ajudar Aldriss Park.

E, com isso, Niall subiu a escada para se certificar de que ainda tinha dois irmãos vivos.

—⁓—

Francesca Oswell-MacTaggert afundou no sofá ao lado da filha. Seu filho mais velho tinha quase dois metros de altura. Era um homem adulto. Bem adulto. Com quase 30 anos, como Niall havia dito. E espaços pequenos ainda o incomodavam. Ela jamais teria suspeitado daquilo e, estranhamente, achou encorajador. Não os problemas de

Coll, mas o fato de Niall ter lhe contado a respeito. Os três irmãos talvez ainda fossem uma frente unida contra a mãe, mas ela não era inteiramente uma inimiga.

Mas não foi aquilo que fez as lágrimas rolarem por seu rosto.

— Meu Deus — falou Francesca.

Eloise a abraçou.

— Eles vão mudar de ideia, mamãe — disse a jovem. — Chegaram há apenas um dia, e parecem ser muito teimosos. Tenho certeza de que não a detestam.

— Não é por isso que estou chorando, minha querida — respondeu Francesca, sorrindo. — Niall acabou de me chamar de *màthair*. Isso é "mãe" em gaélico. Ele me chamou de mãe.

Seu filho mais novo. Aquele que ela menos ajudara a criar, e aquele que tinha menos motivos para se lembrar dela. Aquele com quem ela mais se preocupava, mesmo conhecendo a merecida reputação dos outros dois. Quão estranho e comovente que Niall Douglas MacTaggert também parecesse ser o filho que mais compartilhava de suas sensibilidades. Francesca sabia que não poderia dizer aquilo a ele — Niall não acreditaria nela e provavelmente ficaria ofendido com a sugestão.

Mas a verdade era que ela havia conseguido conviver por treze anos com o volátil Angus MacTaggert, então passara dezessete anos em Londres mantendo sua reputação, sua riqueza e todo o império Aldriss intactos, apesar de estar a uma Grã-Bretanha de distância do homem que era seu marido por lei. Quer aquilo a tornasse uma protetora, ou uma diplomata, ou algo mais próximo de uma mártir, todos os dias daqueles dezessete anos longe dos filhos haviam doído. Ela havia deixado de lado a própria felicidade para que eles pudessem crescer livres, soltos e independentes, sem se sentirem sufocados pelo rancor que só aumentava entre ela e o marido.

Agora que os tinha de volta, Francesca não estava disposta a deixar que nada os afastasse novamente — mesmo que aquilo significasse pressioná-los a se casar com mulheres que de outra forma eles não considerariam. Se eles tivessem conhecido Eloise melhor, se ela não tivesse levado a filha para o sul ainda tão pequena, os irmãos poderiam ter tido uma ligação mais profunda com as mulheres da família. Poderiam até ter se visitado de vez em quando. Aquele era apenas um dos vários arrependimentos de Francesca. Mas equilibrar a vida que Eloise tinha em Londres com o que ela teria encontrado em um canto selvagem das Terras Altas era impossível. Aquele tinha sido o acordo.

Francesca olhou na direção da escada. Pela facilidade com que Niall se adiantara para manter o desaparecimento de Coll em segredo — e para dar a Amelia-Rose uma explicação satisfatória o bastante para que a srta. Baxter aparentemente não apenas aceitasse sua presença, mas também mentisse para permitir sua continuidade —, ficara claro que ele já fizera aquilo antes. E, entre chamá-lo de encantador e astuto ou encantador e protetor, é claro que ela escolheria a última opção.

Francesca respirou fundo, se levantou e ajudou Eloise a fazer o mesmo.

— Você precisa me contar como foi o encontro entre Niall e Matthew. Não tenho dúvidas de que ele dirá a Aden e Coll exatamente o que pensa do seu noivo e, se houver guerra, gostaria de saber com antecedência.

Agora tudo o que ela precisava fazer era deixar de lado todas as suas hesitações — que poderiam muito bem ser apenas seu próprio nervosismo e nada mais — e fazer Coll se dar bem com Amelia-Rose Baxter, e já podia afirmar em voz alta que tudo estava indo muito melhor do que havia esperado.

———

— Você disse que faria o que fosse necessário para salvar Aldriss — lembrou Aden, enquanto pegava uma bola de bilhar e a rolava sobre a mesa.

— Não é assim que se joga — retrucou Coll, ainda estreitando um pouco os olhos sob o reflexo do sol da manhã, mesmo depois de ter tido uma noite inteira para dormir e deixar para trás sua desventura. — E acho que a verei naquela maldita festa.

Niall ergueu o taco, enquanto se perguntava se quebrá-lo no crânio de Coll causaria mais danos ao visconde ou ao bastão de madeira.

— Então você vai se casar com ela, mas não pretende se dar ao trabalho de conhecê-la melhor antes?

— Não parece haver motivo para isso, já que lady Aldriss já decidiu o que vai acontecer. Eu não tentaria escolher um homem para Eloise sem saber direito quem ela é antes, mas, afinal, quem se importa?

Ora, uma pessoa lhe vinha à mente, mas Niall se deu conta de que parecia ser o único interessado em conhecer melhor a noiva do irmão.

— Pegue — falou, e jogou o taco para Aden.

— Aonde você está indo?

— Encontrar uma noiva, acho. Ou pelo menos tomar um pouco de ar.

Ele mesmo selou Kelpie, apesar de Gavin estar ali por perto, e saiu trotando em direção a Wigmore Place. Niall não tinha ideia de qual seria a agenda de Amelia-Rose para o dia e, como ela parecia ter todos os momentos de todos os dias preenchidos com compromissos sociais, as chances de a jovem estar em casa pareciam mínimas. Ainda assim, Coll deveria estar cortejando-a. Era para parecer um casamento por amor. Por isso, por causa das aparências que Amelia-Rose valorizava quase ao ponto da obsessão, Niall tentaria fazer com que parecesse um casamento por amor.

Hughes não pareceu particularmente feliz em vê-lo quando Niall bateu a aldrava na porta da Casa Baxter.

— Senhor MacTaggert. Não tem um cartão de visita, presumo?

— Não. A srta. Baxter está?

— Espere aqui. Vou perguntar.

A porta foi fechada. Ah, de volta ao exílio novamente. Antes que Niall pudesse decidir se ele se convidaria a entrar no saguão ou não, a porta voltou a ser aberta e ele se viu diante de Amelia-Rose.

— Bom dia — falou Niall, sorrindo, e recusando-se a dar muita atenção sobre o porquê de o dia parecer mais claro, porque era fato que estava.

— Bom dia — respondeu ela, encostada na porta. — O que o traz aqui?

Ele realmente não tinha pensado tão longe, maldição.

— Eu… quer dizer, Coll e eu estávamos prestes a sair a cavalo, e achei que, tendo uma montaria como Mirabel, você sem dúvida é uma boa amazona. Quer se juntar a nós?

— Eu… — Amelia-Rose olhou por cima do ombro. — Tenho um almoço à uma da tarde.

Niall tirou o relógio do bolso.

— Não são nem dez horas. Faremos com que esteja de volta com bastante antecedência.

A porta balançou para a frente e para trás lentamente, parodiando a indecisão de Amelia-Rose, enquanto ela avaliava se deveria ir com ele.

— Muito bem — concordou, por fim, em voz baixa. — Por favor, peça a John que sele Mirabel e também uma montaria para ele. Encontro você no estábulo.

— E a sua sombra?

— A minha sombra ainda não se levantou. Shh.

Ela deu um sorrisinho e fechou mais uma vez a porta na cara de Niall.

Então a moça estava pronta para ser um pouco ousada? Bom para ela. Niall e Kelpie deram a volta na casa, onde ele ajudou John a selar Mirabel e um capão cinza. Se Amelia-Rose pretendia que aquilo fosse uma escapada matinal, quanto mais cedo eles escapassem, menos provável seria que alguém conseguisse detê-los. Ela apareceu na porta do estábulo, o traje de montar vermelho tão atraente quanto na primeira vez em que Niall a vira usando. Na verdade, ainda mais atraente. *Santo André…*

— Suponho que lorde Glendarril esteja esperando por nós? — perguntou ela.

— Sim — mentiu Niall com tranquilidade. — Ele não queria arriscar uma briga com seus pais, por isso vai nos encontrar no parque.

— Que parque? — perguntou Amelia-Rose, e cruzou os braços diante dos lindos seios, os olhos azuis cintilando.

Então ela não acreditava nele. Muito bem.

— Acho que ele disse Saint James — respondeu Niall. Eloise havia mencionado aquele parque na véspera, e dissera que tinha um lago cheio de cisnes. De qualquer forma, parecia razoável. — Você terá que mostrar o caminho. Eu não conseguiria encontrar sem um mapa.

— Ainda não encontrei um mapa adequado para você — explicou Amelia-Rose, enquanto seguia com Mirabel até o bloco que a ajudaria a montar. — Evidentemente, todo mundo sabe onde está tudo no momento em que chega a Londres.

— Eu perdi alguma coisa, então.

Niall respirou fundo, se adiantou e passou as mãos em volta da cintura fina dela. Ergueu-a e sentiu as mãos quentes da jovem pousadas em seus ombros para se equilibrar. Cada vez que ela o tocava, de propósito ou apenas de passagem, um roçar do vestido nas pernas dele, a mão estendida na caleche, Niall sentia o ar... elétrico. Como um relâmpago. Será que Amelia-Rose sentia a mesma coisa? Ela estaria se esforçando tanto quanto ele para ignorá-lo?

— Você pode me soltar agora — murmurou ela.

Niall se obrigou a voltar à realidade.

— Tem certeza? Você pareceu estar oscilando um pouco — improvisou.

Ela enrubesceu.

— Sim, estou acomodada na sela com bastante segurança.

Ele abaixou as mãos, então virou-se para Kelpie e montou. Se pretendia enlouquecer daquele jeito na presença dela, provavelmente não deveria ter usado novamente o kilt, mas a verdade era que não havia planejado vê-la naquela manhã.

— Por onde seguimos, moça?

Amelia-Rose indicou o caminho, e Niall se colocou ao lado dela, com John atrás dos dois.

— Estou feliz por você e lorde Glendarril terem me convidado para acompanhá-los — disse ela. — Faz dias que não cavalgo, a não ser pela nossa ida ao café. E Jane... bem, ela até tenta, mas não gosta.

— Ela parece mais feliz caminhando. — Niall se virou para fitar Amelia-Rose. — Estou feliz por você ter algumas horas livres essa manhã.

— Eu também estou. — Ela sorriu. — Nunca imaginei que ficaria grata por ter havido um incêndio na cozinha da sra. Evenson, mas isso fez com que o café da manhã que ela ofereceria fosse cancelado.

— Se eu soubesse que era tão fácil passar algum tempo com você, eu mesmo teria ateado fogo à cozinha dela.

Amelia-Rose encontrou seu olhar, mas logo voltou a desviá-lo.

— Você não deveria dizer coisas assim. — Ela franziu o cenho. — E eu não deveria dizer que sou grata por um incêndio. Você é uma má influência, Niall.

— Sou? Seja educada, então, e eu me comportarei como achar melhor, e veremos quem se sentirá mais feliz no fim do dia.

— Isso não é justo. Você não é uma dama refinada.

— Não. E nunca fui mais feliz por ser homem do que me sinto hoje, moça.

— E por quê? — perguntou Amelia-Rose, e Niall praticamente conseguia sentir sua atenção aguçada.

Ora, ele não podia dizer a primeira coisa que lhe veio à cabeça — que era por estar com ela.

— Você está usando essa saia pesada — optou por dizer —, enquanto eu estou com um kilt. Isso não basta?

Ela deu uma risadinha.

— Admito que acabo sentindo um pouco de calor.

— O que a manteve ocupada ontem à noite? — perguntou Niall, então a ouviu descrever uma noite de charadas e uíste, que de alguma forma Amelia-Rose conseguiu fazer soar interessante.

Ela tinha um olho aguçado para as pessoas e para suas peculiaridades — o que provavelmente dificultava ainda mais não comentar nada daquilo quando estava junto a pessoas refinadas. Estava bem claro que Niall não era uma companhia refinada, o que lhe convinha perfeitamente.

Eles chegaram a um parque repleto de árvores e canteiros de flores, com um lago oval no meio. Meia dúzia de cisnes deslizava pela superfície, parecendo imperturbáveis — e Niall supôs que aquilo significava que ninguém ousaria comê-los.

— São magníficos, não? — comentou Amelia-Rose. — Acho que jamais comeria um deles intencionalmente.

Ele sorriu.

— Isso dependeria do quanto você estivesse faminta. Podemos galopar aqui? Tentei na rua outra manhã, e uma velha gritou comigo e me chamou de selvagem.

— Ah, céus. Não, não se pode galopar aqui. Apenas no Rotten Row, no Hyde Park. Mas podemos trotar.

Na mesma hora, Niall cutucou as costelas de Kelpie com o calcanhar.

— Graças a Santo André. Para um povo que corre por toda parte, vocês *sassenachs* tornam quase impossível chegar a qualquer lugar.

— Essa é a coisa mais tola que já ouvi — retrucou Amelia-Rose. — Só porque nós não...

Duas damas e um homem com as pontas do colarinho muito altas emparelharam com eles em um faetonte, e Amelia-Rose cerrou os lábios.

— Bom dia, Amelia-Rose — cumprimentou a mais nova das moças, inclinando a cabeça.

— Lady Caroline. Foi um prazer vê-la no teatro na outra noite.

— Ah, sim, na apresentação de *Romeu e Julieta*. Eu me lembro.

Por isso a moça parecia familiar, pensou Niall. Ela estava sentada do outro lado do palco, com um par de binóculos apontados para ele durante a maior parte da noite. Niall estava prestes a comentar a respeito, mas mudou de ideia depois de dar uma olhada em Amelia-Rose e ver o sorriso forçado e plácido em seu rosto.

— Apresente-me ao seu amigo, Amelia-Rose — insistiu lady Caroline.

— Ah, esse é...

— Acredito que a senhorita tenha me visto no teatro — interrompeu ele. — Niall MacTaggert. A última vez que uma moça ficou me encarando daquele jeito, ela acabou me perseguindo até um lago, onde tentou tirar toda a minha roupa.

Lady Caroline enrubesceu.

— Não tenho ideia do que está falando, sr. MacTaggert. E eu certamente não tenho o hábito de ficar encarando as pessoas.

— Então aqueles binóculos devem ter ficado presos no seu...

— Peço desculpas, lady Caroline — interrompeu Amelia-Rose, empalidecendo. — O sr. MacTaggert não é daqui.

— Sim, ele é um daqueles *highlanders*, não é? Um dos filhos de lady Aldriss? Não é *nesse* que você está interessada, é?

— "Esse" aqui — falou Niall, mais divertido do que aborrecido com o absurdo da situação — tem um par de ouvidos e é capaz de falar por conta própria.

— Niall — sibilou Amelia-Rose —, pare com isso.

— Gosto do sotaque dele — disse a outra moça.

Ela se parecia tanto com a primeira dama que as duas deviam ser irmãs.

Niall ergueu as sobrancelhas. Então, inclinou-se para Amelia-Rose, dando as costas para o faetonte.

— Vou me comportar se é o que deseja, moça, mas preciso deixar claro que ouvir falação de mim como se eu fosse um cachorro não é algo que costumo tolerar.

— Elas são minhas amigas — sussurrou ela de volta.

— Por quê?

Uma breve careta cruzou o rosto dela, mas logo desapareceu.

— O sr. MacTaggert é das Terras Altas — disse Amelia-Rose às duas moças. — Ele é o filho mais novo de lady Aldriss.

— Ora, nós já sabemos que ele é das Terras Altas — respondeu lady Caroline. — Nenhum cavalheiro inglês se vestiria assim, especialmente a cavalo. — Ela deu uma risadinha. — Como você acha que ele consegue, Agnes?

O homem que conduzia o faetonte deixou escapar um risinho debochado.

— Já ouvi os *highlanders* serem chamados de "peles azuis". Talvez não fosse uma referência à pintura em seus rostos.

— Lewis Jones, você é impossível! — declarou lady Caroline, voltando a rir.

Aquele era o momento em que, normalmente, Niall começaria a distribuir socos, mas ele já havia sido insultado antes, e com mais motivos. Estava mais curioso para ver o que Amelia-Rose diria, se é que ela diria alguma coisa. Aquilo teria um significado, quer ela fizesse algum comentário ou não.

— Vamos nos despedir aqui — disse ela, e parou Mirabel.

Niall parou ao lado dela, mas o faetonte avançou alguns metros, então fez a volta até onde eles estavam.

— Vocês deveriam almoçar conosco — disse lady Caroline. — Tenho certeza de que há uma estalagem em algum lugar onde seu traje não faria ninguém desmaiar.

Amelia-Rose deixou escapar um som profundo, que pareceu subir do seu peito.

— Se fosse você, eu ficaria mais preocupada com a reação do sr. Jones — retrucou secamente —, pois evidentemente o homem é incapaz de resistir a qualquer coisa que use saia, incluindo a criada da mãe. Torço para que ele consiga reconhecer a diferença entre um kilt e uma saia, ou o sr. MacTaggert pode acabar se vendo obrigado a lhe dar uma surra.

— Amelia-Rose!

— Quanto a você, Caroline, você encarou Niall a noite toda no teatro, sim, a ponto de me surpreender por se lembrar qual peça estava sendo encenada. A diferença entre ser rude a distância e ser rude de perto é que de perto seu alvo é capaz de responder. — Ela estalou a língua para Mirabel. — Bom dia, Caroline, Agnes, Lewis.

E saiu trotando. Niall demorou mais um instante para sorrir para o trio atordoado antes de incitar Kelpie com o joelho e alcançá-la.

— Moça, você é magnífica — falou lentamente.

Amelia-Rose passou a mão pelo rosto.

— Eu sou horrível. Por que fiz aquilo? Por que sempre faço esse tipo de coisa? Era uma conversa boba. Eu não precisava levar a melhor.

Maldição, ela estava chorando.

— Acho que você revidou porque eles estavam me insultando sem um bom motivo — esclareceu ele. — Teria sido mais fácil não dizer nada ou rir com eles. Você escolheu o caminho mais difícil, *adae*.

— Isso não me consola. Você simplesmente diz o que lhe passa pela cabeça.

— Não me importo nem um pouco com aquelas pessoas. A maior parte dos que já encontrei aqui não importa nada para mim. Sei quem eu sou e o que faço da minha vida. Tenho orgulho disso.

Amelia-Rose respirou fundo, desacelerando novamente o passo do cavalo.

— Se a minha mãe ficar sabendo disso, e ela sempre acaba sabendo, vou ter que aguentar mais uma semana de sermões sobre decoro e sobre como devo guardar as minhas opiniões inúteis para mim.

— Não guarde as suas opiniões de mim — protestou Niall, e estendeu a mão para pegar as rédeas de Mirabel e fazer a montaria e a amazona pararem. — Você não disse nada que não fosse verdade e, sinceramente, prefiro ouvi-la lendo uma lista de compras do que ouvir qualquer outra pessoa recitar Shakespeare.

Por um longo momento, os olhos azuis da jovem examinaram o rosto dele.

— Seu irmão não está aqui, está? — disse Amelia-Rose, por fim.

Aquilo não era o que Niall esperava que ela dissesse. Amelia-Rose o surpreendia quase constantemente, na verdade — o que ela provavelmente diria que era uma coisa ruim, mas era algo pelo qual ele ansiava toda vez que pousava os olhos nela.

— Não. Quer que eu a leve para casa?

Um leve sorriso curvou os lábios dela. Pelo amor de Deus, como aqueles lábios pareciam macios… beijáveis.

— Ainda temos duas horas, acredito. Não vamos desperdiçá-las.

Duas horas não eram nem de perto o bastante. Sim, ele deveria se afastar do Saint James's Park e de Amelia-Rose. No entanto, mais cedo ou mais tarde, já não teria tempo algum com ela — ou pelo menos nenhum tempo que pudesse justificar. Até lá, Niall estava disposto a roubar cada maldito momento que pudesse.

— Nenhum escocês bonito para acompanhá-la hoje?

Amelia-Rose olhou por cima do ombro para o trio que havia se sentado bem atrás dela. *Que maravilha…* Tocar piano diante de uma plateia lhe causava arrepios. Ter amigos presentes — amigos que não iriam se apresentar — tornava tudo muito pior.

— Há uma infinidade de coisas mais interessantes para um visitante de primeira viagem para Londres fazer do que assistir a um recital — sussurrou ela em resposta, e voltou a olhar para a frente.

— Sim, mas você está *aqui* — retrucou Elizabeth Sampson, falando bem abaixo do som que Polímnia Spenfield tirava da harpa. — E não estou tão interessada em conhecer seu noivo quanto estou no irmão mais novo dele. Ouvi dizer que é um verdadeiro Adônis.

— O visconde não é meu noivo — corrigiu Amelia-Rose, e recebeu um olhar severo da sra. Spenfield mais adiante na fila de cadeiras. *Seja civilizada*, lembrou a si mesma. — Não oficialmente. Por favor, não estrague o desejo da minha mãe de fazer um grande anúncio do nosso noivado só porque somos amigas e eu lhe contei o que estava acontecendo.

Pronto. De qualquer modo, aquilo parecia lógico. A última coisa que ela queria, além das pessoas fofocando a seu respeito, era que a fofoca fosse negativa. Amelia-Rose já estava suficientemente apreensiva por não ter certeza se Coll MacTaggert apareceria mesmo na noite seguinte para acompanhá-la ao baile dos Spenfield. Se ele não aparecesse... Ela estremeceu. Não, não desejava em nenhuma circunstância se casar com um homem estúpido que nem se dera ao trabalho de conversar com ela por mais de três minutos.

Mas, ao mesmo tempo, Amelia-Rose sabia que já tinha fama de ser direta demais. Qualquer um que já soubesse sobre o quase noivado — e era gente demais para sua paz de espírito — presumiria que ele havia rompido porque *ela* não era aceitável. Sim, ela o irritara, mas só depois que o *highlander* a insultara primeiro. Então ele saíra pisando duro como um touro furioso. Amelia-Rose achava que merecia ao menos ser ela a bradar e ir embora agora.

— De mim ninguém vai ouvir nada a respeito — disse lorde Phillip West em voz baixa, sentando-se mais ereto para aplaudir educadamente enquanto Polímnia terminava sua peça.

— Só estou aqui porque queria ver o irmão dele de novo — declarou Patricia LeMere. — Niall. Você viu os olhos dele? Quase me fizeram desmaiar.

Ah, por favor. Eles nem sequer conheciam Niall, nem sabiam se ele se adiantaria para amparar uma mulher tola o suficiente para desmaiar. Amelia-Rose duvidava. Talvez ele até amparasse uma dama depois que ela desmaiasse, mas provavelmente riria dela antes, por ser tão delicada. Coll, por outro lado, talvez preferisse mulheres do tipo que desmaiava.

— A que evento eles vão comparecer agora? — insistiu Elizabeth. — Não estive no piquenique, por isso nem o vi ainda. Todo mundo diz que o homem é bonito demais para ser descrito em palavras. Ele irá ao baile dos Spenfield?

— Mas não fui convidada esse ano — reclamou Patricia, amuada. — "Já há mulheres demais", disseram. Isso não é justo, é?

— Seus pais poderiam organizar um baile para você e convidar apenas homens — sugeriu Amelia-Rose, tentando prestar atenção enquanto a neta do duque de Dunhurst, Maria, tentava algo horrível no piano, a pobre moça.

— Isso faria com que todos me vissem como uma moça solteira e desesperada — sussurrou Patricia em resposta. — Pelo amor de Deus, Amy, que ideia.

— Você realmente não ajudou em nada — concordou Elizabeth.

— Então pergunte a Eloise onde eles estão — sugeriu Amelia-Rose. — Ela é irmã deles.

Pelo amor de Deus, ela mesma não via um MacTaggert havia mais de um dia, e supostamente iria se juntar à família. Não que estivesse procurando por eles, ou por algum deles em particular.

— Não se espante se eu fizer isso — retrucou uma das moças.

A mãe de Amelia-Rose sentou-se ao lado dela.

— Você será a próxima, minha cara. Preste atenção em quem está se apresentando, para que os outros lhe façam a mesma gentileza.

— Estou prestando atenção.

— Shh. — Victoria Baxter cruzou as mãos no colo. — Garanti que você se apresentasse logo depois de Maria Vance-Hayden... Isso vai fazer com que você pareça muito talentosa, veja bem.

Amelia-Rose havia torcido secretamente para que as habilidades musicais de Maria tivessem melhorado desde o início da temporada social — a jovem era míope e tímida como um rato. Se continuasse a olhar ao redor com os olhos semicerrados e a murmurar em vez de falar, jamais conseguiria um marido, mas alguma evolução em suas apresentações musicais só poderia ajudar. Infelizmente, sua habilidade ou seus nervos aparentemente a traíram mais uma vez.

Por fim, a neta do duque se levantou e fez uma mesura, com a partitura apertada contra o peito. Aplausos educados se seguiram, então a anfitriã, lady Curry, se levantou.

— Nossa próxima recitalista será Amelia-Rose Baxter. Senhorita Baxter?

Amelia-Rose inspirou profundamente, sem soltar, se levantou, acenou com a cabeça e subiu o único degrau que levava ao palco elevado. Quase cinquenta rostos a fitavam em expectativa, pelo menos um terço deles muito provavelmente esperando por uma apresentação desajeitada. Outro terço não se importava, já que havia comparecido ao recital para saborear o ponche com biscoitos, enquanto o último terço alegava ser solidário, mas sabia que uma exibição terrível daria uma história muito mais interessante.

O melhor a fazer parecia ser, então, tocar bem e deixar todos sem nada a dizer sobre ela. Ora, poderia fazer aquilo. Já sentada diante do piano, Amelia-Rose colocou a partitura diante de si, flexionou os dedos e começou a tocar. "Mungo's Delight" era uma bela peça, não particularmente difícil, mas ela só estava ali para não errar. Precisava de toda a perfeição que conseguisse alcançar.

Amelia-Rose tocou toda a melodia campestre, tomando cuidado para não acelerar quando se aproximava do final, e voltou a pousar as mãos no colo ao terminar. Os aplausos soaram sinceros — assim como o assovio que os atravessou. Assustada, ela se virou para ver do que se tratava.

Niall estava sentado a uma cadeira de distância da mãe dela, com um sorriso no rosto, enquanto colocava dois dedos na boca e assoviava novamente. Amelia-Rose se levantou rapidamente, fez uma reverência e voltou para a sua cadeira, mas logo teve que voltar para pegar a partitura. *Maldição.*

— O que você está fazendo aqui? — sussurrou ela, ocupando seu lugar entre ele e a mãe.

Niall ergueu um buquê de rosas brancas e cor-de-rosa e entregou a ela.

— Eloise me disse onde você estaria. Como parecia uma ocasião formal, achei melhor lhe trazer algumas flores. Você toca bem, *adae*.

As flores eram muito bonitas e, quando a mão de Niall roçou a dela, Amelia-Rose sentiu... não. Ela se sentiu aborrecida. Ele estava fazendo uma cena, e uma cena que a incluía.

— Obrigada — disse em um tom rígido —, mas você não respondeu a minha pergunta. O que está fazendo aqui?

— Coll queria vir — respondeu ele, a voz alta o bastante para que as pessoas que estavam diretamente ao redor conseguissem ouvir. — Acho que ele comeu um pouco de comida *sassenach*, porque não está se sentindo muito bem hoje. Mas meu irmão me pediu para lhe dizer que será um prazer e um orgulho acompanhar você, sua mãe e seu pai ao baile amanhã, e também me pediu para perguntar a que horas você gostaria que ele chegasse para vê-la.

Amelia-Rose não tinha certeza se acreditava em uma palavra que ele estava dizendo, mas parecia plausível, e aquilo dava a Niall uma desculpa para estar ali que não incluía um deles estar apaixonado — o que não era verdade para nenhum dos dois. Não era possível se apaixonar depois de apenas quatro encontros. Cinco, incluindo aquele, embora ela obviamente não estivesse contando. Amelia-Rose olhou para a mãe.

— Podemos marcar às oito da noite? — sugeriu.

Victoria lançou um sorriso com os lábios cerrados na direção de Niall.

— Sim, isso seria aceitável. A maior parte das pessoas enviaria um bilhete para perguntar.

— Coll me pediu para entregar as flores pessoalmente — respondeu Niall. Ele arrancou uma das pétalas de rosa do buquê que entregara a Amelia-Rose e levou-a ao nariz. — Rosas para uma rosa.

— Amelia-Rose — retrucou a sra. Baxter, os dentes cerrados. — Se pretende ficar aqui, sr. MacTaggert, pelo amor de Deus, pare de assoviar e fazer escândalo.

— De que outra forma um homem pode deixar claro a uma moça que a considera talentosa? — perguntou ele lentamente, erguendo uma sobrancelha e não parecendo nem um pouco perturbado com a repreensão.

Ver a mãe desconcertada era fantástico.

— Aplausos são aceitáveis — explicou Victoria com firmeza. — Assim como ficar de pé para aplaudir se for algo que realmente admirou. Qualquer outra atitude é mal-educada e bárbara.

Quando Amelia-Rose olhou de relance para o perfil de Niall, viu que ele ainda estava sorrindo.

— Pare com isso — sussurrou.

— Sou desajeitado *e* bárbaro — comentou ele no mesmo tom baixo que ela havia usado. — Mesmo assim, por suas próprias regras, *sassenach*, minha posição social é superior à da sua mãe. Se isso não fosse verdade, não tenho dúvidas de que ela jogaria minhas flores no chão e as pisotearia. Mas eu tenho o poder que vocês me deram, por isso ela não pode reagir dessa maneira.

Amelia-Rose prendeu a respiração.

— *Suas* flores? — perguntou, ignorando o resto do discurso anárquico dele.

Niall levara flores para ela. *Ele* havia feito aquilo. E não fora a pedido de ninguém.

Ele torceu os lábios.

— As flores do Coll — tentou consertar.

Ela não acreditou nele. As flores *tinham sido* ideia de Niall, e Amelia-Rose supôs que se dar ao trabalho de descobrir que ela estava em um recital, entre tantas possibilidades, também tinha sido ideia dele. Aquilo não significava nada obrigatoriamente — um buquê de flores era um preço pequeno a pagar para manter o irmão nas boas graças dela e da mãe.

Mas aquilo significava algo para Amelia-Rose. Ou melhor, ela queria que significasse alguma coisa. Só não ousava se perguntar o quê.

— Você vai ficar? — perguntou, em voz baixa.

— Você vai subir lá de novo?

— Sim. Vou tocar mais uma vez pouco antes do final do recital.

Niall afundou na cadeira estreita e cruzou os tornozelos à frente do corpo longo, esguio e absurdamente atraente.

— Então acho que vou ficar. Coll gosta de música, você sabe.

— Música de gaita de foles, não é? Não piano.

— Não ouvimos muita música de piano. As flautas têm um som antigo e triste, mesmo acompanhando um *reel*, a dança típica escocesa. O piano é mais suave, como uma conversa e não um lamento. Gosto disso.

Aquilo foi uma reflexão surpreendentemente profunda.

— Estou impressionada — sussurrou.

— Na verdade, a música do piano me fez querer dançar com você, mas como era você que estava tocando, achei que seria uma má ideia.

Amelia-Rose tinha quase certeza de que Niall a estava provocando de novo, mas não parecia valer a pena correr o risco de presumir que ele estava brincando.

— Ninguém dança em um recital, não importa quem esteja tocando — alertou Amelia-Rose, forçando-se a afastar da mente a imagem dela e Niall de mãos dadas enquanto dançavam.

A imagem foi tão vívida que seus dedos vibraram. *Pare com isso,* ordenou a si mesma.

— Ainda bem que me alertou — retrucou Niall, o hálito mais próximo do dela agora. — Você pensou no que eu lhe disse no piquenique? — perguntou em um sussurro muito baixo. — Que você talvez não queira ser o que Coll vai desejar que seja?

— Achei que você estava aqui em nome dele.

— E estou. De modo geral.

Amelia-Rose podia ouvir as outras jovens ao seu redor — e as mães delas — comentando aos cochichos como era belo aquele *highlander*, mesmo que suas maneiras fossem atrozes. Ela podia ouvi-las contando a história de como, embora o irmão dele estivesse quase noivo da srta. Baxter, os dois MacTaggert mais jovens eram solteiros.

— Você não tem nada a dizer sobre isso? — voltou a falar Niall, a voz mais seca. — Suponho que isso também seja uma resposta.

— Você só está me provocando.

— Estou?

— Meus pais e sua mãe assinaram um acordo. Eu gostaria muito de não fazer parte disso, mas faço. Não torne as coisas mais difíceis. — Amelia-Rose respirou fundo. Lá ia ela de novo, sendo franca em excesso, quando na maior parte do tempo só queria… *Não.* Aquilo não ajudaria em nada. — Conte-me outra coisa agradável sobre o seu irmão. Seja o advogado de defesa dele mais uma vez.

— Não. Acho que não estou com humor para isso. Prefiro ficar sentado aqui em silêncio, solene e taciturno.

Ele não iria sair pisando duro e envergonhá-la. Talvez não fosse aquilo que ela devesse guardar da sua fala, mas foi o que tomou conta de seu coração e não saiu mais. Niall MacTaggert gostava dela, gostava da sua companhia e, embora Amelia-Rose sentisse exatamente o mesmo, havia dito a ele para parar com aquilo. E, ainda assim, Niall permaneceu ao lado dela, quando poderia facilmente ter ferido sua já frágil reputação.

Ah, tudo aquilo era tão confuso… Não ajudava que o homem sentado ali, tentando se manter sério ao lado dela — com quase um metro e noventa de altura, magro e musculoso, e muito parecido com o antigo deus pagão que ela imaginou que ele fosse quando o vira pela primeira vez —, simplesmente não pudesse ser ignorado. Aquele toque sutil de rebeldia em Niall fez Amelia-Rose se perguntar se ele pretendia mesmo se comportar, ou se iria simplesmente se levantar e sair dançando depois de tudo. Ou se de repente decidiria beijá-la. Ela respirou fundo. Graças a Deus não poderia ser castigada por pensar coisas impróprias, ou estaria com um grande problema nas mãos.

— Diga-me, Niall — perguntou Amelia-Rose em voz baixa, não satisfeita em ficar apenas olhando em silêncio para o perfil dele —, depois que o seu irmão se casar, você voltará para a Escócia?

— Somos amigos de novo, então?

— Havíamos deixado de ser? Foi um desentendimento, não uma batalha.

Aquilo soou como algo que ela deveria dizer, de qualquer forma.

— Se você fosse um *highlander*, teríamos que fazer as pazes diante de uma garrafa de uísque e depois arremessaríamos dardos ou algo assim.

— Um no outro? Deus do céu.

Niall soltou uma risadinha zombeteira.

— Eu voltaria se pudesse — confessou, evidentemente aceitando a explicação dela. — Lady Aldriss está determinada a casar Aden e eu com moças inglesas. Não tenho certeza se é porque ela acha que nos verá em Londres com mais frequência, ou se deseja que essas moças nos transformem em homens mais civilizados.

— Isso não parece justo — comentou Amelia-Rose, e só se deu conta de que havia falado alto demais quando a mãe lhe lançou um olhar irritado.

— *Aye*. Não quero me transformar em um homem mais civilizado.

Amelia-Rose estava pensando mais na ideia de ele se casar só porque a mãe queria. Ela mesma não tinha muita escolha — aos 19 anos, não poderia se casar sem a aprovação dos pais e não tinha outros meios de sustento além do que eles lhe garantiam. Niall, no entanto, não agia como se devesse algo a alguém.

— Você é um homem adulto, e não é o herdeiro. Não poderia simplesmente fazer o que deseja?

— Aldriss não é uma propriedade rica — murmurou ele em resposta, o tom íntimo. Os dedos de Niall roçaram a borda do vestido dela, e um arrepio lento subiu por sua espinha. — Quando outra pessoa controla os cordões da bolsa, não é fácil desafiá-la e simplesmente declarar que não deseja fazer parte da tolice.

Talvez os dois não fossem tão diferentes, no fim das contas.

— Ah, eu compreendo isso. Mas...

— Amelia-Rose — sibilou a mãe dela, irritada. — Pelo amor de Deus. Não é a *ele* que você precisa encantar.

A jovem sentiu todo o sangue deixar o seu rosto. Obviamente Niall ouvira aquilo — assim como provavelmente metade da audiência. Mas quando olhou para ele, viu um meio-sorriso curvar seus lábios. Antes que Amelia-Rose voltasse a olhar para a frente, encontrou aqueles olhos absurdamente verde-claros de Niall.

— Tarde demais. Já estou encantado, *adae*. Quer você queira que eu lhe diga isso ou não.

E ela também estava encantada. Se ao menos ele fosse o Mac-Taggert mais velho. Se ao menos a mãe dela não estivesse louca por um título na família. *Se, se, se.*

Capítulo 7

— Você não devia ter dito que *eu* iria acompanhá-los — resmungou Coll, puxando o paletó, carrancudo, enquanto Oscar ajeitava a peça nos ombros. — Encontrá-los no lugar onde vai acontecer o baile já não teria bastado?

— Talvez — concordou Niall, jogando uma maçã no ar e pegando-a novamente. — Se você não tivesse desaparecido cinco minutos depois do primeiro encontro e continuado sumido pelos cinco dias seguintes. Já esgotei a lista de doenças que um homem pode ter e as reuniões de negócios em que você poderia estar.

— Não tenho nada a ver com isso... eu disse a você que não queria uma moça inglesa. Menos ainda uma que me ataca depois de três minutos de conversa. Onde estão as moças de quem o pai falou? As que fazem o que dizemos e não se importam com o paradeiro dos maridos?

Niall apertou a maçã com força antes de voltar a jogá-la no ar.

— Ela lhe deu a resposta que você merecia, seu idiota. Seja educado com a moça, e talvez descubra que ela agirá da mesma forma. A situação não é culpa dela. Os pais dela assinaram um acordo da mesma forma que os nossos. Você pode até pensar na possibilidade de dizer a ela o que deseja. Talvez a moça queira ficar em Londres.

Niall acreditava naquilo, já que Amelia-Rose parecia gostar de Londres muito mais do que ele jamais poderia se imaginar gostando.

A parte a que ela poderia se opor era ser deixada para trás enquanto Coll voltava para as Terras Altas para ir para a cama com quem quisesse, retornando só quando quisesse fazer um herdeiro. Aquilo poderia ser um problema, mas graças a Deus não era problema dele, pensou Niall. Tinha sua própria noiva para encontrar, e aquela moça fascinante de cabelo dourado não estava ao seu alcance. Mesmo que ele imaginasse que ela talvez pudesse estar. Mesmo que ele *soubesse* que desejava que ela estivesse.

O visconde se virou para que Oscar ajeitasse a gravata.

— Se é assim, devemos seguir logo para o casamento. Não é necessário que eu me vista como um dândi e saia desfilando por aí.

Alguns dias antes, Niall poderia ter concordado. Mas conhecer Amelia-Rose havia lhe dado alguma perspectiva sobre a importância das aparências para as pessoas que viviam em Mayfair.

— A moça veria com mais gentileza se você ao menos desse a impressão de que se importa o bastante para tentar conquistar o afeto dela, seu idiota. Você não teria gostado se ela tivesse saído pisando duro e deixado você sentado.

Eles ouviram uma batida rápida na porta entreaberta, e Aden se juntou aos irmãos no quarto de Coll.

— Niall tem razão, Coll. Você sabe que precisa se casar com a moça. Faça isso com um sorriso no rosto e ao menos vai conseguir dormir à noite sem se preocupar que ela corte o seu pescoço enquanto você ronca no leito conjugal. E se conseguir fazer um filho nela na primeira noite, não terá que voltar, exceto para pegar o menino.

Ao ouvir aquilo, Niall cerrou o maxilar. Seus dois irmãos podiam ser bem desagradáveis quando davam na telha. Amelia-Rose não merecia que o ressentimento deles fosse jogado em cima dela. E a moça também não gostaria de ter Coll subindo em cima dela quando ambos não queriam estar naquela situação. A ideia dos dois juntos na cama, mesmo que conseguissem desenvolver algum respeito um pelo outro, fazia seu sangue ferver.

Ele se obrigou a voltar ao presente. Os dois iriam se casar, a menos que Coll não conseguisse se comportar por dez minutos. Precisavam se casar, pelo bem de Aldriss Park. Em termos lógicos, tudo fazia sentido. Mas, sempre que fechava os olhos, Niall a via sorrindo, via a surpresa curvando os lábios da jovem quando ele demonstrava que tinha alguma inteligência, e a tristeza nos olhos azuis cintilantes quando Amelia-Rose perguntara se Coll gostaria mais dela se ela fosse suave.

Aquela lembrança o levou de volta à ideia do irmão beijando Amelia-Rose, se deitando com ela... Niall se levantou.

— Faça o que tem que fazer, certo? — falou, irritado.

Lorde Glendarril ergueu uma sobrancelha.

— Como assim?

— É melhor você chegar à Casa Baxter na hora, ou vão achar que você fugiu de novo.

Coll voltou a ficar carrancudo.

— Você vai comigo, Niall.

— Não. Não vou caber na carruagem junto com você e os três Baxter.

— Eu não vou...

— As cortinas vão estar abertas. Você já andou de carruagem antes.

Niall sentiu uma mão pousar com força em seu ombro quando ele já chegava à porta.

— Não estou me opondo à carruagem. Foi *você* que organizou essa saída — bradou o visconde. — Tenho a impressão de que agora você está me atirando aos lobos.

Niall se desvencilhou da mão do irmão e se virou para encará-lo.

— Sim, eu realmente organizei essa saída. Assim como acabei me sentando ao lado de Amelia-Rose para assistir ao resto da peça que você perdeu... e que tinha uma bela Julieta, a propósito... e a levei para tomar café quando deveria ter sido você a fazer isso. E a acompanhei a um piquenique todo frufru em seu lugar. Também fui eu que levei ontem flores para a moça em um maldito recital para garantir que ela se dignaria a lhe dar atenção de novo. — Ele também havia saído para cavalgar com Amelia-Rose, mas os irmãos não precisavam saber daquilo. — Vá sozinho, Coll.

— Niall, você...

Niall abriu a porta.

— Aden e eu encontraremos você lá — falou por cima do ombro —, mas não vou cortejar a moça em seu lugar. Você vai ter que administrar essa situação por conta própria.

— Ainda não conheci uma moça que eu não conseguisse conquistar, *bràthair*. Essa moça eu *não quero* conquistar.

— Então você não passa de um idiota — murmurou Niall baixinho, e seguiu pelo corredor em direção à escada.

— Ele vai?

Niall deu um pulo de quase meio metro quando lady Aldriss apareceu no topo da escada.

— Por Santo André, mulher — grunhiu. — Quase me matou de susto.

— Estou parada aqui há quinze minutos. Você não estava prestando atenção. — A mãe não se mexeu. — Ele vai?

— Sim. Coll vai, e eu também. E Aden também, se lhe interessa. E Eloise e seu noivo.

— Sim, bem, depois que eu tiver resolvido a situação de Coll, vou me preocupar com você e com Aden.

Niall passou por ela para descer a escada.

— Se a senhora realmente se preocupasse conosco, não teria partido e passado dezessete anos longe de nós. Agora só quer nos controlar. Não é a mesma coisa.

— Talvez não, mas duvido que algum de vocês teria decidido por conta própria vir me ver. Seu pai cuidou disso. Conheço muito bem a opinião dele sobre as mulheres em geral e sobre mim em particular.

Pelo amor do Diabo.

— Então vá brigar com ele. Não estou com disposição para continuar a lutar as batalhas de outras pessoas hoje.

Niall não estava com a menor vontade de ir àquele grande baile dos Spenfield. Sua gravata parecia apertada demais e a calça arranhava sua pele. Pelo que Eloise havia dito, o lugar estaria cheio de rapazes, porque se esperava que cada moça tivesse um parceiro para cada dança, com alguns extras para cobrir algum caso de embriaguez ou de ferimentos. Ele não se importava com a valsa ou com a quadrilha, mas os pulos das malditas contradanças faziam todos parecerem pombos em cima de uma pedra quente.

Quem diabo poderia fazer justiça a uma dança quando estava preso dentro de uma calça apertada? Mas Francesca havia dito que os kilts não seriam bem-vistos. Só aquilo não teria bastado para convencê--lo, mas o fato era que a mãe e Amelia-Rose pareciam ter pontos de vista semelhantes sobre decoro e comportamento adequado. Os MacTaggert haviam deixado uma impressão ruim no teatro — não fariam o mesmo no baile. Não se dependesse dele.

⟿

— Eu adoraria que você também fosse, Jane, mas sabe como é a sra. Spenfield. Ela só permite mulheres solteiras em um número mínimo que evite fofocas, e isso porque ela não organiza outros entretenimentos.

Jane deu outro ponto em seu bordado.

— Estou muito satisfeita em ficar aqui essa noite — disse calmamente. — É você que está andando em círculos a noite toda.

— Talvez eu esteja um pouco ansiosa, preocupada com a possibilidade de lorde Glendarril não aparecer — confessou Amelia-Rose em um sussurro —, mas certamente não estou girando pela sala.

Ela tentara dar a impressão de que queria que o visconde aparecesse, já que tudo ficava muito mais tranquilo quando a mãe acreditava que todos tinham o mesmo objetivo, no entanto estava mais preocupada com a possibilidade de o visconde *de fato* aparecer para acompanhá-los ao baile.

A alternativa, é claro, seria Niall mais uma vez e, se aquilo acontecesse, a mãe dela provavelmente deduziria que eles haviam mentido o tempo todo, e Amelia-Rose nunca mais teria um momento de paz na vida.

— Você está muito bonita esta noite, minha querida — comentou a mãe quando ela e o pai de Amelia-Rose chegaram à sala de estar.

Charles foi direto até o armário de bebidas.

Amelia-Rose não o culpava — aquela sem dúvida era uma noite pensada para as mulheres. No ano anterior, quando ela tinha acabado de ser apresentada à sociedade, o baile parecera quase exatamente como seu sonho de menina. Cavalheiros por toda parte, todos competindo por uma dança com as damas, ou por lhes servir alguma bebida, ou ansiosos para trocar uma ou duas palavras felizmente breves. Mas aquilo tinha sido antes de Amelia-Rose perceber que nem todos apreciavam seus modos diretos, sua inteligência ou sua tendência de falar sem se preocupar em encontrar a maneira mais diplomática de se expressar.

É claro que, mesmo assim, ela percebera quase imediatamente que os cavalheiros tentavam evitar o tédio — a sra. Spenfield se recusava a permitir uma sala de jogos ou mesmo uma sala para fumantes, e o álcool era absolutamente proibido. Os homens estavam lá para se deleitar com todas as guloseimas caras e saborosas e para dançar com as filhas dela e com qualquer outra jovem que tivesse tido a sorte de ser convidada para o evento. Se um daqueles jovens pedisse uma das filhas de Spenfield em casamento, ora, coros de anjos iriam cantar. Palavras da própria mãe das damas.

O baile provavelmente não era o melhor cenário para que Amelia--Rose e lorde Glendarril se reencontrassem. Mas, até onde a mãe dela sabia, eles haviam passado parte dos últimos cinco dias juntos e aquela noite seria apenas uma exibição pública do casal. Dizer qualquer coisa que contrariasse a opinião de Victoria Baxter não faria bem a nenhum deles.

Ainda assim, Amelia-Rose tinha uma decisão a tomar. Niall havia lhe descrito o tipo de mulher que Coll desejava. Ela poderia fingir ser aquela mulher, se desejasse. Aquilo a libertaria da Casa Baxter, pelo menos... e também a acorrentaria a um comportamento dócil pelo resto da vida, até que ela não aguentasse mais e fugisse para bem longe — causando assim mais um escândalo. Mas ela *poderia* fazer aquilo. Coll MacTaggert teria que dizer as coisas que ela queria ouvir e deixar um pouco de espaço para... esperança, supunha Amelia-Rose, mas, quanto mais a mãe a pressionava, mais a ideia de estar em qualquer outro lugar a atraía. E naquela noite ela precisava se concentrar em Coll. Não havia tempo ou espaço em seu coração desanimado para desejar que as coisas fossem diferentes. Para desejar que um MacTaggert diferente batesse em sua porta dali a pouco.

Amelia-Rose estava usando o seu melhor vestido — azul-safira com contas pretas e prateadas bordadas por todo o corpete e se espalhando pela saia como estrelas cadentes. As mangas três-quartos eram bufantes nos ombros e arrematadas por um fino laço prateado, assim como o decote baixo e a bainha.

O vestido tinha sido proposto pela mãe de Amelia-Rose, com a ideia de fazê-la se destacar mesmo em uma festa onde todas as jovens damas seriam o centro das atenções. Ao menos daquela vez, Amelia-Rose havia aprovado — não era um traje ousado ou escandaloso, mas era absolutamente deslumbrante.

Enquanto o pai tomava uma dose de vodca e se servia de outra, a porta da frente foi aberta. Amelia-Rose resistiu ao impulso de passar as mãos pela frente da saia. Ela estava muito bonita, desde o vestido até o cabelo trançado com fitas pretas e prateadas e os sapatos de dança também prateados. Se *fosse* Niall, seria melhor ele ter uma história pronta para justificar por que o irmão os encontraria mais tarde ou por que não poderia comparecer. Se fosse lorde Glendarril, ela só podia esperar que o irmão mais novo tivesse lhe informado a que eventos a acompanhara, para que ela não precisasse conduzir a conversa sozinha. Subitamente, Amelia-Rose se deu conta de quanta coisa havia confiado a Niall MacTaggert, e como aquilo não a incomodava nem um pouco. Mas não era hora de pensar no motivo daquela sensação.

— Senhor e sra. Baxter, srta. Baxter, lorde Glendarril — anunciou Hughes, quando o homem gigantesco entrou na sala de estar.

Amelia-Rose fez uma reverência, inclinando a cabeça para ganhar um pouco de tempo. Sim, ele era muito bonito, embora de uma forma mais dura e fria do que o irmão mais novo. A aparência, ou mesmo o tamanho do visconde, não era o problema. Todo o resto, sim.

Estranhamente, Amelia-Rose havia esperado estar uma pilha de nervos, preocupada com a forma como o visconde reagiria a ela daquela vez. Em vez disso, e apesar de estar ciente de como aquele momento era importante, Amelia-Rose só desejava que aquilo acabasse logo, não importava o que acontecesse.

— Baxter — cumprimentou o visconde, inclinando a cabeça.

Lorde Glendarril não usava um kilt, felizmente, embora ostentasse um olho roxo que o fazia parecer ainda menos civilizado. Objetivamente, Amelia-Rose tinha que reconhecer que o homem não era um velho barão curvado — opção para a qual ela começara a temer que a mãe se inclinasse depois de ver que nenhum dos três pedidos de casamento recebidos pela filha naquela temporada social havia sido de um nobre. Victoria Baxter já deixara bem claro que aquela seria a última temporada da filha como uma mulher solteira.

Oh, céus. Se e quando ela dispensasse Glendarril, será que os abutres velhos e sórdidos receberiam a permissão dos pais dela para se adiantarem e rodeá-la até que ela cedesse e apontasse o dedo para um deles? As opções que lhe restavam seriam apenas aquele *highlander* ou um conhecido solteiro da época dos avós dela? Lorde Oglivy, por exemplo?

Ainda abalada com a constatação daquela possibilidade alarmante, Amelia-Rose se deu conta de que a mãe estava olhando dela para Glendarril, claramente esperando que um ou outro dissesse alguma coisa. E como o visconde continuava parado ali, belo e parecendo um tanto irritado, coube a ela a iniciativa.

— Coll, obrigado pelas flores que Niall me entregou ontem. Eram lindas.

— Ah. De nada. Lamento não ter podido entregá-las eu mesmo. Até ali tudo bem.

— Sua recuperação é mais importante. Está se sentindo bem hoje? Não consigo imaginar o que possa ter comido... espero que não tenha sido alguma coisa no piquenique de lady Margaret.

O visconde semicerrou os olhos e, por um segundo, Amelia--Rose pensou ter dito algo errado. Mas aquela era a única narrativa que tinha em mãos, e Niall não dera qualquer indicação de que eles estavam fazendo nada além de substituir a presença do irmão pela dele. Mas, depois de alguns segundos de nervosismo da parte dela, ele assentiu.

— Comprei um empadão em uma carroça quando estava a caminho de casa. Deve ter sido o responsável. Me deixou em mal estado.

— Tenho uma poção capaz de curá-lo — brincou o pai de Amelia-Rose, indicando o armário de bebidas. — Que veneno você escolhe, Glendarril?

O visconde deu um sorriso que parecia mais de dor do que de gratidão e balançou a cabeça de cabelo castanho rebelde.

— Ainda preciso fazer bonito em uma pista de dança hoje à noite. Melhor não tomar uma bebida boa depois de um jantar ruim.

— Sua mãe e o resto de sua família estarão presentes esta noite? — perguntou a mãe de Amelia-Rose.

— *Aye*. Me disseram que é um espetáculo e tanto.

— É mesmo. — Victoria bateu palmas. — Vamos partir, então? Depois que a maior parte das carruagens chega, é quase impossível atravessar a imundície da rua.

— Ora, não queremos bosta de cavalo nesses lindos sapatos que a senhora e a sua filha estão usando — concordou Coll, e gesticulou para a porta e para o saguão de entrada mais além.

— Não diga "bosta de cavalo" — sussurrou Amelia-Rose, colocando-se ao lado dele.

— Como devo chamar, então, pedaços de capim equino digerido?

— Isso serviria — falou ela, aliviada ao perceber algum humor na voz dele.

Talvez Coll e Niall não fossem tão diferentes. E ela aparentemente pretendia se agarrar a cada pedacinho de esperança que ele soltava no ar.

— Fico feliz por você ter segurado a língua — retrucou ele. — Serei seu *laird*, não quero você perdendo a paciência comigo.

Pronto. A pequena gota de esperança evaporou enquanto Amelia-Rose engolia uma resposta malcriada. Se e quando tomasse uma decisão, seria algo que faria depois de pensar bem e de optar pelo que fizesse mais sentido para ela. Não abriria mão daquilo só porque Coll decidira ser arrogante.

— É claro que não, milorde.

Ele ergueu uma sobrancelha.

— Então você pretende se comportar. É um bom começo.

— Suponho que estamos prestes a descobrir. Mas esteja ciente de que, se você me constranger ou ofender a mim ou a minha mãe, se tornará um pária aqui em Londres e não conseguirá encontrar nenhuma outra noiva *sassenach* que o aceite.

Dito aquilo, Amelia-Rose saiu na frente dele e subiu na grande carruagem preta dos Oswell-MacTaggert. Aquele talvez tivesse sido um movimento arriscado, mas pelo amor de Deus! Ele nem a conhecia e já havia decidido — mais uma vez, e sem consultá-la — que a forma dele fazer as coisas era a única que importava. *Bárbaro.*

Coll subiu na carruagem atrás dos pais dela e sentou-se no assento acolchoado ao lado de Amelia-Rose. A coxa musculosa encostou na dela — que poderia se afastar, mas os pais perceberiam. Não pela primeira vez, Amelia-Rose desejou que alguém estivesse do lado *dela*, se preocupando em saber se aquele homem grande a faria feliz ou se eles eram ao menos minimamente compatíveis. Até ali, ela não tinha visto nada que a encorajasse sequer a andar na rua ao lado dele, muito menos a se casar. Mas apenas Niall sugerira, para grande surpresa de Amelia-Rose, que aquele era um casamento do qual ela talvez não desejasse fazer parte. Então ele havia dito que a achava encantadora, o que a mantivera acordada a noite toda.

— Depois do casamento, o senhor vai continuar morando em Aldriss Park? — perguntou a mãe, e Amelia-Rose disfarçou um estremecimento.

— Acho que sim. É grande o bastante para abrigar duas dúzias de MacTaggert. A abadia de Glendarril foi incendiada antes da Batalha de Culloden. Não há nada naquela terra além de pedras quebradas e esqueletos. Não é um lugar adequado para uma noiva inglesa. Posso mantê-la em Londres enquanto construo uma casa.

Glendarril não parecia um lugar para noiva alguma, mas Amelia--Rose não disse aquilo em voz alta. Ela gostava da ideia de permanecer em Londres, mas aquela não era nem de longe a forma como imaginara sua vida de mulher casada — separada do marido por centenas de quilômetros e vivendo como uma viúva em tudo, menos no nome. Aquilo seria melhor ou pior do que viver com um tirano?

— Então esta noite vai estar lotada de homens até o teto, não é?

Amelia-Rose se obrigou a voltar ao momento. Precisava ao menos conhecê-lo — nem que fosse porque supostamente havia feito aquilo dias antes.

— Sim. Nenhuma dama que desejar dançar vai ficar sem um parceiro.

— Como essa mãe Spenfield consegue atrair todos esses homens para debaixo do teto dela?

— Com sobremesas muito boas e a chance de sair com um cavalo selado — intrometeu-se o pai de Amelia-Rose.

O visconde endireitou o corpo no assento.

— Eles sorteiam um cavalo? Me parece que poderiam atrair um rapaz ou dois com esse mesmo dinheiro e então leiloar as filhas.

— Penelope Spenfield tem quatro filhas em idade de se casar. Um cavalo por ano nos últimos quatro anos foi só o que conseguiram oferecer — explicou Amelia-Rose. — Um dote para cada uma delas infelizmente está fora de questão.

— Eu acho que, se estão doando cavalos há quatro anos, talvez precisem de uma estratégia diferente. Devo ter medo dessas moças?

Amelia-Rose cerrou os dentes. Por mais que tivesse vontade de bradar que ele só precisava ter medo das moças caso pobreza e uma infeliz tendência a dar risadinhas afetadas o aterrorizassem, guardou esses pensamentos para si. Ou uma pessoa tinha empatia, ou não tinha. Por outro lado, Coll parecia determinado a concentrar a conversa ao redor de si mesmo.

— Quantas mulheres você acha que estariam atrás de *você* se não fosse pela riqueza da sua mãe?

— Amelia-Rose — repreendeu a mãe. — Já chega disso.

A jovem abaixou a cabeça, se esforçando para não cerrar os punhos. Quando voltou a levantar os olhos, Coll a fitava.

— Eu tenho um título e terras, moça — disse ele em uma voz sem expressão. — Mas compreendo o seu ponto de vista. Acho que sou um homem de sorte.

O tom de Coll era bastante suave, mas Amelia-Rose praticamente podia sentir seu aborrecimento. Ele continuava a trazer à tona o que havia de pior nela. Ser incompatível era uma coisa, mas considerá-la desinteressante e indigna de um momento de conversa era outra bem diferente. Ainda mais se era aquilo o que Coll desejava em uma esposa. Por que diabo ele iria querer uma mulher daquele jeito? Embora, para ser sincera, muitos homens quisessem.

Amelia-Rose se recusou a tentar qualquer outra conversa com o visconde enquanto eles estavam presos na carruagem, e permaneceu sentada, segurando a bolsa no colo, enquanto ele olhava fixamente pela janela e a mãe cutucava os tornozelos da filha para tentar incentivá-la a falar.

No que dizia respeito a Amelia-Rose, ela e Coll não eram aliados. A única coisa que tinham em comum era que nenhum dos dois queria se casar com o outro. Pelo menos ela tinha amigos, uma vida social ativa e sabia conversar educadamente mesmo que às vezes perdesse um pouco a noção, além de tocar piano e dançar todos os ritmos populares. Coll tinha um título e a mãe dele controlava os cordões da bolsa. Aquilo não chegava a ser uma grande recomendação ao homem. Ao menos não na opinião de Amelia-Rose — os pais dela, por sua vez, tinham ouvido as palavras "visconde, que eventualmente se tornará conde" e assinado seus nomes no acordo de casamento, dando tapinhas nas costas um do outro.

Com as cortinas da carruagem abertas, ela podia ver o brilho vindo das janelas da Casa Spenfield a meia rua de distância. Glendarril desceu primeiro da carruagem e estendeu a mão para a mãe de Amelia-Rose e então para ela. Quando Amelia-Rose segurou seus dedos, Coll passou a mão com força ao redor da dela. Amelia-Rose sabia que não era uma florzinha débil — mesmo quando menina, sempre diziam que era saudável e moleca —, mas aquele homem podia ser extremamente intimidador. Diante dele ela era pequena, frágil e delicada, porque em comparação a Coll tudo era pequeno e delicado. Se mostrar dócil talvez fosse ser mais fácil do que ela imaginava. Mas permanecer daquele jeito… Ela se obrigou a voltar à realidade.

— Precisamos trocar uma palavra — falou ele, levando a mão ao braço dela.

— Estou ouvindo, milorde — respondeu Amelia-Rose, com o que considerou uma calma e um equilíbrio admiráveis.

O homem grande ao lado dela soltou o ar com força.

— Você me mostrou duas faces. Estou inclinado a acreditar que a primeira era a verdadeira, mas estou disposto a ser convencido a acreditar na segunda. Escolha duas danças para mim e conversaremos. Mostre-me a moça que quer que eu veja. Mas você sabe que não estou pedindo uma mentira. Espero que seja fiel a sua escolha. Tomarei a minha decisão com base no que você me mostrar. É o máximo de corda que estou disposto a dar a qualquer um de nós.

Amelia-Rose parou um momento para pensar. Aquilo era mais do que ela esperava dele, mas ainda não tinha certeza se era um bom ou mau presságio para um casamento. Ainda assim, Amelia-Rose tinha compreendido o que ele pedira. Poderia se mostrar a megera que ele sem dúvida a considerava e, nesse caso, Coll iria embora. Ou poderia se mostrar uma mocinha afetada, colocar o anel dele no dedo, então seria esperado que ela continuasse a ser aquela tonta de cabeça vazia para sempre. Mas em troca de quê?

— Se me permite perguntar — falou Amelia-Rose lentamente —, você fez questão de dizer antes que eu poderia ficar em Londres enquanto você construía uma casa para nós. Quanto tempo devo esperar que isso demore?

— Algum tempo.

— Anos, talvez?

O olhar dele se tornou mais atento.

— Sim. Talvez. O que diz sobre isso?

Aquilo explicava muita coisa. Ele queria como esposa uma tola que pudesse deixar para trás, enquanto fingia que não era casado e voltava para a Escócia para viver como quisesse. Uma viúva em tudo menos de fato, como pensara. Mas aquilo funcionaria a favor dela, ou não? Com certeza não haveria ninguém para franzir o cenho para ela, mas também não teria ninguém com quem compartilhar a vida.

— Digo que devemos ter as nossas danças e conversar. Só nos falamos por meros cinco minutos até agora, e eu estava nervosa no teatro. Esta noite será nossa segunda chance de causar uma boa primeira impressão.

Coll MacTaggert assentiu.

— Posso concordar com isso.

— Vamos pegar o meu cartão de dança, então. E lhe aviso que devemos ser rápidos em relação a isso. No momento em que o cartão tocar as minhas mãos, ele será preenchido muito rapidamente. E não estou sendo arrogante, é apenas uma questão matemática.

Mais adiante, estavam paradas as quatro irmãs Spenfield, dando as boas-vindas a todos os convidados, atrás da mãe nervosa e do pai profundamente resignado. A mais velha, Polímnia, agora com 28 anos e bem além do seu auge como uma noiva em potencial, seguida por Tália, Calíope e Melpômene. Se os nomes das jovens já não fossem prova suficiente da obsessão dos pais por todas as coisas gregas, as falsas colunas jônicas erguidas ao redor do salão de baile, os querubins dourados espalhados pelas paredes e mesas, e os Mármores de Elgin aparentemente emprestados do Museu Britânico e colocados em pontos estratégicos teriam sido mais do que suficiente.

— Achei que eles não tinham muito dinheiro — comentou Coll em sua versão de um sussurro enquanto eles entravam no salão principal.

— E não têm. Eles conhecem absolutamente todo mundo e contam com a solidariedade de muitos outros pais.

— Eles contariam mais com a minha simpatia se não tivessem dado às suas moças o nome das musas gregas.

Então ele sabia quem eram as musas. Portanto, era evidente que sabia ler. Até aquele momento Amelia-Rose não tivera certeza daquilo. Enquanto a mãe dela assegurava à sra. Spenfield que aquela seria a noite em que uma das suas filhas chamaria a atenção de um rapaz, Amelia-Rose conduziu o enorme *highlander* até a mesa lateral para pegar um cartão de dança. Haveria duas valsas naquela noite, e ah... ela adorava valsas.

— Tome — disse, entregando o cartão e um lápis a Coll, enquanto um aglomerado de rapazes enxameava de uma jovem à outra. — Sugiro a primeira quadrilha e a segunda valsa. Dá uma distância adequada entre as duas danças. Isso o agrada?

Ele fitou-a por um instante, antes de abaixar a cabeça para anotar seu nome nos espaços que ela indicara.

— Você está muito educada esta noite. Vamos ver se isso dura.

Sim, eles precisavam conversar. Coll continuava a irritá-la muito. Ele a abandonara, deixara a cargo do irmão se desculpar e substituí-lo nos momentos importantes, nunca se desculpara ele próprio por nada daquilo, então declarara que a culpa era dela. Ao mesmo tempo, ao que parecia, Coll colocara a situação nas mãos dela. Mas, se ele soubesse como Amelia-Rose havia se saído na última temporada social, talvez tivesse ficado um pouco menos confiante de que ela agiria de acordo com as preferências dele.

Lady Aldriss entrou no salão de baile, com dois homens altos e de cabelo escuro atrás dela, e Eloise e Matthew logo atrás dos três. Mesmo contra a vontade, Amelia-Rose sentiu o coração acelerar um pouco. Niall estava elegante e esplêndido em um paletó e calça cor de ônix e um colete azul-escuro.

— Sua família está aqui — avisou ela.

Coll olhou por cima do ombro.

— Aquele é o prometido de Eloise? Preciso conhecê-lo.

A maneira como ele disse "conhecê-lo" não soou muito animadora. Evidentemente, Amelia-Rose não era a única que Coll MacTaggert vinha ignorando desde sua chegada a Londres. Antes que ela pudesse contê-lo, ele atravessou o salão, quase arrastando-a atrás dele.

Amelia-Rose nunca havia realmente imaginado como seria a vida de uma dama casada, mas então os pais haviam escrito seu nome ao lado do nome do visconde Glendarril. Um *highlander* insano que não gostava dos ingleses e que a arrastava como se ela fosse um cachorro. Aquela era a amostra da vida de casada que ela teria com o visconde. Precisava prestar atenção.

Em vez de fazer um escândalo, ela seguiu apressada ao lado dele, e parou diante da impressionante família MacTaggert. Vê-los todos juntos *era* bastante impressionante. Aden, o irmão do meio, provavelmente era cerca de três centímetros mais baixo do que Niall, o que ainda o deixava com bem mais de um metro e oitenta de altura.

Tinha um cabelo ainda mais escuro do que o de Coll, chegando até os ombros e que por algum motivo o fazia parecer misterioso em vez de despenteado. Niall era o irmão de aparência mais perfeita, pelo menos na opinião dela, por causa daqueles olhos muito claros e do cabelo castanho que mostrava reflexos vermelhos e dourados à luz das velas. Mas ele e Eloise poderiam ser quase gêmeos, embora os ângulos dele obviamente fossem muito mais marcados e musculosos do que os da irmã, mais suaves e arredondados.

— Você é Harris, não é? — bradou Coll ao lado dela.

— Boa noite para você, Coll — falou Niall lentamente, se colocando no meio do círculo que eles formaram. — Acho que Aden ainda não foi apresentado à srta. Baxter, e esse aqui é Matthew Harris, o noivo de Eloise. Diga olá.

O visconde estreitou os olhos verde-escuros.

— Você não vai me dizer como...

— Aden? — interrompeu Amelia-Rose, desvencilhando-se do braço tenso de Coll. — Amelia-Rose Baxter. É um prazer conhecê-lo. — Ela estendeu a mão direita.

O MacTaggert do meio apertou a mão estendida.

— Você calou a boca de Coll — comentou ele, o sotaque escocês marcado, o tom baixo e divertido. — Ele não está acostumado a ser interrompido.

Amelia-Rose enrubesceu. Oh, céus. Ela estava muito irritada com Coll, mas sabia que a posição hierárquica dele ali superava a de todos os outros, menos a da própria mãe. Assim como sempre soubera que os *highlanders* eram muito orgulhosos e teimosos. Será que havia sido rude? Não fora sua intenção. Mas não gostava de valentões, e os três irmãos superavam em número o pobre Matthew Harris.

— Sinto muito se o ofendi, milorde — falou, franzindo o cenho.

— *Och*, bobagem — interrompeu Niall. — É bom para ele. Uma montanha ainda precisa ouvir a neve.

— Uma montanha permanece apesar da neve — retorquiu Coll, os olhos ainda fixos em Matthew Harris. — Você já conversou com esse *menino*, Aden?

— *Aye*. Ele tem todos os dedos das mãos e dos pés, sabe ler e escrever e pode muito bem falar por si mesmo. Aperte a mão do homem logo, maldição.

— Veja como fala — disse Eloise. — Pelo amor de Deus.

— Você nos arrastou para um lugar sem mesa de jogos, sem bebida e com um bando de mulheres que mais parecem abutres do que cisnes — retrucou Aden. — Acho que, se já houve um momento em que cabia praguejar, foi esse.

Amelia-Rose disfarçou um sorriso e seguiu o olhar dele em direção à mesa de doces. Ela obviamente não havia recebido a carta que a maioria das jovens presentes certamente recebera, porque não estava usando cores pastel. Amelia-Rose tinha ouvido um boato de que havia um sinal secreto para alertar aos homens sobre quais jovens estavam disponíveis e quais estavam comprometidas — talvez o vestido em tom pastel significasse uma moça desimpedida. Ela não lembrava como havia sido no ano anterior, mas provavelmente se vestira de forma adequada, porque conseguira seu único pedido de casamento da temporada social naquela noite. Amelia-Rose suspirou para si mesma. Talvez devesse ter aceitado.

Ela sentiu dedos roçando os seus.

— Coll conseguiu enganar os seus pais? — perguntou Niall em um murmúrio, a atenção aparentemente concentrada na meia dúzia de convidados que entrava no salão de baile naquele momento.

— Sim — respondeu Amelia-Rose no mesmo tom. — Eu gostaria que você tivesse me dito que ele estava com um olho roxo. Assim, eu poderia ter inventado uma história cavalheiresca qualquer para justificar.

— Um de nós três exibe um olho roxo com tanta frequência que não me ocorreu comentar. A propósito, você está linda. Seus olhos estão da cor de centáureas esta noite.

Amelia-Rose sempre gostara de centáureas.

— Obrigada.

— *Aye*. Você e Coll formam um belo par.

Aquilo fez o sorriso se apagar no rosto de Amelia-Rose. Sim, ela e Coll deveriam ser um casal.

— Achei que você tinha sugerido o contrário — sussurrou ela.

— Acho que não é da minha conta. Se Coll quer você, e você está disposta a ser o que ele quer, isso é entre vocês dois.

Amelia-Rose o encarou, confusa. Esperava apoio ou pelo menos solidariedade da parte de Niall, afinal, ele já havia oferecido aquilo antes. Mas obviamente a maior preocupação de Niall seriam as necessidades da própria família. Era estúpido da parte dela esperar o contrário.

Mesmo que pudesse ter havido algum... afeto entre eles, Amelia-Rose não tinha sido feita para Niall, ou ele para ela. Niall era um *highlander* e um bárbaro como o irmão. A única diferença, na verdade, era que ele não tinha um título. E o título era a única razão pela qual os pais de Amelia-Rose toleravam o bárbaro lorde Glendarril. Eles não tinham alguma razão para tolerar Niall.

— Já vi mais cor na neve do que estou vendo em seu rosto nesse momento — disse Niall, fitando-a. — Viu um espírito?

— Esse é o seu primeiro palpite? — retrucou Amelia-Rose, desistindo do estratagema de disfarçar a conversa entre eles. Afinal, não haviam feito nada de errado. — Que devo ter visto um fantasma?

Niall deu de ombros.

— Me pareceu tão razoável quanto o segundo, que era você estar incomodada com alguma coisa. Já que sou o único que está falando com você e só comentei que você tinha olhos azuis e que eu queria cuidar da minha vida, acho que não faria o menor sentido.

Os lábios de Amelia-Rose se curvaram em um sorriso antes que conseguisse se conter. Mesmo que, se realmente gostasse dele, aquelas palavras pudessem ter sido capazes de partir seu coração.

— Nenhuma das suas suposições faz o menor sentido. Só estou com um pouco de frio. Acho que, em poucos minutos, estará um calor sufocante aqui, por isso decidi aproveitar o ar frio.

Eloise se colocou entre eles.

— O enxame está começando — sussurrou, rindo.

De fato, dois grupos estavam se formando no centro da pista de dança — um de homens solteiros e o outro com todas as damas que desejavam dançar e que ainda não haviam preenchido seus cartões de dança. Os Spenfield haviam se superado naquele ano — duas dúzias de damas, em comparação ao dobro de rapazes. Aquilo causava um certo problema, se alguém não desejasse escolher entre os homens mais lentos, mais velhos, ou os que não fossem tão bons partidos. Com uma risadinha, Amelia-Rose pegou a mão de Eloise e as duas avançaram juntas para dentro do redemoinho. E ela se recusou a imaginar por um momento que fosse como teria sido dançar com Niall MacTaggert. Aquela provavelmente seria apenas uma das muitas coisas que viria a lamentar naquela noite.

Capítulo 8

— Eu me sinto como uma minhoca no anzol — comentou Aden, pegando mais um cartão de dança da mão de uma jovem e colocando seu nome ao lado de uma das danças.

— Pare de assinar seu nome e eles vão parar de persegui-lo. De qualquer forma, você só pode dançar com uma moça de cada vez — aconselhou Niall, balançando a cabeça quando uma jovem de rosto corado se aproximou dele. — Estou com todas as danças comprometidas — explicou ele.

— Inferno — resmungou ela, e se afastou novamente, saltitando.

— Onde coloco meu nome para o sorteio do cavalo?

Coll ignorava as damas que o rodeavam, e mais parecia um leão pronto para espantar os mosquitos do que um homem que estava ali para impressionar a moça com quem precisava se casar.

— Do que você está falando? — perguntou Aden.

— Vai haver um sorteio no final da noite — informou Matthew Harris de algum lugar do outro lado de lady Aldriss. O camarada esperto estava fazendo questão de manter alguma distância entre ele e Coll, pelo menos até que tivessem tempo para uma conversa. — Este ano vai ser um castrado baio de dois anos chamado Westminster. Dizem que é um meio-irmão do cavalo Copenhagen do duque de Wellington.

— Se eu for sorteado, o nome dele não vai ser Westminster — avisou Coll. — Wulver, talvez.

— Você não deveria estar atento ao que a srta. Baxter está fazendo? — perguntou lady Aldriss, fitando o rosto sem expressão de Coll.

— Antes de escolher uma mulher para mim, a senhora deveria ter pensado em perguntar de que tipo eu gostaria — resmungou ele. — Onde eu coloco meu nome para o maldito sorteio?

— Pelo amor de Deus… Ali. Escreva o seu nome em um daqueles pedaços de papel e coloque-o na tigela. — Francesca apontou para uma mesinha perto da porta. A tigela já estava cheia até a metade de papeizinhos dobrados, e Coll seguiu na mesma hora naquela direção, com Aden logo atrás. — Coloquem seus nomes apenas uma vez — alertou ela aos dois, então se virou para Niall e Matthew. — Ah, vão logo, vocês dois também.

Matthew deu um sorriso e foi se juntar aos quase cunhados. Niall, porém, ficou onde estava. Eloise e Amelia-Rose estavam no centro de um redemoinho de vestidos e fraques, e ele não confiava que elas não seriam arrastadas naquele tumulto.

— Você não quer um cavalo? — perguntou a condessa.

— Já tenho um cavalo. — Niall manteve os olhos fixos na irmã e na outra moça. — As moças Spenfield sabem que seus parceiros de dança estão aqui para ganhar um animal?

— Tem sido assim nos últimos quatro anos, desde que Polímnia completou 24 anos e a mais nova, Melpômene, 18. Então, sim, presumo que elas estejam cientes.

— Hum.

— O que quer dizer com isso?

Niall podia sentir o olhar da mãe sobre ele.

— Só estou tentando imaginar como as damas devem se sentir quando um rapaz sai com um cavalo, mas sem uma esposa.

— Não sou a mãe delas — retrucou Francesca, mantendo a voz abaixo do nível das conversas ao redor deles. — Não teria sido meu plano, mas as coisas são como são.

— Não, já vimos qual é o seu plano, milady.

No meio do salão, Eloise e Amelia-Rose deram um abraço em uma terceira jovem, as três curvadas sobre seus cartões de dança já cheios, comparando parceiros. Niall tivera vontade de anotar seu nome — não para o sorteio do cavalo, mas apenas para uma dança. Uma dança com aquela moça, antes que começasse a chamá-la de irmã, antes que precisasse assistir ao irmão mais velho raivoso e cínico encostar as mãos e a boca nela e então deixá-la para trás. Ou pior, talvez decidir que gostava dela e que a levaria com ele para as Terras Altas, onde Niall teria que vê-la todos os dias.

— Niall, não estou tentando me livrar de você e dos seus irmãos. Eu os quero de volta à minha vida. E vocês estão aqui agora. Isso não conta como evidência a meu favor?

— Sim, é uma evidência de que você tem um bom advogado.

A orquestra no mezanino que dava para o salão de baile tocou um trio de notas que evidentemente pretendia alertar qualquer dançarino para que se dirigisse à pista de dança. Niall presumiu aquilo porque todos se espalharam, formando pares, as moças se organizando em três círculos com seus parceiros de dança do lado de fora. Os homens que sobraram e as pessoas que não estavam lá para dançar — principalmente mães e alguns pais — se amontoaram nas cadeiras dispostas nos cantos da sala ou voltaram para a mesa de doces, que tinha sido reabastecida.

Eloise estava dançando com Aden, enquanto Amelia-Rose encostava a ponta dos dedos nos de um rapaz atarracado e de rosto agradável que parecia estar admirando o bordado no decote do vestido dela, o desgraçado. Niall olhou em volta procurando Coll, e o encontrou devorando meio prato de morangos e fatias de laranja açucaradas. Pelo amor de Santo André...

Quando a contradança começou, Niall deu a volta na sala para chegar ao lado do irmão mais velho.

— Com quem a sua moça está dançando? — perguntou.

Coll franziu a testa.

— Com um *sassenach* qualquer — respondeu, relanceando um olhar para a pista de dança, e logo voltando a se dedicar às frutas e aos doces que estavam em seu prato. — Se pretendem nos manter cativos aqui, deveriam ao menos servir um pouco de carne para nos deixar felizes.

— Como a achou esta noite?

— Eu a encontrei em casa, com a mãe tagarela e o pai pálido e carrancudo. Tome, experimente um desses.

Niall pegou o doce da mão do irmão e logo deixou-o de lado.

— Eles serão seus sogros, você sabe.

— Passamos dezessete anos separados de Francesca. Acho que posso passar pelo menos o mesmo tempo longe deles.

— Mas você achou a moça mais interessante do que tinha achado a princípio? — perguntou Niall.

Coll sem dúvida não era um tagarela, mas o visconde costumava ser capaz de dar sequência a uma conversa sem que Niall tivesse vontade de socar sua cabeça.

— Ela ficou me tratando de "milorde" e se desculpando por ter sido ríspida no teatro. Se a moça quer tanto se casar, acho que não vai se opor ao resto. Ela percebeu que o nosso não seria muito mais do que um casamento apenas no nome e não se abalou. A menos que você já tivesse contado a ela.

— Não contei.

Mas deveria ter contado, pensou Niall, com vontade de mandar tudo para o inferno. Se Amelia-Rose tivesse descoberto tudo aquilo e mesmo assim decidido que ainda queria ser uma condessa, então ele estivera errado sobre várias coisas. Aquilo o deixou decepcionado. Não, não decepcionado. Triste.

— Por que está preocupado se eu a achei interessante? Que importância tem isso?

— Porque passei todo o meu tempo em Londres me dividindo entre ela, lady Aldriss e você, tentando evitar que aquele maldito acordo e toda Aldriss Park afundassem, *amadan*.

Pelo amor de Deus, Amelia-Rose tinha sido muito mais paciente e compreensiva do que Coll merecia, sem falar que era espirituosa e bem-humorada, e o irmão nem sequer reconhecia aquilo. Nem mesmo queria que ela agisse assim.

— Então eu gostaria que você tivesse tirado aquela carta — declarou o visconde, e deixou a mesa para ir até uma parede, onde podia se apoiar e ficar olhando carrancudo ao redor.

— Eu também — murmurou Niall baixinho, de forma que o irmão não ouvisse, mas seguiu Coll.

— Ela pode até ser a nossa salvadora — continuou Coll —, mas tudo que vejo é uma moça loira que não gosta de mim, e que não consegue se decidir se quer me dizer isso ou se vai aturar a merda que estou empurrando por sua garganta só porque deseja um título.

— Por acaso você se deu ao trabalho de se desculpar por abandoná--la no teatro e depois desaparecer de vista até essa noite? Talvez, se você conquistasse a confiança da moça, vocês dois pudessem ter uma conversa honesta sobre o que cada um deseja.

Coll estreitou os olhos.

— Entrou uma vespa no seu ouvido? Ela não é a mulher que eu escolheria para mim e, se viermos a nos casar, não vejo por que ela não poderia permanecer aqui, enquanto eu volto para casa, em Aldriss, para cuidar da minha vida lá. — Ele endireitou o corpo e se aproximou meio passo do irmão. — Francesca pode até ser capaz de me forçar a casar com quem ela quiser, mas não vai conseguir me transformar em um maldito *sassenach*. E o mesmo vale para a maldita mulher com quem eu talvez venha a me casar.

Pela primeira vez ocorreu a Niall que talvez os irmãos MacTaggert tivessem passado tempo demais vivendo de forma pouco civilizada. Eles viam cada encontro como uma batalha, cada negociação como uma rendição e cada coisa nova como uma ameaça às antigas. Coll via Amelia-Rose como inimiga. Apenas o tempo e o convívio contínuo poderiam influenciar sua opinião, e o irmão mais velho também não estava interessado em nada disso. Tudo aquilo para que ele pudesse se forçar a se casar com uma moça que não queria e que não o queria. A menos que Amelia-Rose tivesse mudado de ideia sobre Coll, ou pelo menos sobre o título dele.

Niall sabia que ele e Aden enfrentariam o mesmo dilema, mesmo que tivessem um pouco mais de poder de escolha no que dizia respeito a quem seria a moça. O casamento começara a passar pela mente dele antes mesmo de deixarem Aldriss, mas, como terceiro filho, não era exigido que Niall gerasse um herdeiro e garantisse a linha de sucessão, assim, pensou que poderia esperar até encontrar uma moça com quem tivesse vontade de passar o resto da vida.

Niall ignorou qualquer coisa que Coll pudesse estar falando e se voltou para a pista de dança. Havia várias moças bonitas ali, embora Eloise o tivesse advertido de que a maioria das convidadas solteiras estaria tão desesperada quanto as Spenfield, ou já comprometidas. Mesmo àquela distância, era possível distinguir facilmente quem era quem, e ele podia ouvir o tom de extrema ansiedade nas conversas esparsas.

Todos perdidos em sua própria paisagem pequenina, com seus próprios medos, preocupações, ameaças e desejos. Ele nunca havia pensado sobre nada daquilo nas Terras Altas. O que mais o preocupava lá era saber se conseguiria escapar do palheiro e da filha de lorde Marmont sem levar um tiro no traseiro, ou se a primavera chegaria tarde novamente, possibilitando com que os moradores das Terras Baixas conseguissem os melhores preços de lã no ano.

Niall sentiu uma mão pesada sacudindo seu ombro e se virou para enfrentar Coll.

— O que foi?

— Eu disse que você parece estar fazendo as pazes com Francesca — repetiu o irmão mais velho, olhando carrancudo para o grupo de pais e mães onde estava a mãe deles, sem dúvida tentando vender Aden e Niall para a melhor família.

— Eu mal me lembro de Francesca — retrucou Niall. — Não sou leal a ela. Não quero que percamos Aldriss. E temos uma irmã que tem amigos aqui e uma vida que está tentando construir. O fato de você estar se comportando como um urso selvagem também reflete nela, sabe.

Coll fez uma careta.

— Sim. Embora… se ela deixasse seu belo inglês de lado, eu não teria mais motivos para me casar. Nem você ou Aden.

Sim, o próprio Niall já havia brincado sobre colocar Matthew Harris em um navio com destino à América, mas não mencionou aquilo naquela noite. Coll poderia achar uma boa ideia. E, por menos que Niall gostasse de ser forçado a alguma coisa, parecia basicamente injusto que Eloise e Matthew tivessem que ser punidos por se apaixonarem.

— Não estou disposto a causar qualquer dano a Eloise e, se você parasse de pensar como um texugo preso em uma armadilha, talvez tivesse meia chance de ser feliz.

— Você...

A dança terminou e, em meio aos aplausos, Amelia-Rose voltou para o lado da mãe. Ela continuava sorrindo, mas Niall achava que aquela noite não estava sendo mais agradável para ela do que para Coll. Ele jamais conseguiria entender por que ninguém havia pensado em simplesmente sentar os dois em uma mesa e apenas deixá-los conversar. Amelia-Rose com certeza era capaz de defender sua posição em uma conversa e, sem outras vozes se intrometendo, sem que ela estivesse o tempo todo tentando ser a moça que imaginava que deveria ser, talvez Coll percebesse que estava diante de uma jovem encantadora.

— Será uma quadrilha a seguir — avisou Eloise, se aproximando rapidamente dos irmãos, de braços dados com Aden. — Você não vai dançar esta noite, Niall?

— Ele está examinando o rebanho — intrometeu-se Coll. — Experimente esses biscoitos de limão, Aden.

— Coll, essa é sua primeira dança com Amy — lembrou a irmã. — Vá buscá-la.

O visconde deixou escapar algo muito parecido com um grunhido e seguiu na direção da quase-noiva.

— Estou pronto para apostar que Coll vai fugir correndo de volta para a Escócia. — Aden puxou uma moeda, girou-a entre os dedos e guardou-a novamente no bolso.

— Não quero que nenhum de vocês vá embora agora que finalmente os tenho aqui comigo. — Eloise pegou o braço de Niall e se colocou entre ele e Aden. — Coll está ciente de que eu também não sabia sobre o acordo, não é?

— *Aye*, ele está — disse Niall, e deu um beijo no rosto da irmã. — E Amelia-Rose é uma moça melhor do que ele acredita. Coll só decidiu que eles não vão se dar bem porque ele não quer gostar de nada inglês.

— Coll gosta de um desafio — acrescentou Aden. — Algo que ele seja capaz de ver, com que possa batalhar e então declarar a própria vitória. Na situação em que se encontra, ele está se vendo obrigado a se render à vontade de outra pessoa, e isso não faz parte do caráter de Coll.

Não, não fazia. Mas aparentemente tinha sido Aden quem embaralhara as cartas para garantir que Coll perdesse a vez na sorte. E, de qualquer forma, aquele acordo entre os Baxter e Francesca não funcionaria com nenhum dos irmãos mais novos — a sra. Baxter queria que a filha fosse chamada de "lady alguma coisa", e um homem sem título jamais serviria. Mesmo se Niall tivesse tirado a carta de valor mais baixo, Amelia-Rose Baxter não seria para ele.

Niall se obrigou a voltar ao presente momento. O abatimento não combinava com ele. E não tinha ideia de por que se sentia daquela forma depois de ter conhecido a moça inglesa apenas cinco dias antes. Não lhes fora negado qualquer destino nem fora escrito qualquer conto de fadas para os dois. Sim, ele gostava dela. Mais do que jamais se disporia a analisar. Porque Amelia-Rose se casaria com o irmão dele. E Niall não estava inclinado a passar noites intermináveis imaginando como as coisas poderiam ter sido diferentes. Não ficaria se perguntando se ela teria sabor de morango e chá, ou se seu cabelo teria aroma de limão. Ou se a pele dela seria macia sob as mãos ásperas dele, e se ela estremeceria de prazer quando ele a tocasse.

Niall se forçou mais uma vez a voltar ao presente. *Pare com isso, seu idiota.*

— Você não tem um parceiro para essa dança, Eloise? — ele se obrigou a perguntar.

Mas, quando terminou de falar, viu um jovem alto e magro avançar com a mão estendida, como se quisesse pegar Eloise e ao mesmo tempo ficar o mais longe possível dos irmãos dela.

— Se me permite, lady Eloise?

— Quem é esse? — perguntou Aden, semicerrando os olhos.

O rapaz alto engoliu em seco, o pomo de Adão subindo e descendo como uma minhoca presa na garganta de uma gralha.

— Eu… hum… sou Frederick. Frederick Spearman.

Niall se aproximou mais um passo do homem.

— Spearman... Quer dizer lanceiro, não é? Então você vem de uma linhagem de guerreiros, Frederick? Seus ancestrais ficaram cobertos de sangue depois de ir atrás dos meus?

— Eu... Ah, céus. Os...

— Ah, pare com isso — interrompeu Eloise, quase conseguindo disfarçar um sorriso. Ela desvencilhou suas mãos e salvou Frederick de seja lá o que fosse que o rapaz achava que pretendiam fazer com ele. — Aden, vá encontrar a sua parceira de dança.

— Ela sem dúvida é uma MacTaggert — comentou Aden, e partiu para reivindicar a mão de uma moça muito grande e de bochechas rosadas.

Aquilo era bem típico de Aden, buscar as pessoas que ouviam tudo, que geralmente eram ignoradas e desprezadas e por isso sabiam tudo sobre todos. Se houvesse uma moça sem um parceiro de dança, o próprio Niall teria se oferecido para acompanhá-la até a pista, mas, até onde conseguia ver, todas as moças que queriam dançar tinham um par.

O círculo de dançarinos a que Amelia-Rose e Coll haviam se juntado girou, se inclinou e se deu as mãos por todo o salão de baile. Mesmo sabendo que seria impossível ouvir qualquer conversa de onde estava, Niall se forçou a não sair do lugar. Coll poderia latir para ela, mas jamais faria mal à moça — e ela era capaz de cuidar de si mesma. Se decidisse que era o que deveria fazer. E, de qualquer forma, o que quer que os dois estivessem conversando não era da conta dele.

— Continuo grata por sua ajuda para impedir que Coll tome uma decisão desastrosa.

Niall respirou fundo, desviou os olhos da quadrilha e encarou Francesca.

— Eu já lhe disse por que estou envolvido. Para começo de conversa, a senhora talvez deva considerar que colocar um touro e um cisne juntos para atender aos seus próprios caprichos pode ter sido uma péssima decisão. Mas a verdade é que a senhora não conhece Coll, ou Aden ou a mim, por isso acho que o que nós realmente desejamos não está incluído nessa sua intromissão.

Francesca franziu o cenho.

— Você me ataca toda vez que nos falamos. Seus irmãos simplesmente me ignoram, o que, para minha surpresa, acho preferível.

Niall assentiu com a cabeça.

— Como desejar.

Ele deu meia-volta, saiu pela porta aberta para o terraço e abriu caminho através da multidão de pais, mães e de homens sem parceiras de dança, até chegar à grade de ferro forjado. Lady Aldriss poderia dizer que os irmãos de Niall a ignoravam, mas era dele que ela se aproximava. Será que a mãe o considerava o mais tolerante dos três? Ou acreditava que ele tinha menos lembranças dela e, por isso, menos motivos para se aborrecer com sua partida?

— Você faz parte daquela turba das Terras Altas que pertence a lady Aldriss, não é? — perguntou uma voz de sotaque britânico muito elegante atrás dele. — Deveria estar usando um kilt para que pudéssemos reconhecê-lo.

Niall girou os ombros e se virou. O homem parado diante dele era quase da sua altura, porém mais largo e... com um rosto espremido de um jeito que colocava o nariz e a boca muito próximos e os olhos muito baixos na testa. Como um sapo, concluiu. O sujeito parecia um grande sapo mal-humorado.

— Sim, sou um *highlander*, embora não pertença a ninguém. Acho que você tem um insulto a me dizer. Vá em frente.

Os dois homens parados ao lado do sapo se afastaram um pouco dele. Pode ter sido para facilitar a fuga ou uma tentativa de flanquear sua presa. Niall não se importava muito. Passara o dia todo raivoso, e aquela noite havia aumentado e muito sua fúria. Ele sabia o motivo exato da raiva que sentia, e o fato de não poder fazer nada a respeito do futuro de Amelia-Rose só piorava as coisas. Então, uma briga parecia uma ótima ideia.

— Aí está o senhor, lorde Eddlington — falou Francesca da porta, o tom sedutor.

O sapo enrijeceu os ombros.

— Lady Aldriss. — Ele inclinou a cabeça, o que não devia ser uma tarefa nada fácil para um homem sem pescoço, imaginou Niall.

— Ouvi o rumor mais tolo de todos, milorde — continuou a condessa, colocando-se calmamente entre Niall e o sapo —, sobre o senhor ter dispensado a sua cozinheira. Precisa me dizer se é verdade, pois eu gostaria muito de contratar a srta. Beasley se ela tiver deixado a sua casa. É uma cozinheira maravilhosa.

— Foi um desacordo sobre salários, milady — murmurou o sapo.

— Está tudo resolvido. Ela não está disponível.

— Achei mesmo que deveria ser um engano. — Francesca manteve um sorriso caloroso no rosto, pegou o braço do sapo e guiou-o em direção à porta do salão de baile, com os dois bajuladores seguindo logo atrás, como cães. — Todos sabem como o senhor gosta da... comida da srta. Beasley. Mande meus cumprimentos a ela.

Dito aquilo, ela deu um ligeiro empurrão no outro homem e, subitamente, estava sozinha de novo com Niall, agora no terraço.

— Aquele sapo está dormindo com a cozinheira? — perguntou Niall, olhando pela janela para dentro do salão. — Pobre moça.

— Eu nunca disse uma coisa dessas. — Ela voltou a se colocar diante dele. — Mas é *assim* que brigamos aqui em Londres. Não com os punhos.

— Ele começou. Acho que o homem queria uma briga.

— Sim, ele queria. Estão todos cochichando sobre o caso de lorde Eddlington com a cozinheira, e com apenas um soco ele poderia voltar a língua dos fofoqueiros na direção dos bárbaros MacTaggert que lady Aldriss soltou em Londres. O homem pensou que você era um alvo fácil e conveniente, Niall.

Ele bufou.

— Eu talvez estivesse disposto e fosse mesmo conveniente, mas em dois segundos não teria sido só comigo que ele teria que se preocupar. Coll o teria partido ao meio se eu não o derrubasse primeiro.

Francesca suspirou.

— Esse não é o ponto, meu querido. Sim, vocês três provavelmente poderiam enfrentar todos os homens da lista de convidados e derrotá-los. Mas lorde Eddlington estava tentando usar você. Se você o tivesse deixado com o nariz sangrando, melhor ainda. Não é como se ele tivesse uma bela aparência para proteger, de qualquer forma.

Aquilo surpreendeu Niall um pouco.

— Agora a senhora o insultou.

Francesca deu de ombros.

— Eu *sou* uma MacTaggert. Sou mãe de MacTaggert e tenho muito orgulho disso. Minha fraqueza era que eu precisava *deste* campo de batalha. Gosto das complexidades e intrigas de Londres. A batalha direta e física de viver nas Terras Altas, e de viver com o seu pai, foi mais do que eu pude suportar. Eu estava arrasada, Niall, então fugi.

Dentro do salão, a dança havia terminado, e os criados estavam servindo tigelas de ponche e bandejas de biscoitos para aparentemente refrescar os dançarinos para a próxima rodada de diversão.

— Não sei o que quer que eu diga. A senhora nos deixou. Para mim, isso disse alta e claramente que dava mais valor a Eloise e a Londres do que a nós três.

Francesca se adiantou.

— Não é isso. De jeito nenhum. Eu tentei trazer todos vocês. Seu pai não aceitou. E se eu tivesse ficado, vocês teriam crescido entre dois pais que não suportavam ficar juntos no mesmo ambiente, que detestavam o estilo de vida um do outro e que acabariam odiando um ao outro. Teria sido uma casa cheia de ódio, aversão e ressentimento. Em vez disso, acabaram crescendo em uma casa sem uma mulher.

Agora Niall finalmente conseguia compreender. Sua lembrança mais clara daquela época era ele exigindo ao pai que a mãe voltasse imediatamente, enquanto lorde Aldriss respondia que os MacTaggert se viravam da melhor maneira possível e não choravam como bebês. Aos 7 anos, aquilo lhe parecera a voz da lei.

— Eu me virei — disse ele em voz alta. — Nós todos nos viramos.

— Mas isso não precisa ser o fim da história, meu filho. Você tem acesso a dois mundos agora. Se tentasse não se ressentir tanto de estar aqui, poderia encontrar algo... alguém... de quem goste. E eu estou aqui, se você quiser conversar sobre... qualquer coisa. Por mais distantes que possamos ter estado, você sempre esteve no meu coração.

— Ainda acho que a senhora teria tido mais sorte em conseguir que nos aproximássemos se tivesse pedido em vez de ordenado. Agora, se parar de me bicar como uma galinha louca por cinco minutos, tenho uma moça para conhecer.

Talvez, mais adiante, ele e a mãe conseguissem encontrar algum equilíbrio naquele relacionamento, mas naquela noite Niall não estava de bom humor. Ele já tinha o suficiente em que pensar e, embora devesse à mãe por ter interrompido uma briga antes que ela acontecesse, ainda não estava pronto para se sentar e bordar um lenço com ela. Tinha uma noite maldita e longa pela frente e, pelo visto, pretendia assistir a todas as danças, ou melhor, assistir a uma mulher dançar com todos os homens na sala, exceto ele.

—⚬—

— Ainda não consigo acreditar que seus pais estão dispostos a sacrificá-la a um *highlander* em troca do título dele — declarou lorde Phillip West, enquanto pegava a mão de Amelia-Rose para se inclinar para a frente e girar com ela, e depois soltando-a para se juntar à fila de dançarinos. Os olhos castanhos melancólicos encontraram os dela, e lorde Phillip se adiantou para dar a volta ao redor da jovem mais uma vez. — Na verdade, consigo imaginar sua mãe fazendo exatamente isso — continuou.

Sim, ela também conseguia, mesmo antes de Victoria realmente ter feito. O pai também ficaria satisfeito, é claro, de poder estufar o peito e declarar que sim, a filha havia se casado com o herdeiro de um condado. Para ele, aquilo era o mais importante: um momento para se gabar com seus companheiros em um clube ou outro. As motivações da mãe eram muito mais profundas. Amelia-Rose não conseguiria contar o número de vezes que Victoria Baxter havia repetido a história de como quase chamara a atenção do duque de Ramsey e como bastara uma taça de vinho derramada para mandar Sua Graça para os braços de outra.

Será mesmo que bastaria se curvar para pegar uma taça de vinho e, assim, perder a oportunidade de ser apresentada a alguém, para o amor verdadeiro ser derrotado? Amelia-Rose não acreditava muito naquilo. Perder uma dança, no entanto, poderia muito bem acabar com um acordo, e era tentador fugir para o jardim por cinco minutos. A valsa seria a próxima. Coll não estava na pista agora, mas já havia dado sua opinião sobre a dança em geral. O irmão dele, Aden, estava por perto, dançando com… ah, Deus, ele estava dançando com Tália Spenfield. Se o rapaz não tivesse cuidado, seria um homem casado ao final da noite.

Niall também continuava no salão de baile, como tinha feito em quase todas as danças daquela noite. Mas Amelia-Rose não pôde deixar de notar que ele não dançara nenhuma delas. E não foi a única a reparar naquilo — pelo menos oito amigas dela conseguiram encontrar um momento para chamá-la de lado e perguntar se o irmão do prometido dela era comprometido, se preferia morenas ou se tinha um hobby que alguém poderia mencionar para conversar com ele.

Obviamente, nenhum de seus conselhos teve sucesso, porque Niall permaneceu sozinho, perto do ar fresco que entrava pela porta aberta da varanda. E, embora Amelia-Rose não sentisse seu olhar nela, os olhos de ambos se encontravam com uma frequência que lhe dizia que Niall estava muito ciente de onde ela estava e com quem dançava. Assim como ela sabia que ele não estava dançando e que nenhuma jovem chamara sua atenção naquela noite. Amelia-Rose fechou os olhos por um instante. Ele estava destinado a outra pessoa, e ela simplesmente detestava aquela ideia. Seria assim que Niall se sentiria sobre ela e Coll? Parte dela esperava que sim, por mais lamentável que fosse.

— Você está silenciosa — observou Phillip, juntando-se a ela mais uma vez quando eles chegaram ao fim da fila e voltaram elegantemente para o centro do grupo.

— Estou? — Ela forçou um sorriso. — Essa não é uma dança que permita nenhuma conversa profunda.

Phillip riu.

— Isso é verdade. Você vai às corridas de barco no Tâmisa, na terça-feira? Meu irmão talvez chegue de York a tempo de se juntar a nós.

Amelia-Rose ficara impressionada com o irmão dele, Lionel, o marquês de Durst, desde que tivera o primeiro vislumbre de seu cabelo cor de mel e dos olhos castanhos ainda mais melancólicos do que os do irmão mais novo. Se o marquês não estivesse ligado romanticamente a uma herdeira de Yorkshire, e se ela não tivesse muitas outras coisas em mente, seu coração provavelmente estaria palpitando com a ideia de vê-lo.

— Seria ótimo ver lorde Durst novamente. Posso informá-lo se irei ou não em um ou dois dias?

— Com certeza. Sempre vou guardar um lugar para você, Amy, não importa o que aconteça. Você faz o resto de nós parecer melhor quando está presente.

Amelia-Rose sorriu.

— Você é um verdadeiro cavalheiro, Phillip.

Londres estava repleta de verdadeiros cavalheiros, de verdadeiras damas e de emoção. Raramente se passava um dia durante a temporada social em que alguém não se oferecesse para acompanhá-la às compras, a um museu, a um almoço ou a centenas de outros entretenimentos. Mesmo ao longo dos últimos dois anos, depois que fora apresentada à sociedade — depois que descobrira que uma menina poderia falar o que pensa, mas uma moça não —, Amelia-Rose sempre tivera Londres para distraí-la. E alguns amigos que não torciam o nariz quando ela expressava uma opinião. Ela achava que nunca se cansaria daquela cidade.

E por isso não queria deixá-la. Certamente não para seguir um brutamontes qualquer que não gostava dela só porque ela apreciava um pouco de cultura e porque não lhe agradava ser considerada mansa. Se permanecesse em Londres como lady Glendarril, todos saberiam que havia tido um casamento de interesse e depois fora abandonada. Será que ainda seria capaz de fazer as coisas que amava? Niall — e Coll — a havia encorajado a ser a pessoa que ela queria ser, em vez de como queria ser vista. E estava ficando cada vez mais claro que aquelas duas damas eram muito diferentes. *Ah, Deus, ah, Deus.*

A dança terminou e o coração de Amelia-Rose acelerou quando Glendarril reapareceu no salão de baile. Lorde Phillip lhe ofereceu o braço, pronto para acompanhá-la até onde estava a mãe, ou até seu próximo parceiro de dança. Se fosse até a mãe, Amelia-Rose sabia que ouviria uma ladainha sobre tudo o que deveria desejar e tudo o que deveria fazer para alcançar aquele objetivo. Com um suspiro, ela indicou o visconde com um gesto de cabeça.

— Por gentileza, lorde Phillip.

— Ele não vai me comer vivo, vai? — murmurou Phillip.

Aquela pergunta a deixou em silêncio por um momento, pensativa. Coll MacTaggert era inegavelmente formidável, mas, para que tomasse algum tipo de atitude, teria que se importar por ela ter dançado com outro homem. E, francamente, Amelia-Rose não conseguia se lembrar de nem uma expressão, nem uma palavra, que a fizesse imaginar que o visconde nutria qualquer sentimento por ela além de irritação.

Rebecca Sharpe e Melpômene Spenfield os detiveram quando eles deixaram a pista.

— Amy, por que Niall MacTaggert não está dançando? — perguntou Melpômene, enquanto fitava Niall por cima da borda do seu copo de ponche rosa.

— Há mais homens do que mulheres aqui — respondeu Amelia-Rose. — Talvez ele não tenha se adiantado a tempo para conseguir parceiras.

— Ou talvez ele tenha se machucado durante uma daquelas danças perigosas das Terras Altas e não pode dançar esta noite — sugeriu Rebecca.

— Ele esteve na guerra? Talvez tenha sido ferido lá — deduziu Elizabeth Sampson, juntando-se a eles.

— Você o viu há dois dias. Ele não estava mancando — retrucou Amelia-Rose. *Pelo amor de Deus*. Às vezes, um homem não dançava simplesmente porque não queria.

— Ele é tímido? — perguntou Melpômene, lançando um olhar encantado na direção de Niall.

— Ah, ele não pareceu tímido. Na verdade, foi bastante ousado. Chegou a me provocar arrepios. — Elizabeth Sampson estremeceu novamente para demonstrar.

— O que lhe provocou arrepios, Elizabeth?

— Aquele sotaque dele. E o modo como fala sobre morar nas Terras Altas. Você viu os olhos dele? São de um verde tão claro. Maria diz que são de um verde-celadônia.

Pelo menos não precisavam mais dela para participar da conversa, pensou Amelia-Rose. Já tinha o bastante com que lidar. E agora poderia acrescentar ao fardo... a preocupação sobre se voltaria a ver Niall caso rompesse o compromisso com o irmão dele. Será que ela e Eloise também teriam que romper sua amizade? Ou, caso se casasse com Coll, será que ela e Niall conversariam de vez em quando? Ele a chamaria de *adae* daquele jeito que a fazia estremecer? Que tolice que o nome dela em gaélico soasse tão... sensual.

Eles alcançaram lorde Glendarril e, com um aceno de cabeça, Phillip deixou-a ali.

— Nossa segunda dança — disse Amelia-Rose, e deu o braço a Coll.

— *Aye.*

Amelia-Rose mordeu o interior da boca, contendo o desejo de fazer algumas perguntas muito objetivas ao homem ao seu lado. Outras pessoas ouviriam, e a mãe dela teria um colapso instantâneo se Coll a abandonasse ao lado do salão de baile.

— Devemos, pelo menos, ter um pouco mais de chance de conversar assim — disse ela.

— *Aye.*

Antes que Amelia-Rose tivesse tempo de revirar os olhos diante do aparente estoicismo do visconde, a música começou. Ela pousou uma das mãos na dele, e a outra em seu ombro, e arquejou baixinho quando Coll passou a mão livre ao redor da cintura dela e levou-os para o centro da pista de dança.

— O que vai ser, então? — perguntou ele, sem preâmbulos. — Quer se casar comigo, ou não?

— Em primeiro lugar, milorde, gostaria de ter certeza de que compreendi tudo muito bem. Seu plano é que, se nos casarmos, você voltaria para a Escócia e continuaria a viver como solteiro, enquanto eu permaneceria em Londres. É isso?

— *Aye.* Isso resume tudo. Você será lady Glendarril, e mais tarde lady Aldriss, que imagino que seja o que deseja.

— E quanto a filhos?

— Vou precisar de um herdeiro. Dois seria mais seguro. Assim, teremos nossa noite de núpcias e, se nada acontecer, mandarei chamá--la de vez em quando.

— Onde esses filhos serão criados?

— Nas Terras Altas.

Longe da mãe, então. Ela permaneceria totalmente sozinha e era esperado que tolerasse tudo sem comentários.

— E quanto ao afeto?

Coll deixou escapar uma risadinha zombeteira.

— Você tem consciência de que esse é um casamento arranjado, não é?

Amelia-Rose assentiu lentamente — vendo o horror terrível e solitário do que estava diante dela claramente exposto nos termos mais triviais e desoladores. E se sentiu grata por isso. Não deixava espaço para voos de fantasia, para imaginar que eles talvez pudessem em algum momento estabelecer um casamento amoroso. Coll não pretendia sequer conviver com ela o bastante para que aquilo acontecesse.

— Entendo.

— Então estamos de acordo. Fico feliz que essa bobagem tenha acabado. Nos casaremos assim que eu conseguir providenciar tudo, então irei para a cama com você, e depois voltarei para o Norte, onde precisam de mim.

Se Amelia-Rose fosse do tipo que desmaiava, o tipo de mulher que ele esperava e desejava que ela fosse, teria caído no chão ao ouvir aquilo. Em vez disso, percebeu um zumbido alto em seus ouvidos, que foi ficando cada vez mais alto, até ela se dar conta de que era ela toda, tentando gritar.

— Nada vale isso — falou Amelia-Rose, em voz alta.

— Como?

— O que você está propondo, e esse termo é questionável, é que tenha o direito de fazer o que quiser, enquanto eu fico sentada em uma casa em algum lugar, isso supondo que você vá me garantir um lugar para morar, sem qualquer companhia, sem afeto, sem filhos com que me ocupar, sem nada além de uma convocação ocasional da sua parte para ir até as Terras Altas, onde você poderá se deitar comigo e depois me mandar de volta para casa.

— Achei que você poderia viver com a sua mãe e o seu pai.

Ah, aquilo resolvia tudo.

— O meu principal motivo para concordar com essa história foi a chance de deixar aquela casa maldita — retrucou Amelia-Rose, inflamada. — Não, milorde. Você é um homem arrogante, sem consideração, que só se preocupa consigo mesmo... um bufão, e não vou jogar a minha vida no lixo para que continue tosquiando ovelhas e levantando as saias das moças na taberna. Não me importo com quem assinou o quê. Eu não vou ceder.

Eles pararam de dançar. No meio da valsa, no meio dos outros dançarinos, os dois simplesmente pararam de dançar. Então, Coll abaixou as mãos dela, deu as costas e caminhou até estar fora do chão bem encerado da pista.

Amelia-Rose olhou ao redor, respirando com dificuldade. Casais giravam na frente e atrás dela, rodopiando pelo salão de baile. Mais além, começou um burburinho baixo entre os que não estavam dançando. Amelia-Rose cerrou os punhos. *Ah não, ah não.* Aquilo iria arruiná-la. Recusara Coll, e ele acabara de garantir que ela nunca, jamais teria outro casamento. Teria que viver na Casa Baxter até se esfacelar de tão velha.

— Olhe para mim — disse uma voz baixa, com um sotaque carregado, diretamente na frente dela.

Um arrepio subiu pela espinha de Amelia-Rose. *Niall.*

— Eu não quero — sussurrou.

Uma mão quente e áspera segurou a dela.

— Então apenas valse comigo, moça — murmurou Niall.

Ele passou a mão livre ao redor da cintura de Amelia-Rose. Quando ela levantou os olhos, encontrou aqueles olhos absurdamente claros.

— Você sabe que não precisa fazer isso. Estou...

— Eu quero — respondeu Niall.

Ele guiou-a de volta para a valsa, e Amelia-Rose fechou os olhos para conter as lágrimas repentinas, cravou os dedos no ombro dele e dançou.

Capítulo 9

— OBRIGADA — SUSSURROU AMELIA-ROSE quando começou a se sentir um pouco mais dona de si.

Ela levantou a cabeça e encontrou os olhos verdes pálidos de Niall.

— Pelo amor de Deus, você está branca como uma folha de papel — comentou ele, o tom baixo, embora mais duro do que ela estava acostumada a ouvir dele. — Que diabo ele disse para você?

— Me dê um momento, sim?

Niall flexionou os dedos ao redor dos dela.

— Sim. Posso fazer isso.

Apenas um momento antes, Amelia-Rose estivera em uma batalha e vencera. E logo sofrera uma derrota estrondosa. Cada nervo do corpo parecia tenso e em carne viva, e foi preciso segurar Niall com força para não tropeçar. Ela havia acabado de romper sem qualquer sombra de dúvida o acordo e o noivado — mesmo que Coll por algum motivo mudasse de ideia, a mãe de Amelia-Rose jamais permitiria o casamento agora.

As ações de Coll tinham provado que ele não tinha qualquer respeito por ela. Sim, ela o insultara, mas não achava que aquilo tivesse alguma coisa a ver com a saída intempestiva dele da pista de dança. Ela simplesmente deixara de ser útil, portanto ele tinha ido embora.

— Você e Coll são como óleo e água, moça, mas você já sabia disso — voltou a falar Niall depois de um momento. — Acho então que, o que quer que tenha acabado de acontecer, foi além do que qualquer um de vocês esperava.

— Eu... Ele foi muito sincero. Não posso culpá-lo por isso — falou Amelia-Rose, por fim, e desejou que a sua voz parasse de tremer. — Eu perdi a paciência. Não quero um casamento em que eu vá ser abandonada e ignorada. Se isso é egoísmo, então suponho que eu seja egoísta.

— Não consigo imaginar que seja pecado desejar um pouco de felicidade — respondeu ele.

— Exatamente. — Amelia-Rose havia dito aos pais sua opinião no início de tudo aquilo, mas na época era mais nebulosa, mais sobre ser forçada a se casar com um estranho simplesmente porque ele tinha "lorde" na frente do nome. — Eu poderia ter sido menos estridente na minha reação. Não deveria ter chamado Coll de bufão.

Lágrimas brotaram em seus olhos, e ela piscou para afastá-las. Nada de chorar onde qualquer outra pessoa pudesse ver.

Niall deixou escapar um som profundo que poderia ser uma risada contida.

— Para ser sincero, eu já o chamei assim.

Amelia-Rose ergueu o queixo.

— Eu disse a você que gosto da minha vida. Não vejo razão para desistir dela por um homem rude, que não pretende me oferecer nada além de críticas, ovelhas e solidão, que quer que eu continue morando na casa dos meus pais e que, caso eu tenha filhos, pretende tirá-los de mim.

A forma como Niall a segurava não mudou, mas Amelia-Rose teve a nítida sensação de que ele acabara de ficar com raiva. Com muita raiva. Seria dela? Não sabia.

— Coll disse que levaria seus filhos?

— Ele disse que eu iria morar em Londres e eles morariam na Escócia.

Os dois rodopiaram em silêncio por uma volta.

— Acho que ele quis deixá-la com raiva. Se Coll puder alegar que a culpa do rompimento foi sua, então não terá rompido o acordo entre os meus pais.

— O que o faz dizer isso?

— Ele foi criado sem a presença da mãe. Afirmar de antemão que tiraria qualquer criança dos braços da esposa... Coll não faria isso. — Niall franziu o cenho. — Não consigo imaginá-lo fazendo isso. — Ele murmurou baixinho algo que soou como um xingamento.

— Você perguntou isso a ele?

— Não. Mas acho que agora farei isso.

— Tentei manter a mente aberta, Niall — disse Amelia-Rose. — E você... Sua amizade e consideração aumentaram a minha estima pelo seu irmão. Mas você é um homem melhor. Não deixe que ele diga o contrário.

— Não. Sou diferente, só isso. Em algumas coisas. Mas sou tão MacTaggert quanto ele e tosquio tantas ovelhas quanto qualquer um de nós.

— Você realmente tosquia ovelhas? — perguntou ela, se agarrando à oportunidade de mudar de assunto.

Precisava continuar falando. Dançar nos braços de Niall lhe dava a sensação... não de estar segura, mas protegida. E aquela era uma sensação inebriante depois do medo de afundar no chão que experimentara pouco antes e precisava estar dona de si no momento.

— Sim. Não estamos em Aldriss só de fachada. Sempre há muito trabalho a ser feito, e tenho costas fortes. Acho que posso fazer a minha parte para ajudar.

Amelia-Rose assentiu e baixou os olhos para a gravata dele, com um nó simples. Ao contrário da maior parte dos amigos homens dela, Niall não havia arrumado o pano branco engomado no formato de uma cachoeira, em um arco inteligente ou em uma cascata ondulante. O único enfeite era um alfinete em forma de cardo. Da mesma forma, o paletó preto e o colete azul-escuro não tinham qualquer adereço, e sua simplicidade era quebrada apenas pelas fileiras de botões prateados. Sem pespontos dourados, sem o colarinho alto e rígido nem medalhas falsas, estampas ou monogramas bordados.

— Se você está sempre tão ocupado trabalhando, como sabe valsar? — perguntou ela.

— É sobre isso que quer conversar?

— Sim! — afirmou Amelia-Rose, o tom enfático.

Niall puxou-a mais para perto enquanto rodopiava com ela pela sala.

— Um sujeito de pernas compridas, que dizia ser professor de dança, apareceu no vilarejo se oferecendo para ensinar todas as moças a dançar, por dois xelins cada. Acabamos conseguindo convencer aquela cegonha a nos ensinar também.

Amelia-Rose conseguia até imaginar: três leões de cabelo escuro e uma cegonha ensinando-os a dançar a valsa. O pobre homem provavelmente ficara apavorado, mas, por Deus, na opinião dela valera a pena o susto. Niall dançava sem esforço, cada gota de sua atenção aparentemente concentrada nela. Com Coll a valsa fora uma batalha; com Niall, ela voava.

— Vocês vão perder Aldriss agora? — perguntou Amelia-Rose lentamente, engolindo o nervosismo. Seria magnífico se aquela valsa pudesse durar para sempre.

Niall inclinou a cabeça.

— Isso, eu não sei dizer. Você é a moça que lady Aldriss escolheu para Coll, mas ele fez parecer que você o rejeitou... Francesca já me disse mais de uma vez que nos quer de volta na vida dela. Forçar Coll a um casamento que nenhum de vocês quer não parece uma forma de conseguir isso. Ela talvez concorde em escolher outra moça para ele.

— E então você encantará essa moça em nome de seu irmão, imagino?

— Não. Acho que não tenho forças para encantar outra moça. — Niall olhou para as mãos unidas deles por um momento, então voltou a erguer os olhos. — Naquela noite, no camarote, Coll pretendia fazer você chorar. Em vez disso, você o colocou para correr como um gato escaldado.

— Mas não tive essa intenção. Uma dama não demonstra embaraço ou aborrecimento, não é adequado.

— Pode não ser adequado para uma moça de Londres. As moças das Terras Altas cuidam de si. Quando me sentei ao seu lado, você me olhou diretamente nos olhos e me desafiou a arranjar uma desculpa para Coll. — Niall curvou os lábios lentamente em um sorriso. — Você chamou a minha atenção.

Amelia-Rose também sorriu em resposta.

— Você percebeu tudo isso só naquele primeiro olhar? Duvido um pouco disso, Niall. Sim, fiquei aborrecida, mas principalmente por seu irmão ter acabado de se revelar exatamente a caricatura de um *highlander* que eu havia imaginado.

— Posso afirmar com segurança que você não é nada do que eu tinha em mente quando vim para Londres. Eu lhe disse que achei que todas as moças aqui seriam pálidas, melancólicas, só uma casca, com sorrisos afetados no rosto e sem qualquer gota de sangue quente.

Ela tentara ser exatamente aquilo. E, ao ouvir Niall descrever uma jovem dama adequada, Amelia-Rose achou a imagem péssima. Seria assim tão horrível, então, ela não ser exatamente como uma delas? Ser só uma casca certamente seria mais fácil, mas aquilo não deixaria espaço para coisas que pediam sangue quente, como riso, felicidade e amor.

— E o que acabou encontrando? — perguntou Amelia-Rose em voz alta, embora não tivesse certeza se queria saber a resposta.

A música parou antes que ele pudesse responder. Foi... estranho, como se ela tivesse pisado sem querer em uma nuvem, para em seguida descobrir que não poderia sustentá-la. Os dançarinos aplaudiram, e Amelia-Rose demorou um pouco para soltar o ombro e a mão de Niall, para então se juntar a eles. Mas, quando ela se virou, Niall pegou sua mão esquerda e a passou pelo braço dele.

— O que eu encontrei? — repetiu Niall e, antes que Amelia-Rose se desse conta, os dois estavam do lado de fora, no terraço com vista para o jardim.

— O que você está...

— Encontrei você — interrompeu ele, e se inclinou para capturar os lábios dela em um beijo.

Uma emoção deliciosa fez arrepios percorrerem os braços de Amelia-Rose, que logo esqueceu a tragédia que atormentava — ou pelo menos deixou-a de lado por algum tempo. *Niall MacTaggert.* Ele passou os braços ao redor da cintura dela e puxou-a junto ao seu corpo.

Ela bebeu do calor e do sabor dele, pousou as mãos sobre os ombros largos e se ergueu na ponta dos pés. Em resposta, Niall aprofundou o beijo, o hálito quente junto ao rosto dela, a boca seduzindo a dela de uma forma que deixou Amelia-Rose satisfeita e ansiando por ele, tudo no mesmo redemoinho de ardor.

Niall interrompeu o beijo cedo demais e afastou o rosto alguns centímetros.

— Você precisava de um pouco de ar, *adae* — sussurrou ele —, depois do choque de ser abandonada por Coll na pista de dança.

— O qu...

— Amelia-Rose. — Eles ouviram a voz dura da mãe de Amelia-Rose e Niall se desvencilhou e deu um longo passo para o lado. — Onde você está... Por que está aqui fora, desacompanhada?

Amelia-Rose se virou quando ouviu os passos da mãe logo atrás dela.

— Eu precisava de um pouco de ar — falou, sentindo a mente enevoada e sonhadora.

Acorde, ordenou a si mesma. Aquela não era hora de perder o juízo. Ela só fora beijada, não salva da situação em que se encontrava.

— Não estou surpresa — retrucou a sra. Baxter, e lançou um olhar furioso para Niall, que agora estava a uma distância totalmente respeitável dela. — Você. Onde está o seu irmão?

— Não sou o guardião dele, sra. Baxter.

— Ora, alguém precisa ser. Isso é imperdoável. Não consigo nem imaginar as fofocas que estão se espalhando agora. Vou ser motivo de chacota por toda Londres. O que você disse a ele, Amelia-Rose? Pelo amor de Deus.

— O visconde me disse exatamente o que queria em uma esposa. Ele queria que eu permanecesse aqui em Londres, morando com a senhora, esperando que ele mandasse me chamar para que pudesse me engravidar, pegar o bebê e então me mandar de volta para Londres mais uma vez. Como uma... uma égua reprodutora ou coisa parecida! E eu lhe informei que isso era inaceitável.

Victoria apertou os lábios.

— Ele teria se casado com você, então?

Obviamente era aquilo que importava para a mãe.

— Sim, ele teria se casado comigo. *Eu* não vou me casar com ele.

— Você arruinou tudo. De novo. — A sra. Baxter levou a mão à têmpora. — É verdade que ainda não havíamos anunciado oficialmente, mas todos sabiam que o visconde se casaria com você. Todos. — Ela se virou para encarar Niall. — Seus bárbaros!

— Mamãe, Niall me salvou! — protestou Amelia-Rose, embora "prestativo" não fosse a primeira palavra que lhe vinha à mente quando ela olhou para ele. "Indecente", com certeza. E "extremamente desejável".

— Isso é mais do que suficiente da sua parte, Amelia-Rose. Onde está sua mãe, sr. MacTaggert? Não vou continuar com essa farsa nem por mais um minuto. Ele insultou a minha filha no meio do baile dos Spenfield. Na frente de todos. Isso não pode, e não vai, ser tolerado. Está me ouvindo?

— Não sou surdo — respondeu Niall friamente, apoiando a lateral do corpo contra a grade de ferro da sacada. — E não conte comigo para sair correndo e ir buscar a minha mãe para lidar com a senhora.

— Ora, você certamente não tem voz nos assuntos aqui. Promessas foram feitas.

Niall olhou de relance para Amelia-Rose.

— Eu não prometi nada. Você prometeu alguma coisa, moça?

— Não, eu não prometi.

Ela jamais teria respondido daquele jeito se estivesse sozinha ali. Mas estava cansada de se ver envolvida em todas aquelas maquinações em busca de posição social e respeitabilidade, e a maneira simples e franca de Niall era revigorante. E Amelia-Rose queria que ele a beijasse novamente.

— Amelia-Rose Hyacinth Baxter — repreendeu Victoria. — Você vai voltar para aquele salão de baile imediatamente e dançar sua próxima dança. — Ela se virou para olhar novamente para Niall. — E o senhor vai informar sua mãe que o sr. Baxter e eu a visitaremos amanhã, às dez horas da manhã, e que estamos muito descontentes.

— Vou alertar os gaiteiros, então — retrucou Niall secamente.

Amelia-Rose não sabia se ele estava brincando ou não, mas a mãe praticamente a arrastou para fora do terraço, de volta para o salão de baile, então não teve chance de perguntar. Parte dela esperava que não fosse brincadeira.

Bem, ela e Coll aparentemente haviam rompido o acordo, mas uma nova caixa de problemas acabara de ser aberta. Naquele momento, apenas duas coisas a confortavam — que Niall a tivesse salvado na pista de dança e que, não importava o que acontecesse, ela não teria que se casar com o irmão dele.

Quanto àquele beijo... *Deus do céu*. Amelia-Rose não queria pensar logicamente ainda, mas precisava lembrar que Niall carregava as mesmas desvantagens do irmão mais velho — era um *highlander* rude e sem modos que desdenhava Londres. Ele havia dito que gostaria de poder voltar para casa. E era ainda menos aceitável para os pais dela... e ah, ela o queria. Muito. Tentar se convencer do contrário...

Mas nada fora resolvido. Ninguém havia prometido nada, e ela ainda tinha um problema muito grande a resolver.

Amelia-Rose achou que agora podia concluir que suas suspeitas eram verdadeiras, que os últimos dias que Niall havia passado em sua companhia não tinham sido apenas em nome do irmão, ou apenas pelo bem de Aldriss Park. Ele até a advertira de que ela e Coll não combinariam. Mas fizera aquilo por ela ou por si mesmo? O fato de estar certo não justificava a maneira como ele basicamente apunhalara o irmão pelas costas... ou justificava?

O que Niall queria dela, no fim das contas? Sua virtude? A mão dela em casamento? Afinal, ele nunca a cortejara em seu próprio nome. Tudo o que Amelia-Rose sabia era que metade das mulheres no salão o queria, e que a falta de decoro que ela demonstrara não parecia incomodá-lo nem um pouco. E ser o foco da atenção e do desejo de Niall era a coisa mais inebriante que ela já experimentara na vida. Santo Deus. Amelia-Rose sentia as pernas fracas e não achava que ainda era por causa da grosseria de Coll.

Aquela história não acabaria bem. Ela tinha certeza. Niall havia interrompido um pesadelo no meio do caminho, mas aquilo não fazia dele a resposta para todos os problemas dela. Mesmo que ele fosse um cavalheiro inglês adequado, lhe faltaria um título. Os pais dela — a mãe dela — não permitiriam que um homem sem título levasse a filha deles. Amelia-Rose ouvira a mãe dizer aquilo — que ela estivera perto da aristocracia durante toda a vida, perto o bastante para tocá-la, mas ainda do outro lado da porta. Victoria Baxter queria entrar por aquela porta, mesmo que fosse como a mãe de uma duquesa, marquesa, condessa ou viscondessa.

Além de tudo aquilo, Niall não era exatamente um cavalheiro adequado. Na verdade, ele parecia se deliciar em virar o decoro de cabeça para baixo. E também não era inglês, não tinha amor pela terra natal de Amelia-Rose, nenhum respeito pelas tradições dela, ou dos que eram como ela — mesmo que essas pessoas tivessem a mesma posição social que ele —, e esperava encontrar uma dama de cabeça vazia e vontade fraca para si. O próprio Niall lhe dissera aquilo, mesmo que não com aquelas palavras exatas.

Amelia-Rose se obrigou a voltar à realidade. Niall a beijara. Apenas isso. Ele não a havia pedido em casamento, nem se declarado apaixonado por ela, ou dito nada além de que a achava encantadora. Sim, o beijo tinha sido magnífico e, sim, ela gostava muito dele, mas não fazia ideia do que aquilo significava. Logicamente, precisava descobrir antes de começar a lamentar todas as coisas que nunca poderiam acontecer.

Thomas Dennison deu um passo hesitante à frente para reivindicá-la para a contradança e, depois de Amelia-Rose explicar que lorde Glendarril havia se engasgado com alguma coisa e precisara pedir para o irmão tomar seu lugar na valsa, já estava na pista de dança saltando e girando de novo. Ela tentou se divertir, afinal, adorava dançar, amava a interação social, as conversas e o glamour de um grande baile.

Porém, a cada volta, seu olhar se desviava para os convidados que não estavam dançando. O olhar furioso da mãe passou rapidamente pelo campo de visão dela. O mesmo valia para o aborrecimento do pai. Lá estava lady Aldriss, com o cenho franzido, a atenção voltada para o filho mais novo. E lá estava Niall MacTaggert, falando brevemente com a condessa, antes de encontrar o olhar de Amelia-Rose. E o mais perturbador e eletrizante de tudo: daquela vez ele não se deu ao trabalho de esconder o sorriso.

———๛———

— Você foi imperdoavelmente rude, Coll.

Coll se recostou na cadeira, diante da mesa do café da manhã, e cruzou os braços diante do peito.

— *Aye*. Acho que vou pagar para ver em relação às suas ameaças, lady Aldriss. E, só porque Aldriss Park está envolvida, vou lhe dizer que a moça me rejeitou.

Niall, que estava sentado diante do irmão, do outro lado da mesa pequena, abaixou os olhos e esfaqueou outra linguiça, para disfarçar a raiva que turvava sua visão. Ele sabia que Amelia-Rose tinha sérias ressalvas sobre Coll e vice-versa, mas Coll quase a arruinara. Para uma moça tão sensível em relação à própria reputação como ela, aquilo era devastador. Sim, Amelia-Rose tinha muita fibra, mas a noite anterior poderia ter sido muito, muito diferente.

— E suponho que você não faz ideia de por que ela faria uma coisa dessas — retorquiu lady Aldriss.

— Não. — Coll a fitou com irritação. — Eu apenas descrevi o que pretendia para nós… um casamento como o seu. Ela permaneceria em Londres, eu voltaria para as Terras Altas e os filhos que pudéssemos vir a ter morariam comigo.

O rosto da condessa ficou muito pálido sob o ruge cuidadosamente aplicado.

— Você é um rapaz cruel. Queria me magoar e, em vez disso, acabou magoando uma jovem inocente cujos pais colocaram um fardo pesado demais sobre seus ombros.

Coll desviou os olhos ao ouvir aquilo e se concentrou em alguma coisa que viu através da janela.

— Ela me chamou de bufão.

Aden deu uma risadinha sarcástica da outra ponta da mesa.

— Parabéns para ela.

— Cala a boca. Pelo menos você vai poder escolher a que *sassenach* será acorrentado.

— Para sua informação — voltou a falar Francesca —, e apesar de você ter violado os termos do meu acordo com seu pai, devo dizer que perguntei sobre você ao longo dos anos. Sei que é cabeça-quente e impulsivo, um homem que não tem paciência para tolices. Escolhi Amelia-Rose Baxter pensando em você, meu filho. Ela é inteligente, perspicaz e muito gentil, além de ser adorável… um perfeito contraponto para você.

— Se achou que eu confiaria na senhora para escolher qualquer mulher para mim, pensou errado — retrucou Coll. — Não vou me casar com aquela megera de língua afiada. E ela não vai me aceitar. Então faça o que tiver que fazer.

A condessa abriu a boca e tornou a fechá-la.

— Você está… me forçando a tomar uma atitude que eu esperava…

Niall se debruçou por cima da mesa e acertou um soco forte no queixo do irmão antes que ambos caíssem no chão. Coll a magoara. E o desgraçado nem se arrependia daquilo. Depois de se virar e usar a velocidade contra o tamanho do irmão, Niall o atingiu novamente, no momento em que Coll começava a se levantar. Uma cadeira se quebrou sob o peso dos dois.

— O que…

Niall abaixou o braço e se inclinou para a frente mais uma vez.

— Você nunca teve intenção alguma de se casar com ela — grunhiu, desviando-se de um golpe de raspão no ombro.

— E daí que você desperdiçou alguns dias sendo gentil com ela? Por que…

— Você não faz ideia, não é, *amadan*? Simplesmente decidiu arruinar a vida da moça porque não gosta da *sua*, seu fi…

Aden o agarrou por trás, arrancando-o de cima de Coll. Ao mesmo tempo, sem dúvida alertados pelo barulho, Gavin, Oscar e Wallace, o gaiteiro, entraram na sala e contiveram o visconde, puxando-o na direção oposta, enquanto Charles, o segundo gaiteiro, segurava o outro braço de Niall.

— Parem com isso agora mesmo! — gritou Francesca. — Não vou aceitar essa atitude na minha casa!

— Foi ele que começou — grunhiu Coll, tentando se desvencilhar de Oscar, o valete, que logo voltou a agarrá-lo com a determinação de uma rêmora colada a um tubarão.

— Porque você é um desgraçado maldito! — cuspiu Niall mais uma vez. — Não merece a moça.

O irmão limpou o sangue do nariz.

— Você me atacou por causa da moça? Está louco?

— *Aye*. E a senhora — voltou a falar Niall, agora se virando para Francesca —, seu acordo não dizia que a senhora poderia escolher uma esposa para Coll, de qualquer maneira.

Francesca olhou para ele com uma expressão cautelosa e muito preocupada.

— Sim, dizia.

— Não. Dizia que *um* dos seus filhos se casaria com uma moça da sua escolha e os outros dois se casariam com moças inglesas.

— Não nos envolva nisso — murmurou Aden, ainda segurando Niall pelo peito.

— Seu acordo não dizia qual dos irmãos — insistiu Niall. — Então, se é Amelia-Rose que a senhora tem em mente, *eu* ficarei com ela. E você pode ir para o inferno, Coll.

O silêncio se instalou na sala. Se houvesse um rato no sótão, Niall tinha quase certeza de que eles seriam capazes de ouvi-lo. Até os criados pareciam prender a respiração. Mas não ele. Agora que havia deixado claro seu aborrecimento com Coll, agora que havia dito o que queria, o que precisava dizer, se sentia... satisfeito.

— Bem, maldito seja — murmurou Coll. — Podem me soltar, rapazes. Não vou partir para cima dele.

— Posso soltar você, Niall? — perguntou Aden.

— *Aye*. Acho que sim. Desde que aquele bufão não diga mais nada que insulte Amelia-Rose.

— Mudando ligeiramente de assunto, então — comentou Aden, soltando-o e se voltando para o café da manhã espalhado pela mesa.

— Dancei com a moça ontem à noite, e ela me contou que Niall tinha achado o nome dela muito complicado de dizer, então ele passou a chamá-la de *adae* para abreviar. E que *adae* significava "rosa".

— E? — perguntou a mãe, em pleno estado de alerta, furiosa e provavelmente esperando mais transtornos vindos dos filhos.

— *Adae* não significa "rosa". E sim "problema" — esclareceu Aden.

— Você disse isso a *ela*? — perguntou Niall.

Maldição, aquilo poderia causar algumas complicações. Ele mesmo teria contado a Amelia-Rose, quando o momento parecesse adequado.

Aden deu uma risadinha presunçosa.

— Não sou idiota. Eu balancei a cabeça, sorri e pisei no pé dela. Suavemente.

— Muito bem, então. — Niall olhou para a condessa, que já o encarava. — Eles estarão aqui em vinte minutos.

— Então devo ceder, não é? Fingir que vocês não envergonharam a mim e à pobre Amelia-Rose? Fingir que *você* não tinha um motivo oculto para acompanhá-la pela cidade e que Coll nunca teve a intenção de honrar sua palavra?

Coll ficou de pé.

— Não dei a minha palavra. E não confio na senhora para me escolher uma esposa que não venha a fazer comigo o que a senhora fez com o pai. Está nos mantendo aqui como reféns, *màthair*, e nós estamos, ao menos a maioria de nós, tentando escapar. — Ele lançou um olhar significativo para Niall. — Se eu assinar meu nome em um papel, vou honrá-lo. Nunca fiz isso. Se ele a quer, que fique com ela. Embora você não seja um visconde, Niall, por isso pode acabar descobrindo que a moça não quer *você*.

A condessa deu as costas a eles por um momento. E assentiu, embora Niall não tivesse ideia com o que ela estava concordando, antes de se voltar para enfrentar novamente os filhos.

— Você encontrou uma brecha, então. Muito bem. Vou aceitar Niall como substituto de Coll.

— Graças ao diabo e seus pequeninos cascos pontudos — resmungou o MacTaggert mais velho.

— Mas não há qualquer brecha na outra parte do acordo — continuou Francesca. — Você e você — ela apontou para Coll e Aden

— vão se casar com damas inglesas. Farei com que algo os prenda a esta cidade, mesmo que não seja eu.

— Vou levar Eloise e seu prometido para almoçar — avisou Aden, afastando o prato mais uma vez e se levantando. — E pedirei a ela que me apresente uma moça.

— Vou com você.

Coll saiu da sala, com Aden em seu encalço, aconselhando-o a mudar a gravata ensanguentada e não esmurrar o noivo de Eloise.

— Coll — chamou Niall, e o irmão mais velho se virou.

— O que foi?

— Você e eu ainda temos um motivo de desacordo.

O visconde arqueou uma sobrancelha.

— Não, não temos — retrucou. — Se você tivesse me dito que gostava da moça, nenhum de nós estaria ensanguentado agora.

Os dois MacTaggert deixaram a sala em direção à escada e ao quarto de Eloise.

Francesca endireitou uma das cadeiras restantes e se sentou, enquanto os criados voltavam a se dispersar.

— Você — disse ela.

Niall caçou seu último pedaço de linguiça.

— Faça seu acordo com a sra. Baxter, ou não responderei por mim. Sei que não sou nobre o bastante para agradar aquele dragão, mas quero Amelia-Rose Hyacinth Baxter. Se ela me aceitar, pretendo ficar com ela. Nada mais me preocupa.

— Niall, não estamos nas Terras Altas. Não se trata de habilidade física ou determinação. Existem linhagens, títulos, ambições, tantos...

— E com quem a senhora deveria ter se casado antes de conhecer o pai? — interrompeu ele, e se pôs de pé. — Estou acostumado a ser aquele que mantém a paz — acrescentou, dirigindo-se à porta. — Essa bobagem com Coll e a moça que eu quero... Se não fosse pelo destino de Aldriss Park, eu teria partido para cima do meu próprio irmão antes mesmo de eles romperem ontem à noite. Mas, agora que não há mais nenhum membro da família envolvido, acho que não estou me sentindo muito pacífico. — Niall parou na porta, mas não se virou. — Esse é o meu aviso.

Depois que Niall deixou a pequena sala de jantar, Francesca gesticulou para que Smythe lhe servisse uma xícara de chá. Ah, ela se lembrava muito bem de com quem tinha planejado se casar antes de Angus MacTaggert chegar a Londres. Ainda não estava noiva, mas ela e lorde Peter Fenwill haviam chegado a um acordo. Ela gostava da companhia de Peter, achava que o temperamento dela combinava com o dele e que, embora Peter provavelmente nunca viesse a herdar o título de marquês do pai, com o dinheiro dela eles teriam uma vida confortável e respeitável.

Angus MacTaggert não se importava com nada daquilo. E, depois que Francesca pôs os olhos no belo *highlander* e ouviu como ele falava apaixonadamente sobre ela e sobre a sua amada Aldriss Park, ela também parou de se importar. E desistiu do homem com quem pretendera passar a vida em troca de um gigante *highlander*, ardente e apaixonado.

Por sorte, seus pais não haviam se oposto, mas o título de Angus garantia uma compensação justa à falta de riqueza. No fim das contas, foi um desastre, mas... ah, que desastre glorioso.

— Deseja mais alguma coisa, milady? — perguntou Smythe, enquanto deixava a xícara de chá diante dela. — Hoje é dia de cuidar da prataria.

Ela dispensou-o com um gesto de mão.

— Não, pode ir polir a prataria. E obrigada.

O mordomo inclinou a cabeça.

— Milady.

Francesca levou a xícara de chá aos lábios e tomou um gole. Havia subestimado o ressentimento de Coll em relação a ela, e Amelia-Rose quase pagara o preço. Mas a jovem tinha um bom coração — embora fosse um pouco franca demais em seu discurso —, sabia tudo sobre a maneira correta de fazer as coisas e conhecia todas as pessoas adequadas. Ela e Eloise eram amigas, e Amelia-Rose parecia precisar de um... estímulo. A situação havia parecido perfeita, e Victoria Baxter concordara.

Não seria fácil convencer os Baxter a esquecer Coll e aceitar Niall. Eles não exigiam dinheiro, que Francesca certamente teria podido usar como suborno — e não se furtaria de fazer tal coisa. Não, os pais de Amelia-Rose queriam um título.

— Ah, Deus — murmurou.

Niall talvez fosse um pouco mais civilizado do que o pai ou o irmão mais velho, mas aquilo ainda deixava muito espaço para problemas. Talvez ela pudesse convencer o filho de que seria melhor ser paciente e deixá-la negociar. Porque aquilo não era apenas sobre Niall e Amelia-Rose. Se a negociação não desse certo, Niall iria culpá-la, e Francesca mal conseguira ter uma ou duas conversas civilizadas com ele.

Mas havia uma pequena vitória para comemorar naquela manhã: Coll a chamara de *màthair*. Já eram dois deles, agora. Faltava apenas Aden.

Francesca respirou fundo. Era verdade que ela era uma MacTaggert apenas por casamento, mas, por Deus, usaria todas as suas armas para fazer aquilo acontecer. O resto seria com Niall. E com Amelia-Rose, que havia demonstrado mais determinação do que Francesca esperara. Se tudo aquilo fosse um desastre em andamento, ao menos torceria para que todos descobrissem mais cedo que mais tarde.

Niall ficou andando de um lado para o outro no saguão de entrada, fingindo ignorar Smythe, que estava espremido no canto perto da porta. O mordomo podia fingir medo se quisesse, mas ambos sabiam que o homem não tinha nada a temer. Já passavam sete minutos das dez horas, Niall já havia trocado o paletó por outro com as duas mangas ainda intactas, e os Baxter não estavam à vista. Se tivessem decidido não conversar sobre acordos e assinaturas e, em vez disso, fugir para o campo com Amelia-Rose, os planos dele precisariam tomar outro rumo. A ideia de que ficaria esperando ali enquanto a moça que queria para si desaparecia no ar fez Niall cerrar o maxilar e flexionar os dedos. Precisava saber se ela estava bem. Precisava saber se deveria selar Kelpie rapidamente e sair cavalgando atrás deles.

Niall ouviu o som de rodas no cascalho da entrada curta que levava à casa e fechou os olhos por um momento. Os Baxter haviam escolhido conversar, o que lhe convinha perfeitamente.

— Vá — disse ao mordomo, apontando para a porta.

— Não é adequado permitir que as pessoas entrem nessa casa para que o senhor as ataque — respondeu Smythe, enquanto deixava o canto em que estava e ajeitava o paletó.

— Também não é adequado que você chegue voando do lado de fora da porta depois de levar um chute no traseiro.

— Ora.

Smythe deu uma fungadinha, abriu a porta e se adiantou.

Um dia antes, Niall havia dito a si mesmo que, se Amelia-Rose e Coll se apaixonassem e se casassem, ele seria capaz de viver com aquilo. O bem-estar de Aldriss Park e de todos aqueles que dependiam dos MacTaggert tinha que ter prioridade sobre seus afetos pessoais. Era assim que ele havia sido criado.

Mas fora uma mentira. Parte dele sabia que Coll nunca se apaixonaria por Amelia-Rose e, mesmo em seus pesadelos, onde o visconde se apaixonava por ela, Niall não conseguia se imaginar permanecendo sob o mesmo teto que os recém-casados. Ele não conseguia se imaginar assistindo enquanto o casal compartilhava uma vida e uma cama. Mas a ideia de que Coll realmente a teria deixado para trás em Londres era quase pior. Graças a Deus nada daquilo aconteceria agora, mas isso não significava que Niall teria um caminho tranquilo pela frente.

Os Baxter subiram o degrau baixo da entrada. Quando a sra. Baxter entregou seu chapéu a Smythe, Niall deu um passo à frente, seu olhar, sua atenção, concentrados na filha e não no pai ou na mãe.

— Posso dar uma palavrinha com você, Amelia-Rose?

Ela não parecia feliz. Na verdade, quando se virou para olhar para ele, Niall teve quase certeza de que estivera chorando. Ele cerrou o punho direito.

— Estamos aqui para ver lady Aldriss — declarou a sra. Baxter.
— Não o senhor.

Niall fez um sinal na direção da escada com a mão esquerda. Todos ouviram um bramido alto de ar escapando, e os dois gaiteiros com gaitas de foles, posicionados no patamar da escada, ao lado de Rory, começaram a tocar. Parecia uma marcha jacobita, mas aqueles *sassenach* provavelmente não sabiam que estavam sendo recebidos com uma rebelião.

— Pode repetir? — pediu Niall em voz alta, levando uma das mãos ao ouvido. — Não consegui ouvi-la.

— Eu disse que não estamos aqui para vê-lo! — repetiu a sra. Baxter, impassível como uma gárgula.

Niall balançou a cabeça e pegou a mão de Amelia-Rose.

— Ainda não estou conseguindo ouvi-la. Estaremos no jardim.

Os dedos dela estavam frios, mas Niall não parou para comentar a respeito enquanto abria caminho rapidamente pelos fundos da casa e saía para o jardim. Ele teria preferido um lugar mais privado, mas Amelia-Rose era uma moça que sabia recitar de cor todas as regras de decoro, e Niall tinha quase certeza de que os dois sozinhos em uma sala não atenderia àquelas regras.

Assim que chegaram ao jardinzinho cercado por paredes de tijolos, Amelia-Rose se desvencilhou da mão dele, entrou no gazebo de madeira e se sentou em um dos bancos diante do gradil baixo.

— Você andou brigando — afirmou, enquanto Niall se juntava a ela.

— E por que acha isso?

— Seus dedos estão machucados.

Ele flexionou a mão direita e a fitou.

— Esbarrei com um homem que merecia uma surra. Eu lhe dei.

— Que homem?

— Seu ex-quase-noivo. Ele a tratou mal.

Ela pegou a mão dele, mas logo voltou a soltá-la.

— Niall, estou confusa.

Ele ergueu uma sobrancelha.

— Você está confusa em relação a quê? Eu a beijei e a quero.

Amelia-Rose cruzou as mãos no colo, e apenas os nós pálidos dos seus dedos revelavam que ela não estava totalmente calma.

— Eu me lembro do beijo. Foi muito agradável.

— Isso não é um elogio.

Na verdade, estava mais para um insulto. *Agradável.* Ora.

— Na primeira noite em que nos conhecemos, no teatro, você estava sendo gentil comigo para não arruinar as chances do seu irmão de se casar comigo. Certo?

— *Aye.*

— Assim como no café, na manhã seguinte. E no piquenique. E quando saímos para cavalgar. E no recital. Você esteve em todas essas ocasiões em nome do seu irmão, quer ele soubesse disso ou não.

Àquela altura, Niall já compreendera aonde as perguntas dela estavam levando. Embora não desejasse abordar aquele assunto em especial, principalmente porque ele mesmo ainda não compreendera tudo aquilo, entendia por que Amelia-Rose havia levado a conversa para aquele rumo.

— *Aye* — voltou a dizer Niall. — E não. Mas acho que você já sabia disso.

— Ontem à noite, no baile dos Spenfield. Você não me pediu uma única dança.

— Eu queria. Mas a ideia de segurá-la em meus braços e então ter que deixá-la ir de novo… Não me pareceu uma coisa sábia a fazer.

Os olhos de Amelia-Rose encontraram os dele, mas ela logo os desviou.

— Sabendo o que sei agora, imagino que você tenha forçado o seu irmão a acompanhar meus pais e a mim ao baile.

Ele balançou a cabeça.

— Não há homem capaz de forçar Coll a fazer algo contra a sua vontade. Mas ele tinha mais algumas coisas em mente além do que eu esperava.

— Posso aceitar isso. Mas você o *convenceu* a me acompanhar.

— Você escolhe bem suas palavras, moça. Vá direto ao ponto, então.

Amelia-Rose respirou fundo, e os ombros se ergueram e voltaram a se abaixar.

— O que quero dizer é que não consigo decidir se você estava mentindo no começo e usando seu irmão como desculpa para passar algum tempo comigo, ou se está mentindo agora dizendo que me quer para você quando na verdade está apenas tentando salvar Aldriss Park.

— Nada disso é mentira, Amelia-Rose — falou Niall, começando a desejar ter realmente optado por um lugar mais privado. A gritaria parecia prestes a começar. — Eu interferi em benefício de Coll. Logo depois da nossa primeira conversa, quando a conheci... eu gostei de você. Gostei de conversar com você. E a teimosia de Coll me deu uma desculpa para passar algum tempo com você.

— E se seu irmão tivesse sido mais agradável ontem à noite? Se ele tivesse se oferecido para passar parte do ano em Londres comigo e dito que não levaria embora nossos filhos hipotéticos? A minha mãe tinha planejado publicar já no jornal de hoje um anúncio do meu noivado com Coll.

— Não sei bem o que eu teria feito — respondeu Niall, os olhos fixos na fileira de rosas vermelhas que cercavam a estrutura de madeira. — Era como se eu estivesse lendo uma história em um livro, não estivesse gostando do rumo que a trama estava tomando, mas não conseguisse parar de ler. Já estava tudo escrito, você sabe. Cheguei tarde demais.

Amelia-Rose se levantou.

— Entendo.

— O que significa isso? "Entendo"?

— Significa que, do *meu* ponto de vista, a história ainda não estava escrita e, em vez de assumir o papel de herói, você esperou até que o vilão saísse de cena, *então* fez a sua entrada e se declarou. O senhor beija muito bem. Como se tivesse muita prática. Se realmente me quer, se não sou só aquela "inglesa qualquer" conveniente com quem sua mãe determinou que você deveria se casar, então terá que me cortejar. Sem fingir que é em nome de outra pessoa.

Niall já se preparava para responder irritado, mas se deteve quando se deu conta de que, por Deus, ela estava certa. Amelia-Rose descrevera exatamente o que ele fizera, intencionalmente ou não. Ele se esgueirara para dentro da vida dela sem jamais ser obrigado a fazer uma declaração, até que fosse totalmente seguro fazê-lo. E a mãe dele estava dentro de casa naquele momento, tentando oficializar o desejo do filho de ter Amelia-Rose, unindo-a a ele, mesmo que Niall não tivesse feito nada para ganhar o respeito da moça, muito menos o seu afeto.

— Espere aqui um momento — disse ele, e seguiu em direção à casa.

— O quê? Eu não vo...

— Só um minuto, moça. Não vá embora.

Niall voltou a entrar em casa, praguejando baixinho, e seguiu pelo corredor até alcançar a porta fechada do escritório da mãe, que abriu sem nem se dar ao trabalho de bater.

— Parem o que estão fazendo — ordenou.

A sra. Baxter estava apontando o dedo indicador para um pedaço de papel em cima da mesa, enquanto a mãe fazia um gesto conciliatório e o sr. Baxter observava a cena com o rosto vermelho.

— Niall, estou no meio de uma questão aqui — disse Francesca com firmeza.

— Não — retrucou a sra. Baxter, virando-se na cadeira para encará-lo. — Você é uma desgraça. Não vou entregar a minha filha a você só porque a salvou do constrangimento ontem à noite. Isso não é...

— Não quero que a senhora assine nada. Não há acordo.

Lady Aldriss o encarou confusa.

— Você mudou de ideia?

— Não, não mudei de ideia. Mas Amelia-Rose já foi forçada uma vez a fazer parte de um acordo que não desejava. Não vou permitir que seja forçada a fazer a mesma coisa novamente só porque isso me poupa do trabalho de ter que conquistá-la. — Ele fixou os olhos na mãe de Amelia-Rose. — Vou *conquistá-la*, sra. Baxter. Não haverá nenhum acordo, nenhum pedaço de papel, mas sim uma certidão de casamento, assinada por ela, por mim e pelo clérigo que nos casar.

— Duvido muito disso, sr. MacTaggert — retrucou ela. — Amelia-Rose é uma garota problemática, mas ela não se deixará influenciar pela sua beleza ou por esse sotaque tão pitoresco. Minha filha conhece seu dever para com essa família.

— Acho que vamos descobrir quem está certo.

Niall teve vontade de acrescentar que tinham sido os pais dela que a haviam negociado em troca do título mais elevado que conseguiram encontrar, mas os dois acabariam se tornando seus sogros. Uma antipatia saudável seria melhor que ódio absoluto.

Depois de um último olhar e um aceno de cabeça para a mãe, Niall saiu do escritório. Era hora de começar de novo. E, daquela vez, ele cortejaria a moça para si mesmo.

Capítulo 10

Amelia-Rose viu Niall voltar pisando firme de dentro da Casa Oswell. *Fantástico*. Os MacTaggert sabiam pisar firme como ninguém.

Não, aquilo não era justo. Niall a resgatara na noite da véspera. Sua rápida entrada em cena naquela pista de dança tinha sido a única coisa que a salvara do escândalo e da ruína completos. E, por mais dissimulada que tivesse sido a suposta corte que ele lhe fizera, aquele beijo da noite anterior tinha sido mais do que um momento de atração mútua. Amelia-Rose achava que tinha se comportado da pior forma, incapaz de ter uma reação calma e racional quando estava claramente sendo seduzida — e, ainda assim, Niall tinha ficado mais uma vez impressionado com a fibra dela, como ele chamava.

Além disso, aquele beijo com certeza a tirara do prumo. Era melhor mesmo Niall ir embora antes que, sem querer, ela deixasse escapar que quase desejava — mais do que quase — que ele a estivesse cortejando por si mesmo.

Amelia-Rose olhou ao redor do jardim da Casa Oswell. Era bonito e bem-cuidado, o gazebo recém-pintado, sem rosas murchas ou pétalas caídas à vista. Lady Aldriss, Francesca Oswell-MacTaggert, tivera um pai e um avô que, apesar de serem viscondes, tinham investido avidamente no comércio — naquele caso, o tabaco vindo do Caribe e dos novos Estados Unidos. Além disso, lady Aldriss era proprietária de pelo menos parte de uma companhia de navegação, já que o pai resolvera se certificar de que seus investimentos não tradicionais fossem para a única filha, e não para a pessoa com quem ela eventualmente pudesse se casar. Aquilo *sim* era ter visão de futuro.

— Você ficou — falou Niall, voltando da casa.

— Meus pais ainda estão aqui... Eu teria que voltar andando — respondeu ela, dando-se conta tardiamente de que em algum momento, dias antes, havia parado de tomar cuidado com as próprias palavras quando conversava com ele.

Aquilo fez com que se sentisse... mais leve.

Niall abriu um sorriso.

— Ora, então sou menos desagradável do que uma caminhada com os sapatos errados. Isso já é alguma coisa.

Amelia-Rose inclinou a cabeça enquanto o observava. Ela já havia conhecido pessoas descontraídas antes, mas sempre lhe pareceram um tanto limitadas. Como se se recusassem a ver além do lindo jardim com o qual haviam se cercado. Niall não lhe parecia nem um pouco limitado. Exatamente o oposto. Ainda assim...

— Como você consegue me fazer sorrir diante de um desastre?

Niall parou diante dela e a encarou por alguns segundos.

— Acho que gosto de ver você sorrir.

— Isso é muito bom, então.

— Lembre-se desse elogio, porque tenho um favor a lhe pedir.

— Um favor? Quando tudo está correndo de forma tão esplêndida? Ah, por favor, peça.

Niall semicerrou os olhos, o verde muito claro ainda cintilando por trás dos cílios longos.

— Não sou alheio ao sarcasmo, você sabe.

— Não é divertido ser sarcástica com alguém que não entende. Que favor você quer me pedir?

Ela viu um músculo do maxilar dele se contrair.

— Essa é a minha primeira vez em Londres. Fiquei pensando se você poderia me mostrar a cidade.

Por aquilo, Amelia-Rose não esperava. Niall estaria tentando salvá-la novamente? Para mantê-la bem longe de qualquer pântano social em potencial? Ele não poderia salvá-la para sempre.

— Estou no meio da temporada social, sr. MacTaggert, e acabei de romper com um quase-noivo. Talvez devesse contratar um guia.

— Nossa — murmurou ele. — Você nem está tentando ser agradável agora.

— Ora, as pessoas estão gritando comigo desde o amanhecer, e você disse que gosta da minha atitude.

— Não desgosto da sua língua afiada. Só estou deixando claro que senti o corte. — Niall se aproximou, pegou a mão de Amelia-Rose e a ajudou a ficar de pé. — Você é uma mulher obstinada.

Ninguém jamais a chamara de obstinada antes, exceto a mãe dela, e Victoria costumava dizer aquilo como um insulto. Obstinada significava que tinha determinação, algo que uma dama não deveria ter.

— Como eu disse, diante dos acontecimentos da noite passada, acho que seus motivos me confundiram um pouco.

— Você não é a única que está confusa, moça.

Ele abaixou os olhos para sua boca, e o coração de Amelia-Rose deu um salto estranho. *Me beije*, pensou consigo mesma, já que nada no mundo a faria dizer aquilo em voz alta. *Só me beije.*

Niall deu meio passo à frente, e usou a mão livre para acariciar o rosto dela com o dedo indicador. Então, abaixou a cabeça e encostou levemente a boca na dela. Amelia-Rose fechou os olhos, sentindo-se inundada por um calor intenso e por uma consciência aguda do próprio corpo.

A pressão dos lábios de Niall não se tornou mais forte e, um instante depois, ele voltou a se afastar. Amelia-Rose abriu os olhos, aborrecida, e o pegou fitando-a com um sorrisinho curvando aqueles lábios impossíveis.

— O que foi? — perguntou ela.

— Você está se inclinando na minha direção — murmurou ele, acariciando mais uma vez o rosto dela. — Eu sabia que você gostava de mim, moça. E dos meus beijos "agradáveis".

— Eu já admiti que você beija bem. Deseja uma fanfarra agora? Ele riu.

— Leve-me a um museu amanhã. Dez horas. Passarei para buscá-la naquela caleche de que você tanto gosta.

Ah, pelo amor de Deus, ela *estava* inclinada na direção dele. Amelia-Rose endireitou o corpo, mesmo que já fosse tarde demais.

— Niall.

— Aceite, Amelia-Rose.

Se ela não aceitasse, não havia como saber onde ele poderia aparecer em seguida — ou pior, talvez ele simplesmente chegasse à conclusão de que ela não valia a pena.

— Sim — sussurrou ela.

— Amelia-Rose — veio a voz da mãe dela da direção da casa —, venha imediatamente. Estamos de saída!

— Vejo você pela manhã, moça.

Niall ficou onde estava no gazebo, sem dúvida decidindo que já havia irritado a mãe dela o suficiente com os gaiteiros mais cedo.

— Não se atrase.

— Não pretendo perder a minha chance mais uma vez — respondeu ele.

Amelia-Rose ficou pensando naquela última troca de palavras depois de se juntar aos pais, enquanto todos atravessavam o corredor principal da Casa Oswell e o mordomo se apressava atrás deles. Niall estava admitindo que sabia que quase havia arruinado as próprias chances com ela? Seria bom se ele realmente tivesse aprendido uma lição com aquele desastre.

Por outro lado, por que exatamente ela havia concordado em acompanhá-lo no dia seguinte? Niall ainda era o *highlander* que não gostava de Londres e que não tinha um título, e ela ainda era ela mesma. Eles permaneciam incompatíveis. Evidentemente ela esquecia todas as suas objeções a Niall quando ele a beijava, e tudo valia a pena por aqueles momentos.

Mas na véspera ela quase afundara em um pântano profundo, e não tinha vontade de fazer a mesma coisa de novo. No entanto, mesmo sabendo que deveria ficar bem longe da boca de Niall, Amelia-Rose precisava admitir que seria mais fácil parar de respirar. No que havia se metido? Ela já começara a fazer concessões mentalmente, quando Niall ainda nem lhe pedira nada, e quando nenhum dos dois conseguiria mudar os dois grandes obstáculos que permaneciam entre eles. Ele nunca seria um visconde, e sempre seria um *highlander.*

— O que aquele... aquele homem disse a você? — exigiu saber Victoria, depois que o mordomo ajudou a ela e a Amelia-Rose a entrar na carruagem.

— Que ele quer me conquistar — retrucou Amelia-Rose, deslizando para o lado no assento para abrir espaço para seu pai.

— Rá. Ele deveria ter mantido a boca fechada, então. Lady Aldriss estava tentando nos convencer a assinar um novo acordo para entregar você a Niall MacTaggert em troca de uma participação na companhia de navegação dela, até ele invadir a sala e declarar que estávamos tentando comprar e vender você e que ele não permitiria que isso acontecesse novamente. Como se aquele escocês tivesse qualquer autoridade para se intrometer em qualquer coisa que os Baxter fazem. Rá!

— Ele... fez isso?

Então aquele fora o motivo para Niall sair de forma intempestiva. Para salvá-la mais uma vez. Mesmo que um acordo pudesse a salvar de ter que decidir por si mesma o que realmente desejava.

— Ah, sim. Então ele gritou comigo que pretendia conquistá-la, independentemente do que seu pai e eu possamos querer para você. A coragem daquele bárbaro. Mal consigo acreditar que é filho de lady Aldriss.

Santo Deus. Agora Amelia-Rose tinha vontade de exigir mais uma explicação de Niall. A mãe dele não teria redigido um acordo sem que ele soubesse, portanto ele havia pensado em simplesmente... comprá-la. Mas então havia interrompido o processo. Ele a ouvira no jardim e tomara as medidas necessárias para alterar o que poderia ter acontecido.

— Você não deve ter mais nada a ver com ele, Amelia-Rose. Está entendendo?

— Certamente nos encontraremos durante a temporada social, mamãe. Mas a senhora não precisa se preocupar. Posso tentar argumentar com o sr. MacTaggert, mas ainda sou tão contra me casar com um *highlander* quanto quando a senhora decidiu me unir ao irmão dele.

Pronto. Não era uma grande mentira.

— Não seja insolente.

— Só estou dizendo que pode ser um pouco difícil para mim convencê-lo de que não seremos compatíveis, mas serei educada porque não desejo criar um segundo escândalo com isso. O homem salvou a minha reputação ontem à noite.

— Voc...

— Basta, basta, querida — disse Charles Baxter à esposa. — Você sabe que isso faz sentido. Lady Aldriss é uma figura poderosa e, se pudermos dissuadir seu filho mais novo de cortejar Amy sem fazer uma cena, isso beneficiará a todos nós.

— Amelia-Rose — declarou a mãe, olhando com irritação para o marido.

Ele inclinou a cabeça.

— Amelia-Rose.

Sim, aquela era ela, Amelia-Rose Hyacinth Baxter. A mãe odiava apelidos, especialmente os "simplórios" como Amy. Victoria sem dúvida detestaria ainda mais um apelido escocês como *adae*, mas ela não sabia daquilo. No fim de tudo, aquele apelido talvez fosse tudo o que lhe restaria para se lembrar de Niall.

Amelia-Rose achava que estava disposta a ser cortejada por ele até certo ponto, porque Niall era extremamente belo, além de inteligente e irreverente, e ela queria mais beijos, queria experimentar mais daquela leveza que sentia por dentro quando ele estava por perto. Para dizer a verdade, na noite da véspera ela tivera um sonho bastante ardente com Niall, que envolvia uma cama, nudez e mais beijos, embora as partes sobre as quais ela não tinha certeza infelizmente tivessem sido bastante nebulosas. Mas, a menos que ele pudesse convencê-la milagrosamente de que as Terras Altas escocesas eram melhores do que Londres e conseguisse convencer os pais dela de que ser um "senhor" era melhor do que ser um "lorde" alguma coisa, o envolvimento não poderia ir além daquilo.

— Havia lorde Oglivy — comentou a mãe, o tom pensativo. — Claro que ele é apenas um barão.

— E tem 57 anos — acrescentou Amelia-Rose. — Pelo amor de Deus.

— Quieta. Nesse momento você poderia estar noiva de um visconde, um futuro conde. Mas você não gostou dos detalhes.

— Dos detalhes? Não quero viver como uma égua reprodutora em um estábulo enquanto ele... fornica com quem quer! E ainda tira de mim todos os filhos que eu possa ter! — protestou a jovem.

— Veja como fala, Amelia-Rose! Pelo amor de Deus. — A mãe se abanou. — Mas você teria sido uma condessa. Há uma diferença entre uma égua reprodutora e uma condessa.

— Mamãe!

— Acho que isso já são águas passadas — interveio o pai. — Infelizmente, ela não será nossa lady Glendarril.

— A esposa do marquês de Hanstag está muito doente — continuou Victoria, meio que para si mesma. — Mas isso implicaria esperar um ano para ele guardar e sair do luto.

Deus, aquilo estava ficando cada vez pior.

— Agora nós vamos torcer para que as pessoas morram?

— Não estou torcendo, minha cara. Mas, se isso acontecer, devemos estar prontos. Pense só. Uma marquesa.

— Não quero discutir isso agora.

Amelia-Rose não queria discutir aquilo nunca, embora não fosse uma expectativa realista. Mas a conversa com a mãe a fez desejar sair para passear com Niall — a conversa dele a mantinha em estado de alerta, mas não a fazia se sentir insidiosa e nauseada.

— Não. E, de qualquer modo, preciso de algum tempo para considerar nossas opções. Você vai continuar a comparecer a todos os seus eventos e eu encontrarei alguém adequado para ser seu marido. E desta vez você vai cooperar.

Ninguém disse "ou então", mas Amelia-Rose ouviu assim mesmo. Já ouvira aquilo antes. Ela acabaria em um convento, ou nas ruas, ou reduzida a ser dama de companhia de alguma senhora idosa para que a mãe pudesse fingir que não tinha filha. Se ao menos Niall Mac-Taggert fosse um barão inglês com uma pequena casa em Devon ou em Sussex, a apenas uma curta distância de Londres...

A ideia de escapar, sem se importar com as consequências, era um devaneio que ela considerava vez ou outra. Só que, sem dinheiro próprio e sem referências com as quais pudesse contar para ajudá-la a encontrar um emprego, nunca havia progredido além disso. Mas Amelia-Rose continuava a se agarrar àquele devaneio de qualquer forma.

Quando chegaram à Casa Baxter, Hughes, o mordomo, a recebeu na porta com uma pilha de cartões de visita em sua bandeja de prata.

— Para a senhorita Amelia-Rose — anunciou.

Ela pegou os cartões.

— Deus do Céu. Deve haver uma dúzia aqui. De quem são?

— De homens, senhorita — respondeu o mordomo. — A maioria deles perguntando se a senhorita estaria livre para o almoço, ou se poderiam visitá-la mais tarde para levá-la para passear a pé ou a cavalo.

Niall realmente a salvara. Não só ela não estava arruinada, como também — sendo agora uma moça descomprometida, com pelo menos um homem bonito fazendo questão de ser manter próximo — havia se tornado... desejável, entre todas as coisas. Ela estendeu a mão para a pilha de cartões.

— Obrigada, H...

— Vejo que, no fim das contas, já se espalhou a notícia de que você e aquele bárbaro não vão se casar — manifestou-se Victoria, pegando os cartões da bandeja e examinando-os. — Seus admiradores de sempre, infelizmente. Tão ordinários. Bem, responda a dois ou três deles... uma mulher na companhia de um homem é sempre mais desejável para outros homens do que uma mulher sozinha. — Ela devolveu todos à bandeja, exceto um. — Vou ficar com este. Preciso perguntar pela mãe de lorde Phillip.

Mais provavelmente ela precisava perguntar à mãe de lorde Phillip se o irmão mais velho deste, o marquês de Durst, ainda estava cortejando aquela herdeira em Yorkshire. Se Victoria Baxter merecia crédito por alguma coisa, era pela forma como sabia quem estava saindo com quem. Chegava a ser inquietante.

Amelia-Rose pegou o restante dos cartões e subiu a escada para se vestir para o almoço a que já havia combinado de comparecer com

Helen Turner e seu irmão Harry. Depois, pretendia passar a noite lendo um dos almanaques do pai sobre os ciclos escoceses de plantio, tosquia de ovelhas e clima, ou talvez lembrando a si mesma que tinha outros requisitos para um casamento além de não ser deixada para trás, e que não queria a Escócia. Não ficaria pensando em beijos e em Niall MacTaggert. De jeito nenhum... exceto talvez em seus sonhos.

—⁓—

— Então você está realmente interessado em Amelia-Rose Baxter — comentou Aden, entrando na sala de café da manhã.

— *Aye*. Se você está aqui para me dizer que nós dois não somos compatíveis, ou que ela não vai me aceitar já que não aceitou um visconde, pode calar a boca agora mesmo. Já tive essa conversa com a condessa.

— Não tenho nada a dizer sobre isso. Você socou Coll com força suficiente para me convencer. — O irmão do meio empilhou fatias de presunto e alguns ovos, então se sentou em uma das pontas da mesa. — Estou aqui para comer e para dizer que vi lady Aldriss saindo do quarto dela no momento em que eu estava passando por Rory na escada. Nosso veado está usando brincos agora, você reparou? Acho que foi Eloise.

— Merda. — Niall terminou a comida à sua frente e se afastou da mesa, ainda mastigando. — Seu desgraçado — conseguiu dizer, enquanto tentava engolir o presunto com molho —, você poderia ter me avisado sobre a condessa antes.

— *Aye*, eu poderia.

Niall quase se chocou com a mãe enquanto escapava da sala de café da manhã.

— Niall! — exclamou ela, e pousou a mão sobre o peito dele para se firmar.

— Milady. Se me der licença...

— Preciso falar com você, filho.

— Conversaremos mais tarde. Preciso encontrar uma moça agora pela manhã.

Ela manteve a mão no peito dele, na altura do coração.

— Niall, se quiser conversar, estou aqui.

— Acho que estou acostumado a seguir meus próprios conselhos, milady. E tenho meus irmãos.

— Eu não posso ajudar — falou Aden de dentro da sala de café da manhã. — E você e Coll ainda não estão se falando, pelo que me lembro.

Os lábios da condessa se curvaram em um sorriso.

— Sei que você talvez não deseje reconhecer isso, mas eu *sou* mulher. Imagino que você tenha tido uma certa escassez de mulheres em sua vida.

Em algum lugar atrás dele, ele ouviu Aden dar uma risadinha.

— Ora, eu tive muitas mulheres na minha vida. Não sou um maldito monge.

— Estou me referindo a conselhos femininos, Niall. Não a uma companhia feminina.

Niall recuou um passo.

— Não quero falar sobre isso com a senhora, pelo amor de Deus!

— Por que não? Tenho anos de sabedoria, tanto como mulher casada quanto como uma jovem solteira.

— Não vou ter essa conversa com a minha mãe.

O sorriso dela se tornou mais largo.

— Aí está — murmurou, e ficou na ponta dos pés para dar um beijo no rosto do filho. — Eu *sou* sua mãe. E você pode falar comigo sobre qualquer coisa, a qualquer hora.

— Que maravilha. Agora vá! Aden está lá dentro, e acho que alguns conselhos femininos seriam bons para ele.

Niall gesticulou para a sala atrás de si.

— Desgraçado! Vou sair pela janela.

Francesca deu um tapinha no ombro do filho mais novo, então se afastou para o lado para que ele pudesse passar por ela. Aquilo tinha sido... esquisito, e estranhamente reconfortante. Quase como uma família. Como uma vaga lembrança de algo que ele pensava ter sido esquecido havia muito tempo.

Niall se forçou a deixar aqueles pensamentos de lado e saiu para pegar a caleche. Na última vez que andara no veículo, tinha Eloise e Matthew ao lado, mas ficar sentado atrás sozinho enquanto outro sujeito guiava a carruagem por Mayfair provavelmente pareceria tão ridículo aos outros quanto ele se sentiria.

— Chegue para o lado — disse ao cocheiro, e subiu no assento estreito ao lado do homem.

O cocheiro se afastou assustado.

— Deseja guiar, senhor? — perguntou ele.

— Qual é o seu nome, rapaz?

— Eu... Robert, senhor.

— Robert. Ainda não sei o caminho, mas acho que vou descobrir Londres mais rápido daqui de cima. Assim, você guia e eu vou observando. Para a Casa Baxter.

— Hum. Sim. Senhor.

Eles partiram e, embora Niall já soubesse o caminho para a Casa Baxter, aquilo lhe deu alguns minutos para pensar. Ou melhor, para avaliar o que pretendia fazer se os Baxter realmente tivessem partido de Londres, agora que sabiam das intenções dele. Niall queria Amelia--Rose — ele a queria praticamente desde que a vira pela primeira vez. A única diferença agora era que não precisava tentar se convencer de que ela estava destinada a outra pessoa, ou que ele encontraria alguém de cuja companhia gostasse mais do que da dela.

Pensar no que poderia ter perdido se tivesse sido tão teimoso quanto Coll o abalava. Não, ele não tivera a menor intenção de encontrar uma moça que o virasse do avesso e o deixasse perto de escrever poesia; a ideia original era que aquela viagem para Londres alterasse o mínimo possível a sua vida — procuraria uma florzinha de cabeça-oca que poderia apresentar à mãe e então partir de novo, sem pensar muito mais em qualquer uma das duas. Agora, o assunto era entre ele e Amelia-Rose. Era uma batalha pela qual ansiava e que sabia que venceria. Niall não conseguia imaginar não a ter em sua vida.

— Dei uma olhada nas montarias que o senhor, o sr. Aden e lorde Glendarril trouxeram da Escócia — comentou o cocheiro, puxando conversa. — São ótimos animais.

— *Aye*, são. Mas não estão acostumados a ruas movimentadas... meu Kelpie quase me jogou por cima da cabeça dele quando um carroceiro entrou com suas mercadorias de repente na rua. É claro que eu mesmo quase cortei a cabeça do homem, então suponho que não seja só Kelpie que precise se acostumar melhor à cidade.

O cocheiro engoliu em seco, e olhou de relance para Niall.

— O senhor quase arrancou a cabeça dele? — perguntou, a voz aguda.

— Ora, o homem me deu um susto. Achei que os carapaças de lagosta estavam atacando.

— Eu... Carapaças de lagosta?

— Os casacas-vermelhas, os soldados ingleses, rapaz. Você não fala o mesmo idioma que eu?

— Acho... Acho que sim.

Niall olhou novamente para a frente e sorriu.

— Não se preocupe. Já me disseram que tenho um sotaque forte.

— Ah. Eu, ahn, não tinha reparado, senhor.

Aparentemente, não era educado reconhecer que um homem tinha um sotaque carregado, mas havia tantas regras inglesas que não faziam sentido para Niall que ele simplesmente deixou aquela de lado junto com o resto. Sim, tinha sido criado achando que os ingleses, e as inglesas em particular, eram todos inferiores aos *highlanders*, e, com uma exceção, ainda via poucos motivos para alterar aquela opinião. Bem, talvez duas exceções — Eloise tinha a cabeça no lugar.

A primeira exceção o avisara para não se atrasar, e Niall puxou seu velho relógio de bolso para verificar as horas. A menos que alguém tivesse virado uma carroça mais à frente, eles chegariam adiantados... Teria que fazer Robert parar a carruagem na esquina. Niall pretendia chegar exatamente na hora, porque Amelia-Rose parecera esgotada na véspera, procurando uma desculpa para se render às exigências dos pais, e ele não estava disposto a lhe dar uma.

Não havia nenhuma carroça virada à espreita, mas dois cocheiros estavam bloqueando a rua e discutiam qual deles tinha o direito de passagem. Niall ficou assistindo por um tempo à cena absurda, mas, conforme ela se arrastava, guardou o relógio de bolso. Assim que se levantou para encerrar a discussão ele mesmo, uma das carruagens partiu e o pesado tráfego de cavalos começou a andar novamente. Com tamanha aglomeração de pessoas, era quase um milagre que elas não brigassem o tempo todo.

Robert parou os baios do lado de fora da Casa Baxter, e Niall saltou para o chão.

— Mantenha-os prontos — ordenou, e foi até a porta da frente.

A porta foi aberta assim que ele chegou.

— Senhor MacTaggert — falou o mordomo dos Baxter em seu tom pomposo, e se afastou para o lado para que Niall pudesse entrar.

— Hughes. Estou aqui para ver Amelia-Rose.

— Vou perguntar se ela está disponível.

O mordomo desapareceu nos fundos da casa. Eles permitiram que ele entrasse, ao menos, e não tinham colocado um guarda para vigiá-lo, pensou Niall, olhando ao redor do saguão. Alguns cartões de visita em cima da mesa do saguão chamaram sua atenção e, depois de uma rápida olhada ao redor, ele os pegou.

Eram seis cartões, todos de homens, com belas decorações em relevo, a maioria com pequenas anotações manuscritas no verso. Um estava planejando visitar novamente à tarde, e esperava encontrar Amelia-Rose disposta a conversar. Outro perguntava se ela gostaria de fazer um passeio a cavalo no Hyde Park pela manhã. Um terceiro se oferecia para ajudar a consertar o coração partido por um patife sem coração.

O patife seria Coll, imaginou Niall, e aqueles eram abutres que atacavam para reivindicar a presa enquanto ainda estava fresca. Pretendentes, os malditos vira-latas. Depois de mais um olhar por cima do ombro, Niall guardou todos no bolso. Se aqueles camaradas viessem a achar que Amelia-Rose não estava interessada neles porque não havia respondido, ora, ele não tinha problema algum com aquilo.

— Você foi pontual — disse Amelia-Rose, de uma porta no meio do corredor.

— Eu disse que seria.

Ela usava um lindo vestido de musselina, estampado com raminhos verdes e violeta, parcialmente coberto por uma peliça de um verde mais escuro. Seu cabelo estava preso para o alto e caía por cima da travessa, cascateando pelas costas, os olhos azuis cintilavam e ela parecia jovial e extremamente desejável.

— Sim? — perguntou Amelia-Rose, parando a alguns metros de Niall.

Ele interrompeu a análise encantada que fazia dela e voltou a encontrar os olhos da jovem.

— Você foi feita para o ar fresco e para uma brisa morna — disse Niall, sorrindo. — Ou devo fazer uma reverência e só dizer que você está linda?

Amelia-Rose enrubesceu ligeiramente.

— Eu ainda estava em dúvida se você não chegaria com uma desculpa para o comportamento do seu irmão na ponta da língua.

Niall inclinou a cabeça para o lado.

— Não estou aqui em nome de ninguém. Quer jogar esse jogo?

— Só quero ter certeza dos seus objetivos.

— Eu já lhe disse os meus objetivos, *adae*. Não menti para você. Ao menos não intencionalmente. Achei que estava cumprindo o meu dever. Fico feliz por não ser mais meu dever fazer amizade com você em nome de Coll, e que posso simplesmente declarar que gosto de você e que te admiro.

Ela suspirou.

— Você está magnífico — comentou, então se adiantou e ajeitou um chapéu de palha verde sobre o cabelo cor de mel.

Niall abaixou os olhos para si mesmo. Botas hessianas bastante usadas, seu kilt de trabalho, uma camisa branca simples, gravata ainda mais simples e um colete e paletó cinza.

— Estou sendo eu mesmo. Em nome do decoro, resolvi usar paletó e colete, mas, se não fosse por isso, é assim que você me encontraria em um dia comum.

— Botas, no lugar dos sapatos que costumam ser usados com kilts? — perguntou ela, apontando para os pés dele.

— Aqueles sapatos não são muito práticos na lama. Prefiro caminhar com esses.

Niall recuou e abriu espaço para que Amelia-Rose e o mordomo passassem por ele em direção à porta.

— Já decidiu para onde vamos?

— Sim.

Ele apertou os lábios.

— Acho que você até pode guardar segredo por um tempo, mas em algum momento terá que contar a Robert, nosso cocheiro.

Hughes entregou a ela um xale marfim e abriu a porta da frente.

— Estará em casa para o almoço, srta. Baxter? Acredito que haja vários… — Ele parou, olhou para a mesa vazia no saguão, então se curvou para olhar embaixo do móvel.

— Não sei — respondeu ela, e lançou um olhar para Niall por cima do ombro. — Vou estar em casa para o almoço?

— Eu gostaria de almoçar com você — respondeu ele.

Niall começou a se adiantar, mas logo voltou a parar quando uma figura alta de cabelo escuro passou por ele no saguão. A acompanhante. Jane alguma coisa. *Inferno.*

—⟋⟍—

Amelia-Rose reparou em sua expressão irritada antes que ele conseguisse disfarçá-la e reprimiu um sorriso. Ele talvez tivesse decidido jogar o decoro pela janela mais próxima, mas ela não. Mesmo que por um momento a ideia de ir a algum lugar sozinha com ele tivesse sido assustadoramente tentadora.

— Algum problema? — perguntou, erguendo uma sobrancelha.

— Não. Esqueci que voltamos a ser um trio, só isso.

— Nunca deixamos de ser um trio. Sua irmã simplesmente serviu como uma acompanhante adequada da última vez. A menos que tenha trazido Eloise com você.

— Meus irmãos a roubaram hoje. — Depois de um segundo, Niall levantou o queixo novamente e seguiu as duas para fora de casa. — Vá cochichar para Robert para onde estamos indo, se não quiser me dizer.

Em vez disso, Amelia-Rose subiu na carruagem e se acomodou no banco voltado para a frente. Jane teria se sentado ao lado dela, mas

Amelia-Rose gesticulou para que a prima de segundo grau se sentasse no assento oposto. Com um suspiro mal disfarçado, Jane se sentou voltada para a parte de trás da carruagem.

— Você também pode saber — disse ela em voz alta quando Niall subiu e sentou-se ao seu lado, mesmo sem pedir sua permissão. — Achei que deveríamos visitar a Torre de Londres. Eles têm uma exibição muito interessante de armas e armaduras.

— Seu objetivo não é me jogar em uma cela lá, certo? — perguntou Niall, e depois disse ao cocheiro para onde iriam.

— Ora, apenas bandidos muito célebres são detidos na Torre — respondeu ela, já sem conseguir conter um sorriso. Maldição, era muito difícil permanecer irritada com Niall. Por menor que fosse o tempo que teriam juntos, ela poderia muito bem aproveitar. — Não tenho certeza se você está à altura deles.

Niall soltou uma risadinha presunçosa.

— Uma vez amarrei um dedal no rabo de um rato e o deixei em um buraco na parede do quarto de Coll. O barulho o manteve acordado por uma semana. Ele teve que abrir outro buraco na parede para tirar o rato de lá.

— Ele descobriu o responsável?

— Não. E ainda não sabe. Ou seja, agora você sabe algo sobre mim que pode me fazer tomar uma surra.

— Vou usar a informação de forma criteriosa — respondeu Amelia--Rose, e seu sorriso se tornou mais largo.

Deus do céu, ele era encantador, mas ela já sabia daquilo. E, sem dúvida, Niall também sabia. Se não fosse por todas as coisas erradas entre eles, todas presas como um dedal no rabo de um rato, o fato de ser alvo da atenção de um homem como Niall, de tê-lo ouvido declarar que a queria, já teria virado a cabeça dela. Na verdade, talvez já fosse muito bem o caso.

— Acho que você não fará isso.

Niall sorriu e se aproximou um pouco mais, para que a borda do kilt de xadrez vermelho, preto e verde ligeiramente desbotado roçasse a musselina verde do vestido dela.

Aquilo era um retrato de quem eles eram: um deles rude e definitiva, inegável e orgulhosamente não inglês, e a outra cuidadosa e dispendiosamente adequada — e muito inglesa. Niall nem estava tentando se encaixar.

— Teve notícias do seu pai? — perguntou ela. — Você disse que ele estava com problemas de saúde.

— Não tive. Cá entre nós, acho que ele só não queria enfrentar minha mãe de novo.

Aquilo poderia ser interessante.

— Eles não se veem há muito tempo, pelo que entendi.

— Há dezessete anos. Minha mãe não gostava das Terras Altas, e ele jamais sairia de lá.

De repente ocorreu a Amelia-Rose que ela precisava ter uma conversa com lady Aldriss. Se alguém era capaz de entender por que ela se sentia atraída por Niall, mas não pela vida que ele levava, essa pessoa seria a condessa. É claro que a única solução óbvia seria desejar um bom dia a Niall MacTaggert e se recusar a vê-lo de novo, mas aquela ideia… A ideia de não o ver, de não conversar com ele, de não se perguntar se ele roçaria os dedos nos dela ou se a beijaria mais uma vez, a dilacerava por dentro.

— Isso é triste, você não acha? — perguntou Amelia-Rose em voz alta, ao ver que Niall continuava a fitá-la.

— Sim. — Ele estreitou os olhos. — Acabamos então com essa história de você não confiar no que eu digo?

— Ainda estou curiosa para saber o que poderia ter acontecido se eu tivesse aceitado a proposta horrorosa de Coll. Até dois dias atrás, eu realmente achava que você estava apenas fazendo o papel de substituto dele.

— Não sei exatamente quando parei de exercer esse papel. Coll era uma desculpa conveniente para que eu pudesse vê-la. Se você tivesse concordado em se casar com ele… — Niall respirou fundo e desviou os olhos. — Adoro o meu irmão. Daria a minha vida por ele. Mas, se eu a tivesse visto nos braços dele… Tenho um primo que mora ao norte de nós, em Skelpick. Acho que me mudaria para lá.

O coração de Amelia-Rose bateu um pouco mais rápido.

— Nós nos conhecemos há muito pouco tempo, Niall.

Ele se virou de lado, forçando-a a encontrar seu olhar.

— Sou só eu, então? Não acho que seja, mas me diga, Amelia-
-Rose. Quando pus os olhos em você pela primeira vez, não consegui
respirar direito por uns bons cinco minutos. E quando me sentei ao
seu lado, quando brinquei com você, você me respondeu à altura.
Acho que você é mais inteligente do que todos nós, rapazes, juntos,
e que às vezes se cansa de ouvir todas as bobagens que dizemos. Você
morde a língua, mas então não consegue se controlar, e fala o que
está pensando. Diga que estou errado.

Santo Deus. Ele tinha reparado em tudo aquilo? Na maior parte
do tempo, ela sentia que estava apenas evitando o caos, mas Deus
sabia que realmente tentava. O tempo todo.

— Não sei se sou mais inteligente do que você, mas não está errado
sobre o resto. Obrigada por apontar minhas deficiências.

— Não são… Pelo amor de Santo André — resmungou ele. — O
que eu sou para você, então? — prosseguiu. — Só um escocês barulhento qualquer que estava falando bem de você para outro escocês
barulhento? E agora você não precisa mais dos meus serviços, é isso?
Não vou negar que tinha a mesma intenção de Coll, encontrar uma
moça só para satisfazer aquele maldito acordo entre os meus pais, então
voltar para casa sem pensar mais nela. Mas não esperava conhecer você.

— Claro que você não é um escocês qualquer. Eu gosto de você. —
"Gosto" não parecia uma palavra forte o bastante, mas era a única que
ela estava disposta a lhe dar no momento. — Apenas tenho certeza
de que somos incompatíveis.

— Você gosta de mim — repetiu Niall. — Da mesma forma que
você gosta de um cachorro?

Amelia-Rose bateu com a mão no peito dele. *Santo Deus*. Era tão
firme que ela poderia ter se machucado.

— Pare com isso. Estou sendo cautelosa. Meus pais ficariam furiosos. Eu disse a eles que estou apenas sendo educada com você para
evitar antagonizar ainda mais lady Aldriss.

Amelia-Rose viu pela expressão de Niall que ele não gostara nada
daquilo, mas pelo menos assentiu.

— Isso faz sentido. Estou me sentindo sortudo por você e Coll não estarem noivos, e você está se perguntando por que um irmão está interessado em você quando o outro não está. — Ele se recostou no assento mais uma vez, os dedos da mão esquerda roçando nos dela. — Vou convencê-la.

Amelia-Rose sentiu um arrepio lento de prazer subir por sua espinha.

— Não vou facilitar as coisas para você. Tenho algumas preocupações sérias sobre a sua... origem.

— A minha origem que envolve usar kilt e ser amante de gaitas de foles? — perguntou ele, levantando uma sobrancelha.

— Sim. Exatamente isso.

— Ora, Amelia-Rose — disse Niall, forçando ainda mais o sotaque e fazendo o nome dela soar como uma carícia —, eu não me importo de convencê-la do contrário.

— Vocês não deveriam estar sentados tão próximos — observou Jane do assento oposto.

Os dois estavam realmente sentados bem próximos, o ombro dele tocando o dela enquanto a carruagem sacolejava pela rua. Amelia--Rose levantou os olhos para o perfil de Niall enquanto ele olhava para a acompanhante. Parte dela queria muito ser convencida. Parte dela o queria pelo resto da sua vida. Era a metade lógica que não parava de protestar, mas até mesmo aquela metade queria os beijos dele... e mais.

— Chegamos, sr. MacTaggert — avisou o cocheiro, passando sob a velha porta levadiça e entrando no terreno da Torre.

Já havia meia dúzia de outras carruagens lá, mas com sorte aquelas pessoas estariam admirando as joias ou na exibição de animais. Amelia-Rose queria o lugar apenas para eles — e para Jane, é claro. Sim, Jane precisava estar sempre presente para evitar escândalos.

— Você tem três xelins? — perguntou ela tardiamente enquanto Niall se levantava e descia da carruagem.

Amelia-Rose havia levado várias moedas por precaução, mas seria muito mais adequado se ele pagasse pela entrada delas. Niall estendeu a mão e ela a pegou, sentindo os calos na palma e na ponta dos dedos enquanto descia para o chão de paralelepípedos. Ele não estava brincando quando disse que ajudava a tosquiar ovelhas e tudo mais.

— *Aye.* — Ele segurou os dedos dela. — Você me trouxe ao centro do poder *sassenach*, moça. O que deseja me mostrar?

— Apenas um pouco de história. Não estou tentando convencê-lo de que nós, ingleses, nunca prejudicamos vocês, escoceses. Achei que gostaria de ver armaduras e armas, sendo você um guerreiro do clã Ross e tudo mais.

Para o alívio de Amelia-Rose, ele sorriu quando soltou seus dedos, e lhe ofereceu o braço.

— E sou mesmo. Você deveria ver a minha *claymore*, é uma espada enorme.

— Ah, pelo amor de Deus — murmurou Jane atrás deles.

— O que foi agora? — perguntou Niall. — Uma *claymore* é uma boa arma, longa e pesada, e é uma maravilha quando se sabe usá-la corretamente.

Subitamente, Amelia-Rose achou que eles não estavam mais falando sobre espadas.

— E você sabe usar a sua corretamente?

— Sim. Sou uma espécie de artista, por assim dizer. Gostaria de mostrá-la a você, moça.

Ela sentiu o rosto quente e, atrás deles, Jane parecia estar sofrendo uma convulsão.

— Pare com isso — murmurou Amelia-Rose.

— *Aye.* Não quero te deixar constrangida, mas estou pensando em você de uma forma bastante carnal.

Ninguém — *ninguém* — jamais havia lhe dito uma coisa daquelas. De certa forma, aquilo a fez se sentir... poderosa. E bastante indecente. Porque ela também o queria. Queria sentir as mãos ásperas de Niall em sua pele, seu hálito quente se misturando ao dela, seu...

— Vocês estão em três? — perguntou o oficial na porta. — São três xelins. Não toquem nas armaduras, nas esculturas e especialmente nas armas, pois acabamos de poli-las. Não finjam lutar para assustar as damas e não tentem montar nos cavalos. São de madeira, vão ficar cheios de farpas enfiadas pelo corpo e não vou ajudá-los a removê-las.

Sem dizer nada, Niall retirou três xelins do bolso do paletó e colocou as moedas na palma da mão do oficial. O homem se afastou para o lado e eles entraram na torre de pedra. Imediatamente a temperatura baixou e, com a mão livre, Amelia Rose envolveu melhor o xale ao redor dos ombros.

Os passos dos três ecoaram contra o chão de pedra — os dela e de Jane mais suaves, e os de Niall cada vez mais pesados. No centro do salão, grandes suportes sustentavam lanças, piques e alabardas, que se projetavam em direção ao teto, como um mar de pontas afiadas mortais. Na parede à direita, mais alabardas, clavas e espadas de um e dois gumes, machados e facas cintilantes estavam dispostos em círculos com as pontas voltadas para o centro.

— Qual delas mais se parece com a sua *claymore*? — perguntou Amelia-Rose, desafiando-o a começar a falar em duplo sentido novamente.

Niall se aproximou mais, passando das enormes armas de lâmina dupla da época de Guilherme, o Conquistador, para as espadas mais estreitas e longas de Henrique VIII.

— Essa, eu acho — disse ele, indicando uma longa lâmina de dois gumes com punho em forma de cruz, a empunhadura ligeiramente inclinada para a frente e uma única pedra preciosa vermelha no pomo.

— Embora a pedra seja uma esmeralda.

— Você usa essa espada? — perguntou Jane, parecendo ao mesmo tempo desconfiada e um pouco impressionada.

— Nas competições das Terras Altas, sim. Não matei homem algum com ela, se é isso que quer saber. A minha espada foi do meu tataravô e provou sangue inglês pela última vez durante a Batalha de Killiecrankie. Embora Aden tenha cortado meu braço com ela quando éramos crianças.

Ele levantou a manga do paletó e a da camisa por baixo e revelou uma cicatriz longa e reta que ia do pulso até a metade do cotovelo.

Amelia-Rose pousou o dedo ali, sentindo a leve protuberância da cicatriz branca.

— Deve ter sido um corte profundo — comentou, deixando os dedos correrem pela cicatriz e sentindo os músculos longos e firmes por baixo.

— Sangrou um pouco — admitiu Niall, a voz baixa e rouca. — A costureira do vilarejo costurou para mim, depois que Aden e Coll me deram dois dedos de uísque.

— Quantos anos você tinha?

— Uns 8 ou 9, acho. Vomitei o uísque em cima de Aden, por isso acho que ficamos quites. Não contamos nada ao nosso pai por quinze dias e, quando ele descobriu, deu uma olhada no corte, declarou que havíamos feito o que devíamos, então deu um tapão na cabeça de Aden e nos disse para não nos esfaquearmos de novo.

— Parece que você teve uma infância bastante perigosa, Niall.

Amelia-Rose levantou os olhos e o pegou fitando-a, enquanto ela ainda acariciava tolamente seu braço nu.

— Nós éramos bastante selvagens, sim. Não havia uma mulher para nos dizer para termos modos ou para não esmurrarmos uns aos outros. Acho que o nosso pai queria que fôssemos como os MacTaggert de antigamente, aqueles que desafiaram um rei e ajudaram as pessoas a se rebelar contra ele, que ficaram ensanguentados e orgulhosos no campo de batalha e bradaram seu desacato aos céus. — Ele pousou a mão sobre a dela. — Não sou tão incivilizado assim, mas também não sou um dândi com camisas de colarinho alto e pontudo e uma caixa de rapé.

Niall estaria disposto a chegar a um meio-termo? Era aquilo que estava tentando dizer a ela? Que poderia passar parte do ano em Londres? É claro que ela poderia estar apenas tentando interpretar tudo o que ele dizia como uma forma de lidarem com aquela situação. Amelia-Rose costumava reconhecer sua imaginação exatamente pelo que era: desejos grandiosos demais para serem chamados apenas de devaneios. Ela precisaria de alguma prova antes de colocar seu coração completamente naquela batalha. Mas ouvi-lo dizer aquilo, vago ou não, já lhe dava algo que ela não sentia havia algum tempo: esperança.

Capítulo 11

— ACHEI QUE HENRIQUE VIII fosse mais robusto — comentou Niall enquanto eles caminhavam pela fileira de cavalos de madeira, que tinham como cavaleiros figuras usando as armaduras dos vários reis da Inglaterra.

A maior parte dessas figuras era do tamanho de meninos, que mal chegavam à altura de Amelia-Rose. Era um belo conjunto de armaduras, que iam da cota de malha de Guilherme, o Conquistador, ao peitoral de metal de Henrique, até chegar à armadura obviamente cerimonial de George III. A armadura de Henrique VIII era a mais luxuosa, com as bordas em ouro e uma braguilha muito generosa projetando-se sobre a sela do falso cavalo.

— Henry foi um bom rei e muito respeitado — comentou Amelia- -Rose, o tom distraído.

Niall olhou de soslaio para ela.

— Pergunte à metade das esposas dele sobre isso, moça. Você acha que todo mundo merece um elogio?

O olhar dela se tornou mais atento, como se Amelia-Rose final- mente tivesse retornado de onde quer que sua mente estivesse.

— Não. Ele envelheceu mal, acredito — respondeu ela.

— Ao menos consigo entender por que ele precisou de todas aquelas mulheres — observou Niall.

Os olhos dela passaram pelo *sporran*, a bolsa de pele de raposa usada na frente do kilt de Niall, e voltaram a se fixar no cavalo.

— Excesso de otimismo, acredito.

Niall disfarçou um sorriso. A moça seguia as regras de decoro o melhor que podia, mas tinha um lado travesso. E ele estava ansioso para explorar aquilo. Em detalhes.

Jane Bansil havia se sentado em um banco perto da porta e, pela inclinação de sua cabeça e pelo som discreto de ronco que vinha de sua direção, dormia profundamente.

— Parece que somos as únicas pessoas aqui — falou Niall, mantendo o tom de voz baixo para minimizar o eco.

— Acho que a maioria das pessoas vem para ver os animais na *ménagerie*, ou as joias — respondeu Amelia-Rose. — Podemos ir vê-los também, se você quiser. Mas vai lhe custar mais três xelins.

— Não. Acho que gosto bastante daqui. — Ele lançou outro olhar na direção da porta, passou as mãos ao redor da cintura de Amelia-Rose e ergueu-a, para sentá-la no quarto degrau de uma escada de madeira que algum trabalhador havia deixado ao lado da fileira de reis a cavalo. — Você vai me alertar agora sobre o risco de um escândalo? — murmurou, enquanto apoiava as mãos na escada de cada lado da cabeça dela e inclinava-se para a frente. — Somos só você e eu aqui, *adae*, e a moça roncando lá no canto.

Ela olhou por cima do ombro de Niall para onde a acompanhante estava sentada.

— Jane tem o sono leve — observou Amelia-Rose também em um tom baixo, ao mesmo tempo que estendia a mão para acariciar o rosto dele. — E alguém pode aparecer a qualquer momento.

— Sim. Acho que sim. — Niall examinou o rosto dela, reparando no cenho ligeiramente franzido. — O que foi agora?

— Você gosta de ler?

Ele continuou a fitá-la, a expressão confusa agora.

— Sim, eu gosto de ler. Vamos debater literatura agora?

— Ao menos a literatura não é escandalosa.

— Acho que isso depende do livro. — Niall sorriu. — Não tenho como fingir saber como tem sido viver a sua vida, moça, mas imagino que tenha sido frustrante.

Os dedos suaves dela em seu rosto fizeram com que um arrepio percorresse sua espinha.

— Por que diz isso?

— Eu a vejo como uma moça que, na maioria das vezes, é mais inteligente do que qualquer outra pessoa, homem ou mulher, em uma sala. Não é educado corrigir um cavalheiro quando ele diz alguma tolice, assim, só lhe resta ouvir o absurdo e sorrir. Quando você não aguenta mais e fala o que pensa, eles a chamam de atrevida, ou de sem modos. Estou errado?

— Não, você não está errado.

Deus, ele poderia se afogar naqueles olhos azuis.

— Preciso lhe dizer uma coisa.

Aqueles mesmos olhos se estreitaram um pouco.

— O que você tem a me dizer?

— Tenho chamado você de *adae*. Mas não significa "rosa".

— Não? Eu avisei que, se estivesse me chamando de nabo ou alguma coisa parecida, eu não ficaria satisfeita, Niall.

Ele pousou os dedos sobre a boca da jovem antes que ela pudesse acordar a maldita Jane e balançou a cabeça.

— Não significa "nabo", significa "problema".

— Problema? — repetiu Amelia-Rose em voz baixa, não parecendo muito lisonjeada.

— *Aye*. Desde a primeira vez que pus os olhos em você, soube que seria minha ruína.

Niall esperou um instante. Como ela não parecia prestes a explodir de novo, ele retirou a mão.

— Ah. — Amelia-Rose suspirou. — Isso é até bom. E suponho que "problema" seja melhor que "irascível" — acrescentou com um sorrisinho. Subitamente, sua expressão voltou a ficar carrancuda. — Contei ao seu irmão Aden que você me chamava de *adae* e o que tinha dito que significava. Ele não se deu ao trabalho de me corrigir. E ainda *pisou* no meu pé. Ou seja, todos na sua família...

Niall atravessou os últimos centímetros que os separavam para beijá-la.

Os lábios de Amelia-Rose eram tão macios que faziam o corpo dele arder. Era mesmo um fenômeno que aquela moça mostrasse uma inteligência tão afiada e ainda tivesse uma boca como aquela. Niall seduziu-a até que abrisse os lábios, e deixou que sua língua encontrasse a dela.

Amelia-Rose passou as mãos pelo peito de Niall e ao redor dos ombros, e se inclinou na direção dele. Ela gemeu baixinho, fazendo o membro de Niall reagir. Quando os dois se beijavam, não importava que ela fosse uma *sassenach* e ele um escocês. Não importava que ela adorasse ir a bailes, reuniões sociais e piqueniques em Londres e ele preferisse caçar e pescar nas Terras Altas.

Niall se posicionou entre as pernas de Amelia-Rose e aprofundou o beijo. Uma mulher que ele conhecia havia apenas alguns dias, e de quem se ressentia por princípio antes mesmo de vê-la, uma moça que não tinha nada da noiva que ele planejara encontrar e deixar para trás em Londres, e que agora era o seu primeiro pensamento pela manhã, seu último pensamento à noite e o tema de todos os seus sonhos.

Amelia-Rose gemeu mais uma vez, enfiou os dedos no cabelo de Niall e afastou-o. Ele levantou um pouco a cabeça, ainda mordiscando os cantos da boca da jovem.

— Você tem uma boca doce, moça — murmurou.

— E você tem uma boca muito atrevida — sussurrou ela de volta, ofegante. — Precisamos parar.

— Por quê?

— Primeiro, porque não serei possuída ao lado da armadura do rei George II e, segundo, porque alguém vai acabar entrando e nos vendo.

— Então você não tem nenhuma objeção a ser possuída por mim em um ambiente mais privado? — retrucou Niall, segurando o rosto quente dela entre as mãos e beijando-a novamente.

— Tenho muitas objeções — sussurrou Amelia-Rose, e encostou a testa à dele. — E não sou uma florzinha delicada que vai desmaiar no seu abraço.

Niall riu.

— Ah, moça, isso você não é mesmo. É uma mulher de língua afiada e de pavio curto.

A jovem afastou a cabeça da dele, o cenho franzido.

— Isso não é um elogio. De qualquer modo, você não é muito elegante e cavalheiresco.

— Parece que formamos um bom par, *adae*.

A expressão carrancuda de Amelia-Rose logo se transformou em um sorriso.

— "Problema" de novo, hein? Como se diz "patife" em gaélico?

— Você vai usar isso contra mim, não vai?

O sorriso dela se tornou mais largo.

— *Aye*. Muito provavelmente.

— *Skellum*.

Amelia-Rose repetiu.

— *Skellum*. Não significa "belo" ou "viril" na verdade, não é?

Ele deu uma risadinha, lembrando-se bem a tempo de manter o tom baixo.

— Não. Mas, pensando bem, teria sido uma boa ideia.

Aquilo a fez rir e, por isso, Niall teve que beijá-la mais uma vez. Parar de respirar teria sido mais fácil do que resistir àquela boca. Ele se perguntou se ela sabia como era encantadora quando não estava tentando ser aquela outra moça — a que decidira fingir ser para se tornar mais aceitável e casável. Ali com ele, naquele momento, Amelia-Rose brilhava como o sol. Calorosa, afetuosa e espirituosa, tornava toda Londres menos inóspita para um *skellum* como ele.

Do outro lado da sala, Jane Bansil roncou em uma altura que deixaria um javali com inveja e se endireitou na cadeira. No mesmo instante, Niall pegou Amelia-Rose pela cintura e colocou-a novamente no chão.

— Quando estará livre novamente, moça? — perguntou, segurando os dedos dela.

— Estamos em plena temporada social. É período muito movimentado, você entende.

— Sim. Quando posso vê-la novamente?

— Você está falando sério, não está? — perguntou Amelia-Rose, encarando-o com atenção. — Não está planejando roubar a minha virtude e depois sair por aí com outra mulher?

— Estou sendo sério como um inverno nas Terras Altas, Amelia-Rose. — Niall afastou uma mecha de cabelo loiro da testa dela. — Não estou pedindo que você fuja comigo para Gretna Green sob a luz do luar, moça, se a ideia de algo permanente ainda a incomoda. Só estou sugerindo que passemos mais tempo juntos. Acho que vale a pena. Você não acha?

— Afaste-se dela agora mesmo! — exigiu Jane.

Ela lançou o corpo para a frente e golpeou Niall com a bolsinha.

— Você é o que, mulher, uma maldita *banshee*? — protestou ele, protegendo a cabeça com o cotovelo e saindo do caminho dela.

— Você é um *highlander* infame, senhor. Não permitirei que arruíne Amelia-Rose!

Ela bateu nele de novo.

— Jane, pare de bater nele — ordenou Amelia-Rose, embora parecesse mais bem-humorada do que preocupada. — Estávamos só conversando.

— Vocês não podem conversar com as bocas coladas. Não sou tola, prima.

A acompanhante tinha visto os beijos, então.

— Então a senhorita é uma testemunha — acusou Niall, pegando o braço bastante impressionante de Jane e puxando-a mais para perto. — O que pretende fazer a respeito?

— A sra. Baxter vai querer saber o que...

— Acho que você adormeceu e eu tirei proveito disso para beijar uma moça. Sou meio que um patife. Não culpe Amelia-Rose por isso — interrompeu Niall.

— Mas...

— O que causará mais alvoroço? — continuou ele, quando reparou que sua moça não parecia mais tão bem-humorada. — O fato de eu ter surpreendido uma moça com um beijo, ou você contar à mãe dela que permitiu que isso acontecesse?

Niall nunca conhecera bem a própria mãe, mas se sentiu subitamente grato por Francesca ainda não ter se mostrado tão intrusiva quanto a sra. Baxter. Sim, ela se intrometera, arrastara os filhos para Londres e ordenara que encontrassem noivas britânicas, mas não os fazia se sentirem inúteis nem tentava mudar quem eles haviam se tornado em sua ausência. Ao menos ainda não.

— Jane, por favor — reforçou Amelia-Rose, assumindo o comando do braço da árvore alta que era a prima. — Você sabe que ela vai ter um ataque apoplético, e todos teremos que ouvir. Então, a mamãe provavelmente vai me trancar no quarto por uma semana e me casar com aquele horrendo lorde Oglivy. E ele cheira a gato.

Quem quer que fosse aquele lorde Oglivy, Niall pretendia encontrá--lo e sugerir que ele partisse para o campo, de férias, nas próximas semanas. Ele encarou Jane Bansil em expectativa. Poderia ameaçá-la, mas a ideia não lhe agradava. A mulher estava simplesmente fazendo seu trabalho, por menos que ele apreciasse a incumbência.

— Ah, está certo. — A acompanhante de Amelia-Rose cedeu um pouco e apertou novamente a bolsinha contra o peito. — Não me deixe pegá-los em flagrante de novo, pelo amor de Deus.

— Prometo — disse Amelia-Rose, e se colocou na ponta dos pés para beijar o rosto da prima.

Jane olhou para Niall enquanto ajeitava o vestido.

— E o senhor?

— Não vou beijá-la — informou ele.

— Espero que não.

— Muito bem — declarou Amelia-Rose, enquanto dava a volta ao redor da acompanhante para dar o braço a Niall —, vamos ver as joias, certo?

— Sim. As joias.

Na verdade, ele não dava a mínima para onde iriam a seguir, desde que fizessem aquilo juntos. Precisava saber se havia pegado alguma febre, se aquela obsessão por Amelia-Rose era um sinal de que havia levado muitas pancadas na cabeça. E também precisava saber se, por acaso, havia encontrado a única moça em toda a Grã-Bretanha que combinava com ele.

Ela se apoiou na lateral do corpo dele.

— Sim — sussurrou.

— Sim para quê? — sussurrou Niall de volta, muito consciente da ameaça que caminhava logo atrás deles.

— Acho que vale a pena arriscar passar mais tempo com você, Niall. *Skellum.*

Levando em consideração que ele estava levando a moça e sua acompanhante a uma exposição de joias, e que depois pretendia levá-las para um passeio pelo Hyde Park na carruagem aberta antes de deixá-las com todo cuidado de volta na casa dos pais, era totalmente possível que aquilo fosse o mais distante de um patife que ele já fora na vida. Talvez a fumaça e a fuligem de Londres tivessem confundido seu cérebro, no fim das contas. Não pretendia analisar a única outra explicação para aquilo. Não quando Amelia-Rose mal começava a abrir as asas. Aquela moça poderia facilmente escapar das mãos dele.

Niall claramente precisava encontrar um par de asas para si mesmo. Algo que o tornasse aceitável tanto para Amelia-Rose quanto para os pais dela. E no momento não tinha a menor ideia do que poderia ser aquilo. Só sabia que pretendia tentar.

—∿—

— Ficamos apenas andando em círculos, então? — perguntou Niall, virando a cabeça para ver lorde Alvin e uma dúzia de seus cachorros muito pequenos passarem em um faetonte adaptado.

O marquês decidira que os cachorros precisavam de seus próprios lugares, então os acomodara no que parecia ser um caixão aberto de madeira com fundo almofadado na frente, e outro na parte de trás do banco do motorista, onde todos os cachorros saltavam para cima e para baixo e latiam ali dentro.

— Sim. E nós paramos e conversamos com conhecidos — esclareceu Amelia-Rose. — Está mais cheio hoje porque o Parlamento não está em sessão.

Niall estava sentado novamente ao lado dela.

— Eu realmente acabei de ver aquilo? Um homem corpulento e cachorros dentro de um caixão?

Amelia-Rose cerrou os lábios para não rir e assentiu.

— Lorde Alvin. Ele é um pouco... excêntrico.

— Temos um desses perto de Aldriss — comentou ele, enquanto voltava a atenção para as gêmeas Mercer e seus enormes chapéus.

Niall devia estar com a sensação de ter entrado — a cavalo — em algum reino louco de esquisitices. Londres era mesmo um lugar impressionante.

— É mesmo? — perguntou Amelia-Rose. — Um homem com cachorros demais?

— O velho Sean Ross. Ele vive em uma casinha com vista para o *loch* an Daimh. O lugar já foi uma capela jacobita, com um túnel que ia do porão até a encosta mais próxima e outro que descia até a beira da água para uma fuga rápida, se necessário. O velho Sean, porém, mantém os túneis cheios de...

— Deixe-me adivinhar — interrompeu Jane do assento oposto. — Uísque?

O fato de ser guardiã de um segredo parecia ter encorajado Jane. Na verdade, aquela era a primeira vez que Amelia-Rose conseguia se lembrar da prima em segundo grau falando diretamente com um homem — ou acertando um com a bolsa. *Hum.*

— Não era uísque — respondeu Niall, o tom neutro. — Gatos.

— Gatos? — repetiu Amelia-Rose, espantada.

— Sim. Todos os dias o velho Sean coloca armadilhas para camundongos, ratos e ratazanas, então, passa o resto do dia pescando e pedindo insetos aos vizinhos. À noite, ele abre o alçapão do porão e joga o que conseguiu lá embaixo. Ouve-se então gritos terríveis por uns dez minutos ou mais, o bastante para fazer até mesmo o cabelo de um homenzarrão se arrepiar.

— Você só pode estar brincando — protestou Jane.

— Não estou. Sou testemunha ocular. Dezenas e dezenas de gatos, de fêmeas e machos adultos até filhotinhos.

— Mas o que ele faz com eles? Certamente esse homem não... — Amelia-Rose engoliu em seco. — Ele não come os gatos, não é?

— Ele diz que não. O velho Sean afirma, embora eu nunca tenha visto, por isso não posso dizer se é verdade, mas ele afirma que ordenha as fêmeas. E o homem tem mesmo alguns queijos esquisitinhos em casa, portanto acho que talvez seja mesmo verdade.

— Não!

— *Aye*. Eu juro.

Amelia-Rose começou a rir. Não conseguiu evitar.

— Essa é a coisa mais absurda que eu já ouvi. "Queijos esquisitinhos"? Ai, meu Deus do céu.

— O velho Sean leva todos os anos para a feira os queijos para vender, junto com uma seleção de gatos machos e de filhotes, se seus túneis estiverem transbordando. Ele possui apenas uma ovelha, e ela está sem um cordeiro, por isso não pode estar lhe dando uma grande quantidade de leite.

— Como se ordenha uma gata? — conseguiu perguntar Amelia-Rose, com lágrimas de riso nos olhos.

— Não faço ideia, moça. Com cuidado, imagino. Elas são pequeninas, mas têm garras. E dentes.

— Eu não acredito em você — declarou Jane, categórica.

— Depois que Amelia-Rose e eu estivermos casados, mandaremos um pouco de queijo de gato das Terras Altas para você, então poderá ver por si mesma.

Casados. Niall havia dito a palavra. Ele ainda não tinha feito o pedido a ela, é claro, mas que Deus a ajudasse... começara a imaginar aquilo, como se fosse uma espécie de conto de fadas. Só os dois, sem os pais dela franzindo o cenho o tempo todo e mandando a filha tomar cuidado com o que falava. Sem velhos estúpidos e fedorentos para quem ela deveria sorrir, com quem deveria concordar e flertar, só porque eram homens. Eles nem ousariam abordá-la se Niall fosse seu marido. Ah, sim, ela conseguia muito bem imaginar.

— Não vejo como isso poderia acontecer — estava dizendo Jane —, já que Amelia-Rose detesta as Terras Altas e não pretende jamais deixar Londres.

— Jane! — repreendeu Amelia-Rose, vendo seu devaneio estourar no ar como uma delicada bolha de sabão.

— É verdade — murmurou a acompanhante, curvando os ombros e se virando para olhar para o Hyde Park.

Ah, agora Amelia-Rose não tinha a menor vontade de olhar para Niall, mas praticamente podia sentir o olhar dele. Nem poderia acusar

Jane de estragar tudo, porque o assunto teria surgido mais cedo ou mais tarde. Só havia começado a torcer para que fosse mais tarde. Se os dois acabassem se afastando por culpa de uma dezena de outros obstáculos que havia em seu caminho, talvez nem chegasse a surgir. Mas surgira.

Amelia-Rose respirou fundo e fechou os olhos por um momento.

— Suponho que seja melhor que você saiba — disse ela, observando a luz do sol brilhar na superfície do lago Serpentine.

— Então, se você concordasse em se casar com Coll, não teria se oposto a ser deixada aqui? — A voz dele soou um pouco apática, mas poderia ser só imaginação dela.

— Esse é o problema. Não quero ir e não quero ficar para trás.

— E você detesta as Terras Altas.

— Não é Londres.

Silêncio. Amelia-Rose sentiu os olhos marejados novamente, mas piscou para afastar as lágrimas. Eles dois jamais teriam sido um casal de qualquer modo. Mas ela tivera a esperança de poder... aproveitar a companhia dele por um pouco mais de tempo do que apenas uma manhã.

— Bem, é isso, então.

Amelia-Rose percebeu que ele se levantava e se virou ao vê-lo se aproximar da porta baixa da carruagem e abri-la.

— Niall! O que você está fazendo?

— Estou indo embora. Você criou um impasse impossível de ser desfeito, e não consigo ver uma saída. — Já com um pé fora da porta, ele fez uma pausa. — A não ser que...

— A não ser que o quê? Que inferno, você está fazendo um escândalo. Ao menos me leve para casa primeiro.

— A não ser que — repetiu ele, ainda com o corpo meio para fora da carruagem, com uma graciosidade absurda — você esteja disposta a entrar em um acordo. Digamos, por exemplo, que nós passássemos a temporada social em Londres e o resto do ano nas Terras Altas?

Amelia-Rose ficou encarando-o por alguns segundos, o coração disparado. Não era possível que tivesse acabado de ouvir aquilo. Era simples demais.

— P... Por favor, sente-se — repetiu.

Niall fechou a porta da carruagem, trancou-a, então se deixou cair novamente ao lado dela.

— A questão para mim, *adae*, é que eu cresci com um pai que não deixaria por nada as Terras Altas, e com a ausência de uma mãe, que não queria ficar lá. Acho que deve haver algum meio-termo.

Amelia-Rose sentiu vontade de abraçá-lo. De beijá-lo. Só a ideia de que Niall estava disposto a levar suas reservas em consideração, sem que ela nem tivesse ainda defendido seu ponto de vista, e sem que ele tivesse arrumado qualquer instrumento de barganha alheio ao assunto, a deixou perplexa por um momento. Amelia-Rose pigarreou.

— Onde ficaríamos em Londres?

Ele sorriu.

— Ainda não pensei muito a respeito, mas a Casa Oswell é enorme. Além disso, acho que a minha mãe ficaria tão feliz em nos ter por perto que nos encontraria uma bela casa por aqui. — Abaixo do nível das laterais da carruagem e, mais importante, por baixo do xale que Amelia-Rose havia deixado em cima do assento, Niall pegou a mão dela. — Não tenho nenhum desejo de ficar na Casa Baxter, mas isso porque tenho uma forte impressão de que sua mãe gostaria de me matar.

— Niall, se eu descobrir que você está me ludibriando, vou acertar um soco na sua cabeça — afirmou Amelia-Rose.

— Não estou brincando, Amelia-Rose. Estou acostumado a ser o diplomata da família, mas essa situação é muito mais fácil de resolver. Não vou permitir que um pedaço de terra se interponha entre mim e uma moça com o sol no cabelo e o céu do meio-dia nos olhos.

Não era possível que aquilo tudo fosse verdade. Não era possível que a solução fosse tão... absurdamente objetiva. Quando criança, Amelia-Rose imaginara que se apaixonaria por um belo príncipe, se casaria com ele e viveria em seu castelo, mas bem antes de debutar já havia entendido que, embora pudesse se casar com um príncipe, um duque ou com um homem de posse de qualquer outro título, o resto não importava para ninguém além dela. Continuara a exigir parceria e carinho, mas sabia que ninguém a ouvia. Poderia muito bem estar uivando para a lua.

— Não me diga que perdeu a língua, moça — brincou Niall. — Sou viril, magnífico, de fato, mas você...

— Estou disponível amanhã à tarde depois das duas e meia — interrompeu ela. — Tenho um jantar com amigos da família às oito, por isso devo estar em casa às seis.

— Amanhã, de duas e meia até as seis horas. Sim. — Ele entrelaçou os dedos aos dela sob o xale, fora da vista de Jane. — Tenho uma ideia para um passeio. Use sapatos de caminhada. Passarei para buscá-la.

— Eu o encontrarei na esquina da minha casa — decidiu Amelia-Rose. — Na Wigmore Street.

A mãe poderia até aceitar que ela tivesse aproveitado o dia para desencorajar Niall educadamente, mas outro encontro no dia seguinte desmentiria qualquer desculpa que ela tentasse dar. A possibilidade de uma reputação arruinada ainda espiava por cima do seu ombro, mas que se danasse, porque naquele momento tinha a sensação de que estava andando nas nuvens. E era muito difícil deixar *aquilo* de lado. Seria muito difícil deixar *Niall* de lado. Tanto que ela não queria nem pensar a respeito.

— Sua mãe não vai gostar — observou Jane.

— Só por uma vez eu gostaria que você estivesse do meu lado, prima — retrucou Amelia-Rose. — Deseja mesmo ser a vilã dessa história?

A acompanhante franziu o cenho.

— E o que acontece se eu não disser nada, sua mãe descobrir que você está saindo com esse homem contra a vontade dela e me mandar embora?

— Se a senhorita ficar do lado de Amelia-Rose e for mandada embora por causa disso, procure lady Aldriss na Casa Oswell — disse Niall. — Ela lhe encontrará uma posição. Prometo.

— Deve ser muito bom — retrucou Jane — ser tão seguro de si mesmo a ponto de encorajar os outros a ignorar os princípios do cargo que ocupam, a ignorar o que sabe serem os desejos do seu empregador, por puro capricho. A sra. Baxter é minha tia. Ela me alimentou e me vestiu por seis anos e pagou meu salário pelos últimos dois. Não é vilania fazer o trabalho para o qual se foi contratado.

Niall parecia querer continuar a discussão, mas Amelia-Rose apertou a mão dele, que cedeu depois de lhe lançar um olhar.

— Eu compreendo, Jane — disse ela. — Minha mãe espera ser obedecida. Só posso pedir a sua cooperação nisso. A decisão é sua.

— Exatamente. E acho que já lhe demos tempo o bastante para acabar com qualquer coisa que possa existir entre você e o *honorável* sr. Niall MacTaggert.

Ela fez questão de dizer o título exato de Niall, aquele pelo qual ele seria formalmente tratado. Fez de propósito. Amelia-Rose teve vontade de cerrar os punhos e gritar. Se não fosse por aquela falta de um título, Niall seria perfeito. Ele *era* perfeito, no que lhe dizia respeito.

Seria o bastante? Ela poderia falar com o pai primeiro — Charles tinha uma compreensão mais precisa dos aspectos práticos da vida do que a esposa. Talvez conseguisse convencê-lo. Afinal, estava no mercado de casamentos havia dois anos e, embora Niall se parecesse muito pouco com o ideal do sr. e da sra. Baxter, era tecnicamente um cavalheiro. O irmão dele era um visconde, ele era um aristocrata e parecia gostar muito dela. Talvez o sentimento fosse ainda mais intenso, embora ela se recusasse a usar a palavra. Ainda não. Não quando tantas coisas ainda poderiam dar errado.

— Devo retornar à Casa Baxter? — perguntou Niall.

Não.

— Sim, acho que devemos ir.

E pensar que quinze dias antes ela alegava detestar *highlanders*, sem nunca ter conversado com um deles. Quando eles chegaram diante da Casa Baxter, Niall pousou o braço sobre o encosto do assento, atrás dela. Quando ele se virou para encará-la, seu calor pareceu envolvê-la. Foi inebriante. Ele a deixava quase com vertigem, e ela não era uma pessoa dada a vertigens.

— Qual é a janela do seu quarto? — perguntou Niall baixinho, olhando para a casa. — Não vou ficar longe de você se seus pais decidirem que não somos compatíveis.

— Acho que você quer dizer *quando* eles decidirem — retrucou ela, enquanto se perguntava se uma mulher poderia entrar em combustão apenas com pensamentos devassos.

Ele olhou ao redor, então encostou brevemente a têmpora na dela.

— Prometi possuí-la, moça — murmurou. — Não me transforme em um mentiroso.

Santo Deus. Aquilo fez com que um tipo totalmente diferente de calor percorresse o corpo dela. Fazia dias que Amelia-Rose imaginava como seria estar nos braços de Niall, com aquela graciosidade e constituição atlética. Como seria tê-lo dentro dela. Aquele homem alto, robusto e independente, que não se importava com o que os outros pensavam, a queria. Sem dúvida ele poderia ter metade das mulheres de Mayfair se quisesse. Mas, por alguma razão, continuava com os olhos fixos nela. Só nela.

Ninguém o agradecia por aquilo. Até ela zombara dele. No entanto, ali estava Niall, sentado ao seu lado, a coxa tocando a dela, os olhos verde-claros sem dúvida tentando decifrar que diabo ela deveria estar pensando. Mas, ao menos por aquele dia, Amelia-Rose estava cansada de pensar. Ela queria sentir, e desejou que pudesse ser assim tão simples.

— Niall, você sabe que a minha mãe nunca vai concordar com um casamento entre nós. Jamais.

Niall ergueu a mão dela e roçou os nós dos dedos com os lábios.

— Vou convencê-la, *adae*. Ou, no mínimo, exauri-la até que concorde comigo. Não percorri esse longo caminho desde as Terras Altas para encontrá-la e então ter que dizer adeus.

— Isso soa muito romântico.

— Deveria ser mesmo. — Ele soltou a mão dela. — Mostre-me qual é a janela do seu quarto.

Jane endireitou o corpo no assento.

— Ela não fará uma coisa dessas!

Niall ergueu as sobrancelhas.

— Que história é essa, agora?

— O senhor me ouviu.

— Ora, acho que a moça pode decidir por si mesma o que fará ou não.

Ah, ela não deveria. Mas fazer o que deveria não era uma opção muito agradável.

— A segunda à esquerda — disse Amelia-Rose, e apontou para o andar de cima.

— A de cortinas amarelas?

— Sim.

— Ora, agora vou ter que ficar sentada no seu quarto a noite toda — reclamou Jane.

— Ele estava apenas curioso, Jane. — Amelia-Rose olhou para Niall por cima do ombro e o viu disfarçar um sorriso. — Não é verdade, Niall?

— *Aye.* Curioso.

—⁓—

— Ora, como você está elegante.

Niall ergueu os olhos quando a carruagem se aproximou da Casa Oswell. Aden, montado em Loki, se aproximou da carruagem, fez uma breve mesura e continuou na direção oposta.

— Aonde você está indo? — perguntou Niall, virando-se no assento macio para manter o irmão à vista.

— Vou sair. É civilizado demais dentro dessa casa. E Francesca parece estar o tempo todo espreitando atrás de mim.

Aquilo poderia ser útil.

— Espere por mim, vou com você.

O veículo subiu a curta distância até o estábulo, e Aden deu a volta para segui-los. De um modo geral, os MacTaggert trabalhavam sozinhos quando estavam interessados em uma moça, mas aquela não era uma moça comum nem um interesse qualquer. Niall achava que poderia se beneficiar da opinião de outra pessoa, de alguém que não fosse Coll. As observações de Aden poderiam ser úteis, se fossem encaradas com um mínimo de ceticismo.

Ele obviamente precisava de alguma ajuda — pelo amor de Santo André, estivera tão perdido em pensamentos que acabara voltando para a Casa Oswell com o traseiro gloriosamente acolchoado pelo assento estofado da carruagem, sozinho. Naquele momento, metade de Mayfair provavelmente o considerava um dândi fresco.

Assim que Gavin selou Kelpie, Niall e Aden partiram em direção ao sudeste.

— Encontrou uma moça enquanto estava fora com Eloise? — perguntou Niall.

— Não. Uma carruagem cheia delas se aproximou de nós para cumprimentar nossa *piuthar* enquanto comíamos... pareciam um buquê de rosas vermelhas. Quase tive que enxotá-las como moscas. Algumas eram bonitas, mas sei que amanhã já terei esquecido a maior parte dos nomes.

Aden virou Loki diretamente para o sul ao longo de uma rua estreita e movimentada.

Niall emparelhou novamente com ele.

— É isso que você quer, não é? Uma moça que possa esquecer com facilidade? Esse era o nosso grande plano.

— Eu me lembro. — Aden relanceou o olhar para o irmão. — Talvez eu tenha decidido procurar alguém um pouco mais... interessante. Depois de ver como você se saiu bem, quero dizer.

— Não comece essa história comigo, *bràthair*. — Niall olhou para a frente de novo. — Parece que você tem um destino específico em mente.

— Quero ver o grande Tâmisa sobre o qual todos os poetas escrevem.

— Estamos próximos, já consigo sentir o cheiro.

— *Aye* — concordou Aden. — Deve ser a maré baixa. Ou uma baleia encalhou na praia. — Ele lançou outro olhar que Niall fingiu não notar. — Amelia-Rose Baxter foi a primeira moça *sassenach* em que você pousou os olhos, não foi?

— E daí? Não sou uma criança apaixonada. E ela não é a primeira moça que conheço.

— Mas ela é a primeira que precisava desesperadamente ser resgatada de uma situação difícil.

Os músculos dos ombros de Niall se contraíram. Aquele não era o conselho nem a ajuda que procurava.

— O que isso tem a ver com o assunto?

— Conheço você, Niall. Você cuida de quem precisa de ajuda. Não apenas as moças, qualquer um que esteja tendo que enfrentar sozinho algum problema.

— Eu...

— Isso não é uma coisa ruim. São Miguel sabe que é bom que, ao menos para um de nós, o primeiro pensamento não seja uma batalha. Nossa... — Aden parou quando as docas surgiram diante deles, o rio um pouco além. — Isso é que é fedor.

Era verdade. Caixotes e redes, marinheiros, estivadores e soldados se amontoavam em todos os espaços abertos. Mais além, largas faixas de lama marcavam a costa do Tâmisa na maré baixa, enquanto a água continuava a correr ao longo do leito do rio. Na lama, as pessoas corriam de um lado para o outro, com cestas e baldes nas mãos ou nas costas, enquanto cavavam o solo. Catadores de lixo, procurando o que quer que o rio vomitasse, para venderem por um pêni ou um ou dois xelins.

— Não mude de assunto — retrucou Niall tardiamente. — Não estou tentando salvar Amelia-Rose. Não é pena o que eu sinto.

— Eu não disse que você estava salvando a moça. Foi *você* que disse isso, agora há pouco.

— Porque era o que você estava insinuando. Vi Amelia-Rose tentar ser educada, assim como vi Coll continuar a provocá-la, até ela dizer o que ele merecia ouvir. Aquela moça recatada e correta, em seu vestido bonito e caro, calou a boca de Coll e o fez sair correndo com o rabo entre as pernas.

— Você tem consciência de que o nosso irmão se afastou porque ela não era uma moça que ele pudesse fazer se curvar ao seu modo de fazer as coisas.

— Era o que eu pensava até ontem, quando Coll confessou que não se importava com quem ela era e que não a queria pelo simples fato de a nossa mãe tê-la escolhido. Mas, em vez de tentar me dizer que eu e a moça não somos compatíveis, por que você não me diz o que posso fazer para convencer os malditos pais de Amelia-Rose que o destino dela é ficar comigo, mesmo que eu não seja um maldito *laird*?

Aden desmontou, e Niall o seguiu. Se a ideia era chafurdar na lama, aquilo não o agradava, mas ao menos estava vestido de forma mais apropriada do que Aden em sua calça de camurça e as botas muito bem engraxadas.

Em vez disso, o irmão tirou um punhado de avelãs do bolso e ofereceu metade delas a Niall. Ele quebrou uma delas contra a palma da mão e colocou a semente roliça na boca.

— Essa não é uma pergunta fácil, Niall — disse, depois de mastigar e engolir.

— Por isso estou pedindo a sua ajuda. A mãe disse que tentou oferecer aos Baxter uma parte da companhia de navegação dela, mas eles não ficaram impressionados. Os dois estão decididos... querem um título.

— Ora, a não ser que esteja disposto a assassinar Coll e eu, isso é uma coisa que você jamais terá. Se não há mais nada que os pais da moça queiram nesse vasto mundo, acho que é uma causa perdida. — Ele comeu outra avelã. — Ainda mais quando o que você quer é que eles gostem de você.

— Não dou a mínima se eles gostam de mim ou não. Os dois só têm que me aceitar.

Aden estreitou os olhos.

— Mas é disso que estou falando. Eles não *têm* que fazer nada. Portanto, acho que suas opções são convencê-los a *querer* aceitar você, ou encontrar uma forma de passar totalmente ao largo deles. E não conheço bem a sua moça, mas ela parece escutar com bastante atenção o que a mãe lhe diz.

Aquilo era verdade — até certo ponto. E toda vez que Amelia-Rose tentava alguma atitude mais independente, pagava por isso. Niall tinha visto as lágrimas nos olhos dela no dia anterior. Aquilo o deixara furioso, e sim, ele queria resguardar Amelia-Rose daquela situação. Mais do que isso, não queria vê-la preocupada. Mas, como ele mesmo era grande parte do motivo daquela provação em particular, suas opções pareciam seriamente limitadas.

— Não fui nada útil, não é? — perguntou Aden.

— Não, você não foi — respondeu Niall com um suspiro. — Mas me deixou com dor de cabeça, se te agrada saber.

— Devolva as minhas avelãs se não for comê-las.

Niall devolveu.

— Esteja na Casa Oswell amanhã, certo? Entre duas e seis da tarde. Vou levar Amelia-Rose para uma visita.

— Eu posso fazer isso. E o Coll?

— Ele também estará lá. Nosso irmão deve uma ou duas palavras gentis a Amelia-Rose.

Aden assentiu, guardou as avelãs no bolso e voltou a montar em Loki.

— Não mergulhe de cabeça, Niall. Eu sei o que você quer, mas não vejo uma maneira de conseguir sem que alguém saia machucado. E é provável que esse alguém seja você. Esse é o melhor conselho que posso te dar.

Niall observou o irmão sair trotando e se misturar à multidão do cais. Sabia que suas chances eram pequenas. Mas também sabia ser encantador. E estava determinado a ficar com a moça. Até mesmo um MacTaggert, supôs, seria capaz de engolir o próprio orgulho pela causa certa. E Amelia-Rose era tudo aquilo e muito mais.

Capítulo 12

— JANE, POR FAVOR, VÁ para a cama — disse Amelia-Rose, e puxou as cobertas por cima da cabeça.

A prima se levantou bruscamente de seu assento perto da lareira já com o fogo baixo.

— Estou cumprindo o meu dever — respondeu ela. — Eu deveria ter contado a sua mãe. Como não fiz isso, agora sou a única responsável pela sua virtude.

— Não, *eu* sou a única responsável pela minha virtude — rebateu Amelia-Rose, e voltou a se sentar. — E, de qualquer forma, a maldita janela está trancada, portanto, mesmo que ele decidisse escalar pelo lado de fora da casa, e mesmo que conseguisse não ser visto por nenhum transeunte no processo, não conseguiria entrar.

— Você pode destrancar a janela.

— Se você não estivesse aqui roncando, eu já estaria dormindo.

Aquilo era mentira, mas a fazia soar menos como a devassa que estava se sentindo no momento. A maior preocupação de Amelia-Rose não era Jane, mas a possibilidade de que Niall realmente estivesse brincando e pretendesse respeitar o decoro. Ela não queria decoro. Não naquela noite. Queria saber se ele seria capaz de convencer a mente dela de que ele era a pessoa certa, da mesma forma que parecia já ter convencido seu corpo por completo.

Jane torceu o nariz, se levantou, pegou seu livro e seu bordado e seguiu em direção à porta.

— Isso é uma loucura, Amelia-Rose. E se a sua mãe descobrir alguma coisa a respeito, você vai dizer a ela que eu não estava envolvida.

— Boa noite, Jane.

Assim que a porta se fechou, Amelia-Rose saiu da cama e foi na ponta dos pés até lá. Ela ouviu os passos de Jane se afastando e girou a chave na fechadura. Só para garantir.

Então, seguiu até a janela, abriu as cortinas... e deu um gritinho quando dois olhos a encararam diretamente.

— Pelo amor de Deus — falou em um arquejo, dando um passo para trás e quase tropeçando na camisola.

Niall apontou para o trinco da janela com um sorrisinho no rosto. Ainda com uma das mãos no peito, Amelia-Rose estendeu a outra e levantou o trinco. A janela foi aberta, deixando escapar uma lufada de ar frio e, em um movimento rápido, ele entrou no quarto.

— Obrigado, moça — sussurrou, e se virou para voltar a fechar a janela e as cortinas. — Aquele parapeito era bem estreito.

— Há quanto tempo você estava agachado ali fora? — perguntou ela, reparando que ele havia conseguido escalar a casa usando um kilt e botas.

Quase desejou estar do lado de fora para ver aquilo.

— Tempo suficiente para amaldiçoar Jane Bansil uma dúzia de vezes — respondeu Niall. Ele soltou as cortinas e se voltou para Amelia-Rose. — Eu não tinha certeza se você abriria a janela.

Ela engoliu em seco e o examinou — um *highlander* de quase um metro e noventa de altura, belo e ágil. Ele fazia o quarto amplo parecer pequeno e delicado, como se pudesse esmagar uma cadeira, caso desse um passo em falso. Mas Niall não era desajeitado nem descuidado. E o que ela queria dele... Como alguém conseguia verbalizar uma coisa daquelas?

— Olá — arriscou Amelia-Rose.

— Olá — cumprimentou ele de volta. — Por acaso você não teria comida aqui, teria?

Amelia-Rose bufou. Aquele era Niall, afinal.

— Comida de novo? Não, não tenho. Você está aqui por mim ou para atacar a despensa?

— Ora, estou aqui por você, moça. Mas não sou tolo. Sei como o decoro é importante para você. E sei que está quebrando as regras aqui.

Ele se adiantou mais no quarto e inclinou a cabeça para examinar o quadro acima da lareira, a imagem suave à luz do fogo moribundo.

— Foi você que fez isso? — perguntou, virando-se para ela.

Amelia-Rose enrubesceu.

— Sim. Eu tinha apenas 16 anos e, infelizmente, era muito inábil.

Ela pintara o quadro para dar de presente à mãe, que assim que o recebeu decidiu que seria melhor deixá-lo à mostra no quarto da filha.

— Por que escolheu uma montanha?

— Todos que pintam cenas pastorais escolhem encostas de montanhas.

Niall voltou a se endireitar e balançou a cabeça, agitando o cabelo revolto.

— Não. Geralmente são riachos, vacas… e prados. Você já viu uma montanha?

— Vi outras pinturas e esboços. Não dê mais significado a isso do que realmente tem, Niall.

— Eu quero lhe mostrar as minhas montanhas. Uma trilha coberta de neve, que o sol nascente torna dourada. O cheiro dos pinheiros molhados de chuva. O vapor se erguendo do pasto das ovelhas em uma manhã fria. O cheiro de pão fresco da padaria da aldeia. O som da gaita de foles à noite. — Ele deu dois passos para a frente, reduzindo a distância entre eles. — As moças do vilarejo vão andar atrás de você, pedindo que lhes ensine o jeito elegante como arruma o seu cabelo. Todos os *lairds* e damas, todos os chefes do clã Ross e suas famílias vão aparecer, como que por acaso, na porta de Aldriss para serem apresentados a você. Acho que lady Marmont vai insistir em uma grande festa para recebê-la, e ela será apenas a primeira.

— Você não precisa tentar me convencer de que encontrarei nas Terras Altas a mesma alta sociedade que tenho aqui. Sei que é um lugar amplo e vazio. Eu…

Niall pegou as duas mãos dela.

— As Terras Altas são amplas. Minha mãe achou que eram vazias, mas a verdade é que meu pai não se deu ao trabalho de encontrar qualquer evento a que se dispusesse a ir.

Amelia-Rose estreitou os olhos.

— Então você, sendo mais sociável, magicamente garantiria que houvesse mais pessoas ao redor?

Aquela conversa não era de forma alguma o que Amelia-Rose esperara para aquela noite, mas gostou que Niall levasse suas preocupações a sério a ponto de se dispor a abordá-las. Só que ela não queria ouvir um monte de ilusões.

— Eu não quero belas mentiras, Niall.

Ele soltou o ar com força e, por um segundo terrível, Amelia-Rose pensou que ele tinha desistido.

— Nunca tive um dia em que não houvesse nada para fazer — voltou a falar Niall, por fim —, ou que não houvesse alguém que precisasse de uma ajuda com um telhado vazando ou para cortar turfa para alimentar o fogo, ou uma mãe tentando encontrar um jeito de mandar o filho para a escola para se formar advogado, ou um pai que tivesse recebido uma carta da filha que está na América e precisasse de alguém para lê-la para ele.

— Isso é bom.

— Não terminei. Se você quiser passar seus dias em cafés e fazendo compras, então não, você não encontrará isso fora de Inverness. Mas, se quiser visitar o velho Mungo Wilkie e ajudá-lo a alimentar as galinhas em troca de uma olhada na melhor biblioteca da Escócia, ele a agradecerá por isso. Se estiver disposta a ensinar alguns pequeninos a ler ou a dançar, encontrará pessoas dispostas a lhe dar o último pedaço de pão que tiverem em casa. Você quer ser entretida, ou quer descobrir como é ser um *highlander*?

A franqueza daquela declaração a surpreendeu. Até ali, o discurso de Niall fora encorajador, solidário e bem-humorado. Mas aquilo era importante para ele. Afinal, se os dois se casassem, as pessoas o julgariam a partir do comportamento dela e vice-versa. Não era a única ali agindo baseada na fé e na esperança. Niall soltou as mãos dela.

— Não desejo forçá-la a nada, moça. E sei que a sua mãe não gosta de mim e não vai aprovar o nosso casamento. Mas isso não vai me deter. Só você pode fazer isso.

— Você está... indo embora? — disse Amelia-Rose em um rompante, quando ele lhe deu as costas.

— Vou me sentar nessa cadeira e ficar ali até você se dar conta de que eu já sei a resposta que você quer dar. Eu não me apaixonaria por uma moça que só se importa com o que o mundo pode dar a ela. Não me apaixonaria por uma moça que se valoriza tão pouco a ponto de precisar preencher sua alma vazia com coisas bonitas.

Uma lágrima surgiu de surpresa e escorreu pelo rosto de Amelia-Rose. Aquela seria ela? Uma mulher que precisava de um lugar, que precisava de reafirmação constante antes de poder dizer que era feliz? Estaria se transformando na mãe? A mera ideia fez com que se sentisse mal. Durante toda a vida, ela ouvira que seu valor estava em deixar a família orgulhosa, em ser a jovem perfeita, sofisticada e culta, em se casar com um nobre para melhorar a posição social da família. Mas ela era apenas aquilo?

— Essa não sou eu — disse Amelia-Rose em voz alta.

— Eu sei disso — retrucou ele. — Sei disso porque sou um homem nada refinado. Não fiz segredo de quem e do que sou, ou de como quero passar a minha vida. Não é nada muito sofisticado, embora eu não me incomode de ir a uma festa de vez em quando. E estou aqui, no seu quarto, porque você me quis aqui. — Aqueles olhos verdes, mais escuros na penumbra, examinavam o rosto dela. — Eu me apaixonei por você, Amelia-Rose. Perdidamente. E quero que tenha não uma vida maior do que a que imaginou para si mesma, mas uma vida mais prazerosa. Eu te amo, *adae*.

Amelia-Rose levou a mão ao peito, sentindo o coração disparado sob os dedos. Niall realmente acreditava nela. Ele a amava, não apesar de seus erros e hesitações, mas porque faziam parte de quem ela era. Aquilo era muito impressionante. Niall MacTaggert — literalmente o oposto do cavalheiro educado, sóbrio e monótono que ela pretendia conquistar — a amava.

— Você não precisa dizer nada — ele voltou a falar, diante do silêncio dela. — Sei que não vê um futuro para nós. Você seria tola em arriscar sua honr...

Amelia-Rose se jogou em cima dele, beijando-o em todos os lugares que conseguia alcançar. A cadeira oscilou, quase caindo para trás. Ela apertou os ombros de Niall, ofegando contra a boca dele, enquanto a cadeira voltava a se equilibrar nas quatro pernas, então continuou com os beijos. Talvez não tivesse esperança e fé suficientes para dizer as palavras, mas poderia mostrar a ele como se sentia.

— Gosto do jeito que você se declara, Amelia-Rose — murmurou Niall, acomodando-a em seu colo.

O cabelo dela estava preso na longa trança de dormir, mas ele soltou a fita na ponta e começou a enfiar os dedos por entre a porção de fios para soltá-los. O cabelo cor de sol, como ele chamava. De alguma forma, aquilo soava muito mais sincero e poético vindo dele do que "fios de ouro" ou "mechas cor de linho", como ela ouvira de outros homens que achavam que conseguiriam tolerá-la em troca do dinheiro dos pais dela.

— Tem certeza de que não prefere um daqueles rapazes elegantes de colarinhos altos? — perguntou Niall, enquanto deixava os dedos correrem do pulso até o ombro de Amelia-Rose. — Alguém que saiba qual é a colher certa para a sopa e qual é a do mingau?

Ela riu, e se apoiou nele para alcançar o trio de botões que fechava o colete cinza dele.

— Pode ser a mesma colher para ambos.

Os lábios de Niall voltaram a encontrar os dela.

— Eu quero você, *adae*. Se pretende me mandar embora, pelo amor de Deus, faça isso agora.

— Não vou mandá-lo embora. Quero você, *skellum*. Eu só... não sei bem... não quero fazer nada de errado.

Ainda mais com alguém que obviamente sabia o que estava fazendo.

Niall passou uma mão por baixo dos joelhos dela e a outra ao redor de seus ombros e se levantou.

— Nunca estive com uma moça inglesa antes — comentou ele, carregando-a com uma facilidade absurda até a cama —, por isso estou um pouco assustado. Acho que, se você não arrancar nenhuma das minhas partes importantes, conseguiremos dar um jeito.

— Você não está com medo — retrucou Amelia-Rose, e chegou mais para trás na cama, abrindo espaço para Niall, depois que ele a colocou no chão.

Os olhos verde-claros encontraram os dela.

— Posso ser seu primeiro homem, moça, mas quero que você seja a última mulher que eu já tive. Quero acordar ao seu lado todas as manhãs e dormir com você em meus braços todas as noites. *Isso* não me assusta. É não a satisfazer que me apavora.

— Já estou bastante satisfeita — declarou Amelia-Rose enquanto ele se sentava na cama e tirava as botas, colocando cuidadosamente uma e depois a outra no chão.

Sentada atrás dele, Amelia-Rose deslizou os dedos por baixo das lapelas do paletó para tirá-lo pelos braços.

— Ainda não chegamos às melhores partes — respondeu Niall, sorrindo, e se virou para beijá-la novamente.

Ele inclinou o corpo para a frente, segurou Amelia-Rose pelos tornozelos e puxou-a para ele, deitando-a de costas. Depois de tirar o colete e a gravata, Niall se ajoelhou com as pernas dela entre as dele e se abaixou para abrir os três botões que fechavam o decote alto da camisola. Amelia-Rose nunca pensara em uma camisola branca simples como uma peça excitante, mas era essa a sua sensação conforme ele abria cada botão e passava o dedo indicador pela pele exposta com tanta delicadeza que a fez estremecer.

Depois de abrir todos os botões da camisola, Niall se curvou, beijou a base do pescoço dela e deixou a boca descer pelo ombro. Amelia-Rose sentia cada nervo vibrar, cada centímetro do seu corpo consciente da proximidade dele. A frente do kilt de Niall se projetava de uma forma bastante impressionante. Aquilo a fascinou, fez com que se sentisse poderosa por ser capaz de afetar aquele homem tanto quanto ele a afetava. Se precisava de alguma evidência de que o excitava, sem dúvida já tinha uma.

Niall ergueu os olhos para voltar a encontrar os dela e abaixou a camisola sem mangas pelos ombros. Quando ele fitou os seios expostos, Amelia-Rose teve que conter o súbito ímpeto de cobri-los. Recato, inocência, decoro — todas aquelas características de que ela supostamente carecia e que vinha se esforçando tanto para assimilar, mas que agora se dava conta de que já possuía, porque precisava e queria muito deixá-las de lado.

— Você é magnífica, moça — sussurrou Niall, a voz rouca.

Ele começou a acariciar os seios dela em movimentos leves e circulares, roçando os mamilos de uma forma que a fez ofegar, e parecia quase reverente, como se estivesse memorizando suas linhas e curvas. *Inebriante.* Mas ela não era a única que deveria estar quase nua.

— Tire a camisa, Niall.

Os lábios dele se curvaram em um sorriso, enquanto ele tirava a camisa de linho simples de dentro do kilt e a puxava pela cabeça. Amelia-Rose prendeu a respiração. Ele se parecia com algumas das estátuas dos museus — firme, musculoso, a cintura delgada. Mas, ao contrário dos deuses e heróis gregos de mármore, a pele de Niall mostrava as marcas de uma vida muito vivida. O arranhão da espada em um braço, o que parecia ser um corte antigo e bem-cicatrizado na altura das costelas esquerdas e uma pequena cicatriz arredondada no braço esquerdo. Ela acreditava que cada uma daquelas cicatrizes tinha uma história para acompanhar, e queria ouvir todas.

— Toque em mim, moça — convidou ele. — Não vou quebrar. Quero sentir suas mãos em mim.

Ah, Deus. Só que Deus não parecia ter nada a ver com aquilo, porque ela se sentia muito, muito herege no momento. A pele dele sob seus dedos era quente e macia, e os músculos por baixo rígidos como aço. Um músculo pulsou sob seu toque, e Amelia-Rose puxou Niall para cima dela, para mais beijos.

Os lábios dele voltaram a passear lentamente pelo corpo dela, até capturarem um de seus seios em um movimento muito hábil. Amelia-Rose arquejou e levou a mão à boca para abafar o som, então arqueou as costas, sentindo um arrepio de prazer percorrê-la.

Conforme Niall continuava a mordiscar e a chupar sua pele, ela jogou a cabeça para trás, revirando os olhos. Aquilo… ela jamais seria capaz de fazer aquilo com um homem com quem fosse se casar apenas por causa do título. Mas confiava em Niall MacTaggert, confiava nele com seu corpo, com sua reputação e com seu coração.

Ele se afastou para o lado e continuou a provocá-la, puxando a camisola dela para baixo, passando pela cintura, quadris, joelhos e despindo-a pelos pés. Então, foi a vez das mãos de Niall percorrerem o corpo dela, curiosas, acariciando-a sem nenhuma pressa. Amelia-Rose arquejava, sentindo-se quente, o corpo ansiando pelo dele, e abriu as pernas enquanto Niall deslizava a palma por seu abdômen, passando pela elevação do seu sexo e descendo ao longo da parte interna da coxa. Quando seus dedos começaram a abrir *lá*, ela ergueu novamente o corpo e quase deu uma joelhada na orelha dele.

— Desculpe — disse Amelia-Rose em um arquejo.

— Você gosta disso? — perguntou ele.

Ela não tinha certeza se conseguiria pronunciar as palavras.

— Sim — murmurou, contorcendo os quadris sob o toque dele. — Demais.

— Então não se desculpe. Estou louco por você, moça. Não vê como eu a desejo?

Ela baixou os olhos para a frente saliente do kilt dele.

— Quero ver você.

Niall ergueu as mãos acima da cabeça, e passou os dedos ao redor das vigas do dossel no topo da cama.

— É só um kilt, Amelia-Rose. Tire isso de mim.

Ela ergueu um pouco o corpo, analisando o cinto, o fecho e o pequeno alfinete de cabeça de lobo que impedia que o tecido se abrisse ao vento. Ele não era uma estátua defeituosa, decidiu Amelia-Rose, quando finalmente conseguiu abrir tudo e despir o kilt pelo quadril de Niall. Ele era um guerreiro forte e selvagem das Terras Altas, descendente de homens que haviam derrotado o maior exército do mundo em várias ocasiões. E era magnífico.

Amelia-Rose ergueu os olhos para o rosto dele e o pegou fitando-a, então segurou seu membro rígido na mão. Em resposta, Niall deixou escapar um som baixo saído do fundo do peito que a deixou ainda mais quente e úmida. Amelia-Rose reuniu toda a sua coragem e acariciou o comprimento rígido em sua mão. Niall deixou escapar outro gemido abafado, colocou os joelhos entre os dela e se aproximou, o corpo colado ao dela, para um beijo profundo. Pele com pele, calor com calor, e aquela rigidez inconfundível pressionada contra a coxa de Amelia-Rose. Deus do céu, como ela o desejava... Mesmo sem saber exatamente o que fazer, ela queria ser parte dele.

Niall voltou a se mover e posicionou a camisa que descartara por baixo dos quadris de Amelia-Rose. Então, abrindo ainda mais os joelhos dela, deslizou uma das mãos entre os dois para encaixar o pênis entre o sexo dela. *Sangue*, ela se deu conta, mesmo que seu cérebro se recusasse a pensar. Ela era, ao menos por mais alguns segundos, virgem. Haveria sangue. E Niall estava sacrificando sua camisa para proteger os lençóis dela. Para protegê-la.

— Agora — sussurrou Amelia-Rose.

— Você sabe...

— Eu sei — interrompeu ela. — Algumas das minhas amigas já falaram a respeito. Não vou gritar.

Niall apoiou o corpo nas mãos e abaixou a cabeça para beijá-la novamente.

— Aguente firme, moça.

Amelia-Rose passou os braços pelos ombros dele, o coração batendo tão forte que ela temeu que explodisse em seu peito. Niall arremeteu, e a sensação dele deslizando cada vez mais fundo dentro do corpo dela era totalmente indescritível. A pressão cresceu, então Amelia-Rose sentiu uma dor aguda e intensa, e ele penetrou-a completamente.

Por um longo momento, Niall não se mexeu, e Amelia-Rose cravou as pontas dos dedos nos ombros dele, enquanto a dor cedia, dando lugar a outras sensações mais prementes e profundas, que a faziam querer pressionar mais o corpo contra o dele, passar as pernas ao redor das coxas dele, mantendo-o dentro dela.

— Melhor agora? — perguntou Niall, a voz rouca.

Amelia-Rose assentiu.

Então, ele começou a se mover, lenta e cuidadosamente a princípio, entrando e saindo, como se temesse quebrá-la. O movimento, o peso dele sob seu quadril, estavam enlouquecendo Amelia-Rose. *Mais, mais, mais.* Quando ela abaixou as mãos pelas costas firmes de Niall, arqueando mais o corpo na direção do dele, ele acelerou o ritmo, arremetendo cada vez mais rápido dentro dela.

Amelia-Rose gemia sob aquelas estocadas, e seu corpo se contraiu, se estirou e, com um estremecimento delicioso, alcançou o clímax. Tudo desapareceu, exceto Niall e os corpos deles unidos, o ritmo profundo e acelerado dele reivindicando toda a atenção dela. As sensações se tornaram ainda mais intensas, e ela ouviu um gemido que nunca escutara antes escapando do próprio peito.

Aos poucos, a mente de Amelia-Rose voltou a assimilar imagens e som, enquanto Niall arremetia fundo, estremecendo contra o corpo dela e dentro dela. Arquejando tanto quanto Amelia-Rose, ele se acomodou ao longo do corpo dela e aconchegou a cabeça no espaço entre o pescoço e o ombro. Amelia-Rose enfiou os dedos nos fios úmidos de cabelo na nuca dele. *Dela.* Niall agora pertencia a ela, tanto quanto ela pertencia a ele.

Ele ergueu a cabeça para beijá-la, então se apoiou nos cotovelos. Amelia-Rose passou os braços com força ao redor dele. Se ele fosse embora, tudo poderia voltar a ser como antes. Ela ficaria sozinha, desprezada de todas as maneiras, a não ser por sua capacidade de usar uma aliança de casamento.

— Não quero esmagá-la — disse Niall, abaixando os olhos para ela.

Amelia-Rose realmente começava a sentir o peso, mas ele ainda estava dentro dela, e ela não queria que aquilo terminasse ainda.

— Fique.

— Pretendo ficar, até o amanhecer.

Niall examinou o rosto dela por mais um momento, então passou os braços ao redor das costas de Amelia-Rose e rolou com ela na cama. De repente, ele estava deitado debaixo dela, que pousou a cabeça em seu peito.

— Posso sentir seu coração batendo — disse Amelia-Rose, as batidas firmes e aceleradas sob seu rosto.

— Sim. E eu posso sentir o seu. — Ele passou os dedos pelo cabelo loiro ondulado e desalinhado, e aquele toque provocou arrepios ao longo do couro cabeludo. — Você confiou em mim, moça. Vou garantir que nunca se arrependa disso. Descobrirei uma forma de fazer dar certo, desde que você ainda me queira.

Amelia-Rose ergueu a cabeça e apoiou o queixo no peito dele para encará-lo. Eles poderiam ficar exatamente daquele jeito, todas as noites. Aquela ideia quase lhe provocou vertigem. Mas mesmo naquele momento, em que era seu corpo que decidia o próximo curso de ação em total desrespeito ao pensamento lógico, ela não era tola.

— Eu ainda quero você. Quero tudo que você falou. Mas também conheço a minha mãe.

— Cheguei aqui apesar da sua mãe. Mas você tem razão. Não somos apenas nós dois nessa história.

— Exatamente. E você não tem um título. Além de ser irmão de Coll, a quem a minha mãe detesta quase tanto quanto detesta você.

Amelia-Rose também não tinha certeza de como ela mesma se sentia em relação a Coll, mas não queria perder o pouco tempo que provavelmente ainda tinham pensado em lorde Glendarril.

— Quero vê-la amanhã. Posso bater na porta da frente e pedir...

— Não, não venha aqui — interrompeu ela. — Continuo livre durante a tarde. Ainda quer me encontrar na esquina da Wigmore Street às duas e meia?

— Estarei lá, moça. E vamos encontrar uma forma de ficarmos juntos que não envolva escalar janelas, embora eu não seja contra isso.

A parte de escalar janelas *tinha* funcionado perfeitamente. Mas não poderia durar. Eles precisavam de uma solução. Amelia-Rose não conseguia nem pensar na alternativa.

—⟶w⟶—

Francesca acordou assustada ao ouvir o som do trinco da porta da frente sendo aberto. Na mesma hora ela afundou mais o corpo no sofá da sala de estar, onde havia se acomodado pouco depois da meia-noite, e virou a cabeça lentamente em direção ao saguão de entrada.

Niall passou pé ante pé, descalço, com as botas em uma das mãos, vestindo apenas um colete e o kilt, e carregando o paletó e o que parecia ser uma camisa amassada na outra mão. Ele subiu a escada quase silenciosamente e, um instante depois, outra porta se fechou.

Francesca soltou o ar e se virou para checar as horas no relógio da lareira. Quase cinco horas da manhã, sem botas, sem camisa e tão distraído que nem se deu conta dela sentada ali na penumbra, antes do amanhecer, coberta até o queixo. Niall Douglas MacTaggert estava aprontando alguma coisa. E, levando em conta os últimos dias, ela tinha uma boa ideia do que — de quem — se tratava.

Ele deveria ter permitido que ela firmasse aquele acordo com os Baxter. Eles acabariam se curvando aos termos apresentados, porque ela teria usado o dinheiro e até ameaças de retaliação para que o fizessem. Do jeito como estavam as coisas, por mais que ela admirasse a determinação de Niall em conquistar Amelia-Rose por seus próprios méritos, não era a jovem que ele precisava convencer. Até porque, claramente, ele já a convencera.

Quando Eloise se apaixonara, tudo fora agradável e bem-ordenado, e Francesca estava bastante convencida de que o jovem Matthew ainda não tinha compartilhado a cama com ela. Mas no que se referia aos seus filhos indomáveis… por mais que ela os quisesse por perto, que desejasse amor e casamento para os três, ela não tinha imaginado como eles poderiam ser parecidos com o pai. Angus vira o que desejava e pegara para si de uma forma espetacular, de tirar o fôlego. Se o pai de Francesca tivesse sido um homem mais convencional, as coisas poderiam ter ficado bastante tensas.

Os Baxter eram extremamente convencionais. Amelia-Rose tinha seus momentos de rebeldia, mas logo se desculpava por eles. Nada daquilo era um bom presságio. E se Niall falhasse, ou se a mãe falhasse com ele, poderia muito bem perder sua chance com os outros dois.

Francesca se levantou para colocar o cobertor nas costas do sofá e subiu a escada para se vestir. Seria inútil tentar ter mais algumas horas de sono quando precisava de soluções. Mesmo que aquelas soluções parecessem existir apenas em devaneios.

Capítulo 13

— Isso não é prudente, Amelia-Rose — sussurrou Jane, enquanto caminhava ao lado da prima, segurando a sombrinha de seda encerada para proteger ambas da chuva. — Sua mãe *vai* perceber que você não está em casa.

— Fui ao almoço dela e estarei em casa a tempo de jantar com os meus pais — respondeu Amelia-Rose. — Estou apenas tirando para mim as três horas entre uma refeição e outra.

— E quando a sua mãe for procurá-la para saber o que planeja vestir esta noite?

— Ela talvez não faça isso — esquivou-se Amelia-Rose. — Se por acaso fizer, diremos que eu estava inquieta e que você me acompanhou em uma caminhada. E, como nós realmente caminhamos até aqui, nem é mentira.

Uma carruagem dobrou a esquina na rua, até ali o maior veículo que ela vira nos dez minutos desde que haviam escapado da Casa Baxter. O brasão azul e amarelo dos Oswell estava estampado na porta e, quando ela o reconheceu, seus lábios se curvaram em um sorriso que permaneceu em seu rosto apesar do mau tempo e do olhar aborrecido de Jane.

Quando a carruagem se aproximou delas, a porta se abriu. Niall se inclinou, sorriu, então saltou graciosamente para a rua antes mesmo que o veículo parasse. Ele usava novamente o kilt e, com a chuva pingando do cabelo ondulado, parecia um antigo guerreiro celta chegando para reivindicá-la para si. Para reivindicá-la mais uma vez, melhor dizendo.

Niall pegou a mão dela e levou-a aos lábios.

— Está muito bonita hoje, Amelia-Rose — disse lentamente, e a intimidade tranquila em sua voz fez o coração dela disparar. — Dormiu bem?

— Depois que Jane finalmente saiu do meu quarto, sim — mentiu Amelia-Rose. A mentira era a melhor opção tanto para Jane quanto para ela mesma, embora a fizesse se sentir um pouco culpada. — Tive sonhos muito bons.

Aquilo lhe rendeu um sorriso.

— Quase vim com a caleche — comentou Niall, visivelmente se forçando a voltar à realidade. Ele pegou a sombrinha de Jane e ajudou as duas mulheres a subir no veículo. — Mas olhei para fora e reparei que estavam todos agasalhados até as orelhas, correndo como ratinhos assustados, por isso peguei essa monstruosidade emprestada.

— Esse clima não o incomoda? — perguntou Jane, soprando dentro das mãos enluvadas em concha.

— O tempo está bom enquanto ainda se consegue ver o horizonte — respondeu ele, sentando-se ao lado de Amelia-Rose, então erguendo o braço para bater com o punho no teto e alertar ao cocheiro de que já podiam partir. — Teve um almoço agradável, *adae*? — perguntou, voltando a se sentar na carruagem com bons amortecedores.

— Sim, tive. Obrigada por perguntar, *skellum* — respondeu ela, usando toda a sua força de vontade para não o beijar. — Aonde você está nos levando?

— Para a Casa Oswell.

De todos os lugares que Amelia-Rose imaginara que Niall poderia levá-la, a casa da família dele não fora uma opção.

— Não estamos a caminho de um jardim secreto cheio de ervas escocesas, de uma fazenda de ovelhas ou algo assim?

Ele ergueu as sobrancelhas.

— É isso que você acha que eu desejo? Ervas e ovelhas?

— Achei que você gostaria de me levar a algum lugar escocês, mas não consegui pensar em nenhuma opção próxima. — Ao menos ela tentara inventar alguma coisa. — Ou nada perto o bastante para uma visita de três horas.

— É justo — aceitou ele. — Mas, se não tiver nenhuma objeção, quero que meus irmãos, minha família, conheçam você.

Amelia-Rose disfarçou um estremecimento ao se lembrar do irmão mais alto naquela família.

— Conheço bem Eloise e lady Aldriss, você sabe. E já… conheci seus dois irmãos.

— *Aye*. Dessa vez, seja você mesma e *eles* se comportarão. — Ele segurou o rosto dela, os olhos verdes mais escuros e sérios na penumbra da carruagem, e só abaixou a mão quando Jane lhe acertou um tapa. — Você está segura comigo. Juro pelo meu próprio sangue. Mas, se não deseja ir, basta me dizer. Encontrarei agora mesmo uma fazenda de ovelhas que possamos visitar. Porque você sabe que um *highlander* consegue localizar uma ovelha a quase dez quilômetros de distância.

E lá estava Niall, deixando-a à vontade novamente. Será que ele tinha consciência de como a fazia se sentir… não confortável, mas segura? E como aquilo a fazia perceber que havia muito não se sentia preciosa para alguém? Estar na companhia de Niall era inebriante e poderia facilmente se tornar viciante. Já era viciante.

— Será ótimo ir à Casa Oswell — disse ela em voz alta, ignorando a fungada de Jane. — Venho mesmo querendo ter uma palavrinha com lady Aldriss.

— Isso não parece promissor, mas faça como quiser — respondeu Niall em uma voz desconfiada. — Tenha em mente que Francesca mal me conhece. Você não pode levar muito a sério o que ela diz.

Aquele não fora o objetivo dela, mas ver o embaraço dele a fez sorrir.

— Você acha que ela vai me alertar para fugir de você?

— Comecei uma briguinha na sala de café da manhã dela outro dia. Por um bom motivo, é claro.

Provavelmente tinha sido quando ele trocara socos com Coll.

— Vou presumir que você estava defendendo a minha honra de alguma forma, e não posso culpá-lo por isso.

— Foi isso mesmo. *Aye*.

Se Jane não estivesse ali, Amelia-Rose estaria disposta a considerar quase perfeita aquela curta viagem de carruagem. Ela teria se contentado em conversar com Niall e apenas ficar olhando para ele, tentando descobrir o que ele estava pensando e sentindo. Gostara dele quase imediatamente. Mas quando foi que aquilo se aprofundara e se transformara naquele desejo ardente, reconfortante e excitante de estar em sua presença? Enquanto pensava a respeito, Amelia-Rose se perguntou se tudo começara naquela primeira manhã, no café. Se começara a se apaixonar por Niall tantos dias antes, aquilo tinha sido parte do motivo para ela falar tão duramente com Coll? Não apenas porque não queria aquela vida, mas porque ela mesma tinha uma outra em mente?

Aquilo nunca aconteceria, é claro, mas ela continuava a desejar que acontecesse mesmo assim. Tanto que permitira que ele se deitasse com ela. E, se surgisse uma nova oportunidade, pretendia fazer novamente. Quantas vezes pudesse.

— Você é um bom homem, Niall MacTaggert.

— Não tenho tanta certeza. — Os olhos claros a percorreram da cabeça aos pés de um jeito que a aqueceu por dentro. — Algumas coisas que estou pensando agora não são boas. Eu as descreveria em detalhes, mas estou com medo de que a sua acompanhante esteja armada. — Ele lançou um olhar de soslaio para Jane.

— Pode continuar a se preocupar com isso, sr. MacTaggert.

A carruagem parou e, um instante depois, o mordomo da Casa Oswell posicionou os degraus e estendeu a mão para ajudar Amelia-Rose a descer.

— Boa tarde, srta. Baxter.

— Smythe. Obrigada.

O mordomo conduziu-os para dentro, para que tirassem os agasalhos. Niall parou na cozinha para enxugar o cabelo úmido, então ofereceu um braço a Amelia-Rose.

— Eu disse a eles para não serem formais — comentou ele, seguindo em direção à frente da casa grande —, mas isso deixa um grande espaço para bobagens.

— Estou nervosa — deixou escapar Amelia-Rose, e logo levou a mão livre à boca. — Não deveria estar... eu os conheço. Ah, só estou sendo tola.

Niall parou, encarou-a e se curvou para lhe dar um beijo lento e profundo. *Ah, aquele homem sabia beijar.* E também sabia fazer várias outras coisas excepcionalmente bem. Aquele pensamento aqueceu um ponto específico entre as pernas dela, e o calor subiu por sua espinha, terminando em um arrepio delicioso.

— Pare com iss... — Jane avançou, mas Amelia-Rose viu pelo canto do olho o braço rígido e a palma da mão aberta de Niall segurarem a acompanhante pelo ombro, mantendo-a afastada com facilidade.

— É falta de educação interromper — murmurou ele, e beijou Amelia-Rose mais uma vez.

— Eu vou gritar — sibilou Jane, batendo em sua mão.

Niall deixou escapar um suspiro, deu uma última mordidinha no lábio inferior de Amelia-Rose e se afastou dela.

— Ainda nervosa?

Ela piscou algumas vezes para voltar à realidade. Mais do que qualquer outra coisa, sentia-se zonza, aquecida e absurdamente otimista.

— Não. Mas você deveria soltar Jane. Ela tem um grito surpreendentemente agudo.

Em vez disso, ainda mantendo Jane Bansil à distância com aquele braço musculoso, ele encarou a mulher.

— Não foi feito nenhum mal, moça — disse ele. — Foi meu irmão que agiu errado, e não vou deixar a minha *adae* preocupada sobre como *eles* a veem. Além disso, acho que pretendo beijá-la sempre que puder.

Jane parou de bater na mão dele, a única parte de Niall que conseguia alcançar.

— Pode *achar* o que quiser, sr. MacTaggert. Da minha parte, *acho* que vou tentar impedi-lo sempre que puder.

Ele sorriu e a soltou.

— É justo. A senhorita é um tigre, sim. Feroz como fogo.

Pela primeira vez até onde Amelia-Rose conseguia se lembrar, Jane enrubesceu com um comentário de um homem.

— Eu... Vamos em frente, certo? — murmurou Jane, enquanto endireitava o vestido azul simples.

— Sim, vamos.

Niall pegou a mão de Amelia-Rose, bateu na porta fechada da sala de estar da família e a abriu.

Estavam todos sentados na sala ampla. Todos os MacTaggert, a não ser pelo patriarca ausente. Eloise e lady Aldriss estavam acomodadas juntas no longo sofá, examinando um bordado inacabado. O irmão do meio, Aden, descansava em uma das cadeiras estofadas e parecia estar lendo o *Dicionário clássico da língua vulgar*, de Francis Grose, enquanto lorde Glendarril tinha se empoleirado em um dos parapeitos fundos da janela e descascava uma laranja.

— Você está lendo um dicionário? — perguntou Niall, erguendo uma sobrancelha quando os irmãos se levantaram.

— Uma moça bonita cheia de curvas me disse ontem à noite que queria alguma coisa que eu não entendi — respondeu Aden com um sorriso lento. — Achei melhor descobrir exatamente o que ela queria dizer, porque temi que estivesse pedindo uma palmada, e eu jamais bateria em uma mulher. — Ele ergueu o dicionário. — Acontece que ela quis dizer que queria um beijo, o que significa que acertei.

— Aden! — repreendeu Eloise, deixando de lado o bordado e se adiantando para dar um forte abraço em Amelia-Rose. — Eu não podia dizer antes, porque você e Coll supostamente estavam prometidos, mas essa não é a primeira vez que penso que você e Niall ficam muito bonitos juntos.

Lady Aldriss pegou a mão direita de Amelia-Rose.

— Você é muito bem-vinda aqui, minha cara. Sempre.

Aquela palavra pareceu carregar algum significado extra, mas Amelia-Rose tentou deixar aquilo de lado por ora. Se a condessa tinha dúvidas se a intenção de Niall de cortejá-la seria bem-sucedida, ela não era a única. Afinal, Amelia-Rose já havia passado por um irmão MacTaggert.

Então, Aden caminhou até ela. Ele abriu a boca para falar, mas Amelia-Rose levantou uma sobrancelha para ele, já que suas duas mãos estavam ocupadas.

— Você pisou no meu pé para não ter que me dizer o que realmente significa *adae*?

— Sim, fiz isso — respondeu o homem, com uma expressão divertida nos olhos verde-acinzentados. — E peço desculpas por entrar em pânico. Você é uma... — ele baixou os olhos para consultar seu dicionário de expressões populares —... uma moça de primeira.

Até onde ela sabia, aquilo ainda era um elogio.

— Obrigada, então.

A claridade voltou a entrar pela janela da frente da sala quando o visconde desceu do parapeito. *Mantenha-se firme*, disse Amelia-Rose a si mesma. Afinal, já o enfrentara duas vezes, e sem ninguém para ajudá-la antes. Ela fez uma mesura enquanto ele dava a volta ao redor do sofá.

— Milorde.

— Você é inglesa — afirmou Coll, parando junto ao ombro de Aden. — E lady Aldriss ordenou que eu me casasse com você. Eu não teria me casado nem que você fosse uma princesa. Mesmo assim, era um problema meu. Você não tinha nada a ver com isso. Eu fui...

— Você foi cruel — disse Eloise baixinho, enquanto ele fazia uma pausa.

— Eu fui cruel — repetiu ele.

— E estouvado — acrescentou Aden.

— E estouvado — repetiu Coll.

— E um bufão, exatamente como ela descreveu — interveio Niall. Lorde Glendarril estreitou os olhos.

— E um bufão — disse ele mesmo assim —, exatamente como você descreveu. — Coll respirou fundo e encontrou o olhar dela. — Minha ideia era pressioná-la e forçá-la a romper comigo, assim eu não teria que pagar o preço. Você me pressionou de volta. Você foi inconveniente, moça, mas tem fibra.

— Portanto...? — Eloise perguntou novamente.

— Pelo amor de Deus — murmurou Coll, então endireitou os ombros. — Portanto, peço desculpas a você, Amelia-Rose Baxter. Pode me perdoar?

Ele tinha um hematoma recente no rosto, enquanto o do olho já começava a desaparecer. Niall descrevera o irmão mais velho como um lutador, um brigão, alguém que procurava problemas. Amelia--Rose se perguntou quantas vezes ele já tivera que se desculpar, ou se apenas aceitava as consequências por seus atos. Ela apostaria que a última opção era muito mais frequente.

— Sim — respondeu Amelia-Rose, sustentando o olhar dele. — Eu também não queria o casamento. Você poderia até ter encontrado em mim uma aliada, se tivesse perguntado.

— *Aye*. Acho que sim. — Ele franziu o cenho. — Você tem uma língua afiada. Se eu *estivesse* procurando uma mulher, e você fosse escocesa, talvez...

— Não — interromperam Amelia-Rose e Niall ao mesmo tempo.

Para sua surpresa, Coll sorriu.

— Não. Acho que não.

Ele voltou, então, para o pcitoril da janela e para a sua laranja.

Ao longo das duas horas seguintes, Amelia-Rose descobriu como seria ter uma família grande. Até Coll acabou se juntando a eles e, embora ela conseguisse perceber de vez em quando que nem tudo estava bem entre lady Aldriss e os filhos, eles estavam lá. Estavam juntos e todos pareciam determinados a recebê-la como parte da família.

Foi realmente impressionante. Um encontro caloroso, estimulante, genuíno e muito bem-humorado. Quando Jane, que estava sentada perto do fogo, estendeu a mão disfarçadamente para pegar o dicionário de expressões populares abandonado por Aden, Amelia-Rose quase caiu na gargalhada. Se eles tinham sido capazes de influenciar Jane a ter curiosidade sobre qualquer coisa vulgar, aquilo era a prova de que milagres poderiam realmente acontecer.

— Tenho uma pergunta — disse Amelia-Rose, tomando um gole de chá. — Algum de vocês já ouviu falar em ordenhar gatas?

Aden deu uma risadinha.

— Sim. Sean Ross, um dos nossos arrendatários. Ele faz queijos com o leite das gatas, ou pelo menos é o que diz.

— Eu o vi fazer isso — acrescentou Coll. — É um pouco perturbador, até para mim.

Niall entrelaçou os dedos aos dela.

— Você não acreditou em mim.

— Você estava falando sobre *ordenhar gatas* — retrucou Amelia--Rose, rindo. — Eu precisava de uma confirmação.

— Ora, agora *eu* quero saber mais sobre isso — intrometeu-se Eloise. — Porque parece uma loucura completa.

Lady Aldriss deu uma palmadinha no joelho da filha.

— Faça seus irmãos lhe contarem, então. Eu gostaria de falar com Amelia-Rose.

Ela se levantou e fez um gesto em direção à porta. Por um segundo Amelia-Rose se perguntou se Niall se oporia, mas ele apertou gentilmente a mão dela e a soltou.

— Você disse que queria ter uma palavrinha com ela — murmurou ele, só para ela.

— É verdade. Por favor, fique de olho em Jane.

Ele sorriu.

— Acho que ela está bastante absorta agora.

Então ele tinha visto o que a acompanhante dela estava lendo. Claro que sim, Niall parecia notar tudo. Amelia-Rose se levantou, seguiu a condessa até o corredor e as duas passaram por mais duas portas até entrarem em um escritório pequeno e bem-arrumado.

— Sim, milady?

— Lembro de quando me encontrei com seus pais pela primeira vez para conversar sobre um acordo de casamento — disse lady Aldriss, acomodando-se em uma das duas cadeiras diante da mesa e indicando que Amelia-Rose ocupasse a outra. — Embora você não falasse muito, ainda assim deixou muito claro que não tinha a Escócia em grande conta. Nem os *highlanders*.

— Peço desculpas, milady. Estava falando em termos gerais e não tive a intenção de menosprezar seus filhos em particular.

Ela havia sido direta demais novamente. Lady Aldriss desistiria de sua boa acolhida agora que as duas estavam a sós?

— Quando conheci Angus MacTaggert — falou a condessa, em vez disso —, ele era um homem espetacular. Muito bonito e forte, e determinado a conseguir o que queria... que por acaso era eu. E me apaixonei por ele... profundamente. — Ela abaixou os olhos para as mãos por um momento, em uma rara demonstração de incerteza. — A Escócia é fria no inverno. Chuvosa no verão. Com ovelhas demais e pessoas de menos. Pode ser um lugar extremamente solitário e isolado... ainda mais quando seu marido se considera ocupado demais para socializar com seus pares.

— A senhora está me alertando para ficar longe de Niall? — perguntou Amelia-Rose. — Porque ele sugeriu que passássemos a temporada social aqui em Londres.

A condessa a encarou espantada.

— Ele fez isso?

— Sim. Ou na sua casa ou em uma casa menor, perto daqui.

Parecia estranho falar sobre aquele futuro, mas ali, naquela casa, Amelia-Rose tinha a sensação de que quase podia tocá-lo.

— Ora. — Lady Aldriss esfregou os olhos. — Isso é inesperado.

— Quer dizer, Niall não me pediu em casamento nem nada. Estávamos apenas conversando. E sei que meus pais, especialmente a minha mãe, não serão facilmente convencidos.

— Não, me arrisco a dizer que ela não será. — A condessa fitou-a com um olhar bastante perturbador. — Posso lhe pedir para ser sincera comigo, minha cara?

Aquilo não era um bom presságio. Talvez ela fosse tão inaceitável para a família de Niall quanto ele era para a dela. Ou talvez lady Aldriss tivesse adivinhado que sua virtude não estava mais intacta.

— Claro que sim.

— Você não está totalmente... satisfeita sob o teto dos seus pais. Não vou pedir que confirme isso, mas tenho olhos e ouvidos. Acho que o que eu quero dizer é que, se Coll tivesse sido mais agradável, você talvez tivesse concordado em se casar com ele, por mais defeitos que visse nele. — Ela alisou a frente da saia cor de vinho. — A isso você pode responder.

Amelia-Rose franziu a testa.

— Eu gostaria de ter uma resposta mais corajosa para lhe dar, mas sim, eu talvez tivesse.

— E agora, no lugar de Coll, você tem Niall, que *é* mais agradável e mais preocupado com a felicidade dos outros.

— Eu tive outros quatro pedidos de casamento, milady.

— Sim, que sua mãe rejeitou por causa da posição social dos cavalheiros. — A condessa se inclinou para a frente. — O meu filho parece adorá-la, Amelia-Rose. Não tenho qualquer objeção a um casamento, desde que você não o encoraje apenas porque teme ser forçada a se casar com algum velhote que tenha um título. Portanto, só preciso que você me diga que não é apenas a conveniência, a afabilidade e a disponibilidade de Niall que você valoriza, e sim o próprio homem.

Amelia-Rose considerou tudo aquilo por um momento. Depois de toda a emoção da noite anterior e depois daquele dia, tinha a sensação de estar diante de uma grande onda, prestes a arrastá-la para o fundo do mar e afogá-la.

— Niall não é conveniente — afirmou ela. — Nem um pouco. Ele é bem-humorado, espirituoso e caloroso, e me faz sentir… segura. Ele é um sonho, *meu* sonho, lady Aldriss, e temo que, se eu me apaixonar, ele vai simplesmente desaparecer. Então, quando olho mais de perto, vejo que já me apaixonei… profundamente… e sei que algo vai dar errado agora, e…

— Shhh… — acalmou lady Aldriss, e a abraçou.

Amelia-Rose engoliu um soluço, então outro.

— Sinto muito — conseguiu dizer, ainda soluçando. — Não sou chorona. Só estou preocupada. Acho que Niall também está, embora não comente.

A condessa tirou um lenço de algum lugar e lhe entregou.

— Seque seus olhos, minha querida. Fui criada por pais indulgentes, assim como a minha filha e, ouso dizer, os meus filhos. Um pai… Bem, você não precisa ouvir um sermão, mas acredito que seja dever dos pais ajudar os filhos a encontrar o melhor caminho e depois se afastar. Dentro do razoável, é claro.

Amelia-Rose secou o rosto.

— Não há como argumentar com a lógica, milady.

Lady Aldriss sorriu.

— Portanto, saiba que eu a ajudarei, de todas as formas que eu puder.

Alguém bateu na porta.

— Eu preciso levar a moça de volta para casa — disse a voz de Niall.

— Entre.

Ele girou a maçaneta e entrou.

— Espero que vocês não... Por que está chorando?

Niall se adiantou na mesma hora e se ajoelhou ao lado de Amelia--Rose, o kilt se acomodando de qualquer maneira ao redor dos joelhos. Lançou um olhar furioso para a mãe.

— Sim, eu a fiz chorar — confirmou lady Aldriss, enquanto ia até a campainha para chamar um criado —, mas foi sem querer.

Longe de parecer apaziguado, Niall tirou um lenço de um dos bolsos do paletó e enxugou o rosto de Amelia-Rose.

— Me dê alguém com quem lutar, moça. Qualquer pessoa.

Ela esboçou um sorriso. Afável, sim, ele era. E também era feroz. E, por enquanto, era dela.

— Ah, sim, vamos nocautear os meus pais e trancá-los em um guarda-roupa para que eles não possam mais me lançar olhares furiosos.

Ele ficou de pé.

— Sim. Espere aqui, o...

Alarmada, Amelia-Rose segurou o braço dele.

— Niall! Você sabe que eu estava só brincando.

Niall ajudou-a a se levantar.

— Assim está melhor.

— Você não deveria me assustar só para me impedir de chorar — declarou Amelia-Rose.

Os lábios de Niall se curvaram em um sorriso lento que quase fez o coração dela parar, enquanto ele colocava uma mecha do cabelo dela atrás da orelha.

— Você está presumindo que *eu* estava brincando.

— Não tranque meus pais em um guarda-roupa.

Niall colocou a mão dela ao redor do braço dele, e os levou de volta à barulhenta sala de estar da família.

— Amanhã pretendo comprar algumas flores e uma caixa de charutos e tentar convencer seus pais de que sou um rapaz razoável. Depois veremos quem é mais teimoso, porque acho que sou eu.

— Parece promissor — esquivou-se ela —, mas eles podem colocá-lo para fora.

O sorriso dele se tornou mais largo.

— Sou persistente como o diabo.

Se Niall estava tão preocupado quanto ela, estava conseguindo esconder melhor. E, se ainda não estivesse preocupado, ficaria depois da visita no dia seguinte.

Quando voltaram para a carruagem, Amelia-Rose se sentia tão plena de abraços, apertos de mão e risadas que achou que poderia explodir. Até Jane tinha o rosto corado, mas Amelia-Rose percebeu que aquilo tinha mais a ver com o que a prima escolhera para ler do que com os próprios MacTaggert.

A chuva havia parado, então ela ficou surpresa quando a carruagem passou direto pela Wigmore Street e seguiu em direção à Casa Baxter.

— Você não pode parar aqui — disse ela, escondendo-se atrás da cortina. — *Eu* vou acabar trancada em um guarda-roupa.

— Pedi a Robert para passar direto, e vou deixar vocês logo depois da casa. Mas enquanto você está aqui...

Ele se inclinou e capturou os lábios de Amelia-Rose em um beijo suave e ardente que a aqueceu por dentro. Jane se endireitou no assento.

— Pare com isso agora mesmo, seu... lorpa!

Niall ergueu as sobrancelhas.

— Eu sou o quê?

— Você me ouviu.

— Vou ter que procurar isso no livro de Aden.

A carruagem parou e ele abriu a porta, enquanto o cocheiro baixava os degraus.

— Onde posso vê-la amanhã, Amelia-Rose? — perguntou Niall, baixando os olhos novamente para a boca da jovem.

— Não, você não vai fazer isso — respondeu Jane, colocando o ombro entre os dois e empurrando Amelia-Rose em direção à porta. — Desça, prima.

— Vou fazer compras na Bond Street às duas horas — avisou Amelia-Rose, enquanto descia da carruagem. — Caso a manhã não corra como você espera.

— Acho que estou precisando mesmo de um chapéu novo — declarou Niall. — E não se trata de esperança. É destino.

Aquela palavra permaneceu com Amelia-Rose enquanto a carruagem partia novamente, e ela e Jane seguiam pela rua. Aquele relacionamento deles parecia muito delicado, muito frágil e muito novo, para uma palavra tão forte. Mas, se Niall estava tão certo, talvez ela precisasse ver a situação da mesma maneira. *Destino.* Aquilo significava que eles *encontrariam* uma maneira de persuadir os pais dela. Ela *conseguiria* se casar com Niall, compartilhar uma vida com ele. "Destino" era uma palavra muito boa.

Não foi Hughes quem abriu a porta da frente da Casa Baxter quando elas chegaram.

— Aí estão vocês — exclamou a mãe, com um sorriso cintilante no rosto. — Pelo amor de Deus, onde estavam?

— Fomos dar uma volt...

— Ah, não importa — interrompeu Victoria. — Estão aqui agora e, querida, tenho uma notícia maravilhosa.

Algo no peito de Amelia-Rose se apertou, e ela apoiou a mão na parede do saguão para se firmar. Notícias maravilhosas para a mãe se limitavam a um número muito pequeno de coisas. Ela fechou os olhos por um momento e endireitou novamente o corpo. *Destino*, disse a si mesma. Talvez a mãe finalmente tivesse cedido e permitido que o pai tivesse um cachorro. Ele vinha querendo um havia anos.

— Tire esse chapéu e venha. — A mãe ainda estava falando, e ela mesma desamarrou as fitas do chapéu da filha e o jogou em um canto. — Pelo menos suas bochechas estão rosadas. Por aqui.

Victoria Baxter praticamente empurrou Amelia-Rose para a sala de estar do térreo. Vinte minutos antes, ela estava em uma sala semelhante, cheia de sorrisos e de calor humano. Aquela sala também estava cheia de sorrisos, mas parecia... fria. Quando reconheceu os rostos, Amelia-Rose sentiu aquele frio subir por sua espinha, deixando-a gelada e entorpecida por dentro.

— Faça uma mesura — sussurrou a mãe, logo atrás dela.

Amelia-Rose fez uma mesura.

— Lorde Durst, milady, lorde Phillip — murmurou, ouvindo o suspiro muito baixo de Jane logo atrás.

Ela se perguntou se a prima teria aprendido alguma palavra apropriada para aquilo naquele dicionário de expressões.

Lionel West, o belo e melancólico marquês de Durst, deu um passo à frente para pegar as mãos dela.

— Senhorita Baxter. Parece que a minha mãe e a sua andaram conspirando. — Ele sorriu e voltou os olhos castanhos para a marquesa viúva no sofá, antes de fitar Amelia-Rose novamente. — E as duas chegaram a um acordo que me sinto compelido a aceitar, tanto pela minha honra quanto pelo meu coração. Parece que vamos nos casar.

Capítulo 14

NIALL NÃO SABIA MUITO SOBRE a linguagem das flores — algo que, de acordo com Eloise, não era uma piada —, mas imaginou que rosas brancas e amarelas seriam suficientes para a sra. Baxter, enquanto a caixa de charutos americanos muito cara que estava levando para Charles Baxter quase lhe custara um braço quando a tirara de Coll.

Eles sabiam o que ele iria fazer naquela manhã e, apesar das palavras de encorajamento e dos comentários sobre a sua avidez para abandonar a solteirice, Niall percebeu a preocupação nas vozes de todos. Ele também tinha suas preocupações. A moça — a moça dele — queria agradar aos pais, nem que fosse porque achava que nunca tinha conseguido aquilo antes. Porém, lhes agradar significava se casar com um título. E ele não tinha um.

O que ele tinha era uma família rica e influente do lado dos Oswell e uma família poderosa do lado dos MacTaggert. Niall nunca confiara muito no sangue *sassenach* que carregava, mas ele era importante no momento. Seu avô e os que vieram antes dele tinham sido viscondes por mais de dois séculos, até o último morrer, deixando apenas uma filha como herdeira, a mãe de Niall. Do lado do pai dele, o condado remontava a trezentos anos e se tornara aristocrático por decreto do volumoso Henrique VIII em pessoa. Aquilo tinha que servir para alguma coisa, porque era tudo o que ele tinha.

Niall desmontou de Kelpie quando um dos cavalariços da Casa Baxter apareceu. Ele afofou um pouco as rosas e se aproximou da porta. O mordomo a abriu depois de Niall ter subido o único degrau.

— Bom dia, Hughes — disse, com um aceno de cabeça. — Gostaria de falar com o sr. e a sra. Baxter esta manhã, por favor.

O mordomo levantou uma sobrancelha.

— O senhor gostaria?

— Sim. Tenho algo a conversar com eles. Espero no degrau ou dentro de casa?

— Posso perguntar do que se trata? A menos que o senhor agora tenha um cartão e possa escrever nele o que deseja.

— Não tenho um cartão e prefiro falar diretamente com os Baxter.

Enquanto Niall ainda falava, um rapaz se aproximou rapidamente da casa com um grande buquê de rosas vermelhas nas mãos.

— São para a srta. Baxter — disse, e entregou as flores ao mordomo antes de se afastar novamente.

Niall olhou das rosas para o seu próprio buquê.

— Quem está mandando flores para Amelia-Rose essa manhã? — perguntou, mantendo o tom contido.

— Imagino que sejam de lorde Hurst — respondeu Hughes. — O noivo dela.

Foi como se alguma força invisível socasse Niall no peito. De repente, ele não conseguia respirar. As palavras do mordomo pareceram passar voando por ele, sem fazer sentido, embora ao mesmo tempo ele soubesse exatamente — *exatamente* — o que aquilo significava. Vários momentos passaram pela mente dele, lembrando-o de que ela nunca havia dito que o amava. E de que ele inicialmente tinha se perguntado se talvez não fosse simplesmente a possibilidade mais conveniente de fuga de uma casa que ela detestava.

O primeiro instinto de Niall foi entrar na casa, encontrar Amelia-Rose e arrastá-la para longe de lá. O segundo foi encontrar os pais dela e garantir que parassem imediatamente o que quer que fosse aquele novo inferno e deixassem a filha em paz. Antes, porém, ele precisava de informações. De palavras. De fatos. Aquilo seria importante para que ele pudesse resolver aquela situação. E ele resolveria. Tinha que resolver.

— Quando isso aconteceu? — perguntou em voz alta.

Niall pensou ter imprimido um grau admirável de contenção à voz, mas mesmo assim o mordomo deu um passo para trás, refugiando-se no saguão.

— Tenho certeza de que tudo aparecerá no anúncio de amanhã, sr. MacTaggert. Enquanto isso, eu...

— Quando isso aconteceu? — repetiu Niall no mesmo tom, fixando os olhos em Hughes.

O criado pigarreou.

— Ontem à noite.

Depois que ele a levara de volta para casa. Niall sabia que deveria ter ficado com ela, que jamais deveria ter acreditado que os pais de Amelia-Rose não procurariam imediatamente outro nobre para o qual vendê-la em troca de respeitabilidade.

— Quem é lorde Hurst?

— Eu não deveria estar...

— Hughes.

— Lionel West, o marquês de Hurst. Irmão de lorde Phillip West e filho de Mary, lady Hurst.

Niall conhecia Phillip. Eles haviam se encontrado pelo menos duas vezes. Era um rapaz de olhos castanhos que parecia gostar de cavalos. Quem quer que fosse esse Lionel, o homem havia mergulhado sobre a presa como um maldito abutre. E um marquês, maldição.

— Ela aceitou?

O mordomo franziu o cenho.

— O que quer dizer?

— Amelia-Rose aceitou o pedido de casamento desse lorde Hurst? Ele fez o pedido a ela ou eles apenas a fizeram assinar seu nome em um papel? Ou trocar um aperto de mãos? Ela sorriu?

Algo semelhante a simpatia passou brevemente pela expressão do homem mais velho.

— Eu não estava na sala, sr. MacTaggert.

Niall assentiu e estendeu as flores e os charutos.

— Com meus cumprimentos aos Baxter — disse ele.

Não queria aquelas coisas. De repente, elas pareciam envenenadas, como algo que tivesse sido ludibriado a levar até ali. O mordomo pegou as flores e os charutos.

— Passarei a eles, senhor.

Niall desceu de cabeça baixa o degrau que o levara até a porta da casa e voltou para onde Kelpie ainda o aguardava. Precisava pensar. Precisava beber. E precisava descobrir que diabo pretendia fazer a respeito daquilo — mesmo não tendo a menor ideia de por onde começar. Nas Terras Altas, se um homem tomasse a mulher de outro, haveria, na melhor das hipóteses, uma briga feia e, na pior, uma troca de tiros. Ali, ele tinha quase certeza de que não era apropriado atirar em um marquês.

— Senhor MacTaggert?

Niall se voltou novamente na direção do mordomo e da porta entreaberta.

— Sim?

— A srta. Baxter saiu, mas fez questão de me dizer que manteria sua agenda habitual hoje. — Ele franziu a testa por um momento. — Seja essa agenda qual for. Ela nunca teve uma que eu...

— Obrigado, Hughes. — Amelia-Rose estaria fazendo compras na Bond Street às duas horas. E havia deixado aquela mensagem para ele. A esperança se espalhou novamente pelo corpo de Niall, aquecendo o frio mortal que envolvia seu coração. Não tinha sido ela que fizera aquilo. — Obrigado.

— Senhor MacTaggert.

A porta foi fechada.

A ideia de ir atrás de Amelia-Rose em Mayfair naquele momento o atraía, mas seria inútil. Ela conhecia muito mais pessoas lá do que ele, e poderia muito bem estar em qualquer lugar. Quatro horas. Ele tinha quatro horas até o momento em que saberia onde ela estaria. Quatro horas para reunir mais informações e organizar um plano. E Niall conhecia alguém que poderia ajudá-lo com pelo menos parte daquilo.

Ele desceu da sela diante da Casa Oswell, entregou Kelpie a Gavin e entrou na casa.

— Nossa, você foi rápido — observou Aden do patamar da escada, onde estava enrolando um roupão ao redor da barriga de Rory. — Foi chutado para fora?

— Onde está Eloise? — perguntou Niall.

Aden estreitou ligeiramente os olhos.

— Na sala de música. Devemos nos preocupar com alguma coisa?

Niall ignorou a pergunta e se dirigiu ao primeiro andar, passando pelo irmão e seguindo o som de um piano. Ele encontrou a irmã sentada sozinha na sala de música de paredes lisas.

— Preciso de um momento com você — falou Niall, fechando a porta atrás de si.

Ela olhou para cima, os olhos verde-claros assustados.

— Não era para você já estar de volta — falou Eloise, levantando--se e correndo em direção ao irmão. — Foi horrível?

Niall não queria falar sobre aquilo, e ela não gostaria de ouvir a torrente de palavrões que viria com a história caso ele a contasse. Na verdade, quanto menos palavras fossem ditas, menos provável seria que ele começasse a berrar e quebrar coisas como um urso louco e ferido. E Niall se sentia ferido. Mortalmente.

— Você conhece *laird* Phillip West, certo?

— Phillip? Sim. Por quê? Aconteceu…

— Fale-me sobre o irmão dele.

Eloise ficou muito séria e já estendia a mão para ele quando pareceu pensar melhor antes de tocá-lo. Moça esperta.

— O marquês de Hurst?

— Sim.

Subitamente os olhos verde-claros da jovem se encheram de lágrimas, que logo escorreram pelo rosto pálido. Eloise respirou fundo e levou as mãos ao peito, os punhos cerrados.

Aquilo doeu mais do que qualquer coisa que ela pudesse ter dito. Aquelas lágrimas disseram a Niall que ele provavelmente perdera. Que quem quer que fosse aquele maldito Hurst, a irmã achava que o marquês era mais adequado para Amelia-Rose do que Niall.

Mas sua *adae* havia lhe enviado uma mensagem. Ela se certificara de que ele soubesse onde ela estaria. E Amelia-Rose tinha uma boa ideia de que tipo de homem Niall era. Certamente não do tipo quieto e moderado. Certamente não o tipo que deixaria outro homem levar a mulher que reivindicara para si sem dizer uma palavra ou briga.

Ele assentiu. Se Eloise tinha dúvidas, então ele não a incluiria.

— Isso responde as coisas, então.

Quando Niall se virou, a irmã agarrou a manga do seu paletó.

— Está decidido? Ela...

— Nada está decidido — retrucou Niall irritado, desvencilhando-se dela.

Fosse o que fosse que tivesse acontecido entre a tarde da véspera e aquela manhã, Hughes, o mordomo, ainda se referia a Amelia-Rose como srta. Baxter. Aquilo, no que dizia respeito a Niall, era tudo o que realmente precisava saber. Ela poderia até ter sido forçada a um noivado, mas não estava casada, e isso significava que ele poderia dar um jeito na situação, se Amelia-Rose ainda quisesse... E se o marquês de Hurst não fosse tudo o que ela esperava quando decidira se contentar com Niall.

—ന്ന—

Victoria Baxter deixou a cortina escorregar de seus dedos.

— Ele se foi, graças a Deus. Por um momento, temi que pudesse atacar a casa gritando "Pelo Bruce!" ou algo assim.

Sentada diante da penteadeira, Amelia-Rose apertou com mais força o cabo da escova de cabelo. Niall aparecera exatamente como dissera que faria, preparado para aceitar os absurdos e os insultos dos pais dela para, quem sabe, convencê-los a ver a razão. Por que ele não havia *mesmo* invadido a casa? Se tivesse tentado fugir com ela, Amelia-Rose tinha quase certeza de que teria ido.

— Não significa nada para a senhora que eu goste dele?

— É claro que não. Se os MacTaggert não tivessem tentado escapar o tempo todo do acordo que fizeram conosco, você jamais teria feito mais do que trocar gentilezas com aquele homem. Isso para não dizer que o honorável Niall MacTaggert não tinha nada que cortejá-la para si mesmo. Ele é escocês, não tem título, não tem modos e, sem dúvida, levaria você para viver em uma casa cheia de ovelhas.

Isso era exatamente o que ela havia pensado sobre Coll a princípio — a não ser pelo título, é claro. Agora ela estava feliz por não ter visto Niall pela janela. Um mero vislumbre de seu rosto a teria feito desmoronar. Naquele momento, Amelia-Rose não tinha ideia do que Hughes poderia ter dito, ou se o mordomo havia passado a mensagem que ela havia pedido que passasse. Será que Niall a odiava agora? Será que achava que ela o havia traído? Que o deixara de lado sem pensar duas vezes?

— E agora? — provocou a mãe, diante do silêncio da filha. — Pretende bater o pé? Bradar que não vai concordar com isso? Fugir e entrar para um convento? Para um bordel? Porque não tenho ideia de como você conseguiria se sustentar depois que seu pai e eu a deserdarmos por sua atitude beligerante.

— Ainda não decidi — retrucou Amelia-Rose, as lágrimas voltando a escorrer pelo rosto. — Todas essas opções, talvez.

— No entanto, eu recomendaria que você considerasse a possibilidade de me agradecer.

Finalmente Amelia-Rose se virou para a mãe.

— Não vou lhe agradecer por *nada*.

— Ingrata. Há menos de um ano você estava sonhando com lorde Hurst. "Ah, ele é tão bonito", você dizia. "Seu cabelo dourado e seus olhos melancólicos me dão vertigem." Ora, agora você o tem. Cabelo dourado, olhos melancólicos e um título. Não tem do que reclamar. Respondi a todas as suas preces. Hurst Abbey fica a apenas vinte quilômetros de Londres. Você nunca estará a mais de um dia de distância da cidade.

Um ano antes, Amelia-Rose estaria se sentindo esperançosa e animada. Por mais dispersos, atormentados e perturbados que fossem seus pensamentos, ela tinha consciência daquilo. Queria agradar à mãe, ser a jovem que fora criada para ser. Conquistar Hurst permitiria que provasse a si mesma que não era um fracasso.

A mãe se afastou da janela.

— Seja grata, Amelia-Rose. Entendo que pode ser emocionante ter a atenção de um homem bonito e viril, mas pergunte a lady Aldriss se isso é o bastante para garantir um bom casamento. Eu salvei você. E essa foi a última vez.

— Eu nunca te pedi para me salvar.

Amelia-Rose queria dizer mais, queria gritar que por um dia e uma noite, que por uma tarde, tinha sido feliz. Conseguira ver um futuro com amor, carinho e bom humor, com um homem que a encorajava a falar o que pensava, e cercada por uma família que a acolhera mesmo com todos os problemas que ela lhes causara.

— Eu sou sua mãe. Fiz isso sem que você precisasse pedir. Lorde Hurst virá para acompanhá-la em sua saída de compras esta tarde, e você conversará com ele, será agradável e se comportará como uma mulher noiva, porque é o que você é.

Com isso, Victoria saiu do quarto e fechou a porta silenciosamente atrás de si. Amelia-Rose pousou a escova. Tudo tinha acontecido tão rápido na noite anterior. Ela poderia tentar entender as coisas em termos de uma emoção ou outra — surpresa, horror, descrença —, mas estava tudo muito mais emaranhado e confuso do que isso.

Sempre procurara ser honesta consigo mesma e, por esse motivo, teve que admitir que sim, no passado ela teria gostado da ideia de se casar com Lionel West. Mesmo no início da sua primeira temporada social, quando percebera que se casaria com um título, independentemente de quem estivesse atrás dele, Amelia-Rose decidira que seria o homem menos desagradável possível. Ao longo de suas duas temporadas sociais, ela e lorde Hurst mal haviam trocado uma dúzia de palavras, sem contar a noite da véspera. Parecera mais importante que ele fosse belo e gentil, e que morasse perto de Londres.

Ela nunca teria chamado Niall de belo. Sua aparência não era nem um pouco suave como a palavra talvez sugerisse, apesar de seus longos cílios. Aqueles olhos com sua cor impossível e o riso profundo, o maxilar forte, as sobrancelhas arqueadas e o cabelo castanho-avermelhado indomável, a força e a graça esguias e musculosas dele — Niall era o exemplo mais completo e inconfundível da perfeição masculina. Seu guerreiro. Seu amante.

Importava que ela o conhecesse havia apenas alguns dias? Afinal, se somasse todos os minutos que já passara junto de Lionel West, talvez chegasse a uma hora. Dos dois, conhecia Niall muito melhor e o preferia indescritivelmente mais.

Sim, ela havia custado a admitir seus sentimentos por Niall. Dissera que gostava dele, que valorizava sua amizade, que queria estar perto dele, beijá-lo e compartilhar a sua cama com ele. Mas não havia dito o mais importante — e não o fizera porque, de alguma forma, sabia que eles não acabariam juntos. Porque ela queria demais ficar com ele, e admitir aquilo teria partido aquele futuro em pedaços.

Bem, ela não dissera as palavras e tudo se estilhaçara mesmo assim. Havia esperado pelo momento perfeito, por alguma promessa de eternidade, e agora a oportunidade se fora. Perdera tudo, e permitira que aquilo acontecesse. Niall saberia que ela havia permitido que aquilo acontecesse, porque ela não tinha fugido, ou se jogado pela janela, ou feito o que quer que donzelas que precisavam ser salvas faziam.

E mesmo assim não seria capaz de mudar a coisa mais importante. Era algo que ela sabia provavelmente desde a tarde do piquenique de lady Margaret, quando estava destinada a outro homem e Niall supostamente apenas tentava fazê-la gostar do irmão. Amelia-Rose amava Niall MacTaggert. Adorava o jeito que ele não dava a mínima para o que as outras pessoas pensavam — exceto ela, aparentemente — e o jeito que a olhava como se nada lhe importasse tanto quanto o que a sua *adae* poderia ter a dizer. Amelia-Rose amava a boca, o corpo, o sotaque de Niall, e o jeito como ela se sentia mais forte só de saber que ele a achava importante.

Em toda aquela confusão, ela tomara uma atitude corajosa. Havia pedido a Hughes que informasse a Niall, se ele aparecesse, que ela manteria a sua agenda do dia. Se o mordomo tivesse passado aquela informação, Niall saberia exatamente onde ela estaria naquela tarde. Aquilo faria alguma diferença? Será que agora ele a considerava uma causa perdida? Amelia-Rose não tinha ideia do que diria se ele aparecesse. Ou pior, o que faria caso Niall *não* aparecesse.

A porta do quarto foi aberta.

— Senhorita Amy? — disse Mary, espiando para dentro. — Sua mãe disse que devo ajudá-la a se vestir para ir às compras.

— Entre, Mary. Sim, por favor, traga meu vestido de musselina azul-clara com mangas bufantes.

— Sua mãe gostaria que a senhorita se vestisse com mais elegância, já que acabou de ficar noiva e tudo mais.

— É um pequeno ato de rebeldia, Mary. O vestido azul, por favor.

— Sim, srta. Amy.

O que quer que acontecesse naquela tarde, Amelia-Rose tinha dois desejos. Primeiro, que Niall não tivesse desistido dela e, segundo, que alguém devesse a ele um milagre. Porque, sozinha, não conseguia pensar em como aquilo poderia terminar bem para qualquer um deles.

༄

Niall cavalgou para o sul, então para leste, seguindo em direção a Pall Mall. Quando Coll e Aden, que estavam cerca de uma rua atrás dele, tentando não ser vistos, foram detidos por um trio de carruagens e uma carroça de gelo, Niall instigou Kelpie a dar um trote rápido em direção ao norte, até conseguir colocar espaço suficiente entre ele e os irmãos para que eles não conseguissem rastreá-lo, então virou para oeste em direção a Bond Street.

Coll e Aden queriam ajudar. Niall entendia aquilo, mas também sabia que havia ocasiões em que três homens grandes e obstinados das Terras Altas juntos causavam mais confusão do que o necessário. Por isso, embora quisesse muito derrubar Lionel West, o marquês de Durst, no chão e jogar terra em cima dele, se sairia melhor sem suas duas sombras cavando o buraco.

Precisava falar com Amelia-Rose Hyacinth Baxter. Até ouvi-la, as dúvidas continuariam a girar em sua cabeça. Reconhecidamente, não era um homem acostumado a ser rejeitado por uma moça, mas a aflição que sentia não era por causa do orgulho ferido. Eles tinham um plano. Sim, um plano nebuloso preenchido principalmente com frases como "vamos resolver isso" ou "vou convencê-los", mas Amelia-Rose se mostrara interessada em permanecer na vida dele. E Niall ainda a queria ali.

Mas nada daquilo importaria se ele visse apenas o que esperava ver. Se, na verdade, Amelia-Rose só tivesse permitido que ele a cortejasse porque não havia ninguém mais aceitável para ela ou para os pais esperando atrás das cortinas. Ou se fosse apenas uma questão de gratidão para com ele por tê-la salvado daquela situação embaraçosa, na noite do baile.

Niall praguejou baixinho e entregou Kelpie e um xelim a um rapaz que prometeu tomar conta do baio em um beco. Sob toda a raiva, frustração e... mágoa que sentia, ele sabia que poderia ajudá-la. Poderia resolver aquilo. Sempre fora bom em resolver as coisas. Quando um arrendatário ou qualquer outra pessoa tinha um problema que não conseguia resolver sozinho, procurava Niall. Se aquilo fazia dele um pacificador, ou alguém com uma língua de prata, não importava. Naquele dia, ele pretendia usar todos esses talentos para ter Amelia-Rose de volta em seus braços, ou para se convencer de uma vez por todas que ela jamais quisera ficar com ele.

Niall parou ao lado de um poste de onde conseguia ver a maior parte da Bond Street. Se quisesse passar completamente despercebido, provavelmente não deveria ter usado seu kilt, mas quem ele era havia se tornado parte daquela situação tanto quanto o lugar onde Amelia-Rose queria morar. Mesmo com seu quase um metro e noventa de altura e o kilt, ele conseguiu se manter fora do caminho de quase todo mundo, embora as moças parecessem determinadas a pestanejar para ele ou jogar lenços no chão à sua frente. Depois da primeira meia dúzia, ele passou a ignorá-las, e os lenços caíam como borboletas murchas e esvoaçantes a seus pés.

Depois de quase uma hora, ocorreu a Niall que Hughes poderia ter mentido sobre a agenda de Amelia-Rose, ou ela poderia ter mentido para Hughes. Seria uma maneira eficaz de ver Niall bem longe da Casa Baxter, caso tivessem a intenção de conseguir uma licença especial, encontrar a igreja mais próxima e se casar.

— Inferno! — murmurou.

Deveria ter mandado Aden para vigiar a casa.

Niall endireitou o corpo. Em tudo aquilo, mesmo com as dúvidas que tinha sobre a sinceridade dela, ele sabia — *sabia* — que

Amelia-Rose sentia algo por ele. Aquele noivado tinha sido tramado *para* ela, não *por* ela. Por isso Niall pretendia impedir que seguisse em frente. Amelia-Rose não teria mentido, porque ela não mentia.

Enquanto ele se debatia com aquele pensamento, ela saiu de uma chapelaria que ficava na metade da rua.

A moça usava um vestido azul-claro que ele sabia que destacaria o azul de seus olhos, deixando-os mais parecidos com a cor de centáureas. As linhas simples e a ausência de enfeites faziam com que ela parecesse pura e fresca, uma Afrodite inglesa de cabelo dourado. Os pés de Niall o levaram na direção dela antes que o cérebro pudesse registrar que Amelia-Rose não estava sozinha.

Jane se juntou a ela, com uma caixa de chapéu em uma das mãos e, atrás da acompanhante, estava um homem esguio com cabelo dourado ondulado, um paletó marrom com bom caimento, colete amarelo e calça preta, com botas hessianas muito bem engraxadas nos pés. Hurst, sem dúvida. Niall conseguia entender por que descreviam o marquês como melancólico: Lionel parecia o sonho febril de um poeta sobre um jovem prestes a ser atingido por um raio por ser belo demais, ou algo estúpido assim.

Niall endireitou os ombros e continuou em frente. Ele soube o exato segundo em que Amelia-Rose o avistou, porque ela deixou cair a bolsa e ficou paralisada. Aquilo já era alguma coisa, embora Niall não tivesse como dizer se era bom ou ruim. Mas o fato é que a moça não lhe era indiferente.

— Boa tarde — disse ele devagar, e se agachou para pegar a bolsa dela. — Deixou cair alguma coisa, moça.

Ela o encarou, os olhos de um azul muito profundo parecendo... surpresos? Esperançosos? Suplicantes? Niall se recusou a colocar uma palavra na expressão dela, porque seria apenas o que ele queria acreditar. Amelia-Rose abriu e fechou a boca macia, então estremeceu visivelmente.

— Niall. Eu... Você está aqui.

— Sim, estou, *adae*. Você me queria em outro lugar?

O homem melancólico e morto se colocou entre eles e estendeu a mão para pegar a bolsa de Amelia-Rose.

— Ficarei com isso, meu bom homem. Obrigado pela sua atenção.
Niall levou a bolsa às costas.

— Eu não estava falando com você, seu pedaço macio de pele de cordeiro.

— Como? — Hurst olhou para Amelia-Rose, que estava atrás dele. — Você conhece esse homem, Amelia-Rose?

— Eu... Sim. — Ela piscou algumas vezes. — Milorde, esse é Niall MacTaggert. Niall, o marquês de Hurst.

A expressão do marquês se tornou um pouco menos atraente.

— Você é aquele escocês. Devo lhe informar que Amelia-Rose e eu estamos noivos, senhor, e sua presença aqui é indesejada. Por favor, vá embora.

— Isso não parece razoável — retrucou Niall, se perguntando se o homem tinha alguma ideia de como a sua integridade física estava ameaçada naquele momento. — Vi vocês quando estava andando por aqui em busca de um chapéu, e resolvi cumprimentar essa bela moça. Com certeza pode me dar o prazer de trocar uma ou duas palavras, srta. Baxter, em troca da sua bolsinha?

— Sem dúvida eu pos...

— Estamos bastante ocupados no momento, senhor. Talvez possa deixar seu cartão na Casa Baxter. — O marquês começou a avançar. — Agora, se nos der licença, sr. MacTagg...

Niall não se moveu, não deu um passo para o lado e, quando Hurst esbarrou em seu ombro, o homem mais fraco parou abruptamente e deu meio passo para trás.

— Isso não foi muito eficaz, não é? — observou Niall, encarando-o.

O rapaz tinha mais de um metro e oitenta, mas a maior parte do exercício físico que fazia parecia ser sair da cama pela manhã. Niall duvidava que Hurst fosse capaz de erguer um jarro, muito menos uma ovelha.

Hurst ergueu a bengala, a mão livre pousada na cabeça do cachorro de marfim do cabo. O homem sem dúvida guardava um florete embainhado ali, apenas para o caso de escoceses enormes se recusarem a sair do seu caminho. Eles estavam perdendo tempo ali, e Niall precisava falar com Amelia-Rose. No entanto, se a moça tivesse um mínimo grau de afeto por aquele travesseiro de penas de ganso, talvez fosse aquilo que ela precisava ver para se decidir por ele. Niall forçou um sorriso.

— Não me faça parti-lo ao meio, seu boneco de pano pastoso. Só quero trocar uma ou duas palavras com a moça. Ficaremos ali, para que você possa ficar atento a nós, protegendo-a do perigo. — Ele apontou para um ponto bem na frente de uma vitrine.

A expressão do marquês era de alguém que engolira algo azedo.

— Já aviso ao senhor que estou cercado de amigos aqui. Está pensando em me desafiar para uma troca de socos, mas pode acabar enfrentando toda a aristocracia.

Niall deu de ombros. Ele havia tentado, ninguém poderia negar. Mas queria falar com Amelia-Rose imediatamente, e ouvir dela que diabo havia acontecido. A necessidade de ouvir a voz dela, de estar perto dela, afastou todo o restante da sua mente.

— Eu pedi com educação.

Niall cerrou o punho e se virou um pouco para o lado, para que pudesse colocar seu peso no soco... e Amelia-Rose pousou a mão sobre o punho dele.

— Por favor, Lionel — pediu ela, com um meio-sorriso que não o enganou nem por um minuto —, não quero um escândalo, pelo amor de Deus. Nos dê apenas um minuto e poderemos continuar com a nossa tarde.

— Eu... Um minuto, então — concordou Hurst. — Mas não sozinha. Insisto em me certificar de que esse patife não vá ameaçá-la ou machucá-la.

Niall estava pronto para pisotear todas as exigências daquele espantalho bonitinho, mas Amelia-Rose continuava a segurar a sua mão.

— Por favor — sussurrou ela.

Ele assentiu.

— *Aye*.

Sem perdê-la de vista, Niall se colocou em um dos lados da calçada. Quando ela e o marquês se juntaram a ele, ele a encarou.

— Você ficou surpresa?

Amelia-Rose cerrou o maxilar.

— Sim, fiquei.

— O que a surpreendeu? — perguntou Hurst, franzindo o cenho.

— Você, mantenha a boca fechada — rebateu Niall. — Deve ouvir, não falar.

— Eu não concordei com nenhum...

— Chega. Vou matar esse homem.

Niall agarrou o belo rapaz pela gravata e ergueu-o do chão.

Hurst gritou, enquanto socava os braços de Niall e o chutava.

— Solte-me, seu...

— Coloque-o no chão, Niall — ordenou Amelia-Rose.

A menos que ele estivesse enganado, ela estava em parte achando graça daquela situação. Niall esperava que fosse na parte em que Hurst quase molhara a calça. Ele cerrou o maxilar e voltou a pousar o homem no chão, mas manteve uma mão enrolada na gravata dele.

— Você mudou de ideia sobre alguma coisa? — perguntou a Amelia-Rose, ignorando a truta que se contorcia na ponta de seu braço.

— Não, não mudei. Eu não... — Ela se interrompeu. — Não sei o que dizer.

Lágrimas se acumularam nos olhos dela, e Niall teve vontade de beijá-las.

— Ele vai lhe dar o que você queria — ele se obrigou a dizer de qualquer forma.

Suas palavras tinham que ser cuidadosas, mas ele precisava saber, com certeza, o que — quem — ela queria. Que tipo de futuro Amelia-Rose desejava, e se Niall estaria nele. Afinal, não teria como resgatar uma donzela que havia jurado fidelidade ao dragão.

Uma única lágrima escorreu pelo rosto dela, mas depois ela piscou, evitando que qualquer outra caísse. A moça não gostaria que nenhum outro passante a visse chorando.

— Como pode... — Amelia-Rose abaixou os olhos por um momento, então voltou a levantar a cabeça subitamente, seu olhar agora encontrando o de Niall. — Você se lembra daquele prato escocês que me disse para experimentar? *Skellum?* Eu experimentei. E amo. Demais. Gostaria de experimentar novamente.

O coração de Niall parou de bater. Simplesmente parou. Som, visão, tudo ao redor dele parecia claro como um cristal. Podia ouvir as gaivotas acima das docas, pensou, por mais longe que estivessem. Subitamente, com a intensidade de tiros de canhão, cada coisa voltou ao seu lugar, e seu coração recomeçou a bater. Forte. Rápido e esperançoso. Santo André, ela era brilhante. E o amava. Amelia-Rose o amava.

— Também tenho uma queda por *adae* — respondeu ele, mantendo a voz calma. — Mas é melhor comer com a janela aberta. O cheiro, você sabe.

— Vou experimentar assim — falou Amelia-Rose, e estendeu a mão. — Suponho que seja isso, então. Receio que eu vá estar ocupada amanhã, pois lorde Hurst vai me levar para almoçar ao meio-dia.

Niall soltou o marquês para liberar a mão. Quando pegou os dedos de Amelia-Rose, sentiu que tremiam. Ele se demorou um pouco mais do que deveria, então devolveu a bolsa a ela.

— Sim. É isso.

— Não, não é isso — declarou Hurst, tentando endireitar a gravata. — Vou fazer com que seja banido de todos os clubes de Londres, seu selvagem.

— *Aye*. Faça isso, seu lírio murcho.

— Você pode pelo menos nos parabenizar — insistiu o lírio.

— Ora, por que diabo eu faria isso? — devolveu Niall.

Com um último olhar para Amelia-Rose — com o qual ele esperava dizer tudo o que não havia conseguido dizer em voz alta —, Niall deu as costas e foi embora. Ainda tinha uma ou duas coisas para resolver naquele dia. E um ou dois favores para pedir.

—⁓—

Amelia-Rose ficou olhando Niall se afastar. Ele fora vê-la. E a ouvira. Ela não pudera dizer muito, mas ficou com a sensação de que, se tivesse se preocupado menos com escândalos, se estivesse menos consciente da fragilidade de uma reputação, poderia muito bem ter partido com ele. Aquela ideia a fez estremecer — ela, completamente arruinada, deixando o noivo na rua enquanto cavalgava na sela de um *highlander* para uma vida de isolamento dos amigos e da família. Mas teria Niall. E, embora ele não tivesse dito aquilo abertamente — como poderia? —, Amelia-Rose sabia que Niall pretendia ajudá--la. De que forma, ela não tinha ideia, mas envolveria uma visita dele ao quarto dela naquela noite. Um lento arrepio de prazer começou a subir por sua espinha.

— Não dá para acreditar — murmurou Hurst, ainda ajeitando a gravata. — Aquele animal tenta me matar e você fica conversando com ele sobre comida?

— Eu estava tentando acalmá-lo — respondeu Amelia-Rose. Ela ainda não havia sido salva. E nada daquilo era culpa de lorde Hurst. — Ele soltou você e foi embora, e você não foi obrigado a recorrer à violência para nos defender.

Hurst fitou-a, e a expressão carrancuda acabou se transformando em uma careta relutante.

— Você não deixa de ter razão. Ainda assim, não acredito que chegou a olhar para *ele* com ideia de quê... casamento? O homem provavelmente vive em um estábulo...

— Acho que não, mas vamos esquecer tudo isso, certo? — insistiu ela, e pousou a mão no braço dele.

— Ora, estou sem vontade de fazer compras — declarou Lionel, finalmente desistindo de arrumar a gravata amassada. — Talvez um passeio no Hyde Park melhore o meu humor.

Quanto mais pessoas os vissem juntos, mais difícil seria romper um acordo.

— Na verdade, estou um pouco cansada — preferiu dizer. — Você faria a gentileza de me levar de volta para casa?

— Sim, claro. Eu deveria ter considerado a sua natureza delicada. — Hurst ergueu o braço livre e fez sinal para o cocheiro. — Sabe, agora que nos tornamos mais próximos, estou bastante satisfeito por ter voltado a Londres. Geralmente gosto mais de mulheres de cabelo escuro, devido à natureza naturalmente sóbria, mas você parece bastante séria.

Amelia-Rose lançou um olhar de soslaio para o homem, mas ele não pareceu notar.

— Eu tento ser séria — disse. — Queria lhe perguntar, você gosta de caminhar? De ler? De cavalgar?

— Eu desenho — respondeu Hurst. — Ultimamente tenho feito um estudo sobre os santos lúgubres.

Santos tristes?

— Ah — falou Amelia-Rose. — Deve ser gratificante.

— Sim, sim, é mesmo. — Ele abriu a porta da carruagem e ajudou-a a subir. — Você não lê, não é?

— Por quê? — perguntou ela, desconfiada com a forma como ele formulara a pergunta.

— É um hábito terrível, sabe? — Hurst se sentou ao lado dela e deixou que Jane subisse sozinha e se acomodasse no assento oposto. — Ler. Passar o dia com o queixo abaixado é péssimo para o pescoço. Ouvi dizer que causa flacidez. E você tem um belo pescoço.

— Obrigada.

Ela um dia fantasiara se casar com aquele homem. Conhecendo-o melhor, porém, Amelia-Rose passava a ter uma opinião totalmente diferente sobre o marquês de Hurst. Um mês antes, ela poderia estar avaliando do que estaria disposta a desistir para escapar da Casa Baxter, como havia feito com o suposto noivado com Coll. De ler? De sorrir, aparentemente? E ela não fazia ideia de que tinha uma cor de cabelo frívola.

Mas tinha agora outra pessoa com quem comparar o marquês. Alguém que lhe fazia perguntas em vez de pronunciamentos, que supunha que ela seria interessante e culta e que gostava tanto de rir quanto de fazê-la sorrir de volta.

Lionel as deixou na Casa Baxter, prometendo mais uma vez voltar no dia seguinte para levá-la para almoçar e levar alguns de seus esboços para ela admirar. Enquanto ele se afastava, Jane segurou o braço de Amelia-Rose.

— Sei o que significava toda aquela conversa de *skellum* — murmurou, ao atravessarem o saguão em direção à biblioteca. — Você já pensou no que está fazendo?

Maldição.

— Jane, você ouviu lorde Hurst. Eu deveria me casar com aquilo?

— E se você não fizer isso?

Amelia-Rose espiou para dentro da biblioteca. Depois de confirmar que estava vazia, ela puxou Jane para dentro e fechou a porta.

— Explique-se. E se você pretende contar a minha mãe o que aconteceu hoje, eu não...

— Sim, você não vai ficar feliz. Eu sei.

— Jane.

— Amelia-Rose, neste momento você tem dois homens. Aquele que lhe oferece emoção e aquele que lhe oferece aceitação. Sim, lorde Hurst tem um pouco menos de... cérebro do que eu esperava, dada a sua aparência, mas ele é muito respeitado. É um bom partido. Você terá aquelas coisas pelas quais vem ansiando desde antes de seus pais falarem com lady Aldriss. E também terá uma mãe satisfeita e orgulhosa de você.

— Mas Niall...

— Sim, o sr. MacTaggert é uma força da natureza. Deus sabe que, se ele olhasse para mim do jeito que olha para você, eu poderia muito bem ter me apaixonado por ele. Ele também é o filho mais novo, dependente da mãe para ter renda e posição social, porque não tem nenhuma reputação aqui, a não ser a de um *highlander* bárbaro. O sr. MacTaggert pode ter prometido a você uma temporada social em Londres, mas isso ainda deixa os outros nove meses do ano na Escócia. Morando em uma casa, suponho, com os irmãos solteiros dele e o pai que odeia ingleses.

Depois do que Niall havia falado na noite em que estivera no quarto dela, aquela perspectiva parecia muito menos terrível. Londres era uma delicada teia de compromissos sociais, onde um passo em falso poderia fazer com que alguém caísse para sempre em desgraça. A ideia de ter uma comunidade ao redor, de ser capaz de ajudar a guiar um rapaz ou uma moça em direção a um futuro melhor do que eles teriam se fossem deixados por conta própria, ou de ensinar alguém a ler — aquilo era muito atraente para ela.

— O que você sugere, então, pelo amor de Deus? — perguntou Amelia-Rose em voz alta, porque Jane certamente estava esperando por aquilo.

— Sugiro, prima, que você pare de pesar o que está disposta a abrir mão e comece a ver quem tem mais condições de lhe dar o que quer. E mantenha a janela trancada.

Depois de dizer aquilo, Jane saiu da biblioteca. Amelia-Rose foi se sentar em um dos largos parapeitos da janela que dava para o pequeno jardim da Casa Baxter. O conselho bastante sábio da prima a surpreendeu — por muito tempo, havia pensado em Jane como um mal necessário, uma presença severa destinada a evitar que ela se comportasse mal.

Era mesmo àquilo que a situação se resumia? Desistir de uma posição social ou desistir da felicidade? Não parecia que ela poderia ter as duas coisas. Nesse caso, estar com Niall continuaria a fazê-la feliz? Quando ela enfrentasse aqueles nove meses do ano nas Terras Altas sem os amigos e as festas que conhecia, quando tivesse que suportar dias e dias de chuva sem fim, ela ainda permaneceria feliz?

Ah, aquilo era tão complicado. Estava começando a perceber que o problema com os sonhos era que eles só faziam sentido quando os olhos da pessoa estavam fechados. À luz do dia, eram tão frágeis e fugazes como as nuvens. E ela não podia apostar o resto da vida em uma nuvem.

Capítulo 15

NIALL SE AGACHOU ATRÁS DE uma moita de samambaias, o olhar fixo na Casa Baxter acima dele. O desgraçado do Hurst tinha aparecido por volta das sete horas e ficado até quase meia-noite. Aden havia passado a cavalo uma vez, mas Niall não estava disposto a sair do meio dos arbustos e anunciar sua localização a ninguém.

Suas pernas estavam rígidas, embora ele já tivesse passado mais horas esperando que um cervo cruzasse uma trilha. O mais grave era que a maçã e os três biscoitos que roubara da cozinha da Casa Oswell já tinham desaparecido havia muito tempo e ele estava com uma fome dos infernos.

As luzes do andar de baixo começaram a se apagar sucessivamente, e Niall se adiantou um pouco. As janelas do quarto de Amelia-Rose permaneciam acesas, assim como as do quarto ao lado. Ela poderia ter deixado a luz acesa para ele, mas ele duvidava. Ou ainda não estava lá, ou havia alguém com ela.

Finalmente a luz dela se apagou, e logo depois a do quarto vizinho. Niall esperou que uma última carruagem passasse, então se endireitou e foi até a porta da frente. Ele pôs um pé no grande vaso de uma espécie qualquer de flor, então deu um salto, agarrando-se ao beiral do pórtico com os dedos.

Depois de erguer o corpo, Niall passou dali para o parapeito estreito ao lado, então pela flor de lis ornamental de ferro, até chegar à janela seguinte. Se seu alcance fosse mais curto, ele teria que tentar subir pelo cano de esgoto, mas conseguiu atravessar o par de janelas seguinte sem muito esforço, até chegar à de Amelia-Rose. Niall se apoiou no canto pequeno da janela, encontrou a base da tranca e empurrou para cima.

Não se mexeu.

Ele franziu o cenho.

Então, tentou erguer a parte inferior da janela. Nada. As cortinas do outro lado estavam fechadas e Niall não conseguia distinguir nenhum movimento, nenhuma luz além delas. Amelia-Rose não havia nem acendido a lareira naquela noite. Ele respirou fundo e bateu suavemente com os dedos contra o vidro.

O silêncio foi a sua resposta.

— Maldição, moça — murmurou, e bateu novamente, um pouco mais alto.

A janela do quarto ao lado se abriu com um rangido. Niall tentou colar o corpo à parede, mas não havia para onde ir. Assim que ele pensou em se jogar no canteiro de flores abaixo, uma cabeça com cabelo escuro em um coque apertado emergiu na noite.

— Ela não está aí dentro — sussurrou Jane Bansil. — Lorde Hurst contou à minha tia sobre o encontro com o senhor na Bond Street, eu fui mandada para cima sem jantar por *não* ter contado nada, e ela levou Amelia-Rose para o quarto diretamente ao lado dela.

— Preciso falar com a senhorita, então — decidiu Niall, mudando o peso do corpo de lugar e começando a voltar ao longo da parede.

— Não, o senhor não pode — sussurrou ela. — Não vou permitir que comprometa a minha reputação.

— Me diga ao menos se já foi marcada uma data de casamento, moça — insistiu ele, abrandando o tom da sua abordagem para que Jane não começasse a jogar coisas em cima dele.

— Sim. Três semanas a partir de amanhã. Lorde Hurst pediu uma licença especial essa tarde.

Niall sentiu o coração gelado.

— Ela não quer isso, a senhorita sabe.

Jane abriu e fechou a boca, então falou:

— Eu sei disso. Ela adora o senhor. O senhor a faz sorrir. Mas não vai fazer dela uma marquesa.

— Não, não vou. — Ele alcançou a janela dela e segurou no topo do parapeito. — Se eu não conseguir vê-la, a senhorita pode dar isso a ela?

Niall enfiou a mão no bolso do casaco e tirou uma flor de cardo seca em um caule curto. Ele a trouxera para o sul por capricho, pressionada entre as páginas de um livro antigo. Na época, não fazia ideia do porquê, exceto que o cardo era um símbolo das Terras Altas e ele ficaria longe delas por um tempo. Agora o cardo o representava, e ele queria que Amelia-Rose soubesse que não estava sozinha.

A acompanhante recuou um pouco, como se temesse que ele tentasse puxá-la para fora.

— Precisa parar de criar problemas, sr. MacTaggert.

— O único problema aqui são vocês tentando impedir Amelia-Rose e eu de ficarmos juntos. — Ele respirou fundo. — Não consigo ver a minha vida sem ela. A senhorita acha que lorde Hurst poderia dizer o mesmo?

Jane manteve a expressão severa, olhou por cima do ombro, como se esperasse ser descoberta a qualquer momento, e estendeu a mão para pegar o cardo.

— Não estou prometendo nada. A decisão é dela.

— *Aye*. Sempre foi dela.

Com isso, Jane fechou a janela, quase esmagando os dedos de Niall, antes que ele os recolhesse. Maldição... Aquela noite não estava saindo como ele havia imaginado. Nos seus planos, haveria mais sexo, os dois debateriam sobre o plano que ele havia arquitetado naquela noite e ele a abraçaria pelo máximo de horas que conseguisse até o nascer do sol.

Niall voltou lentamente para o telhado acima do pórtico e pulou para o chão. Ele poderia ter contado a Jane o que pretendia fazer, mas, embora não duvidasse que a acompanhante tivesse um afeto sincero por sua protegida, não sabia se a ideia de Jane de protegê-la significaria contar tudo para a sra. Baxter e detê-los antes que tivessem sequer começado.

Sempre nas sombras, Niall subiu a rua até a estalagem onde havia deixado Kelpie. Loki estava parado ao lado do baio, e Niall se virou bem a tempo de impedir que o irmão o agarrasse.

— Já basta, Aden.

Aden abaixou os braços.

— Dissemos para você não sair sozinho. Mas se já está de volta é porque andou fazendo alguma coisa errada.

— Eles a colocaram em outro quarto — resmungou Niall, enquanto desamarrava as rédeas e se acomodava na sela de Kelpie.

— Então ela não sabe o que você pretende fazer?

— Não.

— Isso torna tudo um pouco mais perigoso, você sabe — alertou o irmão, montando também e emparelhando com Niall.

— Se você está com medo, eu mesmo cuidarei de tudo — retrucou Niall.

— Não é perigoso para mim, seu tolo. Mas para você.

Niall deu de ombros.

— Ela vale a pena.

Aden seguiu ao lado do irmão enquanto os dois voltavam para a Casa Oswell.

— Eu zombaria de você por essa expressão sonhadora, mas não quero arriscar um olho roxo enquanto estou atrás de uma esposa.

— Eu arriscaria. — Do outro lado de Niall, Coll surgiu trotando sob a luz fraca do lampião. — Você nos manteve na rua por quatro horas procurando por você, seu idiota.

— Se houvesse uma maneira de convencer os Baxter, eu faria isso. Se conseguirem pensar em alguma opção que eu ainda não considerei, pelo amor de Deus, me digam.

Os três seguiram cavalgando em silêncio pela rua quase deserta.

— Sei que está prestes a fazer de seus sogros inimigos — voltou a falar Coll finalmente, o hálito condensando no ar da noite. — E sei que isso não te agrada. A meu ver, alguém vai sair magoado dessa história. Eles levaram a situação a esse ponto. Pode ser você a ser magoado, ou podem ser eles.

— Sim — concordou Aden. — Você tentou negociar. Tentou ser afável. Se enfiar a mão na boca do urso com muita frequência, ele vai acabar te mordendo.

Niall tinha que concordar com aquilo.

— O que você não vê na sua metáfora, Aden — respondeu —, é que o urso sou eu.

E era um maldito urso cansado de ser educado e afável. Queria Amelia-Rose. E no dia seguinte ela seria a única que poderia impedi--lo de tê-la.

Niall foi direto para a cama quando eles chegaram à Casa Oswell, mas poderia muito bem ter se poupado do trabalho. Por duas vezes, quase saiu de casa novamente para tentar ver Amelia-Rose, mas se convenceu do contrário. Já havia feito o que podia. Mesmo se Jane denunciasse a visita clandestina dele, os Baxter apenas se considerariam espertos por terem tirado a filha do alcance, mas ainda não teriam ideia do que estava prestes a acontecer.

Se a srta. Bansil falasse apenas com Amelia-Rose, nenhuma das duas sabia o que ele havia planejado — só saberiam que Niall tinha algo em mente. Mas, se ele saísse de novo e fosse pego, tinha uma boa chance de passar as próximas três semanas esperando julgamento em Old Bailey, então seria tarde demais para consertar qualquer coisa.

Niall se levantou antes do amanhecer, vestiu seu kilt e desceu a escada para tomar café da manhã. Os criados estavam preparando as primeiras torradas e os ovos cozidos, mas o resto da família provavelmente não se levantaria até o meio da manhã. Ao menos era o que ele esperava. Não precisava de ninguém tentando dissuadi-lo de nada ou tentando convencê-lo a pensar na própria reputação.

A reputação dele não importava. Amelia-Rose, porém, teria que tomar uma decisão. E como ele não a vira na noite passada, ela teria que tomá-la sem o luxo de algumas horas para pensar a respeito, para pesar as vantagens em relação à tempestade que provavelmente se seguiria.

— Achei que poderia encontrá-lo aqui.

Francesca entrou na sala de café da manhã, pegou uma fatia de torrada, passou um pouco de manteiga e se sentou ao lado do filho para se servir de uma xícara de chá. Niall fechou os olhos por um momento.

— Não quero ouvir que estou sendo imprudente ou que não estou pensando direito nas coisas.

Ela deixou cair com cuidado dois torrões de açúcar em sua xícara de chá e mexeu.

— Você disse a Amelia-Rose que, se vocês dois se casassem, passariam as temporadas sociais em Londres?

— Sim.

— E estava falando sério?

Niall franziu o cenho, quebrou outro ovo naquele copinho ridículo que o apoiava e virou metade dele na boca.

— Claro que eu estava falando sério. Ela gosta de Londres.

— Eu... ouvi algumas coisas, além do que você se dignou a me contar sobre lorde Hurst, e me pergunto se você levou em consideração como a srta. Baxter pode se sentir em relação aos seus planos. A menos que você já tenha contado a ela, é claro.

Niall também não havia contado à mãe sobre os seus planos. Ao menos não sobre todos eles.

— Eu tentei. Mas não conseguiria chegar até ela sem colocar fogo na Casa Baxter.

— Ah. Obrigada por não ter feito isso, então.

Smythe entrou, depositou um jornal novo e sem vincos junto ao cotovelo de lady Aldriss e voltou a sair. Só então Niall se deu conta de que nenhum dos criados estava se demorando na sala de café da manhã. Um pedido da mãe, sem dúvida. Sem testemunhas.

— Não tenho nada a lhe dizer — declarou ele, diante do silêncio dela. — De qualquer modo, será melhor a senhora alegar que não tinha ideia do que estava acontecendo.

— Quando seus irmãos ou seu pai dizem ou pedem algo que talvez fosse melhor para você não fazer — retrucou Francesca, ainda mexendo o chá —, você hesita?

Niall franziu a testa e acabou de comer o ovo.

— Não. Mas com frequência acabo com um olho roxo ou algo parecido. E não estou te pedindo nada.

Ela estendeu a mão e pousou sobre a dele.

— Você é meu filho, Niall. Fiquei longe de você por muito tempo, mas estou aqui agora. Como eu disse, farei tudo o que puder para ajudá-lo.

— Sinceramente, não sei como poderia fazer isso, *màthair*. A senhora já não está se intrometendo nem tentando me deter, e acho que só isso já tornará mais difíceis suas conversas espirituosas de salão. A ação e as consequências são minhas. E de Amelia-Rose.

Aquela última parte era o que mais o preocupava — não pela possibilidade de ela não o amar, mas por ele estar pretendendo desafiar a única coisa que poderia significar mais para Amelia-Rose do que ele.

— Não se preocupe comigo e com as minhas conversas espirituosas de salão — retrucou Francesca. — Sou uma duelista muito experiente.

— Ótimo. — Niall afastou a cadeira da mesa. — Voltarei quando tiverem servido comida de verdade.

— Você não vai a lugar nenhum ainda, não é?

O que quer que ele já pudesse ter pensado sobre Francesca Oswell-MacTaggert, não tinha como duvidar da preocupação sincera em sua voz.

— Não. Acho que vou ficar por aqui até o meio da manhã.

Francesca ficou olhando o filho sair da sala. Ele parecia cansado, preocupado e muito, muito sério. Embora ela ainda não tivesse conseguido descobrir todos os detalhes do plano de Niall — algo que pretendia fazer imediatamente —, sabia o bastante para voltar a desejar que ele não a tivesse impedido de negociar um novo acordo com os Baxter. Amelia-Rose teria ficado com raiva, mas, depois de conquistar seu coração, Niall também teria sido capaz de tê-la por inteiro.

As consequências que ele mencionara realmente seriam sérias. E Francesca não as desejava para ninguém, muito menos para o próprio filho. O mar de lama acabaria impactando a verdadeira razão que a fizera decidir impor seu acordo a Angus: ter os filhos de volta em sua vida.

Ela deu um gole no chá doce demais, abriu o jornal para checar as colunas sociais, então voltou a pousar a xícara na mesa com tanta força que derramou o chá. Maldito Smythe por não comentar nada sobre aquilo — embora o mordomo com frequência mandasse John, um dos criados, passar o jornal pela manhã, e Francesca suspeitava que o rapaz não sabia ler.

Ela desviou rapidamente os olhos para a porta, viu que não havia ninguém ali e ergueu o jornal para que qualquer um que passasse não visse o que havia lhe chamado a atenção. Era um anúncio pequeno, mas não pequeno demais, com um elaborado ramo de flores na parte superior e na inferior. Parecia que o sr. e a sra. Charles Baxter estavam encantados em anunciar o noivado da única filha, srta. Amelia-Rose Hyacinth Baxter, com Lionel Albert West, o marquês de Hurst. A pequena inscrição na parte inferior, onde se lia *Corações entrelaçados*, a deixou carrancuda.

Eles não tinham perdido tempo. E, com o anúncio, qualquer um que ainda não tivesse ouvido a respeito agora sabia que Amelia-Rose havia encontrado o título de que precisava. Aos olhos de Francesca, ao menos, a inclusão da frase apenas deixava claro que amor não tinha nada a ver com aquele casamento.

Francesca ponderou se deveria contar a Niall que o anúncio oficial havia sido feito. Ele sabia sobre o noivado, e vê-lo em letras de forma não mudaria o que pretendia fazer. No entanto, o alertaria para o fato de que, agora, várias outras pessoas tinham a mesma informação.

Primeiro, ela tocou a campainha para chamar Smythe, então enxugou o chá derramado com um guardanapo e foi procurar papel para escrever. Não estava brincando sobre a sua capacidade de lidar com a sociedade de Londres. E aquele parecia ser o momento perfeito para fazer uso de suas habilidades.

— Não. Afofe mais.

Oscar estreitou os olhos, enquanto examinava atentamente a gravata.

— Se eu a afofar mais, o senhor não conseguirá ver acima dela.

Niall se virou para o espelho e checou novamente o seu reflexo. As pontas do colarinho não eram altas o bastante para torná-lo um dândi, mas ele parecia muito mais elegante do que podia se lembrar de já ter estado. Um paletó verde tão justo que ele mal conseguia levantar os braços, um colete listrado de cinza e amarelo que provavelmente poderia ser visto mesmo na escuridão total, uma maldita cachoeira de tecido branco abaixo do pescoço, calça cinza sem espaço para um único maldito bolso e botas hessianas que o pobre Oscar passara metade da noite polindo até estarem quase cintilando à perfeição.

— Eu pareço um pesadelo.

— Fique feliz por Matthew Harris não ter feito muitas perguntas — comentou Coll da janela —, e por ele ser quase do seu tamanho.

— Não o suficiente — protestou Niall, tentando estender os braços, mas logo desistindo do esforço por medo de arrancar as mangas do paletó.

— Seu cabelo não está bom — observou o irmão mais velho, endireitando o corpo.

— Não vou cortar. Vou enfiá-lo debaixo do chapéu.

Niall pegou o chapéu verde, colocou-o na cabeça, e enfiou as mechas longas por baixo da copa. Não tinha como mudar a cor dos fios, mas ao menos daquele jeito o cabelo parecia estar arrumado em um estilo adequado e elegante.

— Como estou?

Ele se virou e Coll passou um longo momento examinando seu traje.

— *Aye*. Desde que você não fique cara a cara com ninguém. Afinal, não está parecido com um poeta com tuberculose.

— Bem, obrigado.

O irmão mais velho continuou a fitá-lo.

— Você tem certeza do que está fazendo? Acho que poderia encontrar uma moça que lhe dê muito menos problemas.

— Sim, talvez eu pudesse. Mas ela é minha *adae*, e não ficarei sem ela.

Eles ouviram os passos pesados de botas subindo a escada do lado de fora do quarto, e Aden abriu a porta.

— Estamos prontos — falou, sem fôlego. — Por Santo André, Niall, você quase parece um verdadeiro *sassenach*.

— Não precisa me insultar. — O coração dele começou a bater em um ritmo forte e constante. Muitas coisas poderiam dar errado dali em diante. — E obrigado por isso.

Coll deu uma palmadinha no ombro do irmão mais novo.

— Agradeça-nos quando estiver terminado.

Nenhum dos irmãos hesitou quando ele explicara seu plano. Metade do motivo deles provavelmente era o caos que poderiam causar, mas a outra metade — talvez até um pouco mais — era simplesmente porque eram irmãos. Os MacTaggert. Eles sempre se mantinham unidos.

Do lado de fora, Gavin esperava a cavalo, com as rédeas das outras três montarias nas mãos. Como não tinha certeza de que conseguiria subir na sela sem rasgar a calça, Niall demorou para passar uma das pernas por cima da sela de Kelpie e se acomodar. Só então deu uma olhada no cavalariço.

— Não era isso o que você deveria estar vestindo, Gavin — disse, franzindo a testa.

— Perguntei a Farthing, e ele falou que o senhor tinha me dado as cores erradas do libré. Acho que posso conseguir outras novas daqui a pouquinho.

— Você falou dessa história com um *sassenach*? — perguntou Coll, também com o cenho franzido.

— Bem, eles não dizem "*deas*" ou "*clì*" quando manobram uma parelha de cavalos, e eu sabia que não era para dizer "estibordo" ou "bombordo". Achei que deveria parecer autêntico, certo?

— Então o que eles dizem? — perguntou Aden.

O cavalariço enrubesceu.

— *Upa* e *opa*.

Niall deu uma risadinha.

— Isso soa familiar.

— Como eu poderia saber disso, sr. Niall? Estou lhe dizendo, essa Londres não é lugar para homens sãos.

Eles partiram trotando em direção ao sul.

— Agradeço por ter procurado saber, Gavin — disse Niall por cima do ombro.

Ao chegarem à Curzon Street, os quatro seguiram para a direita e, depois de mais ou menos um quarteirão, viraram em uma pequena rua lateral e pararam atrás de uma carroça cheia do que pareciam ser móveis velhos. Gavin desmontou e jogou as rédeas para Aden.

— Vou dar uma olhada, certo? Acho que é bom eu não estar vestido como um arlequim.

— Não o perca, Gavin, ou vai voltar andando para a Escócia — advertiu Niall.

O cavalariço pareceu ofendido.

— Eu não faria uma coisa dessas com o senhor, assim como não enfiaria uma agulha em meus olhos.

Paciência, lembrou Niall a si mesmo. Os outros também precisavam se preocupar com as consequências daquele plano, e nenhum deles teria os benefícios que ele esperava colher.

— Peço desculpas, Gavin. Agora vá.

— Existem maneiras mais fáceis de fazer isso, você sabe — comentou Coll, avançando com Nuckelavee apenas o bastante para que conseguisse ver além da esquina.

— Claro, uma briga de socos seria melhor... Isso não me daria o que eu quero, a menos que você esteja dizendo que devemos matar um homem. — Niall flexionou a mão ao redor das rédeas. — E não acho que encontrarei a paz doméstica com facilidade se matar um lorde *sassenach*.

Aden deu uma risadinha debochada.

— "Paz doméstica." Acho que irei atrás de uma daquelas moças de cabeça vazia, no fim das contas. Tenho uma dúzia de moças nas Terras Altas que não esperam que eu fique sentado na sala enquanto elas bordam.

— E eu espero que você encontre alguém que te faça *querer* desistir dos seus jogos de apostas para que possa ficar apenas sentado em casa, vendo-a bordar — retrucou Niall.

— Você está descrevendo o inferno.

— Gavin está acenando para mim — anunciou Coll.

Niall soltou o ar. Depois que eles deixassem aquele beco, não haveria como voltar atrás. Amelia-Rose valia aquilo. Mas ele ainda não conhecia o outro lado da equação: se ela acharia que *ele* valia aquilo.

— Vamos — ordenou, e pressionou as costelas de Kelpie com os pés.

Gavin estava parado no meio da rua, gesticulando como um louco. Aden jogou as rédeas do capão cinza de volta para ele, e o cavalariço subiu na sela como um homem que nascera para aquilo.

— Eles foram para o norte — disse o rapaz. — Saíram de carruagem como se ele estivesse atrasado para o próprio casamento. — Ele lançou um olhar para Niall. — Perdão, sr. Niall.

— Não precisa se desculpar.

Três quarteirões adiante, eles avistaram a carruagem, uma monstruosidade preta com o brasão vermelho e azul do marquês de Hurst.

— *Aye?* — perguntou Aden, olhando para Niall.

— *Aye*. Só não morra.

Aden lançou um sorriso rápido na direção do irmão e colocou Loki a galope, com Coll e Nuckelavee logo atrás. Niall queria que fosse ele a correr o risco mais óbvio, mas, com a roupa que usava no momento, acabaria rolando na rua com todas as costuras rasgadas. Ao menos os irmãos estavam vestidos para a batalha.

Aden alcançou a parte traseira da carruagem, ergueu o corpo na sela e segurou nas alças de bagagem do veículo à sua frente, para subir nele. Coll pegou as rédeas de Loki, mantendo-se logo atrás do veículo enquanto Aden subia no teto da carruagem e se sentava ao lado do cocheiro.

Ver um homem de cabelo desgrenhado, vestindo um kilt, despencando no assento ao seu lado deve ter assustado o cocheiro, e a carruagem oscilou para o lado antes de voltar a se endireitar. Eles dobraram na esquina seguinte, saindo de Mayfair e se afastando da grande quantidade de pessoas ao redor. Até onde Niall sabia, Aden não tinha nenhuma arma além de sua *sgian-dubh*, a faca de lâmina única que levava enfiada na bota, mas o irmão MacTaggert do meio podia ser muito persuasivo mesmo desarmado.

Eles seguiram por mais vinte minutos e, embora Niall não tivesse visto nenhum movimento dentro da carruagem, sabia que Hurst estava lá. Tinha que estar, caso contrário, nada daquilo funcionaria. Talvez o idiota não tivesse percebido que eles tinham saído de Mayfair e ido para Whitechapel.

Aden lhe contara para onde guiaria a carruagem, mas, quando deixaram o opulento West End, Niall franziu o cenho. Onde quer que o irmão fosse à noite, não eram clubes ou estabelecimentos de jogos sofisticados. Sim, Aden era capaz de se defender muito bem sob quase qualquer circunstância, mas um homem sozinho sempre poderia ser pego de surpresa.

Por fim, eles entraram em uma rua suja e cheia de lixo, com lojas fechadas por tábuas dos dois lados e o que parecia ser uma loja de tortas na esquina. O cocheiro parou. Coll desmontou e abriu a porta da carruagem.

— Ah, milorde — falou, e estendeu a mão para dentro.

O marquês de Hurst quase caiu no chão, mas foi contido pela mão de Coll ao redor de sua gravata.

— O que é... — Ele viu Niall e cerrou o maxilar.

— Bom dia, milorde — cumprimentou ele, desmontando com cuidado. — Lindo dia para um passeio, não?

O marquês deu uma olhada rápida ao redor, e sua pele pálida assumiu um tom acinzentado.

— Haverá testemunhas de qualquer coisa dissimulada, seu patife. Liberte-me imediatamente.

Em vez disso, Coll o arrastou para a frente de uma das lojas fechadas.

— Mande o cocheiro descer, Aden.

O rapaz desceu rapidamente, mas não fez nenhuma tentativa de sair correndo.

— Não me mate, por favor — disse, levantando as mãos.

Gavin se aproximou dele.

— Não precisamos de você, rapaz — falou. — Apenas das suas roupas. Dispa-se. Agora.

O cocheiro desviou os olhos para o patrão e Coll empurrou o marquês contra a parede.

— Diga a ele.

— Faça o que eles dizem, Edward — guinchou Hurst.

Gavin e Edward entraram na carruagem e fecharam a porta. Cinco minutos depois, ressurgiram, Edward vestido apenas com uma camisa de fraudas longas e Gavin usando um paletó vermelho, calça preta e uma cartola também preta.

— Estou me sentindo muito extravagante — murmurou Gavin.

— Você está bonito — disse Aden. — Suba aqui e assuma as rédeas.

O rapaz obedeceu e se acomodou no banco do cocheiro. Aden pulou para o chão e pegou as rédeas dos cavalos das mãos de Niall.

— Agora é com você, irmãozinho — falou.

— Não o machuque. Apenas... atrase-o um pouco.

— Conhecemos o seu plano. — Ele cutucou o ombro de Niall com um dedo livre. — Toda a sorte do mundo para você, Niall. Nos veremos em breve.

Toda a sorte do mundo parecia exatamente o tanto de que ele precisaria. Niall se despediu de Coll com um aceno de cabeça, entrou na carruagem e fechou a porta.

— Vamos, Gavin.

—⟐—

Amelia-Rose não tinha certeza se ainda conseguia sentir o cheiro de Niall em seu travesseiro ou se era apenas sua imaginação. De qualquer forma, o travesseiro estava no quarto dela, que, naquele momento, estava em um quarto diferente. Talvez pudesse pedir para que lhe levassem o travesseiro, dizer à mãe que só conseguia dormir com ele ou algo assim.

Um travesseiro dificilmente compensaria o fato de estar separada de Niall, mas, até que conseguisse descobrir o que fazer a seguir, era tudo o que tinha. Amelia-Rose já havia tentado sair pela janela, mas a altura era vertiginosa e ela não conseguia identificar um único ponto de apoio para os pés ou para as mãos, apesar de saber que Niall tinha conseguido chegar ao segundo andar da casa de alguma forma. Mas ele provavelmente estava acostumado a escalar todo tipo de coisa e usava botas em vez de sapatinhos delicados e pouco práticos.

— A senhorita está muito calada hoje — observou Mary enquanto colocava um último grampo no lugar.

— Deveria estar cantando?

— Eu... peço desculpas, srta. Amy. Senhorita Amelia-Rose. Não quis ofender.

Amelia-Rose respirou fundo.

— Claro que não, Mary. Talvez eu *devesse* estar cantando. Mas fui considerada indigna de confiança e estou sendo pressionada a fazer algo que não quero, por isso estou irritada. Aborrecida.

Brava. Furiosa. Desesperada para falar com um homem que sua mãe fazia todo o possível para manter longe dela.

— A senhorita tem que admitir que lorde Hurst é muito bonito. Tem olhos tão melancólicos. Imagino que escreva poesia.

— Sim. Poesia lúgubre, sem dúvida.

— Como?

— Não importa.

Elas ouviram o som de uma chave girando na porta, e um criado permitiu que Jane entrasse no quarto antes de trancá-las novamente. Se as coisas continuassem naquele rumo, logo toda a família estaria trancafiada ali.

— Bom dia — disse Jane, sentando-se na beira da cama. — Acho que esperava ver você se recusando a sair da cama.

— Considerei a hipótese — admitiu Amelia-Rose. — Mas sair para almoçar com Lionel parece ser a única forma de sentir o sol no rosto hoje.

Jane pigarreou.

— Falando em luz do sol — disse, e tirou um lenço dobrado do bolso —, me deparei com isto muito recentemente. Não é adorável?

Ela abriu o lenço, revelando uma flor de cardo, achatada e seca, mas ainda de um roxo vibrante.

Um cardo. Amelia-Rose olhou para seu reflexo no espelho à sua frente, antes de erguer os olhos para Jane, a expressão animada. Se havia compreendido bem a descrição enigmática da prima, Jane vira Niall "muito recentemente". Quanto tempo? Na noite da véspera? Ele tentara vê-la, encontrara sua janela trancada e acabara falando com Jane? Como Amelia-Rose poderia se certificar sem colocar ninguém em risco, e também levando em conta que o criado que guardava a porta provavelmente estava ouvindo pelo buraco da fechadura?

— É adorável — concordou em voz alta. — Tem um significado na linguagem das flores, não tem? Não me lembro bem qual é.

— Eu pesquisei — respondeu Jane prontamente. — Significa *união, resistência* e *vitória*. — Enquanto falava, ela fez questão de enfatizar cada palavra. — Uma flor bastante guerreira, realmente, você não acha?

— Sem dúvida uma flor para usar em batalhas — respondeu Amelia-Rose. — Posso usar hoje?

Jane cerrou o maxilar.

— Se desejar. A decisão é sua.

— O roxo ficará bem com seu vestido amarelo — concordou Mary. A criada pegou a flor da mão de Jane e prendeu-a sem cerimônia na frente do vestido de musselina amarela e marrom, sob a peliça verde. — Mas mesmo a flor estando seca e prensada pode espetá-la. Não prefere usar uma joia, um camafeu talvez?

Fosse por coincidência ou pelo destino do qual Niall falara na última vez que se viram, a flor acabou sendo presa logo acima do coração dela.

— Vou tomar cuidado. Não devo ter problema.

Amelia-Rose sentiu vontade de abraçar Jane e desejou muito poder ter um momento para conversar com a prima em particular, mas a verdade era que não tinha certeza de quanto qualquer conversa entre elas seria privada nas próximas três semanas e, além disso, não tinha como saber se Jane havia chegado ao limite de sua boa vontade. Se entregar um cardo era o máximo que a prima estava disposta a se afastar das boas graças de Victoria Baxter, então quanto menos fosse dito, melhor.

Havia uma chance muito pequena de aquele cardo ter sido a despedida de Niall, depois de ele ter percebido que nada que fizesse poderia impedir o inevitável. Amelia-Rose sabia que o anúncio fora publicado no jornal daquela manhã, porque a mãe lhe mostrou. Era o futuro ao qual estava destinada, escrito em pedra, impossível de apagar e impossível de mudar.

Será que Niall vira o anúncio naquela manhã? Teria se sentido tão magoado quanto ela, caso tivesse visto? Mais? Ao menos ela sabia que o anúncio seria publicado. Duvidava muito que alguém houvesse alertado Niall a respeito.

A porta voltou a ser aberta, e Amelia-Rose cobriu rapidamente o cardo com a peliça, escondendo-o enquanto a mãe entrava no quarto.

— A carruagem de lorde Hurst está aqui — avisou Victoria. — Você vai ser educada no almoço, vai dizer que está esperando ansiosa pelo casamento e não vai mencionar aquele... *highlander* de forma alguma. Está claro?

Por mais que Amelia-Rose quisesse argumentar, aquilo só serviria para deixá-la trancada naquele quarto por todos os dias das três semanas restantes até o casamento. Era melhor cooperar e aguardar por uma oportunidade para mandar uma carta ou para... fazer alguma coisa. Qualquer coisa.

— Sim, mamãe.

— Ótimo. — Victoria se virou para olhar para Jane. — E você vai garantir que isso aconteça. Se a minha filha se desviar de meus desejos, você vai me informar, Jane. Deus sabe que não exijo muito de você, mas isso você fará.

Jane se levantou e fez uma mesura.

— É claro, tia.

— Muito bem, não vamos deixar seu futuro marido esperando.

Victoria se afastou da porta e fez sinal para que Amelia-Rose saísse na sua frente.

A jovem desceu a escada, mal resistindo ao impulso de sair correndo pela porta da frente. Hughes, o mordomo, a havia ajudado antes, mas nunca à vista da patroa. Naquele dia, ele tanto poderia bater com a porta no rosto dela quanto permitir que saísse em disparada pela rua.

Lionel não estava no saguão de entrada. Normalmente ele aparecia com um buquê para ela e outro para a mãe dela, o que fazia Amelia-Rose se perguntar o quanto o homem precisava do dinheiro do dote que seria transferido junto com ela. Ela podia ver as rodas traseiras da carruagem dele do lado de fora, e logo reparou na garoa leve. Ah, provavelmente era aquilo. Lorde Hurst não gostava de gotas de chuva arruinando o brilho das suas botas ou tirando o volume dos seus cachos dourados.

Enquanto a mãe continuava com suas súplicas e ameaças da porta da Casa Baxter, Amelia-Rose correu para a porta aberta da carruagem. Uma mão enluvada saindo de uma manga de paletó verde-oliva foi estendida de dentro da carruagem para ajudá-la a entrar, e ela se sentou ao lado dele. A mesma mão também foi estendida para Jane, o que deixou Amelia-Rose um pouco surpresa. Nas vezes anteriores, lorde Hurst mal se dignara a notar sua acompanhante. Se ela se importasse o suficiente com ele para ter uma opinião a seu respeito, aquilo poderia ter sido um ponto a favor.

— Milorde — falou Amelia-Rose, afastando-se o máximo possível do homem no assento, e reparando apenas que ele estava vestido com o mesmo requinte de sempre e que não se dera ao trabalho de tirar o chapéu de castor nem mesmo dentro da carruagem. Coitado, o cabelo já deveria estar todo desarrumado.

— Senhorita Baxter, que prazer vê-la novamente — respondeu uma voz com sotaque inglês extremamente adequado e soando meia oitava abaixo da de Hurst.

— O que...

— Um momento, por favor. — Ele se inclinou, acenou para a frente da Casa Baxter, então fechou a porta. Sentando-se novamente, bateu com o punho no teto da carruagem. — Edward, vamos embora, meu bom homem.

Amelia-Rose o encarou. Mesmo na penumbra das cortinas fechadas da carruagem, o rosto diante dela tinha mais cor do que Lionel jamais conseguiria mesmo em pleno verão. A boca era mais dura, o nariz mais elegante e as sobrancelhas tinham um leve arco sardônico que nem mesmo o chapéu baixo sobre os olhos conseguia esconder.

Ela se jogou em cima dele, tirando seu chapéu e revelando o cabelo castanho desgrenhado e olhos de um verde impossivelmente claro.

— Niall — falou Amelia-Rose em um soluço.

Ela o abraçou, beijando-o sem parar.

Como Niall conseguira se materializar na carruagem de Hurst ela não tinha ideia, mas a simples visão dele fez todo o gelo que parecia envolver seu coração derreter, e ela se viu dominada por uma sensação cálida e carregada de esperança. Ele a beijou também, então afastou-a um pouco.

— Vim para levá-la, moça — disse Niall, a voz rouca. — Mas precisa decidir se quer ir comigo. Tenho um destino distante em mente e talvez você não consiga voltar para cá. Nunca mais.

Capítulo 16

AMELIA-ROSE SE RECOSTOU NOVAMENTE NO assento, mas manteve os dedos entrelaçados aos dele. Niall também não queria soltá-la — depois do que pretendia lhe dizer, aquela poderia muito bem ser a última vez que colocaria os olhos em Amelia-Rose.

— Seus pais não consentirão que você se case comigo, nunca. Eles deixaram isso claro, e não posso raptá-la e levá-la para uma igreja em Londres para nos casarmos. Em primeiro lugar, porque você ainda não tem 21 anos de idade e, em segundo, porque teríamos que aguardar o anúncio dos proclamas nas próximas três semanas.

— Também pensei nisso — respondeu Amelia-Rose, em um tom quase pragmático. — A minha mãe publicou o anúncio do noivado no jornal hoje. Nenhum sacerdote leria os proclamas para você e para mim sabendo disso.

— *Aye.* Eu vi o maldito anúncio.

E ele provavelmente ensinara à mãe algumas palavras em gaélico escocês no processo.

— Sinto muito — disse Amelia-Rose com os olhos marejados.

— Moça, não chore. Não até que eu tenha dito o que quero dizer.

Niall sabia o que queria, o que precisava. Se Amelia-Rose iria querer a mesma coisa, depois que compreendesse exatamente o que estaria envolvido, ele não sabia. Tinha esperança, mas não certeza.

Ela assentiu, tensa.

— Quero levá-la para Gretna Green, na Escócia. E quero me casar com você lá. Não haveria nada que seus pais pudessem fazer a respeito, especialmente se ficarmos na Escócia. Mas isso cria um problema fora de lá. O anúncio do noivado foi visto. Eu... fiz uso de uma carruagem que não é minha. E uma fuga com o irmão do homem de quem você quase foi noiva...

— Eu estaria arruinada aos olhos da sociedade londrina — completou Amelia-Rose, os dedos apertando os dele.

— *Aye*. E isso não é apenas uma *possibilidade*. Se você aceitar ir comigo, isso será uma *certeza*. Você ainda não está arruinada, pois Jane está aqui com você e podemos chamar isso de sequestro, ou convencer Hurst a não mencionar o assunto.

Aquilo seria mais difícil do que ela poderia imaginar, mas fora ele que tirara o homem à força da carruagem. E seria ele o único a arcar com as consequências, se a situação chegasse àquele ponto. Se ele perdesse Amelia-Rose.

— Seus pais também não vão aceitá-la de volta. Eles provavelmente a renegarão, por isso, caso você venha a mudar de ideia sobre mim e sobre viver nas Terras Altas, não terá um lar para onde voltar.

Para surpresa de Niall, Amelia-Rose deu um sorrisinho ao ouvir aquilo.

— Isso, entre todas as coisas, é o que menos me incomoda.

— Mas é apenas uma entre muitas coisas, moça.

— Você está tentando me convencer a me recusar a ir com você?

— Pelo amor de Deus, não. Mas quero que vá com os olhos bem abertos, que não se arrependa. Ao menos que não tenha arrependimentos com os quais não consiga viver.

Ela o encarou.

— Essa é a sua verdadeira preocupação, não é? A possibilidade de eu ficar terrivelmente decepcionada por perder o acesso a festas elegantes e à companhia refinada, e ser forçada a passar meus dias com um escocês rústico em algum lago solitário no meio das montanhas?

Niall estremeceu.

— Sim, suponho que sim. Eu gostaria de ter mais a oferecer a você, mas nunca fui um...

— Você me perguntou — interrompeu ela.

— Sim, claro que sim.

— Quero dizer, você me perguntou. Você deseja o melhor para mim, mas deixou que eu decida o que considero que seja o melhor.

Niall franziu o cenho.

— O que mais eu faria? Arrastaria você contra a sua vontade, correndo o risco de torná-la infeliz? Eu quero você, Amelia-Rose, mas, se o seu coração não vier junto, não terei nada.

Uma lágrima escorreu pelo rosto dela, e Niall precisou recorrer a toda a sua força de vontade para não a enxugar.

— Você acabou de descrever exatamente o que todo mundo já fez comigo — murmurou Amelia-Rose. Ela usou a mão livre para afastar um pouco para o lado a bela peliça verde, deixando à vista o cardo preso acima do seio esquerdo. Acima do coração. — Você tem o meu coração, Niall. Você é o meu coração. Aonde você for, eu irei.

Niall fechou os olhos por meia dúzia de batidas fortes do coração. Ao longo de tudo o que havia planejado, de todos os problemas que causara a si mesmo, a sua família e a ela, era aquilo que o preocupava. Ele voltou a abrir os olhos, puxou-a para a frente e deixou a boca encontrar a de Amelia-Rose. Ela era *dele*. Queria ser dele.

— Eu te amo, *adae* — murmurou, emoldurando o rosto dela entre as mãos ásperas.

— E eu te amo, *skellum*. Não sabia o que poderia fazer para acabar com essa bobagem com Hurst, mas continuei... tive esperança...

— Isso agora não importa mais. Você está aqui e não vou deixar que vá embora. — Ele a beijou novamente, e o toque dos lábios macios contra os dele fez com que se sentisse protetor, grato e muito, muito sortudo, tudo ao mesmo tempo. — Tudo o que posso lhe dar é um pouco mais de tempo para pensar. Enquanto Jane estiver conosco, você tem uma saída. Uma chance de ainda garantir alguma respeitabilidade.

— Sim, sobre isso — disse Jane, chegando para a frente no assento. — Por favor, pare a carruagem.

Amelia-Rose se voltou para a prima.

— Jane?

— Venho observando vocês dois desde o segundo encontro — declarou a srta. Bansil, determinada. — Eu a vi se apaixonando. Segundo a sua mãe, minha tia, isso é um horror intolerável. Como se fosse errado o irmão de um visconde se casar com a filha da prima em segundo grau do marquês de Lanford. Ele te faz feliz?

— Sim, faz — respondeu Amelia-Rose com uma rapidez que fez o coração de Niall voltar a acelerar.

— A vida que ele descreveu para você te fará feliz?

— Sim, acredito que sim.

Jane olhou para Niall.

— Você mentiu para ela sobre alguma coisa?

— Não. Só sobre quando me apaixonei por ela.

— E pretende ser fiel a ela e não a abandonar?

— Sim, pretendo. E, não, não a abandonarei.

— Então vocês não precisam da respeitabilidade que eu supostamente garantiria. Precisam seguir para o norte sem impedimentos. Não desejo me mudar para a Escócia e agora preciso me preocupar com a minha própria reputação. Acho que posso dar uma caminhada e depois ir procurar a sua mãe na Casa Oswell, como você sugeriu, Niall.

Ele se inclinou para a frente e deu um beijo na boca de Jane.

— Obrigado, Jane Bansil — falou, mas logo depois ficou preocupado com a expressão atordoada da prima de Amelia-Rose, torcendo para que ela não tivesse um ataque apoplético ali mesmo.

Niall bateu no teto da carruagem, avisando a Gavin para parar o veículo.

— Jane, você tem dinheiro se precisar pegar um coche de aluguel? — perguntou Amelia-Rose, já enfiando a mão na bolsa.

Niall se adiantou, tirou uma nota de cinco libras do bolso e a colocou dobrada na mão da acompanhante enquanto a carruagem oscilava até parar.

— Se você puder esperar um pouco, fazer uma refeição primeiro, talvez, e depois avisar a minha mãe aonde eu fui, agradeceria, srta. Bansil.

Jane assentiu, levando a mão aos lábios.

— Posso fazer isso.

Àquela altura, Francesca provavelmente já havia compreendido tudo, se é que não compreendera naquela manhã, mas a condessa também tinha uma reputação ali em Londres. Ela merecia mais do que uma declaração feita apenas depois do fato consumado, mas aquilo teria que esperar.

Jane saiu da carruagem e fechou a porta, mas logo tornou a abri-la e se inclinou para pegar a mão de Amelia-Rose.

— Eu lhe desejo o melhor, prima — disse ela, com uma lágrima escorrendo pelo rosto. — Como pode ver, não sou uma vilã.

Amelia-Rose apertou com força os dedos da prima.

— Não, você é o oposto de uma vilã. Tenho vergonha de ter sugerido o contrário.

Jane deu um passo para trás e fechou a porta novamente.

— Vamos, então, ou devo parar para um chá? — perguntou Gavin do alto do banco do cocheiro.

Niall bateu no teto.

— Vá logo, seu idiota.

Enquanto voltavam a se misturar ao tráfego da tarde, Amelia-Rose abriu as cortinas para olhar para Londres. Será que a moça tinha consciência de que aquela poderia ser a última vez que colocaria os olhos na cidade?

— Eu gostaria que houvesse uma forma de lhe dar tudo o que você quer — falou Niall, checando o relógio de bolso.

Os irmãos dele já estavam com Hurst havia uma hora. Se eles mantivessem o plano e não jogassem o marquês no Tâmisa, o melancólico Lionel receberia alguns alertas sobre a inconveniência de fazer um escândalo e estaria partindo àquela altura.

Amelia-Rose se recostou no banco e apoiou a cabeça no ombro dele de uma forma que transmitia confiança e até contentamento.

— Na verdade, eu estava pensando que não tenho nenhuma peça de roupa comigo além do que estou vestindo. Também não vi seu baú amarrado na parte de trás da carruagem.

— Não podemos levar essa carruagem para o norte — respondeu Niall, enquanto passava um braço ao redor da cintura dela. — Hurst colocaria os homens da lei atrás de nós, e com razão. Tenho outra carruagem esperando logo ao norte da cidade e revirei o guarda-roupa de Eloise para pegar algumas coisas para você. Acho que vocês duas têm mais ou menos o mesmo tamanho.

— Sim, bem próximo. — Ela virou a cabeça para olhar para ele. — Eloise sabe o que estamos fazendo?

— Não.

Amelia-Rose endireitou o corpo.

— Mas deveria saber. O escândalo envolvendo seu nome pode afetá-la.

— Ela já está noiva. E é uma péssima mentirosa. Dessa forma, ela pode alegar que não fazia ideia do que o irmão sem modos estava tramando, e acho que os amigos vão acreditar nela.

Na verdade, Niall havia chegado a considerar a possibilidade de contar à irmã naquela manhã, mas, por mais que confiasse que ela faria o possível para ser discreta, ela provavelmente acabaria contando a Matthew Harris — e Niall não conhecia o noivo dela o bastante para confiar a ele a reputação de Amelia-Rose.

— Você pensou em tudo, então, não é?

— Eu tentei. Teria lhe contado tudo ontem à noite, mas a levaram para outro quarto… O cardo foi o melhor que pude fazer. — Ele afastou novamente a peliça dela, e passou o dedo pela flor. — Estou feliz por Jane ter decidido lhe entregar o cardo.

— E eu estou feliz por você não ter desistido de mim — respondeu Amelia-Rose, segurando o rosto dele entre as mãos.

— Tem certeza de que não acharia melhor se não tivéssemos nos conhecido? Acho que você e Hurst poderiam ter sido mais felizes se eu não tivesse deixado as Terras Altas.

— Lionel poderia ter atraído a minha atenção — confessou Amelia-Rose, cerrando os lábios. — Afinal, ele é muito bonito. E sim, eu provavelmente teria concordado em me casar com ele, apenas para agradar à minha mãe e sair da Casa Baxter. Então, teria passado o meu tempo sendo exatamente a dama que ele esperava que eu fosse… sóbria, séria, sem qualquer opinião que não fosse semelhante à dele, sem ler nenhum livro porque isso faria a pele do meu pescoço ficar flácida, sem…

— O quê? — interrompeu Niall.

Ela deu um sorrisinho.

— Ele mesmo me disse isso.

— Agora eu gostaria de ter dado um soco nele quando tive a oportunidade.

— Como você acabou com a carruagem de Hurst, afinal?

— Meus irmãos e eu o arrastamos para fora dela, despimos seu cocheiro e Coll e Aden estão... cuidando dele enquanto deixamos Londres.

— "Cuidando dele"? O que significa isso, Niall? Você não o machucou, não é? Podem prender você, mesmo na Escócia.

— Não. O orgulho do homem pode sair ferido e ele choramingou um pouco, mas não fizemos qualquer mal a ele. Meus irmãos vão soltá-lo às duas e meia, e esperamos que ele vá para casa, amuado, e pense um pouco antes de contar aos seus pais o que aconteceu.

Ele sentiu quando um arrepio percorreu Amelia-Rose.

— E se meus pais vierem atrás de nós?

— Isso é possível — respondeu Niall, aparentando menos preocupação do que realmente sentia. — Mas deve levar algum tempo, pois duvido que eles façam uma longa viagem sem se preparar primeiro.

— Quanto tempo *nós* vamos levar?

— Quatro dias no máximo. Um pouco menos do que isso, se conseguirmos contratar alguém para substituir Gavin e deixá-lo roncar dentro da carruagem conosco. Ou ele e eu podemos nos revezar na condução da carruagem. — Ele pegou a mão dela novamente. — Minha moça, tenho você agora, e eles não vão tirá-la de mim. Não permitirei isso.

Amelia-Rose assentiu, a expressão mais relaxada agora.

— Também não vou permitir.

Vinte minutos depois, eles pegaram uma estrada tranquila ao sul de Hampstead Heath. Sob o abrigo das copas das árvores de um bosque, estava parada a grande carruagem Oswell-MacTaggert, com quatro cavalos baios atrelados, batendo os cascos no chão, inquietos, enquanto um dos cavalariços da Casa Oswell lhes dava água. Niall havia guardado as roupas e acessórios em um único baú — a última coisa que ele queria era que todos que vissem a carruagem percebessem que ela estava preparada para uma longa viagem.

— Você sabe o que deve fazer, certo? — perguntou Gavin ao cavalariço, enquanto descia da carruagem de Hurst. — Leve essa carruagem para algum lugar em Knightsbridge e a deixe na rua. Não pare em nenhum lugar óbvio demais, mas precisa se certificar de que fique à vista.

O rapaz assentiu.

— O sr. Niall já me explicou.

— Pode ir, então — falou Niall. — Se for parado, não minta. Isso não é responsabilidade sua.

A carruagem de Hurst voltou para a estrada e desapareceu na curva. Uma etapa concluída. Duas, na verdade, já que Amelia-Rose ainda estava ao lado dele. Sempre estaria ao lado dele.

Mas no instante em que se deu conta daquilo, também lhe ocorreu que ele havia negligenciado algo. Só que não poderia resolver o problema enquanto usasse aquelas roupas justas de dândi. Niall foi até o maleiro, destrancou-o e o abriu, então, despiu o paletó e o colete e jogou ali dentro, seguidos do chapéu e da calça.

Pelo canto do olho, ele viu Amelia-Rose observando-o e se forçou a pensar no velho Sean e seus gatos loucos. Eles teriam tempo para desbravar os corpos um do outro mais tarde, mas não em Hampstead Heath, e não com Gavin já resmungando sobre a longa distância que precisavam percorrer antes do anoitecer.

Depois de vestir o kilt, o colete e um paletó azul simples que permitia que ele flexionasse os braços, ele a encarou. Agora se sentia como ele mesmo novamente. Com o coração disparado, Niall se aproximou de Amelia-Rose e pegou as mãos dela.

— Preciso perguntar uma coisa — falou, ouvindo o embaraço na própria voz, e sabendo que ela também notaria.

Amelia-Rose arregalou um pouco os olhos, mas apenas assentiu.

Niall se abaixou, apoiando o corpo em um dos joelhos.

— Eu a raptei com a ideia de me casar com você, mas não perguntei formalmente se você aceita se casar comigo. Eu tinha prometido verões em Londres e uma vida que você não só apreciaria, como acharia recompensadora nas Terras Altas. Consigo manter a segunda promessa. Não sei o que acontecerá em relação ao seu tempo em Londres, mas, se quiser vir para a cidade, não importa quem nos olhe torto, estarei ao seu lado. Ficarei na sua frente, para que possa derrubar logo qualquer homem que pareça ter alguma coisa a dizer.

— Niall — disse ela baixinho, com os olhos marejados e sorrindo.

— Não. Estou falando sério. — Ele respirou fundo. Deixar as palavras rolarem seria mais fácil, mas eles não tinham tempo. — Eu te amo, Amelia-Rose. Você se manteve firme, mesmo que seus próprios pais estivessem decididos a derrubá-la. Permaneceu gentil, com um humor afiado e fiel a si mesma. Não esperava encontrar você. Não pensei em procurar alguém como você. Mas depois que a vi, soube que estava perdido. Aceita se casar comigo, *adae*? Ser minha *leannan*?

Amelia-Rose lançou um olhar para Gavin, que assistia à cena extasiado do banco do cocheiro.

— *Leannan*, Gavin?

— Ah. Amada. Querida — respondeu o cocheiro, enrubescendo.

Ela voltou a olhar para Niall e também se deixou cair de joelhos na frente dele.

— Você é um bom homem, Niall MacTaggert. Mesmo sem perceber, cuida de todos ao seu redor. Você fez um esforço enorme para tentar me dar o que eu disse que queria. Eu amo... Amo o fato de você se preocupar por eu talvez não poder voltar a Londres. Amo a expressão perplexa que vejo em seu rosto agora, como se você não tivesse ideia de por que deveria pensar de forma diferente. — Amelia-Rose pigarreou. — Eu amo você, Niall. Tentei não amar, até me dar conta de que não era você que era errado para mim. Erradas eram as coisas que eu achava que me faziam feliz até então. Ir a um baile me fazia esquecer por uma noite como eu era infeliz. Mas isso não é felicidade. É apenas fingimento, fechar os olhos para a verdade. Você me faz feliz. E meus olhos estão abertos. Sim, eu aceito me casar com você. Com o coração cheio de felicidade. De muita felicidade.

Niall puxou-a para os seus braços e capturou os lábios dela. Duas semanas. Ele a conhecia havia menos de quinze dias e agora já não conseguia imaginar uma vida sem ela. Sua forma prática de ver a vida, sua compaixão... Amelia-Rose combinava com ele. E as Terras Altas não entrariam em colapso se eles organizassem um ou dois bailes em Aldriss Park, pelo amor de Santo André. O clã Ross poderia até se sair melhor se alguns de seus chefes conhecessem a valsa.

Mas tudo aquilo empalidecia em comparação com o fato de que Amelia-Rose confiava nele, que o queria tanto quanto ele a ela. Ele se levantou, pegou a mão dela e a ajudou a se levantar, então ergueu-a no ar e a beijou novamente.

Ela deu um gritinho, riu e abraçou-o.

— Não me deixe cair. Ainda não sabemos se as roupas da sua irmã vão servir em mim.

— Não vou deixá-la cair.

Gavin pigarreou.

— Perdão, mas ainda faltam alguns quilômetros antes de podermos nos recolher para dormir. *Se* dormirmos.

— *Aye.* — Niall pousou Amelia-Rose no chão novamente, pegou a mão dela e ajudou-a a subir na carruagem. — Vamos para a Escócia, então?

Francesca Oswell-MacTaggert estava parada no patamar da grande escadaria da Casa Oswell, com uma mão no queixo e a outra na cintura, olhando para o veado-vermelho mais bem-vestido do reino. A intenção original de seus filhos era que Rory, o veado, fosse um insulto para ela, uma intromissão das vidas rústicas que levavam nas Terras Altas na sofisticada vida dela em Londres. No entanto, agora Rory ostentava um chapéu sobre um dos chifres, um gorro verde sobre o outro, um único brinco, uma gravata murcha e mal amarrada em volta do pescoço régio e uma saia em volta do traseiro.

Ela o adorava, na verdade, embora jamais fosse dizer isso a ninguém. Fosse qual fosse o pretexto que o levara até ali, Rory trazia...

diversão à casa. Uma lufada da despreocupação que ela conhecera nas Terras Altas, mas da qual já havia quase esquecido.

Era estranho que, quando morara na Escócia, ela só houvesse reparado na solidão e no isolamento, na falta da elegância e dos entretenimentos sofisticados para os quais havia sido criada. Depois que fora embora de lá, Francesca fizera o possível para tirar tudo aquilo da mente, menos a lembrança dos filhos. Agora que eles estavam ali, ela se lembrava das risadas, do ar de liberdade teimosa e orgulhosa que todo *highlander* parecia ostentar como um direito de nascença. Ela se lembrava de noites quentes e apaixonadas em um quarto frio, e das gaitas de foles que tocaram para anunciar o nascimento de cada um dos seus filhos.

— A senhora sabe se Sally conseguiu que Hannah a ajudasse a costurar a bainha do meu vestido de seda verde? — perguntou Eloise do topo da escada acima dela.

— Como?

— Ah, não toque no veado. Gosto bastante de Rory.

Francesca forçou um sorriso.

— Não tocarei. O que disse antes, querida?

A filha desceu para onde ela estava.

— Ah. Eu pretendia usar o meu vestido de seda verde esta noite, mas não consigo encontrá-lo em lugar nenhum.

— Eu não saberia dizer, meu bem.

Eloise assentiu.

— Por que está tudo tão quieto? Geralmente há sempre um dos meus irmãos pisando duro por aqui.

A casa estava *mesmo* silenciosa. Os rapazes haviam chegado à Casa Oswell pouco menos de quinze dias antes, e Francesa já se acostumara com a energia diferente que os acompanhava. A atmosfera de caos mal contido.

—- Primeiro, preciso lhe perguntar uma coisa.

— É claro.

— Está faltando alguma coisa no seu guarda-roupa além do vestido de seda verde?

Eloise franziu a testa.

— Nós fomos roubados? Ah, espero que não tenham levado os brincos de pérola que o papai me mandou de aniversário. — Ela se virou, já começando a subir a escada novamente.

Francesca segurou a filha pelo pulso.

— Não, não fomos roubados. Pegaram... emprestado os seus vestidos.

— Eles não colocaram o meu vestido no Rory, não é? — Ela olhou por cima do ombro da mãe e deixou escapar um suspiro de alívio. — Graças a Deus. Quem pegou o que emprestado de mim, então?

— Acredito que Niall tenha pegado emprestado algumas roupas suas e outros itens necessários para Amelia-Rose.

Ela observou enquanto Eloise franzia ainda mais o cenho, sem entender, e logo arregalava os olhos, depois de se dar conta do que acontecera.

— Ele... eles... Ah, eles não fizeram isso, não é? — perguntou ela, balbuciando e logo levando as mãos à boca... mas não rápido o bastante para impedir que a mãe visse seu sorriso encantado.

— Ninguém vai me confirmar nada, mas sim, acredito que eles estão a caminho de Gretna Green agora. Com certeza não conseguiriam que ninguém os casasse aqui, não sem a permissão dos pais dela.

Eloise dava pulinhos de alegria na ponta dos pés.

— Ah, quero contar para todo mundo! Eu sabia que Niall daria um jeito. E Amelia-Rose concordou? Mas ela ama tanto Londres! — Sua expressão se tornou um pouco menos animada. — A reputação dela ficará arruinada, não é? Ninguém vai convidá-la para qualquer evento.

— *Nós* vamos convidá-la — garantiu Francesca. — E a situação talvez não seja tão ruim assim, se eu tiver algo a dizer sobre o assunto. E acredito que tenha. Ou terei, de qualquer modo.

— Bem, agora quero ver o que Niall pegou emprestado. Espero que ele não tenha levado o amarelo. A cor não favoreceria Amelia--Rose. — Já no meio da escada, Eloise voltou a se virar, desceu e deu um abraço na mãe. — Por favor, tenha algo a dizer. Não quero perder meus irmãos de novo. Nenhum deles.

— Nem eu, minha querida.

No andar de baixo, alguém bateu à porta. Smythe estava na despensa com metade do pessoal da cozinha tentando recalcular mais uma vez quanta comida a família precisava estocar com oito pessoas a mais na casa — homens muito grandes, na verdade —, por isso, Francesca desceu novamente, foi até o saguão e abriu a porta ela mesma.

Uma jovem muito magra e empertigada, com o cabelo preto preso em um coque dolorosamente apertado, fitou-a, confusa.

— Milady. Eu não esperava que a senhora...

— Você é a acompanhante de Amelia-Rose, não é? — interrompeu Francesca, a preocupação fazendo-a estremecer até os ossos. — Entre agora mesmo. — Ela praticamente puxou a mulher para o saguão, deu uma última olhada do lado de fora e fechou a porta. — O que aconteceu? Algo deu errado?

— Sou Jane Bansil, milady — disse a acompanhante, fazendo uma mesura. — E suponho que "dar errado" depende da sua ideia do que é "errado".

— Smythe! — chamou Francesca, enquanto levava a visitante para a sala de estar da família.

O mordomo apareceu, e ela pediu que ele servisse chá, chamasse Eloise e que não as interrompesse depois disso.

— Obrigada, milady — disse Jane, sentando-se recatadamente na beira do sofá. — Eu... Seu filho sugeriu que, se eu viesse para cá, a senhora talvez pudesse me ajudar a encontrar outro emprego. Acho que não serei bem-vinda de volta à casa da minha tia depois de hoje.

— Claro que a ajudarei. Mas você precisa me contar o que aconteceu.

— Seu filho, Niall, me pediu para fazer exatamente isso. — A jovem cruzou as mãos no colo. — A carruagem de lorde Hurst chegou esta tarde para levar Amelia-Rose para almoçar, só que não era lorde Hurst quem estava esperando dentro dela. Era Niall.

Niall roubara a carruagem de Hurst? Ninguém havia mencionado aquele estratagema para ela... e Francesca conseguia entender por quê. *Deus do céu.*

— E então? — perguntou.

— Ele perguntou a Amelia-Rose se ela o acompanharia até Gretna Green, onde eles se casariam. E Amelia-Rose concordou. — Jane se recostou um pouco no assento. — Seu filho estava muito preocupado em garantir que a minha prima tivesse a opção de mudar de ideia se ela achasse que o escândalo seria demais para suportar. Por isso era importante que eu seguisse com eles, como acompanhante, para manter o decoro durante a viagem e para que Amelia-Rose pudesse recuar caso mudasse de ideia, sem que isso comprometesse a sua reputação. Na minha opinião, no entanto, Amelia-Rose precisava tomar a decisão por conta própria. Portanto, me recusei a fugir com eles.

Eloise entrou na sala trazendo a bandeja de chá.

— Jane? — disse, e fechou a porta com um chute, antes de pousar a bandeja na mesa entre elas. — Que diabo aconteceu agora?

— Uma fuga para se casarem em Gretna Green, como eu suspeitava — respondeu Francesca. — E uma nova hóspede. Jane vai ficar conosco por um tempo.

— Ah, foi romântico? Ele a pediu em casamento? Ela chorou? — perguntou Eloise, enquanto servia o chá, apesar dos dedos claramente trêmulos. — Tenho vontade de pular de alegria e de bater palmas, e ao mesmo tempo de bater em Niall por não ter me contado o que estava fazendo.

— Ele não fez um pedido formal, exatamente, mas sem dúvida ficou muito claro que um casamento os esperava no final da jornada — respondeu Jane, aceitando a xícara de chá com um cuidado extremo. — Obrigada.

A pobre moça dava a impressão de que ninguém jamais se dera o trabalho de lhe oferecer chá havia muito tempo, se é que alguma vez já tinham feito aquilo. Como conhecia Victoria Baxter muito bem, Francesca não ficou surpresa. A mulher tentava dirigir a vida de qualquer um que ousasse existir na sua presença. Seria preciso resolver aquilo. Se Amelia-Rose não pudesse voltar para Londres, então Niall também não voltaria. E isso seria inaceitável.

— Minha cara — disse Francesca em voz alta —, eu gostaria muito que me contasse tudo o que observou entre o meu filho e a srta. Baxter, e entre a srta. Baxter e os pais dela. Acho que me seria bastante... útil.

Jane baixou os olhos para a xícara de chá por um momento.

— Acho que posso fazer isso, milady.

Mas antes que elas pudessem retomar o assunto, ouviram a porta da frente ser aberta, o que foi rapidamente seguido por uma conversa em voz baixa, e logo abriram a porta da sala onde estavam as três.

— Aqui estão vocês — disse Aden, ofegante, desgrenhado e sorrindo.

Francesca se levantou.

— Eles se foram?

O filho do meio ergueu uma sobrancelha.

— A senhora deveria estar cuspindo marimbondo, eu acho, lamentando a falta de caráter do seu filho mais novo.

— Não seja ridículo. O que veio me dizer?

Ele se adiantou mais um passo para dentro da sala e fechou a porta atrás de si.

— Coll e eu vamos ficar fora por alguns dias. — Aden olhou para Jane, fez uma pausa, então lançou um olhar mais penetrante à prima de Amelia-Rose. — Você não deveria estar em outro lugar?

— Ela se recusou a se juntar ao seu irmão e à srta. Baxter. O que acredito ter sido uma coisa boa.

— Se a senhora está dizendo. Eu lhe trarei uma cópia assinada da certidão de casamento, para que tenha a prova de que o primeiro de nós fez o ordenado, milady. — Aden fez uma reverência, já com a mão na maçaneta da porta.

— Aden.

— Sim?

— E Hurst?

— Voltamos para deixar Kelpie e a outra montaria, *màthair*. A última vez que vi Hurst, ele estava chamando um coche de aluguel e gritando com seu cocheiro quase nu para que fosse para casa sozinho, o desgraçado. Ele não estava nada feliz e não tenho ideia do que pretende fazer agora. E acho que essa é outra boa razão para Coll e eu irmos para outro lugar.

Francesca deixou de lado, por um momento, o fato de que seu terceiro filho acabara de chamá-la de "mãe" e se virou para Jane.

— Você tem alguma ideia do que Hurst pode fazer?

A prima de Amelia-Rose apertou os lábios.

— A minha tia ofereceu a ele um dote generoso para se casar com Amelia-Rose. Um dote *muito* generoso. Ele pode ir atrás do dote... e de Amelia-Rose... ou pode enviar as autoridades atrás deles. Duvido que deixe passar em branco.

— Também tive essa sensação — comentou Aden. — Coll seria capaz de fazer um leão se mijar de medo, mas aquele saco de óleo tinha algo em mente que manteve a sua coluna ereta.

— Quanto de vantagem Niall tem? — perguntou Eloise, com as mãos sobre o peito.

No mínimo, pensou Francesca, aquilo serviria para desencorajar a filha a também tentar fugir para se casar, por menos que Eloise gostasse da ideia de um longo noivado. Mas aquela tinha sido a única chance de os irmãos cumprirem o acordo feito com o pai deles.

— Cerca de duas horas, eu acho — respondeu Aden —, dependendo de quanto Niall demorou para convencer a moça.

— Não demorou muito — garantiu Jane, entre goles de chá.

Francesca se levantou e se juntou a Aden na porta.

— Niall sabe que você pretende se juntar a ele?

— Não. Ele disse que devemos mostrar a ignorância de sempre e continuar aqui. Não ficaria satisfeito a menos que estivesse carregando todo o fardo sozinho. Não concordo muito com isso. Os MacTaggert se mantêm unidos.

Francesca assentiu.

— Siga-os, então — disse, mantendo a voz baixa. — Certifique-se de que eles consigam se casar. Mas então os traga de volta para cá o mais rápido possível. Tudo depende disso.

Aden inclinou a cabeça.

— Tudo o quê? Niall sabe que Amelia-Rose está arruinada, e ela sem dúvida sabe disso ainda melhor do que ele.

— Meu querido, a mãe de vocês não é uma mulher totalmente sem recursos. Eles não podem ficar longe e não podem parecer nada além de um jovem casal apaixonado que não aguentou esperar pela leitura dos proclamas. Sinto muito, mas você deve confiar em mim.

— Estamos em Londres, milady. Acho que a senhora conhece esse hospício melhor do que qualquer um de nós jamais conhecerá. Cuidarei para que as coisas saiam como a senhora deseja. Coll e eu cuidaremos.

Francesca pousou a mão no ombro do filho, desejando ter certeza de que ele não se afastaria se ela tentasse lhe dar um abraço.

— Então vá.

A felicidade de Niall era o mais importante. Mas ela queria que ele pudesse ser feliz ali, que *eles* pudessem ser. E, embora o inferno talvez não conhecesse ferocidade semelhante à de uma mulher desprezada, Londres estava prestes a conhecer a de uma mãe protegendo seus filhos.

Capítulo 17

Niall abriu os olhos e pegou Amelia-Rose deitada de lado, um cotovelo sob a cabeça, fitando-o.

— Bom dia, moça.

— Bom dia.

— Acho que estaremos na Escócia no meio da manhã e nos casaremos ao meio-dia, diante da bigorna de um ferreiro. Imagino que não seja o que você sonhou.

Ela franziu a testa.

— Pare de fazer isso.

— De fazer o quê?

— De falar como se achasse que considero você uma escolha alternativa. Que estou decepcionada. Não estou. Passei muito tempo tentando me enganar sobre o que me faria feliz, porque acreditava estar presa a um tipo de vida em que a distração é essencial. Então, conheci você e percebi que a resposta para a minha felicidade era ter a oportunidade de ser eu mesma. Não ter que fingir ser terrivelmente séria e decorosa, não precisar segurar a minha língua porque a pessoa que está falando tolices é um homem. Graças a você, eu posso ser eu.

Aquela resposta exigia mais do que um "bom dia, vista-se e vamos correr para a carruagem". Niall checou o relógio de bolso. Passava pouco das seis da manhã. Eles tinham tempo. Não muito, mas o bastante para permitir que ele chegasse ao ferreiro sem ostentar o quanto a desejava, mesmo depois de três noites de sexo ardente e delirantemente excitante.

Niall puxou Amelia-Rose pelo cotovelo dobrado, deitou-a de costas e a beijou profundamente.

— Você diz coisas tão doces, *adae* — murmurou ele contra os lábios dela, e se aproximou mais para pousar as mãos abertas sobre os seios nus. — E lamento ter esquecido de pegar roupas de dormir para você.

Niall flexionou os dedos e Amelia-Rose gemeu, afastando as cobertas do corpo e tentando puxá-lo mais para perto.

— Você se lembrou de trazer grampos de cabelo — lembrou ela com a voz rouca, estendendo a mão para passar os dedos ao redor do membro dele e acariciá-lo de uma forma que o fez revirar os olhos. Sim, Amelia-Rose aprendia rápido. — Acho que você não esqueceu nada.

— Meu bom Santo André, você acaba comigo, moça.

Ele se posicionou em cima dela e abaixou uma mão para abrir suas pernas. Então, deixou as palmas deslizarem pela parte interna das coxas da jovem, penetrou-a com um dedo e ouviu o gemido de prazer de Amelia-Rose se misturar ao dele. Ela estava molhada, pronta para ele. Aquela moça adorável e perfeita, que na noite da véspera ensinara a ele que garfo usar para comer um coelho assado, que se deliciava com lençóis macios e Mozart, o havia escolhido. Niall não conseguia encontrar outra explicação para aquilo a não ser o amor.

Ele a penetrou, arremetendo rápida e intensamente, levando-a ao clímax, ofegante e agarrada aos ombros dele. A sensação do corpo de Amelia-Rose pulsando ao redor do dele era uma tentação para que também se entregasse ao gozo, mas Niall ainda não estava pronto. Em vez disso, ele diminuiu o ritmo até ela começar a relaxar novamente e levantar a cabeça para beijá-lo.

Então, Niall saiu de dentro dela, se sentou e cruzou as pernas.

— Venha cá, Amelia-Rose — chamou ele, e pegou a mão dela para ajudá-la a se levantar.

Quando ela estava sentada, Niall segurou-a pelos tornozelos e puxou-a para a frente, passando as pernas dela ao redor dos quadris dele e apoiando sua bunda com as pernas.

— Santo Deus — sussurrou Amelia-Rose, olhando para baixo, para o espaço entre eles, enquanto o membro de Niall deslizava novamente para dentro dela.

Ele apoiou as mãos na bunda dela e a puxou para a frente, seguindo o ritmo de suas arremetidas, a cama abaixo deles rangendo ritmicamente com seus movimentos. Amelia-Rose passou os braços em volta do pescoço dele e gozou novamente, só que daquela vez Niall se permitiu acompanhá-la e a penetrou o mais profundamente que conseguiu, mantendo-se ali enquanto derramava sua semente dentro dela.

Amelia-Rose manteve os braços ao redor dele e descansou o rosto em seu ombro.

— Eu não tinha ideia — disse ela, ainda arquejante — que estar arruinada poderia ser tão revigorante.

Niall riu e a abraçou.

— Posso arruiná-la assim sempre que você quiser.

— Acho que vou querer sempre, Niall.

Ele beijou o cabelo dela.

— Amo você, Amelia-Rose.

Ela ergueu a cabeça para fitá-lo.

— Esse nome é *mesmo* grande demais, não é? Sempre gostei de Amy. Acho que combina mais comigo. Você se importaria?

— Me importar de não ter que torcer a língua toda vez que digo seu nome? De forma alguma. Você é Amy agora. Combina com você, moça. É fresco e caloroso.

Uma pedra atingiu a janela do quarto deles no segundo andar, e Niall saiu de baixo de Amelia-Rose — de Amy — com o cenho franzido. Ele viu Gavin parado lá embaixo, com outra pedra na mão, e abriu a janela.

— O que é isso?

— Estou sentindo um arrepio na espinha desde o amanhecer — explicou o cavalariço. — Vamos embora, sr. Niall.

Niall sentira a mesma coisa, a sensação de que tudo estava correndo bem demais. Nenhum sinal de um casaca-vermelha suspeito, nenhum estranho vindo do sul pela mesma estrada e lançando olhares estranhos para eles, nenhum camarada antipático da Bow Street aparecendo para arrastá-los de volta a Londres.

— Sim — respondeu. — Nos dê meia hora para nos vestirmos e comermos.

O cavalariço assentiu e voltou para o estábulo. Quando Niall se virou, Amy já vestira a camisa de baixo e estava procurando no baú que eles compartilhavam o vestido de caminhada azul-petróleo de Eloise. Ele gostava daquele vestido nela... dava aos olhos de Amelia-Rose um pouco de verde junto com o azul profundo, como um lago em um dia claro.

— Esse é o vestido com que você vai se casar — afirmou Niall, e entregou a ela a escova de cabelo emprestada, enquanto ajustava o kilt ao redor do quadril e o afivelava.

Amelia-Rose ergueu o vestido para examiná-lo.

— Bem, então Eloise não o terá de volta.

Niall se sentou na cama para calçar as botas.

— Gostaria de levá-la a Aldriss Park depois do casamento, são mais dois dias de viagem. Você está pronta para isso?

— Sim. Quero conhecer o seu pai e será um prazer me acomodar em algum lugar depois de uma semana na carruagem.

Niall ainda sentia necessidade de se desculpar... aquela não era a vida que Amelia-Rose teria escolhido para si mesma. Sim, ela havia dito que estava feliz, e sim, ele acreditava nela. Mas amava aquela moça e queria que ela tivesse... mais.

— Você será feliz todos os dias da sua vida de agora em diante, Amy. Eu juro. Há um belo local com vista para o *loch* an Daimh que nos dará uma bela vista do vale e das montanhas. Vou mostrar a você e, se concordar, acho que deveríamos construir uma casa lá.

— Não é perto demais do velho Sean e dos gatos dele, é?

Niall riu.

— Não. Estaríamos a uns bons dois quilômetros do velho Sean.

— Ótimo. Gosto de gatos, mas fico imaginando todos eles escapando dos túneis e vagando pelas Terras Altas com queijos amarrados nas costas.

Ele riu de novo. Aquilo o deixou mais à vontade... talvez estivesse levando aquela mudança nos planos dela mais a sério do que ela mesma. Amelia-Rose insistia naquilo, o que fez Niall se lembrar de que ela também não era nada do que ele havia planejado. Conhecê-la havia mudado tudo, e ele aceitava de bom grado cada consequência, as boas e as ruins, que acompanhavam o fato de amá-la.

— Agora vou ter pesadelos — murmurou ele com um sorriso, e se adiantou para ajudá-la a abotoar o vestido nas costas.

Assim que se vestiram, Niall terminou de rearrumar o baú e o arrastou para baixo. Eles tomaram um café da manhã simples com ovos e presunto e, dentro da meia hora que ele havia pedido, estavam de volta na carruagem, rumo ao norte.

— O que você acha que seus pais estão fazendo agora? — perguntou Niall quando Amelia-Rose se encostou no ombro dele para olhar pela janela.

— Imagino que eu tenha sido deserdada — disse ela, a voz muito menos preocupada do que ele esperaria dela uma semana antes. — Sem dúvida, agora sou uma candidata ao hospício, e a minha mãe deve ter se cercado dos seus amigos mais queridos, que vão espalhar a história de que sempre fui uma filha terrível e que os Baxter estão felizes por finalmente se verem livres de mim.

— Não posso acreditar que eles não teriam nada de ruim para dizer a meu respeito — protestou ele. — Afinal, eu a raptei.

— Sim, sim, tenho certeza de que você também está sendo demonizado.

— Ah, agora sim.

Amelia-Rose sorriu. Ela estava sorrindo muito nos últimos dias e supunha que, em circunstâncias normais, aquilo indicaria que havia enlouquecido. Uma fuga para Gretna Green era a última coisa que esperaria fazer, mas desde que havia conhecido Niall já tinha feito muitas coisas pela primeira vez. Era uma sensação realmente empoderadora.

Ao longo de tudo aquilo, mesmo quando ela fora separada dele, Niall estivera ao seu lado. Ele acreditava nela. E a amava. Seu corpo alto e esguio era como um escudo — Niall era um homem que poderia protegê-la, mantê-la segura e, acima de tudo, libertá-la de seus próprios malditos medos, tão limitantes.

Amelia-Rose ficou olhando para o perfil de Niall enquanto ele checava o relógio de bolso, sem dúvida estimando quanto tempo ainda faltava para chegarem à Escócia. As leis inglesas de casamento não se aplicavam lá, pelo menos não o Ato de Casamento de Hardwicke, que dizia que uma dama com menos de 21 anos não poderia se casar sem o consentimento dos pais. Não sem que o casal se arriscasse a esperar três semanas para a leitura dos proclamas na igreja. Em três semanas ela já estaria casada com o marquês de Hurst.

— Você está arrepiada, *leannan*.

Amelia-Rose apertou ainda mais a mão dele.

— Eu estava pensando em como a minha vida poderia ter sido se você não tivesse roubado a carruagem de Lionel.

— Aposto que você o teria mordido e fugido.

Ela bufou.

— Espero que sim. Eu gostaria de pensar que teria mesmo feito isso.

Por volta das dez horas, Amelia-Rose já sentia o traseiro cansado de mais um dia andando na carruagem, e estava prestes a sugerir que ela e Niall trocassem de lugar com Gavin novamente para que o cavalariço pudesse tirar um cochilo enquanto Niall conduzia a carruagem. Então Gavin bateu com o punho no telhado.

— Gretna Green — anunciou.

O coração de Amelia-Rose disparou, não de nervosismo, mas de empolgação. Em poucos minutos ela estaria casada. Pertenceria a Niall MacTaggert. E ele pertenceria a ela. Seria Amelia-Rose MacTaggert. Amy MacTaggert. Em sua opinião, aquele soava como um belo nome das Terras Altas. Eles fizeram uma curva e a carruagem parou.

Niall se virou para ela.

— Está pronta, Amy, minha *adae*, minha *leannan*?

— *Aye* — respondeu ela, e pousou a mão sobre o peito dele, na altura do coração. Conseguia sentir as batidas rápidas e fortes sob os dedos.

Niall a beijou, lenta e preguiçosamente, de um jeito que a aqueceu até os dedos dos pés. Um beijo possessivo, íntimo, um momento de que Amelia-Rose se lembraria para sempre como a única prova necessária de que havia tomado a decisão certa.

— Vamos nos casar, então.

Niall abriu a porta da carruagem, ajeitou os degraus com o pé, desceu e estendeu a mão para ela. Amelia-Rose se deu conta tarde demais de que não se lembrara de usar um chapéu, mas de qualquer forma não sabia se a pessoa deveria tirar um chapéu dentro da oficina de um ferreiro ou não.

— Gavin, amarre os cavalos. Precisamos de duas testemunhas e você será uma delas.

— Eu ficaria honrado, sr. Niall. Muito honrado — falou o cavalariço, entusiasmado, descendo do banco do cocheiro.

Eles entraram na oficina do ferreiro, onde um homem grande vestido todo de preto, com um chapéu de aba larga na cabeça, estava sentado em uma cadeira ao lado da forja, uma caneca de alguma coisa apoiada no joelho. Ele deixou a caneca de lado e se levantou.

— Sou David Lang. Me chamam de Bispo Lang. Estão aqui para se casar?

— Sim — respondeu Niall.

— Vocês têm outra testemunha?

— Só eu — falou Gavin, com o chapéu na mão.

O ferreiro foi até os fundos da loja.

— Mary! Preciso de uma testemunha!

— Já estou indo, David!

— Ela é minha esposa — explicou ele. — Vocês vão precisar assinar seus nomes aqui — continuou Lang. Ele tirou um livro de registros de debaixo da cadeira, então parou para examinar o casal de cima a baixo. — Vai custar a vocês... cinco libras pelos meus serviços.

Cinco libras pareciam uma fortuna, mas Niall pegou o dinheiro sem dizer nada e entregou ao homem.

— Teremos uma certidão de casamento, para que possamos provar que nos casamos?

— Sim, por outra libra.

— Há mais alguma coisa que gostaria de nos oferecer por uma taxa? — perguntou Niall com um breve sorriso.

— Posso recomendar uma estalagem para a sua noite de núpcias. Farei isso de graça, porque eles me pagam por cada casal recém-casado que passa a noite lá.

— Não. Ainda temos uma distância a percorrer depois daqui.

Uma mulher roliça abriu a porta nos fundos da loja, com um pano de prato nas mãos e trazendo o cheiro de pão fresco.

— Tenho dez minutos antes que o pão queime — informou ao marido.

— *Aye*. Vocês dois, fiquem diante da bigorna — ordenou Bispo Lang. — Deem as mãos, se quiserem; a mim não importa.

Sem dizer nada, Amelia-Rose pegou a mão estendida de Niall. Não, ela nunca teria esperado um casamento como aquele. Mas que história daria para os filhos deles. Jovens com olhos verde-claros, sotaques escoceses fortes e, com sorte, um gosto por roupas elegantes e danças. Ela sorriu.

Lang olhou para Niall.

— O senhor está em idade de casar?

— Sim. Tenho 24 anos.

O ferreiro virou-se para Amelia-Rose.

— E a senhorita? Está em idade de casar?

— Sim. Eu tenho 19 anos.

— Vocês são parentes um do outro?

— Não — respondeu Niall, o cenho franzido.

— Eu tenho que perguntar, rapaz. Muito bem. Vocês dois são livres para se casar? Nenhum de vocês já é casado com outra pessoa?

— Somos livres para nos casarmos — respondeu Amelia-Rose.

A porta atrás deles foi aberta.

— Espere, maldição!

Lionel West, o marquês de Hurst, entrou intempestivamente na oficina do ferreiro.

Amelia-Rose recuou, o coração apertado, e sentiu a tensão do corpo de Niall ao seu lado, como uma pantera pronta para atacar.

— Dê o fora daqui — grunhiu.

— Eu não vou! Você pertence a m...

Um braço musculoso agarrou o marquês pelo pescoço e o puxou para trás, para fora da oficina. Seguiram-se gritos abafados, então Aden MacTaggert enfiou a cabeça pela porta.

— Desculpem por isso. Ele escapou de nós. Podem continuar... o marquês e seus amigos prometem não criar mais problemas.

Com isso, ele fechou a porta novamente.

— Você sabia que seus irmãos estavam aqui? — perguntou Amelia-Rose em um sussurro.

— Não. Mas eu deveria ter imaginado. Bispo Lang, se não se importa? Não quero ver esse pão cheiroso queimado.

— Tem certeza de que é livre para se casar? — perguntou mais uma vez o ferreiro, fixando um olhar mais interessado em Amelia-Rose.

— Sim. O que aquele homem quer não é o que eu quero.

Lang continuou a observá-la por algum tempo, então assentiu.

— Pelo seu kilt, você é do clã Ross — afirmou o ferreiro, dirigindo-se agora a Niall. — Você tem um *tartan* para usar?

Niall pegou uma tira de xadrez no bolso. Tinha o mesmo padrão vermelho, preto e verde do seu kilt, e ele o entregou ao ferreiro. O homem grande indicou que eles deveriam levantar as mãos unidas e enrolou a tira de xadrez ao redor delas. Então, pegou seu martelo e o bateu contra a bigorna, o som agudo e ecoante.

— Vocês estão casados agora. Vou pegar o documento.

Os dois assinaram o livro de registros de casamento, junto com Gavin e Mary Lang, assim como o bispo Lang, então todos assinaram novamente em uma pequena folha de papel. Depois que Amelia-Rose assinou seu nome, Niall pegou a pena da mão dela e colocou de volta no suporte.

— Acho que vou beijar a noiva agora — murmurou.

Ela ficou na ponta dos pés, passou os braços ao redor dos ombros dele e o beijou. Esperança, alívio, euforia — tudo misturado em uma alegria inebriante que lhe dava a sensação de que seus pés nem tocavam o chão. Tinha sido tão simples e, de certa forma, aquilo tornava o casamento mais real. Ela não precisava mais sonhar com um conto de fadas. Tinha mais do que um conto de fadas.

Niall levantou a cabeça.

— Amo você, Amy Hyacinth MacTaggert. Tanto que me assusta um pouco. Basta dizer qualquer coisa, apontar para qualquer dragão, designar qualquer missão, e estarei a seu serviço.

— O único pedido que tenho é que você não me deixe para trás — sussurrou ela de volta. — Eu também amo você, Niall Douglas MacTaggert.

— Ah, o meu pão! — exclamou Mary, e saiu da oficina.

E aquele pareceu ser o fim da cerimônia. Niall dobrou cuidadosamente a certidão, enfiou no bolso interno do paletó e fez um gesto para que Gavin saísse antes dele.

Só quando Niall parou perto da porta, esperando que Gavin saísse, foi que Amelia-Rose percebeu que ele havia mandado o cavalariço para se certificar de que não seriam atacados por ninguém. O fato de Lionel ter se aventurado tão longe de Londres durante a temporada social a surpreendeu profundamente. Toda aquela pressa, e o fato de o marquês quase ter provocado uma briga com Niall, a fez se perguntar o quanto ele precisava das dez mil libras que os pais dela haviam prometido em troca do casamento.

— Está tudo bem — avisou Gavin, apoiando-se na porta novamente.

Na verdade, nada parecia fora do comum na rua estreita, exceto a grande carruagem parada em frente à oficina do ferreiro. Nenhum dos moradores da cidade que passavam parecia reparar no veículo, o que fazia sentido se casais fugitivos realmente chegavam ali com a frequência que se dizia.

— Onde estão eles? — perguntou Amelia-Rose.

Niall soltou a mão dela, subiu no banco do cocheiro da carruagem e dali para o teto do veículo. De pé lá em cima, fez um círculo rápido, protegendo os olhos do sol com uma das mãos. Ali, de kilt e botas, ele parecia mais uma vez um guerreiro — mas Niall *era* um guerreiro. O guerreiro dela.

Ele pulou para o chão novamente.

— Por aqui — disse, pegando novamente a mão de Amelia-Rose e subindo a rua em direção a um grupo de árvores e a um riacho de aparência pitoresca.

Quando chegaram ao topo de uma pequena elevação, ela viu cinco cavalos à beira da água, um deles o enorme e inconfundível frísio preto de lorde Glendarril, Nuckelavee. Ela viu alguns homens também, dois deles em kilts combinando com o de Niall, então mais três que pareciam estar amarrados a árvores. Amelia-Rose parou de repente.

— Niall, isso vai causar problemas.

— Um marquês inglês tentando impedir um casamento nas Terras Altas? Sim, eu chamaria isso de problema — respondeu ele, puxando-a para a frente mais uma vez. Ele também parou de repente. — Se não quiser vê-lo, posso mandar Gavin de volta ao vilarejo com você.

Ela queria ver lorde Hurst novamente? Na verdade não, mas ao mesmo tempo o marquês precisava entender que ela não estava mais disponível e que nunca estivera interessada nele. Ao menos não desde que conhecera Niall.

— Eu não me importaria em dar uma palavrinha com ele — respondeu.

Niall olhou de relance para a agora esposa e se pôs a caminho novamente.

— Rapazes — disse, parando entre os dois homens grandes.

— Niall — bradou Coll. — Está casado?

— Sim.

— Tem provas?

Niall deu uma palmadinha no bolso do paletó.

— Sim.

Coll se atirou para a frente, então, movendo-se com uma velocidade surpreendente para um homem do seu tamanho, puxou Niall para si e o abraçou.

— Estou feliz por você, *bràthair*.

— Me solte, seu ogro — grunhiu Niall.

O visconde obedeceu e se virou para Amelia-Rose. Com os olhos fixos em seu rosto, ele pegou a mão dela e levou aos lábios.

— Bem-vinda à família, Amelia-Rose MacTaggert.

— É Amy, agora — corrigiu Niall.

Glendarril inclinou a cabeça.

— Combina mais com você. "Amelia-Rose" é um pouco pretensioso.

Aden afastou o irmão mais velho do caminho. Ele abraçou Amelia-Rose, mas com um cuidado que deixava claro seu medo de que pudesse quebrá-la.

— Peço desculpas mais uma vez por deixar aquele sapo entrar na forja. Ele parece um frangote, mas corre rápido.

Niall se colocou entre a esposa e o irmão, aceitando outro abraço.

— Você sabia que ele estava nos seguindo?

— Não até hoje de manhã. Passamos por vocês ontem à noite, decidimos chegar aqui primeiro e dar uma olhada. — Ele indicou Hurst com o polegar, e Amelia-Rose reparou que haviam colocado uma mordaça na boca do marquês. — Ainda bem que fizemos isso.

— Você tem algo a dizer a lorde Hurst, sra. MacTaggert? — perguntou Niall a ela.

Antes, Amelia-Rose poderia ter hesitado. O preço que provavelmente pagaria por falar o que pensava seria muito caro. Mas aqueles três homens, aqueles irmãos, eram parte de um clã. Niall tinha contado que, quando um problema recaía sobre um membro do clã, os outros se adiantavam para ajudar. E agora ela também era uma MacTaggert. Não estava mais sozinha.

— Sim, eu gostaria — respondeu.

— Quer que ele permaneça em silêncio ou latindo? — perguntou Coll.

— Retire a mordaça, por favor.

O visconde obedeceu e Lionel cuspiu no chão.

— Vocês são homens mortos — sibilou o marquês. — Estou olhando para homens mortos. Não podem colocar as mãos em mim duas vezes. Farei com que todos sejam deportados ou enforcados.

— Lionel — falou Amelia-Rose, interrompendo o final do desvario —, sinto muito que você tenha se visto no meio disso. Sei que minha mãe lhe prometeu uma fortuna pela minha mão e entendo que isso o cegou para qualquer dúvida sobre se eu queria me casar com você ou não. Eu não queria. Eu...

— Foi assinado um acordo, srta. Baxter.

— Você faz esboços de santos lúgubres, considera as mulheres de cabelo escuro mais sérias do que as de cabelo loiro e não gosta da ideia de ler. Embora eu não saiba muito sobre santos, exceto que Santo André é o santo padroeiro da Escócia, não tenho cabelo escuro e gosto muito de ler. Além disso, acho você tão tedioso que chega a ser ridículo e, embora tenha um rosto bonito, acredito que essa seja a sua única virtude.

Hurst abriu a boca, o rosto muito vermelho. Já não parecia melancólico e romântico. Agora ele se parecia mais com uma criança cujo brinquedo havia sido levado embora.

— Sua...

— Tenho duas coisas a acrescentar — disse Niall, colocando-se ao lado da esposa. — Ela é uma mulher casada agora, e você não está na Inglaterra. Por isso, pense bem antes de terminar essa frase, Hurst. Seu futuro pode depender disso.

Por mais bem-humorado que Niall costumasse ser, Amelia-Rose ouviu o aço sob aquelas palavras, a calma absoluta em seu olhar firme. Hurst percebeu a mesma coisa, porque se calou, deixando o resto da frase por dizer.

— Podemos trocar uma palavrinha, Niall? — perguntou Aden, afastando-se de seus três prisioneiros.

Amelia-Rose não sabia se estava incluída na conversa, mas Niall pegou a mão dela novamente para que seguissem o irmão dele.

— *Aye?*

— Temos um dilema — disse Aden, baixando a voz.

— Mantenha-os aqui até o pôr do sol — respondeu Niall, o tom categórico. — Eles não poderão nos seguir para o norte, mesmo que haja um motivo para isso.

— Francesca quer vocês de volta a Londres. Quanto antes, melhor.

Niall franziu o cenho.

— Não vamos voltar para Londres. Até vocês dois sabem que tudo mudou para nós lá. E não permitirei que Amy enfrente os pais, a menos ou até que ela queira.

Coll juntou-se a eles, balançando a cabeça.

— Não. Francesca fez alguma coisa. Não quis nos dizer o que foi, mas alertou que, quanto mais tempo vocês passassem longe, mais difícil seria reparar o dano. Disse que você precisa confiar nela.

— E o que vocês dois acham disso?

Aden fez uma careta.

— Quando se trata de Londres, acho que ela é a especialista — respondeu lentamente.

— Amy? — perguntou Niall, voltando-se para a esposa. — Isso afeta você muito mais do que a mim.

Ele estava deixando a decisão na mão dela. Parte daquela nova independência que havia acabado de adquirir era bastante intimidante, mas Amelia-Rose sempre gostara de lady Aldriss e nunca recebera nada além de gentileza e compreensão da parte da condessa.

— Eu já vi a sua mãe atravessar um salão e fazer cessar uma discussão ou silenciar um boato com apenas um olhar — falou. — Ela é formidável. E se diz que pode ajudar, acho que devemos acreditar nela. — Amelia-Rose deu de ombros. — Na pior das hipóteses, viajaremos por mais uma semana de volta para Londres e depois voltaremos para cá.

— Não sei se meu traseiro consegue aguentar — comentou Niall com um sorrisinho. — Mas eu não esperava por isso, e acho que gosto da ideia.

Amelia-Rose assentiu.

— Eu também.

A ideia de que ela poderia reconquistar o direito de frequentar Londres, de visitar a cidade de vez em quando, já não significava tanto quanto antes, mas lhe agradava a possibilidade de ser livre para fazer aquilo, se quisesse.

— E isso nos leva ao nosso próximo dilema — acrescentou Aden. — Hurst. De volta à Inglaterra. Indo para Londres, imagino, pela mesma estrada que seguiremos.

Niall esfregou o queixo.

— Espere aqui, moça.

Ela agarrou o braço do marido quando ele se virou.

— Você não vai matá-lo. Isso o assombrará aonde quer que você vá.

— Não tenho esse sangue-frio — retrucou Niall. — No mínimo seria preciso uma briga justa.

— N...

— Venha ouvir, então — interrompeu ele. — Não quero que se preocupe com a possibilidade de ter se casado com um lunático.

Sem esperar por ela, Niall voltou para a árvore onde estava Hurst e parou em frente ao homem. Amelia-Rose correu atrás dele, levantando as saias sobre a grama alta. Lionel não parecia nem um pouco feliz, mas seu rosto havia voltado ao tom habitual de palidez.

— Hurst — disse Niall, com as mãos no quadril —, estou me sentindo generoso hoje. A sra. Baxter lhe ofereceu dez mil libras para que ficasse com a filha dela. Eu lhe darei cinco mil para manter a boca fechada sobre termos pegado a sua carruagem emprestada, sobre essa perseguição até a Escócia e sobre você ter sido amarrado a uma árvore, sob a ameaça dos meus irmãos de cortar suas bolas fora por insultar a minha mulher.

— Eu...

— Se você conseguir imaginar alguma maneira de essa história melhorar a sua imagem, eu sou todo ouvidos, porque só o que eu vejo no seu futuro é ridicularização, sem nada para compensar isso.

O marquês franziu o cenho e estreitou os olhos. Ele se virou para os dois homens que o acompanhavam e nenhum deles encontrou seu olhar. O que quer que os MacTaggert tivessem lhes dito, certamente não abririam a boca.

— Eu não pareço ter muita escolha, não é? — retrucou Hurst finalmente, irritado.

— Eu concordo. Fique aqui por mais um dia, depois volte para Londres. Diga que tinha negócios para resolver em algum lugar. Resolveremos, e você não terá que fazer nada a não ser dizer que não tem ideia de por que aquele anúncio de noivado apareceu no jornal.

— E o dinheiro?

— Estará na sua porta um dia depois de você retornar a Londres. Temos um acordo?

— Como vou saber que você vai cumprir a sua parte, seu bárbaro?

— Porque, se eu quisesse lhe causar algum dano permanente, diria que as pessoas desaparecem o tempo todo por aqui. Como Amy falou, você foi arrastado para essa história. Assim, no fim, será um solteiro com cinco mil libras que não tinha quinze dias atrás. Vou perguntar de novo: temos um acordo?

Hurst respirou fundo e estremeceu quando as cordas apertaram seu peito.

— Sim. Temos um acordo.

Niall tirou a faca da bota. Com um movimento rápido, cortou as cordas que prendiam o marquês, então se aproximou para fazer o mesmo com os outros dois homens.

— Aquela estalagem azul lá, O Cobre, tem uma excelente cozinha. Eles também o hospedarão para passar a noite.

— Não espere que eu lhe agradeça, MacTaggert.

— Não espero. Só vá embora.

Quando Niall se virou, Amelia-Rose se juntou a ele e deu o braço ao marido.

— Você é um homem muito bom — sussurrou.

— Eu sou um homem que não quer que sangue seja derramado no dia do meu casamento — respondeu ele, enfiando o rosto no cabelo dela.

— Vocês me ouviram, não é? — perguntou aos irmãos.

Aden assentiu.

— Mas você está presumindo que Francesca vai entregar cinco mil libras àquele rato. E que ele não vai pedir mais depois.

— Assim que nossa mãe fizer o que quer que ela esteja prometendo, lidarei com Hurst novamente se for preciso. Mas aí ele não vai gostar tanto.

— Eu queria comer nO Cobre — declarou Coll, carrancudo.

— Venham, rapazes — disse Niall, levando-os de volta para o vilarejo, bem atrás de Hurst e seus homens. — Acho que conheço um lugar onde podemos conseguir pão fresco. Mas pode nos custar uma fortuna.

Então aquela era a sua vida de casada. Amelia-Rose suspirou enquanto caminhava ao lado do marido alto e belo. Seu *highlander*. Ela tinha esperado que o casamento fosse um dever monótono. A julgar por sua primeira hora de casada com Niall MacTaggert, acabara de entrar em uma grande aventura. E ansiava por cada momento — mesmo que eles voltassem a Londres e logo tivessem que partir novamente. Porque estaria com Niall. Seria uma MacTaggert.

Capítulo 18

FRANCESCA LEVANTOU-SE CEDO. SEU FILHO — todos os seus filhos — chegaria a Gretna Green em algum momento daquele dia e Niall já podia estar casado. A condessa tinha plena consciência da ironia da situação: ele fizera o que a mãe havia ordenado anos antes, quando ele era um menino de 7 anos muito independente e ela queria uma maneira de manter os filhos em sua vida: havia se casado, ou em breve se casaria, com uma inglesa. No entanto, a escolha e os métodos do filho acabaram afastando Niall e a esposa da Inglaterra. E da mãe dele.

Hannah entrou no quarto e, embora sempre se vestisse com cuidado, naquela manhã Francesca escolheu um conjunto azul e prateado, um traje elegante demais para um dia em que não pretendia sair da Casa Oswell. Na verdade, ela e Eloise haviam passado os últimos três dias em casa, sem receber visitas, e tinham inclusive declinado do convite que já haviam aceitado para uma pequena festa em homenagem ao aniversário de uma amiga.

— As pérolas ou o de ônix? — perguntou a criada, erguendo os dois colares.

— As pérolas. O de ônix é mais formidável, mas eu não poderia usá-lo antes do pôr do sol sem que parecesse exagerado.

Quando terminou de se arrumar, Francesca se levantou para se olhar no espelho da penteadeira. A última vez que se vestira com tanto cuidado tinha sido no dia em que Coll, Aden e Niall chegaram a Londres. Aquela tinha sido uma batalha que, por um curto período de tempo, ela não tivera certeza de que venceria. Ainda não tinha certeza se poderia chamar aquilo de vitória, embora os três já se referissem a ela como mãe. Da parte de Aden e Niall, pelo menos, já começava a sentir um respeito relutante e até mesmo um certo afeto. Aquilo significava tudo, e dava a Francesca a esperança necessária para continuar pressionando Coll — o filho mais aborrecido e cáustico.

Quando Hannah saiu do quarto, Eloise entrou.

— A senhora acha que eles já estão casados?

— De acordo com Aden, devem chegar a Gretna Green em algum momento do dia de hoje. Portanto, ainda não devem estar casados, mas estarão em breve.

— Eu sei que é escandaloso, mas também é tão romântico.

Francesca olhou para a filha.

— Você não vai fugir. Se você se casar antes de algum dos seus irmãos, terei que cumprir o acordo.

— Quero um casamento grandioso na igreja — tranquilizou Eloise. — E quero que papai me leve até o altar.

Era improvável que acontecesse, mas Francesca não comentou nada a respeito. Afinal, vários milagres já haviam acontecido.

— Hum.

— Mamãe, Matthew pode pelo menos me visitar hoje? — perguntou Eloise, levantando a carta dobrada que segurava em uma das mãos. — Ele acha que estou com raiva dele por algum motivo.

— Talvez mais tarde — respondeu Francesca. — Acredito que receberei visitas em breve. Se tudo correr como espero, então Matthew pode se juntar a nós para jantar.

— A essa altura, todos já viram o anúncio do noivado no jornal — respondeu a filha. — Então o que importa se nós o vimos ou não? Ou se sairmos e conversarmos a respeito?

— A possibilidade de negação. Ninguém teve a chance de nos perguntar se vimos o anúncio ou de nos pedir para comentar a respeito.

Portanto, podemos afirmar que não sabíamos nada sobre toda essa bobagem. Isso será importante, Eloise. Não se esqueça. Não sabemos nada sobre aquele anúncio de noivado.

— Ainda não entendo por que isso importa. Não somos mencionadas. O anúncio se refere a Amelia-Rose e lorde Hurst. Seja o que for que a senhora tenha planejado, com certeza não podemos impedir lorde Hurst de falar.

Aquela era a parte que mais a perturbava. Hurst era um marquês. Ele a superava em termos de posição social e havia uma grande quantidade de presunção impregnando aquele corpo magro. Além disso, era um homem atraente, o que o tornava muito querido. Mas, até onde Francesca havia sido capaz de investigar, Hurst também estivera ausente de Londres nos últimos dias.

Ela franziu o cenho. Seus filhos tinham dito que não o machucariam, mas ela não duvidaria que o tivessem trancado em um porão em algum lugar.

— Seja paciente só por mais algum tempo — falou em voz alta, dando o braço à filha enquanto deixavam o quarto. — Eu sei que não há nada pior do que ficar presa em casa no meio da temporada social, mas acredito que a causa vale a pena.

Eloise aconchegou-se ao braço da mãe.

— É claro. Só estou preocupada. E como ninguém me contou nada, eles também vão ter que ouvir umas coisinhas da minha parte quando voltarem. — Ela abaixou a cabeça. — Se eles voltarem.

— Coll e Aden ainda têm esposas inglesas para encontrar — lembrou Francesca. — E também não estou pronta para deixar Niall ir embora agora que acabei de conseguir que ele se dirija a mim sem cerrar o maxilar.

— Estou muito feliz por eles estarem aqui — afirmou Eloise. — Sempre imaginei a casa com uma família grande.

— Sinto muito que você tenha tido que esperar tanto tempo.

— Acho que os aprecio mais agora… Não cresci com os três puxando as minhas tranças e colocando aranhas na minha cama.

Aquele parecia um cenário muito provável. Francesca sorriu.

— Você sabe que eles fariam qualquer coisa por você. Você é uma MacTaggert. E agora acho que tem uma ideia melhor do que isso significa.

A filha assentiu.

— Isso me deixa mais orgulhosa, de certa forma, o que acho errado, mas não posso evitar. Mas gostaria que meus irmãos fossem mais agradáveis com Matthew, afinal, ele me conhece melhor do que eles. Acho que tem um pouco de medo deles.

— Ótimo.

— Mamãe!

Matthew Harris estava prestes a se casar com a única irmã deles. Era bom que o rapaz tivesse um certo receio dos futuros cunhados.

— Se alguém acertar um soco em alguém, então me preocuparei.

Quando elas entraram na sala de café da manhã, o jornal já estava sobre a mesa, no lugar de sempre. Francesca fechou os olhos por um momento. Estava feito, então. Na hora seguinte, ela encontraria uma maneira de Niall e Amelia-Rose retornarem a Londres, ou afundaria tanto o sobrenome Oswell quanto o MacTaggert na lama e no escândalo.

Enquanto Eloise escolhia o que iria comer, Francesca pediu chá e se sentou. Ela respirou fundo discretamente e abriu o jornal na sexta página. *Ah, magnífico.* Não que ela quisesse se gabar.

Atrás da mãe, Eloise arquejou.

— Mamãe!

Francesca alisou mais o jornal.

— O que acha, minha querida?

Uma espiral de cardos contornava toda a página, junto com a rosa de Tudor da Inglaterra e o leão rampante da Escócia. No meio de tudo isso, em letras pretas, lia-se que o conde e a condessa de Aldriss tinham o prazer de anunciar o casamento de seu filho, Niall Douglas MacTaggert, com Amelia-Rose Hyacinth Baxter, filha de Charles e Victoria Baxter. O dia abençoado era 25 de junho que, por acaso, era aquele mesmo dia.

Abaixo do texto, Francesca escolhera intencionalmente uma passagem de um poema de Robert Burns — um escritor inglês não serviria.

Meu amor é rosa vermelha,
Que em junho despontou:
Meu amor é melodia,
Que em sintonia tocou.

Você é linda, doce moça,
E apaixonado hei de estar;
Continuarei a amá-la, meu amor,
Até o dia em que o mar secar.

— Ah, está lindo — sussurrou Eloise, enxugando as lágrimas do rosto. Ela abraçou os ombros da mãe. — A senhora é tão romântica!

— Agora temos que rezar para que eles realmente se casem hoje, ou vamos parecer bastante idiotas.

Francesca tentou piscar para afastar as lágrimas dos próprios olhos, mas não adiantou. Queria ter estado presente no casamento dos dois. Queria ver a alegria, a esperança e o amor deles com seus próprios olhos e ter a certeza de que, por mais que tivesse lidado mal com as próprias mazelas, não havia estragado tudo para os filhos. E agora, se tudo corresse bem, ela perderia o primeiro casamento.

— Acredito que sim — afirmou Eloise. — Sei que eles vão se casar.

— Imagino que receberemos visitas em breve — observou Francesca, acrescentando açúcar ao chá. — Quando eles chegarem, por favor, esteja em outro lugar. Se houver algum constrangimento para qualquer um dos lados, não quero testemunhas, isso pode comprometer os procedimentos.

A filha se sentou ao lado dela.

— A senhora está falando dos Baxter.

— Sim, estou.

— Ah. *Ah.* Eles vão ficar furiosos.

— Imagino que sim. Certifique-se de que a srta. Bansil também permaneça lá em cima.

Francesca tivera vontade de publicar o anúncio na manhã seguinte à fuga de Niall e Amelia-Rose, para ofuscar o anúncio de noivado dos Baxter imediatamente com um casamento muito mais grandioso. Mas preferiu esperar. Sim, eles tinham fugido para se casar, mas com o conhecimento dela, e com a sua aprovação irrestrita. E estava seguindo conforme o programado.

Uma fatia de torrada com geleia depois, e a aldrava da porta da frente começou a bater em um frenesi quase enervante.

— Vá lá para cima — disse a Eloise, que pegou seu prato e saiu correndo.

Depois que a filha estava fora de vista, Francesca acenou para Smythe.

— Estarei na sala de estar da família.

Ela se levantou, atravessou o saguão e entrou na aconchegante sala da frente, sentando-se fora da vista de qualquer um que pudesse estar tentando ver pela janela. Então, pegou um livro aleatório e o abriu. Ouviu a porta da frente ser aberta e, em seguida, o som agudo e furioso da voz de Victoria Baxter. Algumas coisas permaneciam previsíveis. Smythe apareceu na porta.

— Milady, o sr. e a sra. Baxter insistem em falar com a senhora esta manhã — anunciou, alto o bastante para que os recém-chegados ouvissem. — Está recebendo visitas?

Francesca adorava aquele mordomo.

— Sim, já estou bem recuperada esta manhã. Faça-os entrar, por favor.

Ocorreu-lhe que, embora gostasse de teatro, nunca havia pensado muito no trabalho dos atores e na fluidez com que contavam histórias que não eram deles. Ela precisaria contar uma daquelas histórias inventadas naquela manhã, e o nervosismo latente lhe dizia que, embora se considerasse uma mulher poderosa, nunca gostara de mentir, e jamais se sentira à vontade fazendo aquilo. Mas estava agindo para o bem do filho, do menino precoce que ele havia sido aos 7 anos e do homem admirável e honrado que se tornara aos 24.

— O que significa isso? — sibilou Victoria, entrando na sala com a página meio amassada do *London Times* na mão.

Francesca fitou a mulher à sua frente com uma expressão severa.

— Aceita uma xícara de chá, Victoria?

— Eu não quero chá. Quero uma explicação para esse... absurdo! Exijo uma explicação.

— Minha cara — retrucou Francesca, permanecendo sentada —, lamento, mas andei indisposta nos últimos dias, e peço desculpas por não a ter consultado sobre o texto, mas se referir ao casamento da sua filha com o meu filho, o filho de lorde Aldriss, como "absurdo" me deixa um pouco aborrecida.

Victoria calou-se por um instante.

— Minha filha está noiva de lorde Hurst, como a senhora bem sabe. Anunciamos isso dias atrás.

— É mesmo? Isso é... estranho. Tem certeza de que não foi alguém pregando uma peça em vocês?

— O quê? Não permitirei que me... induza a duvidar das minhas próprias decisões, lady Aldriss. Isso é ultrajante!

— Mas se, como você diz, Amelia-Rose está noiva de lorde Hurst, onde está ela?

Charles Baxter pôs a mão no braço da esposa.

— Vamos nos sentar, minha cara. A atmosfera não está muito boa.

— A minha filha... não está se sentindo bem. Ela está em casa, descansando — afirmou Victoria, mas sentou-se no sofá em frente a Francesca.

— A sua filha — retrucou Francesca, deixando o livro de lado — está em Gretna Green com o meu filho. Pedi a eles que esperassem pelo casamento na igreja, mas são jovens e impulsivos e não suportaram a ideia de esperar por uma licença especial ou pela leitura dos proclamas. Eles levaram a minha carruagem e foram acompanhados pelos irmãos de Niall e por Jane Bansil. Você com certeza sabe disso. Quem quer que esteja descansando no quarto da sua filha não é Amelia-Rose. Se não reconhece a sua própria filha, eu me pergunto se você...

— Não! Isso não é... não acredito em nada do que a senhora está dizendo!

Mulher teimosa e egocêntrica.

— Muito bem — disse Francesca, deixando de lado qualquer espanto fingido. — Os fatos são esses. A sua filha está desaparecida há quatro dias. Pelo que sei, você não contou a ninguém, o que é uma sorte. Amelia-Rose e Niall *estão* em Gretna Green. Imagino que estarão casados até a hora do almoço. Os irmãos dele servirão como testemunhas. A acompanhante da sua filha não foi. Jane Bansil não está nem perto da Escócia.

— Ela...

— Silêncio. A reputação de Amelia-Rose está arruinada. Aconteceu, está feito. Hurst não a aceitaria agora, seja qual for o acordo que vocês fizeram com ele. Assim, você tem algumas opções. Pode bradar aos céus, amaldiçoando a moça horrível que tem como filha, e deixar que ela também a arruíne. Pode condenar meu filho como um ladrão e um bárbaro... o que todos já sabem que ele é, de qualquer modo, já que Niall é um *highlander*. Quem terá que lidar com o escândalo e a vergonha será a senhora, e eles não estarão aqui para compartilhar o peso do fardo. Eu, por outro lado, quase não enfrentarei consequências. Todo mundo viu meus filhos bárbaros. Ninguém poderia esperar que eu conseguisse controlá-los. No entanto, eu estou muito satisfeita em vê-lo apaixonado e casado.

Victoria abriu a boca novamente, mas o marido apertou a sua mão.

— E as outras opções?

— Há apenas mais uma, na verdade. O anúncio no jornal, na verdade, não foi publicado por vocês. Foi uma espécie de brincadeira, mas vocês não queriam tornar a questão pública até descobrir o responsável. Já sabíamos há mais de uma semana que Niall e Amelia-Rose iriam se casar. Jovens como são, eles não conseguiram tolerar a ideia de esperar e, assim, com a benção de ambas as famílias, partiram para a Escócia de Niall para se casarem.

— Não! — explodiu Victoria, o jornal se rasgando entre seus dedos. — Não, não, não! Eu não vou fazer parte disso! Nem lorde Hurst!

— Imagino que lorde Hurst, que também esteve ausente de Londres, terá prazer em afirmar que não tinha conhecimento de qualquer noivado e não tem ideia de quem foi o patife que publicou o anúncio. Se ele quiser discordar, eu ficaria muito interessada em ver como qualquer reclamação que ele faça sobre a perda de uma pretendente para um escocês sem título poderia beneficiá-lo.

— Sua...

Francesca se levantou.

— Sob qualquer outro argumento, Victoria, se você ficar contra mim, vai perder. Sua indignação só faz com que pareça uma lunática espumando de raiva. Qualquer pessoa que tiver que escolher entre a sua versão dos eventos e a minha escolherá a minha. Ainda mais depois que os recém-casados sr. e sra. MacTaggert retornarem a Londres em quatro dias, radiantes de felicidade e sem nenhuma ideia de qualquer confusão que possam ter deixado para trás. — Francesca fez uma pausa, então continuou: — Portanto, quando eles voltarem, você pode estar aqui para recebê-los com sorrisos e bênçãos, ou pode estar em algum outro lugar, guardando seus pensamentos e opiniões para si mesma. E isso é para o seu próprio bem. Você ainda tem pessoas que a convidarão para eventos. Ainda tem a oportunidade de conhecer seus netos, se Deus quiser. Se isso continuará a ser verdade ou não, vai depender inteiramente do seu próprio comportamento. — Ela respirou fundo. — Já cuidei para que houvesse alguns cochichos, talvez, e uma certa especulação sobre quem foi o autor do anúncio do noivado. Nada mais. Nenhum escândalo, nenhum constrangimento associado ao nome Baxter, nenhuma razão para alterar o seu estilo de vida ou os seus relacionamentos. Pense além da sua raiva, Victoria.

Victoria encarou a mulher à sua frente com os lábios trêmulos. Ela provavelmente estava experimentando a sensação de que tudo desmoronava — seus sonhos de ser apresentada como mãe de uma marquesa, de ter um título tão diretamente ligado ao seu nome, de ascender em seu círculo social a um nível que ela provavelmente imaginara ser muito maior do que realmente teria sido como a mera mãe da jovem em questão.

— Faça o que quiser — disse finalmente a sra. Baxter, o tom carregado de raiva, e se pôs de pé. — Tenho uma filha desgraçada e ficarei feliz... feliz, estou lhe dizendo... de nunca mais pôr os olhos naquela criatura ingrata. Ela arruinou tudo. E a senhora fica parada aí, com um sorriso no rosto, ajudando-a. Malditos sejam todos vocês.

Dito aquilo, ela escancarou a porta da sala de estar e saiu da casa.

Seu marido se levantou.

— Isso não é o ideal — disse ele, o tom muito mais comedido. — Agora terei que ouvir as reclamações de Victoria por anos, assim como ouvi suas ambições até aqui. Por favor, me avise quando minha filha voltar para Londres. Eu, pelo menos, gostaria de estar aqui para recebê-la. Aquela criança... Bem, ela não é mais criança. E se esforçou muito para agradar. — Ele assentiu. — Mas é muito franca... não herdou isso de mim. — Charles estendeu a mão. — Bom dia, milady. Faremos como a senhora sugere. Victoria não seria capaz de tolerar a vida com um escândalo pairando sobre ela.

Francesca apertou a mão do homem.

— Obrigada, sr. Baxter. Mandarei avisar quando eles voltarem, e nos veremos em alguns dias.

Depois que eles se foram e Smythe voltou a fechar a porta, trancando-a como garantia, Francesca subiu a escada até onde estava Rory, no patamar. Então, se inclinou e beijou a focinho do cervo. Rory, ao que parecia, não iria a lugar nenhum. Nem Niall, pelo menos não permanentemente.

Dezessete anos atrás, ela os abandonara, colocando todas as suas esperanças em um acordo que, se Eloise decidisse não se casar, jamais poderia cumprir. Agora, um a um, os pedaços da sua vida começavam a se encaixar. Melhor ainda, Niall havia encontrado a felicidade no meio daquele caos. Então, embora ela não pudesse — e não fosse — se gabar de ter planejado tudo perfeitamente, podia ao menos admitir para si mesma que, assim como o veado insano e parcialmente vestido no patamar da escada, e apesar dos começos duvidosos, eles pareciam estar se saindo muito bem. Todos os Mac-Taggert. Ela mesma inclusa.

Havia vasos frescos com rosas vermelhas e brancas enfileirados ao longo da curva breve que levava à Casa Oswell. Duas dúzias de flores em vasos, pelo menos, em cores alternadas. Parecia... um bom presságio, mas Amelia-Rose manteve as mãos cerradas como estavam desde que alcançaram os arredores de Londres.

— Se você tiver um ataque apoplético antes de trocarmos uma palavra com alguém, não vai descobrir o que realmente aconteceu — observou Niall ao lado dela, alongando-se quando a carruagem parou.

— Como você pode estar tão relaxado? — perguntou ela, embora a única coisa que já tivesse visto perturbá-lo fora quando algo se interpusera entre eles.

A atitude do marido fazia com que a situação parecesse simples, como se nada mais importasse, mas Amelia-Rose fora criada para ser muito mais cautelosa.

— Não estou relaxado — respondeu Niall, passando pela esposa para abrir a porta quando Smythe apareceu para baixar os degraus. — Estou apaixonado. E esperançoso. Aqui ou em outro lugar, somos você e eu, Amy.

Ela desceu, então se virou e o beijou quando ele se juntou a ela a caminho da casa.

— É o destino, não é? — sussurrou Amelia-Rose, sorrindo contra a boca do marido.

Niall sorriu também.

— *Aye*. Agora segure o meu braço para que ninguém me veja tremer.

— Até parece.

Mas ela fez o que ele sugeriu, apoiando-se no corpo dele. Apenas Smythe havia saído da casa, mas ele logo deu algum tipo de sinal e um trio de criados saiu apressado para começar a desamarrar o baú na parte de trás da carruagem. Niall o colocara no lugar sozinho, mas era verdade que estava acostumado a erguer ovelhas. Os irmãos se juntaram a eles quando já chegavam à porta, Aden ainda esticando as costas.

— Não vou a lugar nenhum por pelo menos uma semana — comentou. — E se minha bunda está dormente assim, mal posso imaginar como deve estar...

— Há uma senhora presente, seu bárbaro — interrompeu Niall, bem-humorado. — Mas, sim, pelo menos parte de mim espera que tenhamos viajado o suficiente por enquanto.

Mais da metade dela esperava a mesma coisa, pensou Amelia-Rose. E não porque se sentia como se tivesse voltado para casa, mas simplesmente porque queria acordar e voltar a adormecer ao lado do marido na mesma cama mais de uma noite seguida. Eles tinham ficado nas melhores estalagens ao longo da estrada, mas ela sentia falta de lençóis macios e manhãs sem cocheiros gritando para que os passageiros embarcassem logo, caso contrário perderiam a passagem para Londres ou para algum outro lugar.

— Você quer que eu entre primeiro? — perguntou Coll.

Niall balançou a cabeça.

— Não. Mas, se vocês mentiram para nos trazer de volta, não iremos longe, porque estaremos trocando socos.

De algum modo, Smythe conseguiu entrar em casa antes deles e os conduziu pelo corredor em direção à biblioteca da Casa Oswell. Era o maior cômodo do andar térreo, bem iluminado, cheio de janelas e com o cheiro delicioso dos muitos livros, mas parecia mais um lugar para uma reprimenda do que... do que qualquer outra coisa que teriam desejado. Afinal, eles haviam fugido. Talvez uma recepção calorosa fosse uma expectativa alta demais. Amelia-Rose flexionou os dedos na mão forte de Niall, e ele a fitou.

— Prometi felicidade — murmurou ele, abrindo aquele sorriso encantador, que sempre a desarmava e fazia com que se sentisse aquecida, segura e excitada ao mesmo tempo. — Um MacTaggert mantém a sua palavra.

O mordomo abriu a porta da biblioteca e deu um passo para o lado.

— Parabéns, sr. e sra. MacTaggert — cumprimentou o homem com um sorriso nada característico e indicou com um gesto que entrassem na biblioteca.

Antes que Amelia-Rose conseguisse assimilar muito mais do que garrafas de champanhe, taças, o que parecia ser um delicioso bolo branco e um quarteto de cordas em um canto, Eloise deu um gritinho e se adiantou apressada para abraçar Amelia-Rose e Niall.

— Você se casou! — falou, rindo. — E com um dos meus vestidos! Qual deles você usou?

— O azul-petróleo — respondeu Amelia-Rose. — Lamento, mas não pretendo devolvê-lo.

— Não, é claro que não! Ah, estou tão feliz por vocês!

— Obrigada, Eloise. — Ela não pôde deixar de sorrir com o entusiasmo da amiga. — Acho que agora somos irmãs.

— Eu não poderia ter escolhido melhor.

— Amelia-Rose.

A jovem enrijeceu o corpo ao ouvir o som da voz do pai atrás dela. Niall se adiantou na mesma hora, colocando-se entre ela e Charles Baxter.

— Senhor Baxter. Se tiver alguma reclamação a fazer, acho que é comigo que deve falar.

— Tolice — disse lady Aldriss, surgindo à vista. — Obviamente sabíamos o que vocês dois estavam fazendo, embora eu desejasse que tivessem sido mais pacientes.

— Sim — confirmou o pai, embora não fizesse nenhum movimento para se aproximar da filha. — Você não tem ideia, mas alguém fez uma brincadeira de mau gosto e colocou um anúncio de noivado no jornal, seu com lorde Hurst... logo ele, filha. Ainda não descobrimos quem foi. Um pretendente com ciúme, talvez, aborrecido por você não ter aceitado o pedido dele.

Amelia-Rose encarou o pai sem entender. Que diabo havia acontecido desde a semana anterior?

— Eu... achei que o senhor se recusaria a colocar novamente os olhos em mim.

— Não posso falar por... outras pessoas — disse ele lentamente —, mas o tempo cura todas as mágoas. E não duvido que haja mágoas.

Santo Deus. Amelia-Rose estendeu a mão lentamente e o pai apertou seus dedos.

— Eu não deveria dizer que isso é inesperado, mas eu... eu agradeço, papai.

— Espero que você tenha encontrado a felicidade, Amelia-Rose. — Ele pigarreou. — Acho que vou tomar um pouco de champanhe agora.

— O que a senhora fez? — perguntou Niall, encarando a mãe, assim que ficaram sozinhos.

Ela lhe entregou um jornal dobrado.

— Usei as minhas habilidades de negociação — disse.

Amelia-Rose viu por cima do ombro do marido o anúncio de página inteira do casamento deles, datado do dia em que realmente haviam se casado.

— Minha mãe viu isso? — perguntou em um sussurro.

— Sim. E não ficou nada satisfeita. Mas depois que expliquei que as nossas famílias sabiam e ajudaram na fuga de vocês, e como todos achamos romântico, e lembrei a ela qual seria o resultado provável se decidisse contar uma história diferente, a sua mãe se acalmou. — Lady Aldriss franziu o cenho apenas por um instante. — Sei que seus irmãos fizeram alguma coisa com lorde Hurst, porque ele não é visto há mais de uma semana. Preciso me preparar para mais alguma coisa? Ele poderia complicar a nossa situação.

— O marquês estará de volta a Londres amanhã — disse Niall, inclinando a cabeça. — Prometi a ele cinco mil libras para manter a maldita boca fechada, a não ser quando tivesse que externar a sua perplexidade com o fato de alguém ter anunciado algo de que ele não tinha conhecimento. Não tenho essa quantia em meu poder, mas, se eu...

— Fechado — concordou rapidamente a condessa, e se inclinou para dar um beijo no rosto do filho. — E isso se encaixa muito bem com a nossa versão atual das coisas. — Francesca se virou e também beijou o rosto de Amelia-Rose. — Vocês receberam mais de uma dúzia de bilhetes e cartões de felicitações. Acredito que esteja tudo bem.

— Fico muito grato à senhora. Mais do que sou capaz de expressar. Amy partiu comigo sem nenhuma expectativa de poder ficar em Londres. Eu não sabia como seria capaz de, sozinho, devolver a cidade a ela.

— Não estamos sozinhos — disse Amelia-Rose, abraçando lady Aldriss. — Somos MacTaggert.

— Isso nós somos — concordou a condessa com um sorriso largo.

— A senhora nos deu uma escolha quando chegamos aqui — disse Niall, os olhos daquele verde absurdamente claro fixos na mãe. — Disse que poderíamos chamá-la de mãe ou mamãe, de lady Aldriss ou de milady. Mas não disse qual dessas formas prefere. Eu gostaria de saber.

Como ainda estava com um braço ao redor de lady Aldriss, Amelia-Rose pôde sentir a reação súbita da mulher mais velha. Ah, ela tinha se casado com um bom homem. Um homem gentil e forte que adorava rir e que literalmente iria à guerra por ela se ela quisesse. Nada mais importava. Nem um título, ou a falta dele, ou onde morariam, e menos ainda quem mais poderia ou não os aprovar.

— Se você não se importar — disse lady Aldriss lentamente, a voz vacilando um pouco —, estou começando a gostar de *màthair*.

— *Aye*. Obrigado, *màthair*. — Niall inclinou a cabeça e deu um beijo no rosto da mãe, como ela fizera com ele. Então voltou a endireitar o corpo. — Agora, preciso dar uma palavra com a minha esposa.

Sem dizer nada, ele os conduziu até a janela mais próxima, ignorando Coll e Aden, que discutiam se os biscoitos não seriam melhores se fossem recheados com carne, e pegou as mãos de Amelia-Rose.

— Eu adoro a sua família — declarou ela, mantendo a voz abaixo do som do quarteto.

— É sua família agora também — corrigiu ele. — Fico feliz que não tenham optado pela gaita de foles. Elas são agradáveis de ouvir, mas acho que não foram feitas para serem tocadas dentro de casa. — Ele encontrou o olhar dela. — Cresci sem mãe. Meu pai é um homem justo, mas rude. Os MacTaggert se viram da melhor maneira possível, como ele sempre diz. Eu tosquio ovelhas e conserto cercas, cavalgo muito, brigo com determinação. Você é a brisa gentil, o primeiro toque da luz do sol pela manhã, o tamborilar da chuva de verão na janela. Não digo que é suave, já que é feroz como um dragão. Você lutou pela felicidade e é um prazer poder ajudá-la a encontrá-la. O que quero dizer é que você é todas as coisas importantes. — Ele franziu o cenho. — Isso não soa...

Amelia-Rose ficou na ponta dos pés e o beijou, passando as mãos ao redor dos seus ombros.

— Parece perfeito — sussurrou ela, mal reparando em Coll e Eloise, que agora valsavam no meio da sala. — Você era quem eu queria antes mesmo de saber o que queria. Você é...

Ela pensou por um instante. Que palavra ou conjunto de palavras melhor o descrevia... a proteção, a confiança dele, a fé de Niall na família dele e nela, a total falta de preocupação com o que os outros poderiam pensar.

— *Adae?* — chamou Niall, com um sorrisinho de expectativa.

— Você é meu *highlander* — disse ela por fim.

O marido retribuiu o beijo com uma intensidade que a fez enrubescer.

— *Aye.* Eu sou. Sempre.

Este livro foi impresso em 2023, pela Vozes, para a Harlequin.
O papel do miolo é avena 70g/m²,
e o da capa é cartão 250g/m².